btb
Aus Freude am Lesen

btb

Buch

»Ein Kunstwerk«, hat Margaret Atwood einmal gesagt, »ist nicht bloß eine Schöpfung, über die man sich freut, sondern immer auch ein Spiegel, in dem man sich betrachtet. Ein Land, das keine solchen Spiegel besitzt, weiß nicht, wie es aussieht.«

Wie in ihren Romanen gelingt es Margaret Atwood auch in den in diesem Band versammelten Erzählungen, nicht nur der modernen Gesellschaft einen Spiegel vorzuhalten, sondern uns selbst: In sechzehn ganz unterschiedlichen Situationen zeigt sie sechzehn ganz unterschiedliche Menschen, die uns aber schon nach wenigen Sätzen vertraut scheinen und oftmals überraschend präzise unsere eigenen Empfindungen, Ängste und geheimen Hoffnungen widerspiegeln. Ob ihre Figuren auf dem Land leben oder in der Stadt, Margaret Atwood entlarvt das Beklemmende des Alltags, aber auch seine komischen Seiten, wenn sich ihr feinsinniger Humor in ihre Beschreibung der Beziehungen zwischen Mann und Frau mischt.

Autorin

Margaret Atwood, geboren 1939, ist unbestritten eine der wichtigsten Autorinnen Nordamerikas. Ihre Werke liegen in über 20 Sprachen übersetzt vor und wurden national und international vielfach ausgezeichnet, zuletzt mit dem renommierten Booker-Preis. Neben Romanen verfaßt sie auch Essays, Kurzgeschichten und Lyrik.
Margaret Atwood lebt in Toronto.

Margaret Atwood bei btb

alias Grace. Roman (72343)
Der Report der Magd. Roman (72299)
Lady Orakel. Roman (72588)
Die eßbare Frau. Roman (72735)
Der lange Traum. Roman (72381)
Die Unmöglichkeit der Nähe. Roman (72769)
Verletzungen. Roman (72489)
Gute Knochen. Erzählungen (72119)
Die Giftmischer. Horror-Trips and Happy-Ends (72528)

Margaret Atwood

Unter Glas

Deutsch von Helga Pfetsch

btb

Die Originalausgabe erschien 1977
unter dem Titel »Dancing Girls & Other Stories«
bei McClelland and Stewart Limited, Toronto
und 1982 bei Jonathan Cape Ltd., London.

Umwelthinweis:
Alle bedruckten Materialien dieses Taschenbuches
sind chlorfrei und umweltschonend.

btb Taschenbücher erscheinen im Goldmann Verlag,
einem Unternehmen der Verlagsgruppe Random House GmbH.

1. Auflage
Genehmigte Taschenbuchausgabe November 2001

Umschlaggestaltung: Design Team München
Umschlagmotiv: W. Becker
Satz: IBV Satz- und Datentechnik GmbH, Berlin
MD · Herstellung: Augustin Wiesbeck
Made in Germany
ISBN 3-442-72839-8
www.btb-verlag.de

Der Krieg im Badezimmer

Montag

Heute am späten Nachmittag ist sie aus dem alten Zimmer in das neue umgezogen. Der Umzug ging mit einem Minimum an Anstrengung vonstatten, sie brachte alles in den beiden Koffern unter und war in der Lage, sie selbst die drei Häuserblocks weiter zu tragen, die die alte Wohnung von der neuen trennen. Sie musste nur zweimal zum Ausruhen stehen bleiben. Sie ist ziemlich stark für ihr Alter. Ein Mann kam vorbei und bot an, ihr zu helfen, ein wirklich nett aussehender Mann, aber ich habe ihr eingeschärft, niemals Hilfe von Fremden anzunehmen.

Ich glaube, die deutsche Frau war froh, dass sie ging. Sie hat sie immer mit einem gewissen Maß an Argwohn betrachtet. Sie stand in Hausschuhen auf der Holzveranda und hat zugeschaut, die Arme in den grauen, ausgefransten Pulloverärmeln über ihrem dicken Bauch verschränkt, der Unterrock hing zwei Finger breit unter der gemusterten baumwollenen Kittelschürze heraus, die sie immer trug. Was mich angeht, ich habe die deutsche Frau nie gemocht. Ich hatte es satt gehabt, feststellen zu müssen, dass wieder bestimmte Dinge im Zimmer angefasst worden waren (obwohl sie sich Mühe gab, sie annähernd an den richtigen Platz zurückzustellen, war sie nie pingelig genug), und in der letzten Zeit hatte ich begonnen, Verdacht zu schöpfen, dass sie die Post nachsah: Die Umschläge hatten fettige Daumenabdrücke, und es ist noch zu kalt, als dass die Briefträger ohne Handschuhe gehen könnten. In dem neuen Haus gibt es einen Hauswirt, keine Wirtin; ich glaube, mir ist das, alles in allem, lieber.

Bei der Ankunft in dem neuen Haus bekam sie die Schlüssel von einem alten Mann ausgehändigt, der im vorderen Zimmer im Erdgeschoss wohnt. Er machte auf, als sie klingelte; der Hauswirt war nicht da, hatte ihm aber gesagt, dass sie kommen würde. Ein sympathischer alter Mann mit weißem Haar und einem wohlwollenden Lächeln. Sie trug die Koffer die schmale Treppe hinauf in den zweiten Stock, einen nach dem anderen. Sie hat die Zeit, die vom Tag noch blieb, damit verbracht, das Zimmer einzurichten. Dieses Zimmer ist kleiner als das alte, aber wenigstens ist es sauber. Sie hängte die Kleider in den Schrank und legte ein paar in die Kommode. Es gibt kein Regal, also wird sie den Topf, die Tasse, den Teller, das Besteck und die Kaffeekanne auch in einer der Kommodenschubladen aufbewahren müssen. Es gibt allerdings einen kleinen Tisch, und ich beschloss, dass die Teekanne darauf stehen bleiben darf, auch zwischen den Mahlzeiten. Sie hat ein dekoratives Muster.

Sie machte das Bett zurecht mit der Bettwäsche und den Decken, die der Hauswirt zur Verfügung gestellt hatte. Das Zimmer geht nach Norden und wird kalt sein. Zum Glück ist ein elektrischer Heizofen im Zimmer. Sie hat es schon immer gern warm gehabt, obwohl ich selbst nie sonderlich temperaturempfindlich gewesen bin. Ein Ausgleich: Das Zimmer liegt direkt neben dem Bad, was praktisch sein wird.

Das Tagebuch wird seinen Platz auf dem Tisch haben, neben der Teekanne.

Morgen muss sie nach draußen, um ein paar Lebensmittel zu besorgen, aber jetzt wird sie zu Bett gehen.

Dienstag

Heute Morgen lag sie im Bett und versuchte, wieder einzuschlafen. Ich schaute auf die Uhr und stimmte ihr zu, dass die

Matratze wirklich dünn und ziemlich hart ist, noch härter als die im alten Zimmer. Es war fast neun, und ich befahl ihr, den Arm auszustrecken und den Wecker abzustellen, bevor er klingelte.

Jemand kam die Treppe herauf, langsam, mit schleppendem Schritt, und ging ins Bad, machte die Tür zu und schloss ab. Ich habe festgestellt, dass die Wände nicht dick sind und Geräusche leicht durchdringen. Sie war im Begriff, sich umzudrehen und wieder einzuschlafen, als die Person im Bad anfing, heftig zu husten. Dann kam ein Geräusch von Räuspern und Ausspucken, und die Toilettenspülung rauschte. Ich weiß fast sicher, wer das war: Es muss der alte Mann von unten sein. Der arme Mann muss eine Erkältung haben. Er ist allerdings genau eine halbe Stunde im Bad gewesen, was ziemlich lang ist; und er hat es fertig gebracht, eine Reihe unangenehmer Geräusche von sich zu geben. Ich sehe jetzt, dass das Zimmer neben dem Bad seine Nachteile haben mag, und mir wird langsam klar, warum der Hauswirt bereit war, es so billig zu vermieten.

Schließlich überredete ich sie, aufzustehen und das Fenster zu schließen (ich finde frische Luft einfach notwendig für die Gesundheit, auch wenn sie nichts dafür übrig hat) und den elektrischen Heizofen anzuschalten. Sie wollte wieder zurück ins Bett, aber ich befahl ihr, sich anzuziehen: Sie müsste einkaufen gehen, es sei nichts zu essen da. Sie ging ins Badezimmer, und keinen Moment zu früh, denn schon näherten sich andere Schritte. Ich fand, das Bad hätte sauberer sein können; heute Morgen wusch sie sich allerdings nur im Waschbecken. Jedenfalls heißes Wasser zur Genüge.

Sie ging in ihr Zimmer zurück und zog den Mantel und die Überschuhe an. Ich sagte, sie sollte lieber auch den Schal umbinden, weil ich Eisblumen am äußeren Doppelfenster bemerkt hatte. Sie nahm ihre Tasche und ging aus dem Zimmer, wobei sie die Tür hinter sich zuschloss. Die Badezimmertür war geschlossen, als sie vorbeiging; man sah das Licht durch das Milchglasfenster. Als sie unten an der Treppe ankam, war der alte Mann im Flur und sortierte die Post auf dem dunklen Tischchen, das neben der Haustür steht. Er hatte einen Bademantel an; darunter kamen seine gestreiften Schlafanzughosen, dann seine dünnen Knöchel und kastanienbraune lederne Hauspantoffeln hervor. Er lächelte bezaubernd und sagte guten Morgen. Ich befahl ihr, zu nicken und zurückzulächeln.

Sie schloss die Haustür hinter sich und nahm die Handschuhe aus der Manteltasche und zog sie an. Sie ging vorsichtig die Verandastufen hinunter, weil sie vereist waren. Ich habe schon oft festgestellt, dass es für sie viel weniger gefährlich ist, Treppen hinaufzusteigen als hinunter.

Sie ging die Straße entlang, in Richtung auf die mehrere Blocks entfernte Stelle, wo es, wie ich wusste, ein Geschäft gab. Ich betrachtete entzückt die Häuser in der Straße, an denen sie vorbeiging, liebkoste und ordnete sie: rote Klinkerhäuser, meist Doppelhäuser wie das, in dem das Zimmer ist, mit hölzernen Zwillingsveranden. Die Häuser in der Nähe des alten Zimmers waren größer gewesen. Ich war schon früher in dieser Straße gewesen, natürlich (es war nicht weit von der alten Wohnung), aber jetzt konnte ich diese Straße zum ersten Mal als meine betrachten, als Teil des neuen Reviers, durch das ich Pfade und meine eigenen vertrauten Routen aufspüren konnte. Diese Bäume gehörten mir. Dieser Bürgersteig gehörte mir. Wenn der Schnee schmolz und die Bäume blühten, würden die feuchte Erde und die jungen Blätter und das Quellwasser, das die Rinnsteine entlangfloss, mir gehören.

Sie bog in eine Hauptstraße ein, auf der Autos fuhren, und ging einen Block weit und bog ab und ging noch zwei Blocks weiter, bis sie zu dem Geschäft kam. Es hatte ein anderes Geschäft dichter bei dem alten Zimmer gegeben. In diesem Geschäft war ich noch nie gewesen.

Sie ging durch die Glastür hinein und durch das Drehkreuz. Dann zögerte sie: Sie wusste nicht, ob sie einen Einkaufswagen oder einen Drahtkorb nehmen sollte. Sie fand, dass die

Wagen leichter sind, die Drahtkörbe sind schwer zu tragen; aber ich sagte, sie würde ja nicht so viel kaufen, und Einkaufswagen versperren den Weg und halten alles auf, deshalb nahm sie schließlich einen Korb.

Ich muss immer darauf achten, wie viel sie ausgibt. Sie würde gerne Steak und Pilze kaufen, natürlich, und Oliven und Fleischpasteten und Schweinebraten. Ihre alten Gewohnheiten sind schwer zu durchbrechen. Aber ich bestehe darauf, dass sie Dinge nimmt, die billig und nahrhaft sind. Schließlich haben wir erst Mitte des Monats, und der Scheck vom Staat kommt erst in einiger Zeit. Wenn die Miete bezahlt ist, bleibt keine große Geldsumme mehr für andere Dinge übrig. Ich muss daran denken, sie eine Karte mit der Adressenänderung ausfüllen zu lassen. Sie mag keine Würstchen, aber ich habe sie veranlasst, eine Sechserpackung zu kaufen. Sie enthalten viel Eiweiß für den Preis. Sie hat Brot gekauft und Butter (bei Margarine ziehe ich eine Grenze) und einen Liter Milch und ein paar Päckchensuppen, an kalten Tagen sind sie so wohltuend, und Tee und Eier und mehrere kleine Dosen Bohnen in Tomatensoße. Sie wollte Eis, aber ich habe gesagt, sie soll stattdessen ein Paket gefrorene Erbsen nehmen.

Das Mädchen an der Kasse war unfreundlich zu ihr, nur weil ein paar Sachen zwischen die von der Frau vor ihr geraten sind. Ich habe auch den Verdacht, dass sie versucht hätte, zu wenig herauszugeben, wenn sie sich getraut hätte. Ich frage mich, ob es sich lohnt, den weiteren Weg zu dem alten Geschäft zu machen.

Sie trug die Tüte mühelos nach Hause und legte die Milch und die Eier und die gefrorenen Erbsen in den Kühlschrank, der im Flur im Erdgeschoss steht. Der Kühlschrank riecht sonderbar. Vielleicht sollte man dem Hauswirt sagen, dass er ihn sauber macht. Dann ging sie nach oben und holte Wasser aus dem Bad und machte sich eine Tasse Kaffee auf dem Kocher mit der einen Heizplatte (der Kaffee ist mit dem Zucker und dem Salz und dem Pfeffer zusammen im Koffer hierher gekommen) und aß etwas Brot mit Butter. Während sie aß, ging jemand ins Bad; diesmal nicht der alte Mann, sondern eine Frau. Sie spricht wohl mit sich selbst; jedenfalls habe ich zwei Stimmen erkannt, eine hoch und nörgelnd, die andere ein dringliches Flüstern, höchst sonderbar. Die Wände sind dünn, aber ich konnte nicht genau verstehen, was sie sagte.

Als die Schritte hinausgegangen waren, trug sie die Tasse und den Löffel hinüber ins Bad und wusch sie im Waschbecken ab. Dann legte sie sich hin und machte ein Schläfchen. Ich fand, dass sie es verdient hatte nach all der Lauferei. Es war Abendbrotszeit, als sie aufwachte. Sie öffnete eine der Dosen mit Bohnen. Wenn der Scheck kommt, muss sie einen neuen Dosenöffner kaufen.

Wenn ich hiermit fertig bin, werde ich ein bisschen in der Bibel lesen (die Beleuchtung in diesem Zimmer ist besser, als ich gedacht hätte), und dann wird sie ins Bett gehen. Wichtig: Morgen muss sie ein Bad nehmen.

Mittwoch

Das scheint ein täglicher Vorgang zu sein. Genau um neun Uhr wurde ich wieder davon wach, dass der alte Mann ins Bad humpelte. Er hat einen fürchterlich bellenden Husten. Es klingt, als ob er sich übergibt. Vielleicht wäre es möglich, dass sie das Bett umstellt, so dass ihr Kopf weiter von der Wand weg ist. Aber wenn ich die Größe und die Form des Zimmers betrachte, dann sehe ich schon, dass es nur diesen einen Platz dafür gibt. Das ist wirklich ärgerlich. Wenn sie selbst hustet, ist es irgendwie ganz anders, als wenn man jemand anderen husten hört. Wenn er weiter so hustet, wird er bald alles in sich durcheinanderhusten. Eigentlich sollte er mir Leid tun. Auch heute Morgen blieb er eine halbe Stunde im Bad.

Später, als sie aufgestanden war und sich angezogen hatte, ging sie nach unten, um die Milch aus dem Kühlschrank zu holen. Der alte Mann hatte die Briefe auf dem Flurtischchen ausgelegt: einen Brief in jede Ecke des Tischchens und einen in die

Mitte. Ich muss dran denken, sie eine Karte mit der Adressenänderung ausfüllen zu lassen.

Mehrere Male während des Vormittags kam die Frau mit den beiden Stimmen ins Bad. Sie schien Eimer oder Töpfe mit Wasser ins Waschbecken zu leeren. Wieder konnte ich die hohe Stimme und das raue Flüstern hören. Mit sich selbst reden ist eine schlechte Angewohnheit. Als sie hineinging, um nach dem Mittagessen die Tasse und den Teller abzuwaschen, fand sie im Ausguss eine stecken gebliebene Kartoffelschale.

Später am Nachmittag sagte ich ihr, dass sie ein Bad nehmen müsste. Sie hätte es gern vermieden, weil das Badezimmer eher kalt ist, aber ich sage ihr wieder und wieder, dass Sauberkeit und Gesundheit notwendigerweise zusammengehören. Sie verriegelte die Tür, und ich ließ sie neben der Badewanne hinknien, damit sie sie gründlich untersuchen konnte. Ich fand ein kurzes Haar und ein paar Fusseln um den Abfluss.

Im alten Haus gab es nur eine andere Person, die dasselbe Bad benutzte, eine berufstätige junge Frau, die immer ihre Strümpfe wusch und sie auf dem Handtuchhalter hängen ließ. Es hat etwas Abstoßendes, das Badezimmer mit anderen Leuten teilen zu müssen. Sie hat immer das Gefühl, dass der Toilettensitz wärmer ist, als er sein sollte, und ich muss sagen, dass ich sogar den Gedanken eklig finde, mir die Zähne in einem Waschbecken zu putzen, das ein völlig fremder Mensch benutzt. Ich habe ihr gesagt, dass sie eines Tages bald wieder ihr eigenes Bad haben würde, aber ich vermute, dass sie mir nicht glaubt. Ich muss veranlassen, dass sie eine neue Flasche Desinfektionsmittel kauft, die jetzige ist fast leer.

Das Wasser war heiß, und sie hatte ein angenehmes Bad, obwohl es nicht so entspannend war, wie es hätte sein können. Vor der Tür waren unruhige Schritte zu hören, mehrere Male. Es wäre sicher von Vorteil, wenn der Hauswirt ein zweites Bad installieren würde; vielleicht ist im Erdgeschoss Platz dafür.

Natürlich ließ ich sie die Badewanne nach der Benutzung gründlich säubern. Der Hauswirt hat für diesen Zweck einen

Schwamm und eine Dose Reinigungsmittel bereitgestellt, was darauf hindeutet, dass zumindest er die richtige Einstellung hat. Heute hat sie auch ihre Unterwäsche ausgewaschen und sie über den elektrischen Heizofen zum Trocknen gehängt.

Donnerstag

Heute Morgen hat es geregnet, was den Schnee im Hinterhof, wie ich vom Fenster aus sehen kann, beträchtlich weggeschmolzen hat. Wenn die Wärme anhält, wird sie die Butter im Kühlschrank aufbewahren müssen; bisher ist der Schrank kühl genug gewesen.

Der alte Mann wird langsam unerträglich. Ich beginne, an seinem Treiben im Bad eine gewisse Aggressivität zu spüren. Ich habe das Gefühl, dass er sie nicht in diesem Haus haben will: Er versucht, sie dazu zu bringen auszuziehen. Dieses Mal hat er gegurgelt, ein höchst widerliches Geräusch. Man muss ihn in seine Schranken weisen, man muss ihm zu verstehen geben, dass ich mir das nicht lange gefallen lassen kann. Sie braucht ihren Schlaf und muss Ruhe haben. Ich bin sicher, dass es ihm möglich wäre, diese Dinge in seinem eigenen Zimmer, außer Hörweite zu tun.

Ich veranlasste sie, dem Hauswirt wegen des Geruchs im Kühlschrank einen Zettel hinzulegen, aber zur Abendessenszeit war der Kühlschrank immer noch nicht sauber gemacht, obwohl der Zettel vom Tisch verschwunden war. Manche Leute sind wirklich schwierig.

Die Frau mit den zwei Stimmen ist weiterhin aktiv. Heute hat sie gebadet. Ich fange an zu glauben, dass es in Wirklichkeit zwei Personen sind, in der Badewanne war so viel Geplansche; aber ich kann nur ein Paar Schritte hören, die hinein- und hinausgehen. Die flüsternde Stimme wurde heftiger, fast hysterisch. Die andere Stimme bleibt ausdruckslos.

Die Lebensmittelvorräte gehen zur Neige. Heute hat sie die gefrorenen Erbsen aufgegessen und die Milch getrunken. Sie wird bald wieder zum Geschäft gehen müssen, ich hoffe aber, dass es an einem Tag sein wird, wenn es nicht regnet. Die Überschuhe sind nicht allzu dicht, und ich stimme mit ihr darin überein, dass nasse Füße sowohl unangenehm als auch schlecht für die Gesundheit sind.

Freitag

Sie ist heute auf der Treppe an dem alten Mann vorbeigegangen. Nach seinem Neun-Uhr-Ritual, heute Morgen einem noch ekligeren als gewöhnlich, hatte er die Frechheit zu lächeln, als sei ihm nicht einmal bewusst, dass ich neben dem Badezimmer wohne (obwohl er doch gehört haben muss, wie sie den Flur entlangging). Es lag etwas Boshaftes unter der Unschuld seines Lächelns. Ich wies sie an, nicht zurückzulächeln; sie runzelte die Stirn und schloss den Mund noch fester. Er darf nicht bestärkt werden in seinem Glauben, dass er sich das weiter erlauben kann.

Heute fand ich ein Stück gekochte Makkaroni im Ausguss stecken. Das stammt von der Frau mit den zwei Stimmen. Vielleicht ist sie Ausländerin. Egal, was sie ist, sie ist offensichtlich kein sauberer Mensch.

Samstag

Heute ist sie wieder in das Geschäft gegangen, vor dem Mittagessen. Ich dachte, sie könnte ohne den Schal auskommen, denn die Sonne schien. Die Straßen sind jetzt fast schneefrei, aber ohne Zweifel wird es vor dem Frühjahr noch einmal einen Schneesturm geben. Während sie ging, dachte ich über den alten Mann nach. Ganz sicher muss bald etwas geschehen. Über den Hauswirt kann ich keine Beschwerde weitergeben: Er ist offensichtlich unzuverlässig. Der Kühlschrank ist immer noch nicht sauber gemacht worden. Wenn sie anfängt, die Butter im Kühlschrank aufzubewahren, wird diese bestimmt den Geruch annehmen. Vielleicht ist das Fensterbrett kühl genug.

Sie hat wieder Milch und noch eine Packung Würstchen gekauft und, zur Abwechslung, eine Büchse Tunfisch (obwohl der Letztere ziemlich teuer war). Sie hat auch ein Viertelpfund Käse gekauft und ein Paket braunen Reis. Man muss auf seinen Vitaminhaushalt achten. Wenn der Scheck kommt, wird sie sich Orangen kaufen können. Dieses Mal ging sie an eine andere Kasse, und es gab keine Schwierigkeiten.

Ich habe mir überlegt, dass es nicht geht, ihn persönlich anzusprechen. Er würde nur beleidigt sein oder so tun, als ob er nicht wüsste, dass sie davon aufwacht, oder dass niemand berechtigt ist zu fragen, was er im Bad tut. Er wird eine ausweichende Antwort finden und sich weiter jeden Morgen in der gleichen Weise verhalten. Ich musste immer wieder über die Zeit nachdenken: Er ist immer so pünktlich. Was würde wohl geschehen, wenn sein Ablauf gestört würde? Alle anderen im Haus scheinen die halbe Stunde zwischen neun und halb zehn als die seine zu betrachten; zumindest ist nie jemand kurz vor neun im Badezimmer. Ganz sicher würde das für ihn ein Zeichen sein, dass ich es weiß und dass es schwer für ihn sein wird, so weiterzumachen. Er wird sie nicht vertreiben dürfen. Als sie die Treppen hinaufging, war mir, als sähe ich ihn hinter der Jalousie aus dem vorderen Fenster herausschauen. Versucht er, ihre Bewegungen zu verfolgen?

Heute Nachmittag entschied ich, dass ich Klarheit über die Frau mit den beiden Stimmen haben muss. Sie ging mitten am Nachmittag ins Badezimmer, und es waren laute plantschende Geräusche zu hören. Ich strengte mich an, versuchte, die unterschiedlichen Stimmen auseinander zu halten, aber sie schienen sich zu überschneiden. Ich sagte zu ihr, dass sie hinter der Tür warten und schnell aufmachen müsse, sobald sie hört, dass der Schlüssel im Schloss der Badezimmertür herumgedreht wird. Es gelang ihr, das genau richtig abzupassen. Ich konnte die Frau stellen, als sie herauskam. Jetzt weiß ich, dass es zwei Frauen sind. Die eine, die flüstert, ist eine alte Dame, sehr dünn, mit kleinen dunklen Augen, die wie Löcher in ihrem Kopf aussehen. Sie war in eine Decke gewickelt und wurde von der anderen Frau getragen; ihre Beine und ihre gekrümmten bloßen Füße hingen aus der Decke heraus. Als sie mich sah, nickte sie und grinste. Die andere Frau ist von schwerer Statur und muskulös und hat ein rundes, ausdrucksloses Gesicht. Sie stand in der Tür und starrte, bis die alte Frau in ihrem scharfen Flüstern etwas zu ihr sagte und sie mit einer krummen Hand anstieß. Da drehte sie sich um und trug die alte Frau den Flur hinunter, schwerfällig auf ihren dicken Füßen, und antwortete mit einem hohen Winseln, das überhaupt keine Wörter enthielt. Der Kopf der alten Frau schaute über ihre Schulter, grinsend, bis sie um die Flurecke verschwanden.

Ich befahl ihr, die Tür zu schließen. Sie war ganz außer sich, deshalb ließ ich zu, dass sie sich ein wenig zum Ausruhen hinlegte. Ich werde nicht dulden, dass sie jemals so lebt.

Nach dem Abendessen dachte ich wieder über den alten Mann nach. Ich ließ sie länger als gewöhnlich aufbleiben, damit ich hören konnte, wie die Uhr der Kirche an der Ecke die Stunde schlug. Ich stellte den Wecker ganz genau.

Sonntag

Der Wecker läutete zwanzig Minuten vor neun. Ich hatte die üblichen fünf bis zehn Minuten berücksichtigt, die es dauert, sie aus dem Bett zu treiben. Sie zog den Morgenmantel und die Hausschuhe an, die ich sie am Abend vorher auf dem Stuhl hatte bereitlegen lassen, und schloss das Fenster und suchte alles zusammen: Seife, Zahnbürste, Badehandtuch, Nagelbürste, Tagebuch, Desinfektionsmittel, Zimmerschlüssel und den Wecker. Zehn Minuten vor neun ging sie aus dem Zimmer, schloss die Tür ab, ging hinüber ins Badezimmer und drehte den Schlüssel vorsichtig im Schloss um. Sie säuberte die Badewanne und desinfizierte sie und ließ das Wasser laufen, bis die Wanne ziemlich voll war. Ich dachte, wie angenehm es war, dass das Rauschen des laufenden Wassers alle anderen Geräusche aus dem Haus schluckte. Es ist ein wahrer Luxus, Geräusche zu machen, die die Leute draußen sich anhören müssen, während man selbst nichts von dem hört, was sie wiederum von sich geben. Ich dachte, dieses Badezimmer gehört jetzt mir. Es ist mein Hoheitsgebiet: Ich kann es betreten und verlassen, wann es mir gefällt. Es ist der einzige Ort, an dem ich sicher bin.

Sie stellte den Wecker auf den Boden, legte das Tagebuch daneben und lehnte sich im warmen Wasser zurück. Ich befahl ihr, sich von nichts stören zu lassen.

Genau um neun Uhr hörte ich seine schleppenden Schritte den Flur entlangkommen; sie lächelte. Die Schritte hielten vor der Tür inne, schlurften zögernd und fingen dann an, hin- und herzugehen. Der Wecker tickte. Ich befahl ihr, plantschende Geräusche zu machen. Um zwanzig Minuten nach neun fingen die Schritte draußen an, ungeduldig auf und ab zu hopsen. Dann klopfte er an die Tür. Ich verbot ihr, etwas zu sagen; sie legte die Hand auf den Mund, um nicht laut aufzulachen.

Das Klopfen verstärkte sich zu einem Trommeln. Er hämmerte jetzt mit beiden Fäusten an die Tür. »Lassen Sie mich rein!«, rief er flehend. Seine Stimme klang aufgebracht. Ich stellte mir seine dünnen Beine in der gestreiften Schlafanzughose vor und den Morgenmantel und die kastanienbraunen Pantoffeln.

Um halb zehn hörte das Trommeln auf. Er gab ein ersticktes Geräusch von sich, einen unartikulierten Laut der Wut und Verzweiflung, und die Schritte hinkten fort, den Flur entlang. Eilig, fast im Laufschritt. Sie lächelte und schöpfte ein wenig Wasser über ihren Bauch. Sie hält ihre Figur bemerkenswert gut.

Die Schritte gingen zwei oder drei Stufen hinunter; dann gab es ein Krachen und einen Aufschlag und ein Schmerzgewimmer, das in der Stille verklang. Ich hörte, wie sich andere Türen öffneten.

Sie machte eine Bewegung, um aus der Wanne zu steigen, aber ich befahl ihr zu bleiben, wo sie war. Sie lag in der Wanne und starrte ihre rosa Zehen an, die an der Wasseroberfläche triebben, während ich horchte. Ich wusste, dass die Badezimmertür gut und sicher verschlossen war.

Vorerst habe ich gewonnen.

Der Mann vom Mars

Vor langer Zeit ging Christine durch den Park. Sie hatte noch ihr Tenniskleid an, sie hatte keine Zeit zum Duschen und Umziehen gehabt, und ihr Haar war hinten mit einem Gummiband zusammengebunden. Ihr breites, gerötetes Gesicht, so entblößt, ohne ein paar auflockernde Strähnen, glich dem einer russischen Bäuerin, aber ohne das Gummiband fielen ihr die Haare in die Augen. Der Nachmittag war zu heiß für April; die Hallenplätze hatten gedampft, ihre Haut fühlte sich aufgeweicht an.

Die Sonne hatte die alten Männer von überall dort hervorgelockt, wo sie den Winter verbrachten: Christine hatte kürzlich von einem gelesen, der drei Jahre lang in einem Kanalschacht gewohnt hatte. Sie saßen wie Unkraut auf den Bänken oder lagen im Gras, den Kopf auf einem alten Stück Zeitung. Als Christine vorbeiging, strebten die runzligen Pilzgesichter, von der Bewegung ihres Körpers angezogen, in ihre Richtung und glitten dann wieder fort, uninteressiert.

Auch die Eichhörnchen waren draußen, auf Nahrungssuche; zwei oder drei kamen hüpfend und wieder verharrend auf sie zu, die Augen erwartungsvoll auf sie geheftet, das Maul mit dem rattenartig fliehenden Kinn offen, so dass die vergilbten Vorderzähne sichtbar wurden. Christine ging schneller, sie hatte nichts zum Füttern dabei. Man sollte ihnen nichts geben, dachte sie; sie werden nur aufdringlich und räudig davon.

Auf halbem Weg blieb sie stehen, um die Strickjacke auszuziehen. Als sie sich bückte, um den Tennisschläger wieder aufzuheben, berührte jemand ihren eben entblößten Arm. Christine schrie nicht so leicht; sie richtete sich jäh auf, wobei sie den Griff ihres Schlägers umklammerte. Es war jedoch keiner der alten Männer; es war ein dunkelhaariger Junge von etwa zwölf Jahren.

»Entschuldigung«, sagte er, »ich suche Institut für Volkswirtschaft. Ist es da?« Er zeigte nach Westen.

Christine sah ihn genauer an. Sie hatte sich getäuscht: Er war nicht jung, nur klein. Er reichte ihr bis knapp über die Schulter, aber sie war schließlich überdurchschnittlich groß; »stattlich« nannte ihre Mutter das, wenn sie es nett meinte. Er war, wie man in ihrer Familie sagte, »aus einem anderen Kulturkreis«: fernöstlicher Herkunft zweifellos, aber wohl kein Chinese. Christine nahm an, dass er ein ausländischer Student war, und schenkte ihm ihr offizielles Begrüßungslächeln. In der High School war sie Präsidentin des Clubs der Vereinten Nationen gewesen; ihre Schule war in jenem Jahr dazu bestimmt worden, bei der Modellvollversammlung die ägyptische Delegation darzustellen. Es war eine undankbare Aufgabe gewesen – keiner wollte Araber sein –, aber sie hatte es durchgezogen. Sie hatte eine recht gute Rede über die palästinensischen Flüchtlinge gehalten.

»Ja«, sagte sie, »das ist da drüben. Das Haus mit dem flachen Dach. Sehen Sie?«

Der Mann hatte sie die ganze Zeit über ängstlich angelächelt. Er trug eine Brille mit durchsichtigen Plastikrändern, durch die seine Augen sich zu ihr hochwölbten wie durch ein Goldfischglas. Er hatte nicht in die Richtung gesehen, in die sie zeigte. Stattdessen streckte er ihr einen kleinen Block mit grünem Papier und einem Kugelschreiber hin.

»Sie machen Plan«, sagte er.

Christine legte ihren Tennisschläger hin und zeichnete sorgfältig einen Plan. »Wir sind hier«, sagte sie sehr deutlich. »Sie gehen diesen Weg. Das Gebäude ist hier.« Sie zeichnete den

Weg mit einer gepunkteten Linie und einem X ein. Der Mann beugte sich dicht zu ihr und beobachtete das Entstehen der Zeichnung aufmerksam; er roch nach gekochtem Blumenkohl und einer ungewöhnlichen Haarpomade. Als Christine fertig war, reichte sie ihm Papier und Stift mit einem abschließenden Lächeln zurück.

»Sie warten«, sagte der Mann. Er riss das Papier mit dem Plan vom Block, faltete es sorgfältig und steckte es in seine Jackentasche; die Ärmel reichten bis über seine Handgelenke, und an den Enden hingen Fäden heraus. Er fing an, etwas zu schreiben; sie bemerkte mit leichtem Abscheu, dass seine Nägel und Fingerkuppen so schlimm abgekaut waren, dass sie fast deformiert schienen. Mehrere Finger waren von dem auslaufenden Kugelschreiber blau.

»Hier ist mein Name«, sagte er und hielt ihr den Block hin. Christine las eine sonderbare Ansammlung von Gs, Ys und Ns, in säuberlichen Blockbuchstaben geschrieben. »Danke«, sagte sie.

»Sie jetzt schreiben Ihren Namen«, sagte er und streckte ihr den Stift hin.

Christine zögerte. Wenn dies jemand aus ihrem Kulturkreis gewesen wäre, hätte sie gedacht, dies sei ein Annäherungsversuch. Allerdings machten Leute aus ihrem Kulturkreis nie Annäherungsversuche; sie war zu groß. Der Einzige, der es versucht hatte, war der marokkanische Kellner in der Bierkneipe, in die sie manchmal nach den Sitzungen gingen, und der war ganz direkt gewesen. Er hatte sie einfach auf dem Weg zur Toilette abgefangen und gefragt, und sie hatte Nein gesagt; das war's gewesen. Dieser Mann war kein Kellner, sondern Student; sie wollte ihn nicht vor den Kopf stoßen. In seinem Kulturkreis, welcher das auch sein mochte, war das Austauschen von Namen auf kleinen Zetteln vielleicht eine formelle Höflichkeit, so wie man danke sagt. Sie nahm seinen Stift.

»Das ist ein sehr angenehmer Name«, sagte er. Er faltete den Zettel und steckte ihn mit dem Plan in die Jackentasche.

Christine fand, dass sie ihre Pflicht getan hatte. »Also, auf Wiedersehen«, sagte sie. »Ich habe mich gefreut, Sie kennen zu lernen.« Sie bückte sich nach ihrem Tennisschläger, aber er hatte sich schon hinuntergebeugt und ihn aufgehoben und hielt ihn mit beiden Händen fest wie ein erbeutetes Banner.

»Ich trage das für Sie.«

»Ach bitte nicht. Machen Sie sich keine Mühe, ich habe es eilig«, sagte sie, deutlich artikulierend. Ihres Tennisschlägers beraubt, fühlte sie sich schutzlos. Er fing an, den Weg entlangzuschlendern; er war jetzt überhaupt nicht mehr ängstlich; er schien völlig entspannt.

»*Vous parlez français?*«, fragte er im Plauderton.

»*Oui, un petit peu*«, sagte sie. »Nicht sehr gut.« Wie nehme ich ihm meinen Schläger ab, ohne unhöflich zu sein?, überlegte sie.

»*Mais vous avez un bel accent.*« Seine Augen glotzten sie durch die Brille an: Wollte er ihr schmeicheln? Ihr war völlig klar, dass ihr Akzent entsetzlich war.

»Hören Sie«, sagte sie und zeigte zum ersten Mal ihre Ungeduld. »Ich muss wirklich gehen. Geben Sie mir bitte meinen Schläger.«

Er beschleunigte den Schritt, machte aber keine Anstalten, den Schläger zurückzugeben. »Wo Sie hingehen?«

»Heim«, sagte sie. »Zu meinem Haus.«

»Ich gehe mit Ihnen jetzt«, sagte er hoffnungsvoll.

»*Nein*«, sagte sie. Sie würde bestimmt sein müssen. Sie machte einen Satz nach vorn und bekam ihren Schläger zu fassen; nach kurzem Tauziehen war er frei.

»Auf Wiedersehen«, sagte sie, wandte sich von seinem verwirrten Gesicht ab und fiel in einen, wie sie hoffte, abweisenden Trab. Es war, wie wenn man sich vor einem knurrenden Hund davonmacht, man darf nicht zeigen, dass man Angst hat. Und warum sollte sie auch Angst haben? Er war halb so groß wie sie, und sie hatte den Tennisschläger, er konnte ihr nichts tun.

Obwohl sie nicht zurückschaute, merkte sie, dass er ihr noch folgte. Hoffentlich ist eine Straßenbahn da!, dachte sie, und da war eine, aber noch ein weites Stück weg, sie saß hinter einer roten Ampel fest. Er tauchte an ihrer Seite auf, hörbar atmend, einen Augenblick nachdem sie die Haltestelle erreichte. Sie schaute starr geradeaus.

»Sie sind mein Freund«, sagte er zaghaft.

Christine ließ sich erweichen. Es war doch kein Annäherungsversuch gewesen, er war Ausländer, er wollte nur jemanden von hier kennen lernen. An seiner Stelle hätte sie das auch gewollt.

»Ja«, sagte sie und schenkte ihm ein Lächeln.

»Das ist gut«, sagte er. »Mein Land ist sehr weit.«

Christine fiel keine passende Antwort ein. »Wie interessant«, sagte sie. *›Très intéressant.‹* Endlich kam die Straßenbahn. Sie machte ihre Tasche auf und nahm einen Fahrschein heraus.

»Ich gehe mit Ihnen jetzt«, sagte er. Seine Hand klammerte sich über dem Ellbogen um ihren Arm.

»Sie – bleiben – *hier*«, sagte Christine, wobei sie dem Drang zu schreien widerstand, aber zwischen jedem Wort innehielt wie bei einem Schwerhörigen. Sie machte sich aus seiner Hand los – sein Griff war schwach und hielt ihrem Tennisbizeps nicht stand –, sprang vom Bürgersteig und auf die Straßenbahnstufen und hörte erleichtert die Tür hinter sich zuknirschen. Im Wagen und eine Straße weiter erlaubte sie sich einen Blick aus einem Seitenfenster. Er stand noch, wo sie ihn verlassen hatte; er schien etwas auf seinen kleinen Block zu schreiben.

Als sie nach Hause kam, hatte sie nur noch Zeit für ein paar Bissen und kam dennoch fast zu spät zum Debattierclub. Das Thema lautete: »Krieg ist eine veraltete Form der Auseinandersetzung.« Ihr Team vertrat die Pro-Seite und siegte.

Christine kam niedergeschlagen aus ihrer letzten Prüfung. Es war nicht die Prüfung, die sie bedrückte, sondern die Tatsache, dass es die letzte war; das bedeutete Semesterende. Sie schaute wie gewöhnlich in der Cafeteria vorbei und ging dann früh nach Hause, weil ihr nichts anderes einfiel.

»Bist du das, Liebes?«, rief ihre Mutter aus dem Wohnzimmer. Sie musste die Haustür zuschlagen gehört haben. Christine ging hinein und ließ sich aufs Sofa plumpsen, womit sie die ordentlich ausgerichteten Kissen durcheinander brachte.

»Wie war die Prüfung, Liebes?«, fragte ihre Mutter.

»Gut«, sagte Christine lustlos. Die Prüfung war gut gewesen, sie hatte bestanden. Sie war keine glänzende Studentin, das wusste sie, aber sie war gewissenhaft. Ihre Professoren schrieben meist Bemerkungen wie »Sehr bemüht« und »Nicht schlecht angelegt, doch fehlt ein wenig Schwung« unter ihre Arbeiten. Sie benoteten sie mit B, gelegentlich mit B+. Sie studierte politische Wissenschaft und Volkswirtschaft und hoffte nach dem Abschlussexamen auf eine Stelle bei der Regierung. Bei den Beziehungen ihres Vaters hatte sie eine gute Chance.

»Wie schön.«

Christine stellte verdrießlich fest, dass ihre Mutter nur eine verschwommene Vorstellung davon hatte, was eine Prüfung war. Sie ordnete Gladiolen in eine Vase. Sie hatte Gummihandschuhe an, um ihre Hände zu schützen, wie immer, wenn sie sich mit dem beschäftigte, was sie »Hausarbeit« nannte. So weit Christine sah, bestand ihre Hausarbeit darin, Blumen in Vasen anzuordnen, von Osterglocken, Tulpen und Hyazinthen über Gladiolen, Iris und Rosen bis hin zu Astern und Chrysanthemen. Manchmal kochte sie, elegant und mit vielen Rechauds, aber sie betrachtete das als Hobby. Alles andere machte das Mädchen. Christine fand es eine Spur anrüchig, ein Mädchen zu haben. Die Einzigen, die man noch kriegen konnte, waren aus dem Ausland oder schwanger. Ihr Gesichtsausdruck gab gewöhnlich zu verstehen, dass sie irgendwie ausgenutzt wurden. Doch Christines Mutter fragte sich, was ihnen denn anderes übrig bliebe, entweder müssten sie in ein Heim gehen oder zu Hause in ihrem Land bleiben, und Christine musste zugeben, dass dies wahrscheinlich stimmte. Es war ohnehin schwer, sich mit ihrer Mutter zu streiten. Sie war so zerbrechlich, sah so behütet aus, schon ein rauer Atemzug würde ihren Lack zerkratzen.

»Ein interessanter junger Mann hat heute angerufen«, sagte ihre Mutter. Sie war fertig mit den Gladiolen und zog die Gummihandschuhe aus. »Er wollte dich sprechen, und als ich sagte, du wärst nicht da, haben wir ein klein wenig geplaudert. Du hast mir gar nicht von ihm erzählt, Liebes.« Sie setzte die Brille auf, die sie an einer dekorativen Kette um den Hals trug, ein Signal dafür, dass sie in ihrer aufgeschlossenen, intelligenten Stimmung war, nicht in ihrer altmodisch launischen.

»Hat er seinen Namen gesagt?«, fragte Christine. Sie kannte viele junge Männer, aber die riefen nicht oft an. Sie besprachen ihre Angelegenheiten in der Cafeteria oder nach den Sitzungen.

»Es ist jemand aus einem anderen Kulturkreis. Er sagte, er würde später noch einmal anrufen.«

Christine musste einen Augenblick überlegen. Sie war entfernt bekannt mit mehreren Menschen aus anderen Kulturkreisen, vor allem mit Engländern. Sie waren Mitglieder im Debattierclub.

»Er studiert Philosophie in Montreal«, half ihre Mutter weiter. »Er hörte sich an wie ein Franzose.«

Christine fiel der Mann im Park ein. »Ich glaube nicht, dass er wirklich Franzose ist«, sagte sie.

Ihre Mutter hatte die Brille wieder abgenommen und klopfte geistesabwesend gegen eine gebogene Gladiole. »Er hörte sich jedenfalls an wie ein Franzose.« Sie meditierte, das Blumenzepter in der Hand. »Ich finde, es wäre nett, wenn du ihn zum Tee einladen würdest.«

Christines Mutter tat ihr Bestes. Sie hatte zwei weitere Töchter, die beide ihr nachschlugen. Sie waren hübsch. Die eine hatte schon eine gute Partie gemacht, der anderen würde es nicht schwer fallen. Ihre Freundinnen trösteten sie wegen Christine, indem sie sagten: »Sie ist nicht dick, sie hat eben schwere Knochen, das ist die väterliche Linie.« Und: »Christine ist ja so gesund.« Ihre anderen Töchter hatten sich in der Schule nie für etwas engagiert, aber da Christine niemals hübsch sein würde, selbst wenn sie abnähme, war es ganz gut, dass sie so sportlich und politisch aktiv war, es war eine gute Sache, dass sie Interessen hatte. Ihre Mutter versuchte, Christines Interessen zu unterstützen, wo sie nur konnte. Christine merkte, wenn sie sich besondere Mühe gab, in ihrer Stimme war dann etwas Vorwurfsvolles.

Sie wusste, dass ihre Mutter Begeisterung erwartete, konnte aber keine aufbringen. »Ich weiß nicht, muss mal sehen«, sagte sie unbestimmt.

»Du siehst müde aus, Schatz«, sagte ihre Mutter. »Möchtest du vielleicht ein Glas Milch?«

Christine saß in der Badewanne, als das Telefon klingelte. Sie war nicht sehr fantasiebegabt, aber wenn sie in der Badewanne lag, stellte sie sich oft vor, sie wäre ein Delfin, ein Spiel, das von einem der Mädchen übrig geblieben war, das sie gebadet hatte, als sie klein war. Ihre Mutter war in der Diele charmant und glockenstimmig; dann klopfte es an die Tür.

»Es ist der nette französische Student, Christine«, sagte ihre Mutter.

»Sag ihm, dass ich in der Badewanne sitze«, sagte Christine lauter als nötig. »Er ist kein Franzose.«

Sie konnte hören, wie ihre Mutter die Stirn runzelte. »Das wäre nicht sehr höflich, Christine. Ich glaube nicht, dass er das verstehen könnte.«

»Na gut«, sagte Christine. Sie stemmte sich aus der Badewanne, wickelte ihre rosige Masse in ein Badetuch und platschte zum Telefon.

»Hallo«, sagte sie barsch. Auf diese Entfernung war er nicht bemitleidenswert, sondern lästig. Sie konnte sich nicht denken, wie er sie ausfindig gemacht hatte. Wahrscheinlich war er das Telefonbuch durchgegangen und hatte alle Nummern mit ihrem Nachnamen angerufen, bis er die richtige traf.

»Hier ist Ihr Freund«, sagte er.

»Ich weiß«, sagte sie. »Wie geht's?«

»Mir geht es sehr ausgezeichnet.« Eine lange Pause folgte, während der Christine einen boshaften Drang spürte, »Na, dann auf Wiedersehen« zu sagen und aufzulegen; aber sie war sich ihrer Mutter bewusst, die statuettengleich an der Tür ihres Schlafzimmers lehnte. Dann sagte er: »Ich hoffe, es geht Ihnen auch sehr ausgezeichnet.«

»Ja«, sagte Christine. Sie hatte nicht vor mitzuspielen.

»Ich komme zum Tee«, sagte er.

Das überraschte Christine. »So?«

»Ihre freundliche Mutter fragen mich. Ich komme Donnerstag, vier Uhr.«

»Oh«, sagte Christine ungnädig.

»Also bis dann«, sagte er mit dem bewussten Stolz dessen, der einen schweren Ausdruck gemeistert hat.

Christine legte den Hörer auf und ging durch die Diele. Ihre Mutter war in ihrem Arbeitszimmer und saß unschuldig am Schreibtisch.

»Hast du ihn für Donnerstag zum Tee eingeladen?«

»Nicht ganz, Liebes«, sagte ihre Mutter. »Ich habe allerdings erwähnt, er könnte *irgendwann* zum Tee kommen.«

»Also, er kommt am Donnerstag. Vier Uhr.«

»Und was ist daran auszusetzen?«, sagte ihre Mutter heiter. »Ich finde, das ist eine sehr nette Geste, die wir machen können. Ich finde wirklich, du könntest versuchen, ein bisschen aufgeschlossener zu sein.« Sie war mit sich zufrieden.

»Wenn du ihn schon eingeladen hast«, sagte Christine, »dann bleib gefälligst dabei und hilf mir, ihn zu unterhalten. Ich habe keine Lust, ganz allein nette Gesten zu machen.«

»Christine, *Liebes«,* sagte ihre Mutter, erhaben darüber, schockiert zu sein.

»Du solltest deinen Morgenmantel anziehen, du wirst dich erkälten.«

Nach einer Stunde schlechter Laune versuchte Christine den Tee als eine Mischung aus Prüfung und dienstlicher Verpflichtung zu sehen: gewiss kein Vergnügen, aber mit möglichst viel Feingefühl zu bewältigen. Und es war wirklich eine nette Geste. Als am Donnerstagmorgen die Kuchen geliefert wurden, die ihre Mutter bei der *Patisserie* bestellt hatte, überkam sie ein Anflug festlicher Stimmung. Sie beschloss sogar, ein Kleid anzuziehen, ein gutes, anstelle von Rock und Bluse. Schließlich hatte sie nichts gegen ihn, außer der Erinnerung daran, wie er ihren Tennisschläger und dann ihren Arm gepackt hatte. Sie unterdrückte eine kurze, unmögliche Vision: sie, von ihm durchs Wohnzimmer verfolgt, ihn mit geworfenen Sofakissen und Gladiolenvasen abwehrend. Nichtsdestoweniger sagte sie dem Mädchen, dass sie im Garten Tee trinken würden. Für ihn würde es etwas Besonderes sein, und draußen war mehr Platz.

Sie hatte schon vermutet, dass ihre Mutter sich vor dem Tee drücken, es so einrichten würde, dass sie gerade fortging, wenn er kam: So konnte sie ihn taxieren und die beiden dann allein lassen. Sie hatte Christine schon öfter Ähnliches angetan. Als Entschuldigung diente diesmal das Symphoniekomitee. Und richtig, ihre Mutter verlegte sorgfältig ihre Handschuhe und machte sie mit einem gekünstelten Freudengemurmel ausfindig, gerade als die Türglocke läutete. Noch wochenlang genoss Christine die Erinnerung an den herunterklappenden Unterkiefer ihrer Mutter und ihre vollendet wiederkehrende Fassung, als er ihr vorgestellt wurde: Das war nicht ganz der fremde Potentat, den ihr optimistisches, schleierzartes Gemüt sich ausgemalt hatte.

Er war für eine Festlichkeit gerüstet. Er hatte sich so viel Pomade aufs Haar geschmiert, dass es wie mit einer engen schwarzen Kunstlederkappe bedeckt schien, und er hatte die Fäden an den Jackenärmeln abgeschnitten. Seine orangefarbene Krawatte war überwältigend prächtig. Als er ihrer Mutter die plötzlich weiß behandschuhte Hand schüttelte, stellte Christine allerdings fest, dass die Kugelschreibertinte an seinen Fingern anscheinend unlöschbar war. Sein Gesicht war rot angelaufen, womöglich in Erwartung der Wonnen, die ihm bevorstanden. Er hatte eine winzige Kamera über der Schulter hängen und rauchte eine exotisch riechende Zigarette.

Christine führte ihn durch das kühle, blumige, weich ausgelegte Wohnzimmer und durch die Glastür in den Garten. »Setzen Sie sich dahin«, sagte sie. »Ich werde mich darum kümmern, dass das Mädchen den Tee bringt.«

Das Mädchen kam von den Westindischen Inseln. Christines Eltern waren entzückt von ihr gewesen, als sie an Weihnachten dort unten waren, und hatten sie von dort mitgebracht. Inzwischen war sie schwanger geworden, aber Christines Mutter hatte sie nicht entlassen. Sie sagte, sie sei ein wenig enttäuscht, aber sie sehe eigentlich keinen Unterschied zwischen einem Mädchen, das schon schwanger war, bevor man es anstellte, und einem, das es danach wurde. Sie sonnte sich in ihrer Toleranz; außerdem waren Hausmädchen knapp. Erstaunlicherweise wurde es zunehmend schwieriger, mit dem Mädchen auszukommen. Entweder teilte sie Christines Mutters Ansicht über die ihr erwiesene Großzügigkeit nicht oder sie hatte das Gefühl, ungestraft mit etwas davongekommen zu sein und sich deshalb Verachtung leisten zu können. Zuerst hatte Christine versucht, sie wie ihresgleichen zu behandeln. »Nenn mich nicht Miss Christine«, hatte sie mit einem künstlich leichten, kameradschaftlichen Lachen gesagt. »Und wie soll ich zu Ihnen sagen?«, hatte das Mädchen finster gefragt. Sie hatten begonnen, in der Küche kurze, verdrießliche Auseinandersetzungen zu führen, die den Auseinandersetzungen zwischen zwei Dienstboten glichen, fand Christine. Die Haltung ihrer Mutter ihnen beiden gegenüber war ähnlich: Beide waren nicht ganz zur Zufriedenheit ausgefallen, aber man musste sich eben mit ihnen abfinden.

Die Kuchen, auf denen der Guss glänzte, waren auf einer Platte angeordnet, und die Teekanne stand bereit. Auf dem Herd kochte der elektrische Kessel. Christine ging darauf zu, aber das Mädchen, das bis dahin, die Ellbogen auf den Küchentisch gestützt, dagesessen und sie ausdruckslos beobachtet hatte, sprang auf und kam ihr zuvor. Christine wartete, bis sie das Wasser in die Kanne gegossen hatte. Dann sagte sie: »Ich trag das hinaus, Elvira.« Sie hatte eben beschlossen, dass sie das Mädchen die orangerote Krawatte ihres Besuchers nicht sehen lassen wollte; schon jetzt, das wusste sie, hatte ihr Ansehen in den Augen des Mädchens gelitten, weil bisher noch kein Mann versucht hatte, sie zu schwängern.

»Wofür werd ich denn bezahlt, Miss Christine?«, sagte das Mädchen patzig. Sie schwenkte mit dem Tablett in Richtung Garten. Christine tappte hinterher und kam sich plump und ungelenk vor. Das Mädchen war mindestens so füllig wie sie, aber auf ganz andere Art.

»Danke, Elvira«, sagte Christine, als das Tablett am Platz stand. Das Mädchen trat ohne ein Wort ab, wobei sie einen verächtlichen Blick auf die fransigen Jackenärmel, die fleckigen Finger warf. Christine war jetzt fest entschlossen, besonders freundlich zu ihm zu sein.

»Sie sind sehr reich«, sagte er.

»Nein«, protestierte Christine kopfschüttelnd, »das sind wir nicht.« Sie hatte ihre Familie nie als reich betrachtet. Einer der Sprüche ihres Vaters war, dass es beim Staat nun mal keine Reichtümer zu holen gäbe.

»Doch«, wiederholte er. »Sie sind sehr reich.« Er lehnte sich in seinen Liegestuhl zurück und sah sich wie geblendet um.

Christine stellte seine Teetasse vor ihn hin. Sie war es nicht gewohnt, dem Haus oder dem Garten viel Aufmerksamkeit zu schenken. Sie waren nicht auffallend und bei weitem nicht die größten in der Straße. Andere Leute hielten sie instand. Aber jetzt schaute sie hin, wo er hinschaute, und sah alles wie von einer anderen Ebene, die weiten Flächen, die Rabattenblumen, die im Licht der Frühsommersonne leuchteten, den gefliesten Innenhof und die Plattenwege, die hohen Mauern und die Stille.

Er kehrte mit einem Seufzer zu ihrem Gesicht zurück. »Mein Englisch ist nicht gut«, sagte er, »aber ich bessere ich.«

»Ja, wirklich«, sagte Christine und nickte ermutigend.

Er trank seinen Tee, schnell und vorsichtig, als hätte er Angst, die Tasse zu beschädigen. »Ich bleibe gerne hier.«

Christine reichte ihm den Kuchen. Er nahm nur ein Stückchen und verzog leicht das Gesicht, als er es aß. Aber er trank noch mehrere Tassen Tee, während sie den Kuchen aufaß. Es gelang ihr herauszufinden, dass er mit einem kirchlichen Stipendium herübergekommen war – welcher Religion, konnte sie nicht entschlüsseln – und Philosophie oder Theologie oder möglicherweise beides studierte. Sie fühlte Wohlwollen ihm gegenüber: Er hatte sich gut benommen, er hatte ihr keine Unannehmlichkeiten gemacht.

Endlich war die Teekanne leer. Wie von einem lautlosen Gong aufgeschreckt, setzte er sich in seinem Stuhl hoch. »Sie sehen hierher, bitte«, sagte er. Christine sah, dass er seine winzige Kamera auf die steinerne Sonnenuhr gestellt hatte, die ihre Mutter vor zwei Jahren mit dem Schiff aus England herübergebracht hatte. Er wollte sie fotografieren. Sie war geschmeichelt und setzte sich mit einem ebenmäßigen Lächeln in Pose.

Er nahm die Brille ab und legte sie neben seinen Teller. Einen Moment lang sah sie seine kurzsichtigen, schutzlosen Augen auf sich gerichtet, mit etwas Bebendem, Vertrauensvollem darin, gegen dessen Wahrnehmung sie sich lieber verschlossen hätte. Dann ging er hinüber und machte mit dem Rücken zu ihr etwas an der Kamera. Im nächsten Augenblick kauerte er neben ihr, seinen Arm um ihre Taille, soweit er reichen konnte, die andere Hand auf ihre Hände gelegt, die sie im Schoß gefaltet hatte, seine Wange an ihre gepresst. Sie war zu bestürzt, um sich zu rühren. Die Kamera klickte.

Er stand sofort auf und setzte die Brille wieder auf, die jetzt in traurigem Triumph funkelte. »Danke, Miss«, sagte er zu ihr. »Ich gehe jetzt.« Er hängte die Kamera wieder über die Schulter und hielt die Hand darüber, wie um den Deckel festzuhalten und ein Entrinnen zu verhindern. »Ich schicke meiner Familie. Ihnen wird gefallen.«

Er war zum Tor hinaus und fort, bevor Christine zu sich kam. Dann lachte sie. Sie hatte Angst gehabt, dass er sie angreifen würde, das konnte sie jetzt zugeben, und er hatte es getan. Aber nicht in der üblichen Weise. Er hatte sie vergewaltigt, sie gewaltsam genommen, nicht ihren Körper, aber ihr Abbild in Zelluloid und nebenbei das des silbernen Teeservices, das sie spöttisch anblinkte, als das Mädchen es in königlicher Haltung forttrug – die Insignien, die Kronjuwelen.

Christine verbrachte den Sommer wie in den vergangenen drei Jahren: Sie gab Segelunterricht in einem teuren Ferienlager für Mädchen in der Nähe des Algonquin-Parks. Sie war selbst schon als Feriengast dort gewesen, alles war ihr vertraut; sie segelte fast noch besser, als sie Tennis spielte.

In der zweiten Woche bekam sie einen Brief von ihm, in Montreal abgestempelt und von zu Hause nachgeschickt. Er war in Blockbuchstaben auf ein Stück des grünen Papiers geschrieben, zwei oder drei Sätze. Er fing an: »Ich hoffe, es geht Ihnen gut«, beschrieb dann in einsilbigen Worten das Wetter und endete: »Mir geht es gut.« Er war mit »Ihr Freund« unterschrieben. Jede Woche bekam sie einen weiteren dieser Briefe, mehr oder weniger identisch. Einem war ein Farbfoto beigelegt: er, eine Spur schielend und mit fröhlichem Grinsen, neben ihrem wogenden Faltenwurf noch spindeldürrer, als sie ihn in Erinnerung hatte, um sie herum Blumen, die wie Raketen explodierten, eine seiner Hände ein zweideutiger Fleck in ihrem Schoß, die andere außer Sichtweite; auf ihrem eigenen Gesicht Überraschung und Entrüstung, als bohre er seinen versteckten Daumen in ihr Gesäß.

Sie beantwortete den ersten Brief, aber dann trainierten die Älteren für die Regatta. Am Ende des Sommers beim Packen für die Heimfahrt warf sie alle Briefe weg.

Als sie schon mehrere Wochen wieder zurück war, bekam sie einen weiteren grünen Brief. Diesmal war oben in Druckschrift ein Absender angegeben, eine Adresse in ihrer eigenen Stadt, wie Christine mit bösen Vorahnungen feststellte. Jeden Tag wartete sie auf das Klingeln des Telefons. Sie war so sicher, dass sein erster Kontaktversuch eine körperlose Stimme sein würde, dass sie, als er mitten auf dem Campus unvermittelt auf sie zutrat, unvorbereitet war.

»Wie geht es Ihnen?«

Sein Lächeln war das Gleiche, aber alles andere an ihm war noch erbärmlicher geworden. Er war womöglich noch dünner, aus seinen Jackenärmeln war ein neuer üppiger Fadenwuchs gesprossen, wie um die Hände zu verbergen, die jetzt so schlimm abgekaut waren, dass sie wie von Nagetieren angeknabbert schienen. Das Haar fiel ihm über die Augen, ungeschnitten, ohne Pomade. Seine Augen in dem hohlwangigen Gesicht, einem zerbrechlichen Dreieck aus Haut, das sich über Knochen spannte, sprangen hinter seiner Brille wie Fische am Angelhaken. Er hatte das Ende einer Zigarette im Mundwinkel, und während sie gingen, zündete er eine neue daran an.

»Mir geht es gut«, sagte Christine. Ich lasse mich nicht noch einmal auf ihn ein, dachte sie, genug ist genug, ich habe meinen Beitrag zur internationalen Verständigung geleistet. »Wie geht es Ihnen?«

»Ich lebe hier jetzt«, sagte er. »Vielleicht ich studiere Volkswirtschaft.«

»Wie schön.« Es klang nicht, als sei er irgendwo eingeschrieben.

»Ich komme, Sie zu sehen.«

Christine wusste nicht, ob er meinte, dass er Montreal verlassen hatte, um in ihrer Nähe zu sein, oder ob er sie zu Hause besuchen wollte, wie im Frühling; auf jeden Fall lehnte sie ab, in etwas hineingezogen zu werden. Sie standen vor dem Gebäude der Politikwissenschaft. »Ich habe hier eine Vorlesung«, sagte sie. »Auf Wiedersehen.« Sie benahm sich herzlos, das war ihr klar, aber ein kurzer, harter Schlag war letzten Endes barmherziger, pflegten ihre schönen Schwestern zu sagen.

Später fand sie, dass es dumm von ihr gewesen war, ihn wissen zu lassen, wo ihr Kurs stattfand. Dabei war in allen Colleges ein Stundenplan angeheftet: Er brauchte nur noch ihren Namen zu suchen und jede ihrer möglichen Bewegungen in Blockbuchstaben auf seinem grünen Notizblock festzuhalten. Von diesem Tag an ließ er sie nicht mehr in Ruhe.

Anfangs wartete er vor den Seminarräumen, bis sie herauskam. Sie grüßte ihn zuerst kurz und ging weiter, aber das funktionierte nicht; er folgte ihr in einiger Entfernung und lächelte sein ewig gleiches Lächeln. Dann hörte sie ganz auf, etwas zu ihm zu sagen, und gab vor, ihn nicht zu beachten, aber das änderte nichts, er folgte ihr trotzdem. Die Tatsache, dass sie irgendwie Angst vor ihm hatte – oder war es nur Verlegenheit? –, schien ihn noch zu ermutigen. Ihren Freunden begann es aufzufallen, sie fragten, wer er sei und warum er ihr nachsteige. Sie konnte kaum etwas antworten, weil sie kaum etwas wusste.

Als die Wochentage vergingen und er keine Anstalten machte aufzugeben, fing sie an, von einem Kurs zum andern zu traben und schließlich zu rennen. Er war unermüdlich und hatte einen erstaunlich langen Atem für einen so starken Raucher: Er spurtete hinter ihr her, den Abstand zwischen ihnen immer gleich haltend, als sei er ein Nachziehspielzeug, das mit einer Schnur an ihr befestigt war. Sie war sich des lächerlichen Anblicks bewusst, den sie bieten mussten, wenn sie so über den Campus galoppierten, wie aus einem Zeichentrickfilm, ein schwerfälliger Elefant in wilder Flucht vor einer lächelnden, abgezehrten Maus, beide gefangen im klassischen Muster der komischen Verfolgungsjagd. Aber sie fand, dass das Rennen sie weniger nervös machte, als ruhig dahinzugehen und die Haut im Nacken unter seinem Blick kribbeln zu spüren. Zumindest konnte sie ihre Muskeln einsetzen. Sie dachte sich neue Gewohnheiten, Fluchtwege aus. Sie stürzte zur vorderen Tür in die Damentoilette der Cafeteria und zur Hintertür wieder heraus, und er verlor ihre Spur, bis er den anderen Eingang entdeckte. Sie versuchte, ihn auf Umwegen durch täuschende Torwege und Korridore abzuschütteln, aber er schien mit den architektonischen Irrgärten genauso vertraut wie sie selbst. Als letzte Zuflucht konnte sie das Studentinnenwohnheim ansteuern und aus sicherem Abstand zu sehen, wie er von der strengen Stimme der Pförtnerin zum Stillstand gebracht wurde: Männer durften nicht weiter als bis zum Eingang.

Das Mittagessen wurde schwierig. Sie saß gerade da, gewöhnlich zusammen mit anderen Mitgliedern des Debattierclubs, und biss in ein schönes Sandwich, da tauchte er auf, wie durch einen unsichtbaren Schacht heraufgestiegen. Dann hatte sie die Wahl, sich entweder mit halbgegessenem Sandwich durch die volle Cafeteria nach draußen zu drängeln oder fertig zu essen, während er hinter ihrem Stuhl stand, alle am Tisch sich seiner Gegenwart eindringlich bewusst waren und die Unterhaltung gespreizter wurde und dann verstummte. Ihre Freunde lernten, ihn schon aus der Ferne zu erspähen, sie stellten Posten auf. »Da kommt er«, flüsterten sie und halfen ihr, ihre Habe für den Sprint, der folgen würde, zusammenzuklauben.

Mehrmals verlor sie die Lust am Wegrennen, drehte sich um und stellte sich vor ihn. »Was wollen Sie?«, fragte sie dann und stierte feindselig auf ihn hinunter, fast mit geballten Fäusten. Sie hatte Lust, ihn zu schütteln, ihn zu schlagen.

»Ich wünsche, mit Ihnen zu reden.«

»Gut, hier bin ich«, sagte sie. »Worüber wollen Sie reden?«

Aber er sagte nichts. Er stand vor ihr, trat von einem Fuß auf den anderen, lächelte vielleicht entschuldigend (obwohl sie die genaue Bedeutung dieses Lächelns nicht ergründen konnte: zerkaute Lippen, über den nikotingelben Zähnen auseinandergezogen, an den Mundwinkeln ansteigend, Fleisch, das für einen unsichtbaren Fotografen angespannt stillgehalten wurde), wobei seine Augen von einem Teil ihres Gesichts zum anderen ruckten, als sähe er sie in Bruchstücken.

So ärgerlich und ermüdend sie waren, hatten seine Nachstellungen doch ein seltsames Ergebnis: Rätselhaft an sich, verliehen sie auch Christine etwas Rätselhaftes. Keiner hatte Christine je rätselhaft gefunden. Für ihre Eltern war sie ein fleischiges Schwergewicht, ein Arbeitstier, dem es an Spürsinn fehlte, etwas Gewöhnliches wie Brot. Für ihre Schwestern war sie die Unansehnliche, die mit einer Nachsicht behandelt wurde, die sie einander nicht entgegenbrachten: Sie brauchten keine Rivalin in ihr zu fürchten. Für ihre männlichen Freunde war sie jemand, auf den man sich verlassen konnte. Sie war hilfsbereit, arbeitswillig, immer für ein Tennisspiel mit den Sportlern unter ihnen zu haben. Sie luden sie ein, mit ihnen Bier zu trinken, damit sie Zugang zu der sauberen und attraktiveren Seite für »Damen in Begleitung« in der Bierkneipe hatten, wobei sie davon ausgingen, dass sie ihren Anteil an den Runden zahlen würde. In Augenblicken der Anspannung vertrauten sie ihr ihre Probleme mit Frauen an. An ihr war nichts Unaufrichtiges und nichts Interessantes.

Christine hatte diese Einschätzung ihrer selbst immer akzeptiert. In ihrer Kindheit hatte sie sich mit der falschen Braut oder der hässlichen Schwester identifiziert. Immer, wenn ein Märchen so begonnen hatte: »Es war einmal ein Mädchen, das war so schön, wie es gut war«, hatte sie gewusst, dass das nicht sie war. So war es eben, aber schlimm war es eigentlich nicht. Ihre Eltern hatten niemals blendende Erfolge im Gesellschaftsleben von ihr erwartet und waren nicht übermäßig enttäuscht, als keine eintraten. Ihr blieben die Intrigen und Ängste erspart, die sie an anderen Mädchen ihres Alters beobachtete, und sie hatte sogar bei Männern eine Art Sonderstellung:

Sie war eine Ausnahme, sie passte in keine der Kategorien, die sie gewöhnlich benutzten, wenn sie über Mädchen sprachen, sie war weder zickig noch ein Betthäschen, weder Eiszapfen noch Kratzbürste. Sie war jemand, den man ernst nahm. Sie war sogar dazu übergegangen, die männliche Verachtung für die meisten Frauen zu teilen.

Jetzt jedoch hatte sie etwas an sich, was sich nicht erklären ließ. Ein Mann lief ihr hinterher. Ein absonderlicher Typ von Mann, zugegeben, aber doch ein Mann, und zweifellos fühlte er sich von ihr angezogen, er konnte nicht von ihr ablassen. Andere Männer schauten sie so genau an wie nie zuvor, taxierten sie, versuchten zu finden, was es war, was diese zwinkernden, bebrillten Augen in ihr sahen. Sie begannen, mit ihr auszugehen, obwohl sie von diesen Ausflügen zurückkamen, ohne dass ihre Neugier befriedigt, das Geheimnis ihres Zaubers gelüftet worden wäre. Ihr glanzloses Mopsgesicht, ihr stabiler, bärengleicher Körper wurden für sie Teile eines Rätsels, das keiner lösen konnte. Christine spürte es. In der Badewanne stellte sie sich nicht mehr vor, sie sei ein Delfin; stattdessen malte sie sich aus, sie sei eine ungreifbare Wassernixe oder manchmal, in Augenblicken der Waghalsigkeit, Marilyn Monroe. Die tägliche Jagd wurde Gewohnheit, sie freute sich sogar darauf. Zusätzlich zu den sonstigen Vorteilen nahm sie dabei auch noch ab.

Die ganzen Wochen über hatte er nie angerufen und war nie bei ihr zu Hause aufgekreuzt. Er musste jedoch entschieden haben, dass seine Taktik nicht den gewünschten Erfolg hatte, oder vielleicht spürte er, dass es ihr allmählich langweilig wurde. Das Telefon fing an, früh am Morgen oder spät nachts zu klingeln, wenn er sicher sein konnte, dass sie da war. Manchmal atmete er nur (sie erkannte seine Art zu atmen oder glaubte sie zu erkennen), dann legte sie auf. Gelegentlich sagte er wieder, dass er mit ihr sprechen wolle, aber auch wenn sie ihm viel Zeit ließ, kam nichts mehr. Dann dehnte er sein Jagdgebiet aus. Sie sah ihn in ihrer Straßenbahn, stumm herüberlächelnd von einem Platz, der immer mindestens drei Reihen entfernt war. Sie fühlte, dass er ihr in ihrer eigenen Straße folgte, aber wenn sie ihren Vorsatz, nicht darauf zu achten, brach und sich umschaute, war er unsichtbar oder gerade dabei, sich hinter einem Baum oder einer Hecke zu verstecken.

In Menschenmengen und bei Tageslicht hatte sie eigentlich keine Angst vor ihm gehabt. Sie war stärker als er, und er hatte in letzter Zeit keinen Versuch gemacht, sie zu berühren. Aber die Tage wurden kürzer und kälter, es war fast November, oft kam sie in der Dämmerung zu Hause an oder in einer Dunkelheit, die nur von den schwachen, orangefarbenen Straßenlaternen gebrochen wurde. Sie dachte an etwaige Rasierklingen, Messer, Pistolen. Im Besitz einer Waffe könnte er die Chancen leicht umkehren. Sie vermied es, Schals zu tragen, eingedenk der Zeitungsnotizen über Mädchen, die damit erdrosselt worden waren. Sie hatte ein komisches Gefühl, wenn sie morgens ihre Nylonstrümpfe anzog. Ihr Körper schien geschrumpft, kleiner als seiner geworden zu sein.

War er verhaltensgestört, war er ein Triebtäter? Er schien so harmlos, und doch war er von der Sorte, die oft am Schluss durchdrehte. Sie stellte sich seine abgekauten Fingernägel an ihrer Kehle vor, an ihren Kleidern reißend, doch konnte sie sich nicht vorstellen, wie sie selbst schrie. Geparkte Autos, das Buschwerk in der Nähe ihres Hauses, die Einfahrten zu beiden Seiten verwandelten sich, wenn sie daran vorbeiging, vom unbemerkten Hintergrund zu unheimlich schattigem Vordergrund, jede Einzelheit scharf und hart: Es waren Stellen, hinter denen ein Mann kauern, hervorspringen konnte. Doch jedes Mal, wenn sie ihn im klaren Licht des Morgens oder Nachmittags sah (denn er setzte seine alten Verfolgungsmethoden fort), überzeugten seine alternde Jacke und seine nervös zuckenden Augen sie, dass sie selbst der Peiniger, der Verfolger war. Sie war in gewissem Sinn verantwortlich. Aus den Poren und Tiefen ihres Körpers, den sie so lange wie eine zuverlässige Maschine behandelt hatte, strömte, gegen ihren

Willen, ein mächtiger, unsichtbarer Geruch, wie der einer läufigen Hündin oder einer weiblichen Motte, der ihn unfähig machte, von der Verfolgung abzulassen.

Ihre Mutter, die mit den unvermeidlichen herbstlichen Einladungen zu sehr beschäftigt gewesen war, um der Anzahl von Telefongesprächen, die Christine bekam, oder den Klagen des Hausmädchens über einen Mann, der auflegte, ohne zu sprechen, viel Aufmerksamkeit zu schenken, kündigte an, dass sie übers Wochenende nach New York fliegen wolle. Ihr Vater beschloss mitzukommen. Christine geriet in Panik. Sie sah sich selbst in der Badewanne, mit aufgeschlitzter Kehle, sah Blut aus ihrem Hals tropfen und in einer kleinen Spirale in den Abfluss sickern (denn inzwischen glaubte sie, er könnte durch Wände gehen, überall gleichzeitig sein). Das Mädchen würde nichts tun, um ihr zu helfen, es stünde vielleicht sogar in der Badezimmertür, mit verschränkten Armen zuschauend. Christine vereinbarte mit ihrer verheirateten Schwester, das Wochenende bei ihr zu verbringen.

Als sie am Sonntagabend zurückkam, fand sie das Mädchen der Hysterie nahe. Sie sagte, sie hätte am Sonnabend, als es dämmerte, die Vorhänge vor die Glastüren ziehen wollen und dabei ein merkwürdig verzerrtes Gesicht, ein Männergesicht, an die Scheibe gepresst gesehen, das sie aus dem Garten anstarrte. Sie behauptete, sie sei ohnmächtig geworden und hätte um ein Haar ihr Kind um einen Monat zu früh dort auf dem Wohnzimmerteppich gekriegt. Dann hatte sie die Polizei angerufen. Er war fort, als die Polizisten kamen, aber sie hatte ihn erkannt, von dem Teenachmittag her; sie hatte ihnen mitgeteilt, dass er ein Freund von Christine sei.

Sie kamen am Montagabend vorbei, um der Sache nachzugehen, zwei Mann. Sie waren sehr höflich, sie wussten, wer Christines Vater war. Ihr Vater begrüßte sie herzlich. Ihre Mutter flatterte im Hintergrund, rang die Porzellanhände, ließ sie sehen, wie zerbrechlich und bekümmert sie war. Sie litt sie nicht gern in ihrem Wohnzimmer, aber es war notwendig.

Christine musste zugeben, dass er ihr nachgestiegen war. Sie war erleichtert, dass er entdeckt worden war, erleichtert auch, dass nicht sie es war, die ihn angezeigt hatte, obwohl sie, wenn er ein Bürger des Landes gewesen wäre, schon längst die Polizei alarmiert hätte. Sie beharrte darauf, dass er nicht gefährlich sei, dass er ihr niemals ein Haar gekrümmt habe.

»Die Sorte tut einem nicht weh«, sagte einer der Polizisten. »Die legen einen einfach um. Sie können von Glück sagen, dass sie nicht tot sind.«

»Solche sind reif fürs Irrenhaus«, sagte der andere.

Ihre Mutter erlaubte sich die Bemerkung, mit Menschen aus anderen Kulturkreisen sei es so, dass man ja nie sagen könne, ob sie normal seien oder nicht, weil sie so anders seien. Der Polizist stimmte ihr zu, respektvoll und gleichzeitig herablassend, als sei sie ein königlicher Trottel, der mit Nachsicht behandelt werden müsse.

»Wissen Sie, wo er wohnt?«, fragte der erste Polizist. Christine hatte den Brief mit seinem Absender vor langer Zeit zerrissen. Sie schüttelte den Kopf.

»Dann müssen wir ihn morgen schnappen«, sagte er. »Meinen Sie, Sie können ihn vor dem Hörsaal in ein Gespräch verwickeln, wenn er auf Sie wartet?«

Nach ihrer Befragung führten sie in der Diele ein gedämpftes Gespräch mit ihrem Vater. Das Mädchen, das die Kaffeetassen wegräumte, sagte, wenn sie ihn nicht einsperren würden, ginge sie. Sie würde sich nicht noch einmal so zu Tode erschrecken lassen.

Als Christine am nächsten Tag aus ihrer Vorlesung über die Geschichte der Moderne kam, stand er da, wie bestellt. Er schien erstaunt, als sie nicht anfing zu rennen. Sie ging auf ihn zu, ihr Herz klopfte im Bewusstsein des Verrats und bei der Aussicht auf Befreiung. Ihr Körper hatte wieder seine ursprüngliche Größe erreicht. Sie fühlte sich wie eine Riesin, beherrscht, unverwundbar.

»Wie geht es Ihnen?«, fragte sie mit strahlendem Lächeln.

Er sah sie misstrauisch an.

»Wie ist es Ihnen ergangen?«, versuchte sie es noch einmal. Sein eigenes immer währendes Lächeln schwand. Er wich einen Schritt von ihr zurück.

»Ist er das?«, sagte der Polizist, der hinter einem Schwarzen Brett hervorschoss wie in einem Gangsterfilm und eine kompetente Hand auf die abgewetzte Jackenschulter legte. Der andere Polizist hielt sich im Hintergrund. Gewalt war nicht nötig.

»*Tun* Sie ihm nichts!«, flehte sie, als sie ihn abführten. Sie nickten und grinsten, respektvoll, verächtlich. Er schien sehr genau zu wissen, wer sie waren und was sie wollten.

Der erste Polizist rief abends an, um seinen Bericht zu geben. Ihr Vater sprach mit ihm, jovial und geschäftsmäßig. Sie selbst war jetzt weg von der Bildfläche. Sie war beschützt worden, sie hatte ihre Rolle ausgespielt.

»Was haben sie mit ihm *getan?«,* fragte sie unruhig, als er zurück ins Wohnzimmer kam. Sie hatte keine Ahnung, was auf Polizeiwachen passierte.

»Sie haben ihm nichts getan«, sagte er, belustigt über ihre Betroffenheit. »Sie hätten ihn wegen unsittlicher Belästigung belangen können. Sie wollten wissen, ob ich ihn verklagen will. Aber es lohnt sich nicht, vor Gericht zu gehen. Er hat ein Visum, mit dem er nur so lange im Land bleiben darf, wie er in Montreal studiert, deshalb habe ich gesagt, sie sollen ihn dorthin verfrachten. Wenn er hier noch mal auftaucht, weisen sie ihn aus. Sie waren auch in dem Haus, in dem er wohnt, er ist mit zwei Wochen Miete im Rückstand. Seine Wirtin hat gesagt, sie sei drauf und dran gewesen, ihn rauszuwerfen. Anscheinend ist er überglücklich, dass er die ausstehende Miete und eine Fahrkarte nach Montreal bezahlt bekommt.« Er machte eine Pause.

»Sie haben allerdings nichts aus ihm rausgekriegt.«

»Aus ihm *rausgekriegt?«,* fragte Christine.

»Sie haben versucht herauszufinden, warum er es getan hat; dich zu verfolgen, meine ich.« Die Augen ihres Vaters glitten über sie hin, als sei es auch für ihn ein Rätsel. »Sie haben gesagt, als sie ihn danach fragten, hätte er den Mund nicht mehr aufgemacht. Getan, als verstünde er kein Englisch. Er hat ganz gut verstanden, aber nicht geantwortet.«

Christine dachte, damit wäre Schluss, aber irgendwie gelang es ihm, sich zwischen der Festnahme und der Abfahrt des Zuges seiner Begleitung für die Dauer eines weiteren Anrufs zu entziehen.

»Ich sehe Sie wieder«, sagte er. Er wartete nicht, bis sie auflegte.

Nun, da er keine peinlich gegenwärtige Wirklichkeit mehr war, konnte darüber gesprochen werden, konnte er eine amüsante Geschichte werden. Es war im Grunde die einzige amüsante Geschichte, die Christine zu erzählen hatte, und die Erzählung bewirkte, dass ihr vor ihr selbst und anderen jener Anflug von eigenartigem Reiz erhalten blieb. Ihre Freunde und die Männer, die weiter mit ihr ausgingen, stellten Vermutungen über seine Motive an. Einer meinte, er habe sie heiraten wollen, um im Land bleiben zu können. Ein anderer sagte, Ostasiaten hätten etwas übrig für üppige Frauen, »deine Rubensschen Kurven«.

Christine dachte viel über ihn nach. Sie hatte ihn nicht attraktiv gefunden, eher im Gegenteil, aber als bloße Idee war er eine romantische Figur, der einzige Mann, der sie unwiderstehlich gefunden hatte. Obwohl sie sich, wenn sie ihr unverändert rotes Gesicht und ihren mächtigen Körper in ihrem hohen Spiegel betrachtete, oft fragte, was an ihr dies wohl bewirkt hatte. Die Theorie, er sei geistesgestört gewesen, lehnte sie jedes Mal ab, wenn sie geäußert wurde; es gab eben mehr als eine Art, bei geistiger Gesundheit zu sein.

Ein neuer Bekannter hatte allerdings, als er die Geschichte zum ersten Mal hörte, eine andere Erklärung. »Ach, dich hat er auch erwischt«, sagte er lachend. »Das muss derselbe Typ sein, der sich im Sommer vor einem Jahr immer um unser Tagescamp herumgetrieben hat. Allen Mädchen hat der nachgestellt. Ein kleiner Typ, Japaner oder so, Brille, die ganze Zeit dieses Lächeln.«

»Vielleicht war es jemand anders«, sagte Christine.

»Das gibt es nicht zweimal. Alles passt. Das war ein ganz schön verrückter Typ.«

»Was ... was für Mädchen ist er nachgelaufen?«, fragte Christine.

»Ach, allen, die gerade da waren. Aber wenn jemand ihn am Anfang beachtet hat und nett war oder so, war er nicht mehr abzuschütteln. Eine Nervensäge, aber harmlos.«

Christine hörte auf, ihre amüsante Geschichte zu erzählen. Sie war also nur eine unter vielen gewesen. Sie nahm das Tennisspielen wieder auf, sie hatte ihren Sport vernachlässigt.

Ein paar Monate später rief der Polizist, der den Fall bearbeitet hatte, sie wieder an.

»Wollte Ihnen nur mitteilen, Miss, dass der Bursche, mit dem Sie da Schwierigkeiten hatten, nach Haus geschickt worden ist. Ausgewiesen.«

»Weshalb?«, fragte Christine. »Hat er versucht, wieder hierherzukommen?« Vielleicht war sie doch etwas Besonderes gewesen, vielleicht hatte er alles für sie aufs Spiel gesetzt.

»Ganz und gar nicht«, sagte der Polizist. »Er hat in Montreal die gleiche Tour versucht, aber diesmal hat er sich wirklich die Falsche ausgesucht – die Äbtissin von einem Nonnenkloster. Für so was haben die in Quebec keinen Sinn – er war draußen, bevor er wusste, wie ihm geschah. Ich nehme an, zu Hause hat er es besser.«

»Wie alt war sie?«, fragte Christine nach einer Pause.

»Na, so um die Sechzig, denk' ich.«

»Herzlichen Dank für die Mitteilung«, sagte Christine in möglichst förmlichem Ton. »Das erleichtert mich richtig.« Sie fragte sich, ob der Polizist sie angerufen hatte, um sich über sie lustig zu machen.

Sie weinte fast, als sie den Hörer auflegte. Was *hatte* er denn von ihr gewollt? Eine Äbtissin! Sah sie wirklich wie sechzig aus, sah sie mütterlich aus? Was bedeuteten Klöster? Trost, Mildtätigkeit? Zuflucht? War es so, dass ihm etwas zugestoßen war, ein unerträglicher Druck, einfach dadurch, dass er in diesem Land lebte? Ihr Tenniskleid und die entblößten Beine zu viel für ihn, Fleisch und Geld scheinbar überall zu haben, nur ihm vorenthalten, wohin er sich auch wandte, die Nonne Symbol einer endgültigen Verzerrung, Gewand und Schleier seinen kurzsichtigen Augen Erinnerung an die Frauen seiner Heimat, die er verstehen konnte? Aber er war wieder in seinem eigenen Land, so entfernt von ihr wie ein anderer Planet. Sie würde es nie wissen.

Er hatte sie jedoch nicht vergessen. Im Frühjahr bekam sie eine Postkarte mit einer ausländischen Briefmarke und der vertrauten Blockschrift. Auf der Vorderseite war das Bild eines Tempels. Es gehe ihm gut, er hoffe, es gehe ihr auch gut, er sei ihr Freund. Einen Monat später kam ein weiterer Abzug des Fotos, das er im Garten gemacht hatte, in einem verschlossenen, braunen Umschlag, der sonst leer war.

Christines Aura des Geheimnisvollen schwand schnell; sie glaubte selbst auch nicht mehr daran. Das Leben wurde wieder so, wie sie es immer erwartet hatte. Sie machte ein mittelmäßiges Examen und trat eine Stelle im Gesundheitsministerium an. Sie leistete gute Arbeit und wurde selten als Frau diskriminiert, weil keiner sie als solche sah. Sie konnte sich ein Appartement von angenehmer Größe leisten, verwandte aber nicht viel Energie darauf, es wohnlich zu machen. Sie spielte immer weniger Tennis. Was Muskeln mit einer dünnen Fettschicht gewesen waren, verwandelte sich allmählich in Fett mit einer dünnen Muskelunterlage. Sie wurde anfällig für Kopfschmerzen.

Im Lauf der Jahre und als dann der Krieg Zeitungen und Illustrierte zu füllen begann, wurde ihr klar, aus welchem östlichen Land er gewesen war. Sie hatte den Namen gekannt, aber damals nicht geschaltet, es war so ein unbedeutendes Fleckchen Erde; sie konnte diese Länder nie auseinander halten.

Obwohl sie es versuchte, konnte sie sich nicht mehr an den Namen der Stadt erinnern, und die Postkarte war lange weg. War er aus dem Norden oder aus dem Süden, war er in der Nähe des Kampfgebietes oder in sicherer Entfernung davon? Zwanghaft kaufte sie Illustrierte und brütete über den verfügbaren Fotos: tote Dorfbewohner, Soldaten auf dem Marsch, bunte Vergrößerungen von erschrockenen oder wütenden Gesichtern, Spione bei der Hinrichtung. Sie studierte Karten, sie sah sich die Spätnachrichten an, und das ferne Land und Terrain wurde ihr dabei fast vertrauter als ihr eigenes. Ein- oder zweimal glaubte sie, ihn zu erkennen, aber es hatte keinen Zweck, sie sahen alle aus wie er.

Schließlich musste sie aufhören, die Bilder anzusehen. Es beunruhigte sie zu sehr, es war schlecht für sie; sie fing an, Albträume zu haben, in denen er durch die Glastüren des Hauses ihrer Mutter kam, in seiner schäbigen Jacke, mit Rucksack und Gewehr und einem riesigen Strauß leuchtendbunter Blumen. Er lächelte auf dieselbe Art, aber mit Blutspuren im Gesicht, die seine Züge teilweise verwischten. Sie verschenkte ihren Fernsehapparat und ging dazu über, stattdessen Romane des neunzehnten Jahrhunderts zu lesen. Trollope und Galsworthy waren ihre Lieblingsautoren. Wenn sie trotzdem noch an ihn dachte, sagte sie sich, dass er ja schlau und agil genug gewesen war, in ihrem Land recht und schlecht zu überleben, und deshalb sicher auch in seinem eigenen Land dazu fähig sei, wo er die Sprache kannte. Sie konnte ihn sich nicht in der Armee vorstellen, auf keiner Seite. Er war nicht der Typ. Und ihres Wissens hatte er an keine bestimmte Ideologie geglaubt. Er war wohl etwas Undefinierbares, etwas im Hintergrund, wie sie selbst. Vielleicht war er Dolmetscher geworden.

Betty

Als ich sieben war, zogen wir wieder einmal um, in ein winziges Holzhäuschen am Saint Mary's River, flussaufwärts von Sault Sainte Marie. Wir hatten das Häuschen nur für den Sommer gemietet, aber im Augenblick war es »unser Haus«, denn wir hatten kein anderes. Es roch nach Mäusen und war düster und sehr eng, vollgestellt mit all den Gegenständen aus der vorherigen Wohnung, die nicht ausgelagert waren. Meine Schwester und ich zogen es vor, den größten Teil unserer Zeit draußen zu verbringen.

Es gab dort einen kleinen Strand, hinter dem die Sommerhäuser mit ihren kontrastreichen Anstrichen – grün und weiß, kastanienbraun und blassblau, braun und gelb – wie Schuhschachteln aufgereiht standen, jedes mit seinem passenden Außenabort in unhygienisch kurzer Entfernung dahinter. Uns war allerdings verboten, im Fluss zu schwimmen, wegen der starken Strömung. Es gab Geschichten von Kindern, die fortgerissen worden waren, hinunter zu den Stromschnellen und den Schleusen, bis zu den Feuern der Algona-Stahlwerke von Sault, die wir manchmal in bewölkten Nächten aus unserem Schlafzimmerfenster sahen, wenn sie dumpfrot vor den Wolken glühten. Im Fluss herumwaten durften wir, aber nicht weiter als bis zu den Knien, und oft standen wir im Wasser, die Knöchel von Strängen loser Wasserpflanzen umgarnt, und winkten den Frachtkähnen von den großen Seen, die so nahe vorbeiglitten, dass wir nicht nur die Flaggen und die Möwen am Heck sahen, sondern sogar die Hände der Matrosen und das Oval ihrer Gesichter, wenn sie uns zurückwinkten. Dann kamen die Wellen und schlugen über unsere Oberschenkel hinauf bis zur Taille unserer pumphosen- und röckchenbesetzten Piqué-Badeanzüge, und wir kreischten vor Vergnügen.

Unsere Mutter, die sich gewöhnlich am Ufer aufhielt und las oder sich mit jemandem unterhielt, aber uns nicht dauernd beobachtete, hielt das Gekreische manchmal fälschlicherweise für Hilfeschreie. Oder sie sagte später: »Ihr seid bis über die Knie dringewesen«, aber meine Schwester erklärte, das seien nur die Wellen der Schiffe gewesen. Meine Mutter schaute dann mich an, um zu sehen, ob das stimmte. Im Gegensatz zu meiner Schwester war ich eine ungeschickte Lügnerin.

Die Frachter waren riesig und schwerfällig und hatten Rostflecke rings um die Öffnungen für die Ankerketten und ungeheure Schornsteine, aus denen der Rauch in grauen Rülpsern herauspuffte. Wenn sie tuteten, was sie immer taten, wenn sie sich den Schleusen näherten, klirrten die Fenster in unserem Häuschen. Für uns hatten sie etwas Magisches. Manchmal fielen Gegenstände über Bord oder wurden hinausgeworfen, und wir beobachteten das Treibgut gespannt, liefen am Strand entlang, um dort zu sein, wenn es angetrieben wurde, wateten hinaus, um es zu angeln. Normalerweise stellten sich diese Schätze als leere Pappkartons oder löchrige Ölkanister heraus, aus denen eine dunkelbraune Schmiere tropfte und die zu nichts zu gebrauchen waren. Ein paar Mal erwischten wir Orangenkisten, die wir in unseren Verstecken als Schränke oder Sitze benutzten.

Das Sommerhaus gefiel uns auch deshalb so gut, weil es hier Stellen gab, an denen wir solche Verstecke bauen konnten. Früher war dafür nie Platz gewesen, weil wir immer in Städten gewohnt hatten. Gerade vorher war es Ottawa gewesen, im Erdgeschoss eines alten dreistöckigen Mietshauses aus Backstein. Im Stockwerk über uns wohnte ein frischverheiratetes Ehepaar, die Frau war Engländerin und protestantisch, der Mann Franzose und katholisch. Er diente bei der Luftwaffe und war viel fort, aber wenn er auf Urlaub kam, pflegte er seine Frau zu verprügeln. Das geschah immer etwa um elf Uhr nachts. Daraufhin flüchtete sie nach unten und suchte Schutz bei meiner Mutter, und dann saßen die beiden in der Küche und tranken Tee. Die Frau weinte, wenn auch leise, um uns nicht aufzuwecken – darauf bestand meine Mutter, die davon überzeugt war, dass Kinder zwölf Stunden Schlaf brauchen –, zeigte ihr blaugeschlagenes Auge oder ihre geschwollene Backe vor und erzählte flüsternd, dass er trinke. Nach einer Stunde etwa wurde diskret an die Tür geklopft, und der Luftwaffensoldat in voller Uniform fragte höflich bei meiner Mutter an, ob er seine Frau wieder mit nach oben nehmen dürfe, wo sie doch hingehöre. Es sei ein Streit um Glaubensfragen, sagte er. Außerdem habe er ihr fünfzehn Dollar für Lebensmittel gegeben, und sie habe ihm gebratenes Dosenfleisch vorgesetzt. Nach einem Monat Abwesenheit erwarte ein Mann einen anständigen Braten, vom Schwein oder vom Rind, ob meine Mutter das nicht auch finde. »Ich hab den Mund gehalten und die Augen aufgemacht«, sagte meine Mutter dann immer. Ihr kam er nie so schrecklich betrunken vor, aber bei dieser höflichen Sorte konnte man nie wissen, was sie im Schilde führten.

Ich hätte davon eigentlich gar nichts wissen dürfen. Man hielt mich für zu jung oder zu unschuldig dafür, aber meiner Schwester gegenüber, die vier Jahre älter war, wurden Andeutungen gemacht, die sie mir weitererzählte, einschließlich allem, was hinzuzufügen sie für richtig hielt. Ich sah die Frau ein paar Mal, wenn sie die Treppen vor unserer Wohnungstür hinauf- oder hinunterging, und einmal hatte sie wirklich ein blaues Auge. Den Mann sah ich nie, aber als wir Ottawa schließlich verließen, war ich fest davon überzeugt, dass er ein Mörder war.

Das erklärte vielleicht die Warnungen meines Vaters, als meine Mutter ihm erzählte, sie habe das junge Ehepaar kennen gelernt, das im Haus rechts neben uns wohnte. »Engagier dich da nur nicht zu sehr«, sagte er, »ich will nicht, dass sie zu den unmöglichsten Tages- und Nachtzeiten hier angelaufen kommt.« Er hatte nicht viel übrig für die Talente meiner Mutter im einfühlsamen Zuhören, auch wenn sie ihn neckte und zu ihm sagte: »Aber dir höre ich doch auch zu, Schatz.« Sie zog Leute an, die er als »Schwämme« bezeichnete.

Er schien keinen Grund zur Sorge zu haben. Dieses Ehepaar war ganz anders als das in Ottawa. Fred und Betty bestanden von Anfang an darauf, Fred und Betty genannt zu werden. Meine Schwester und ich, die darauf gedrillt worden waren, Erwachsene Mr. und Mrs. zu nennen, mussten auch Fred und Betty zu ihnen sagen, und wir durften in ihr Haus hinüberkommen, wann wir wollten. »Ich möchte nicht, dass ihr das für bare Münze nehmt«, sagte unsere Mutter. Die Zeiten waren schlecht, aber unsere Mutter hatte eine anständige Erziehung genossen, und eine solche sollten wir auch bekommen. Trotzdem gingen wir anfangs zu Fred und Betty, sooft wir konnten.

Ihr Häuschen war genauso groß wie unseres, aber weil weniger Möbel darin standen, wirkte es größer. Unseres hatte zwischen den Zimmern Wände aus Presspappe, die lindgrün gestrichen war, mit helleren Flecken an den Stellen, wo andere Leute Bilder hängen gehabt hatten. Betty hatte ihre Wände durch Sperrholz ersetzt und sie innen leuchtendgelb gestrichen, und sie hatte gelb-weiße Vorhänge für die Küche genäht, mit einem Muster, auf dem Hühnchen aus Eierschalen schlüpften. Aus dem restlichen Stoff hatte sie sich noch eine Schürze genäht. Sie hatten das Häuschen nicht gemietet, sondern es gehörte ihnen; da machte einem die Arbeit nicht so viel aus, sagte meine Mutter. Betty bezeichnete die winzige Küche als Kochnische. Ein runder, schmiedeeiserner Tisch war in die eine Ecke gerückt, mit zwei weiß gestrichenen, verschnörkelten, schmiedeeisernen Stühlen, einem für Betty und einem für Fred. Betty nannte diese Ecke die Frühstücksecke.

In Freds und Bettys Haus gab es mehr, womit man sich beschäftigen konnte, als in unserem. Sie hatten einen aus farbigem Glas geblasenen Vogel, der auf der Kante eines Bechers mit Wasser saß und vor- und zurückschaukelte, bis er schließlich den Kopf ins Wasser tauchte und trank. An der Haustür hatten sie einen Klopfer in Form eines Spechts: Man zog an einem Strick, und dann klopfte der Specht an die Tür. Sie hatten auch eine Pfeife in Form eines Vogels, in den man Wasser füllen und hineinblasen konnte, und dann trillerte er »wie ein Kanarienvogel«, sagte Betty. Und sie bekamen samstags die bunten Comic-Illustrierten. Unsere Eltern hatten sie nicht abonniert, und sie wollten nicht, dass wir Schund lasen, wie sie es nannten. Aber Fred und Betty waren so nett und freundlich zu uns, meinte meine Mutter, was sollten sie da schon machen!

Und über all diese Attraktionen hinaus gab es ja Fred. Beide verliebten wir uns in Fred. Meine Schwester kletterte auf seinen Schoß und verkündete, dass er ihr Freund sei und dass sie ihn heiraten würde, wenn sie groß wäre. Dann ließ sie sich von ihm die Comics vorlesen und neckte ihn, indem sie versuchte, ihm die Pfeife aus dem Mund zu nehmen oder seine Schuhbänder zusammenzubinden. Ich empfand wie sie, aber ich wusste, dass es nichts nützen würde, wenn ich das sagte. Meine Schwester hatte ihr Gelände abgesteckt, und wenn sie sagte, dass sie etwas tun würde, dann tat sie es gewöhnlich auch. Und sie hasste es, wenn ich ihr, wie sie sagte, alles nachmachte. Deshalb saß ich dann auf einem der verschnörkelten Stühle in der Frühstücksecke, während Betty Kaffee kochte, und beobachtete meine Schwester und Fred auf der Wohnzimmercouch.

An Fred war etwas, was Leute anzog. Meine Mutter, die keineswegs eine kokette Frau war – sie strebte eher an, weise zu sein –, wurde lebhafter, wenn Fred in der Nähe war. Sogar mein Vater mochte ihn und trank gelegentlich ein Bier mit ihm, wenn er aus der Stadt zurückkam. Dann saßen sie auf der Veranda vor Freds Häuschen in Bettys gelben Korbstühlen, schlugen nach den Mücken und diskutierten die Baseballergebnisse. Sie kamen selten auf ihre Arbeit zu sprechen. Ich weiß nicht genau, was Fred von Beruf war, aber er arbeitete in einem Büro. Mein Vater war »in der Tapetenbranche«, wie meine Mutter sagte, aber mir war nie recht klar, was das bedeutete. Aufregender wurde es, wenn sie über den Krieg sprachen. Meinen Vater hatte sein schlimmer Rücken davor bewahrt, sehr zu seinem Verdruss, aber Fred war bei der Marine gewesen. Er sagte nie sehr viel darüber, obwohl mein Vater ihm immer die Stichworte zuspielte; aber wir wussten von Betty, dass sie sich verlobt hatten, kurz bevor Fred weg musste, und direkt nach seiner Rückkehr geheiratet hatten. Betty hatte ihm jeden Abend einen Brief geschrieben und einmal in der Woche alle zusammen weggeschickt. Sie erzählte nicht, wie oft Fred ihr geschrieben hatte. Mein Vater mochte nicht viele Leute, aber von Fred sagte er, der sei nicht auf den Kopf gefallen.

Fred gab sich anscheinend gar keine Mühe, besonders nett zu anderen zu sein. Ich glaube nicht einmal, dass er besonders gut aussah. Das Dumme ist, dass ich mich zwar an Betty bis hin zum letzten Haar und der letzten Sommersprosse erinnern kann, dass ich aber nicht mehr weiß, wie Fred aussah. Er hatte dunkles Haar und rauchte Pfeife, und er sang uns gelegentlich vor, wenn wir ihm genügend zusetzten. *Sioux City Sue,* sang er dann, »Dein Haar ist rot und rot dein Mund, für dich gäb ich glatt her mein Pferd und meinen Hund ...« Oder er sang *Beautiful Brown Eyes* für meine Schwester, deren Augen braun waren, im Gegensatz zu meinen wässrig blauen. Das verletzte mich tief, denn in diesem Lied kam die Zeile vor: »Nie wieder werd' ich blaue Augen lieben.« Das schien so endgültig, ein ganzes Leben lang ungeliebt von Fred! Einmal fing ich an zu weinen, was dadurch noch schlimmer wurde, dass ich keinem erklären konnte, was los war; und ich musste die Demütigung von Freds witzelnder Anteilnahme und die Verachtung meiner Schwester ertragen und die noch schlimmere Demütigung, von Betty in der Kochnische getröstet zu werden. Das war eine Demütigung, weil es sogar für mich offensichtlich war, dass Betty Dinge nicht so leicht durchschaute. »Kümmere dich einfach nicht um den«, sagte sie; dass meine Tränen etwas mit Fred zu tun hatten, hatte sie erraten. Aber genau das war der einzige Rat, den ich nicht befolgen konnte.

Wie eine Katze ging Fred keinen einzigen Schritt für jemand anderen von seinem Weg ab, sagte meine Mutter später. So war es eigentlich ungerecht, dass alle Fred liebten, aber Betty, trotz ihrer Nettigkeit, von niemandem geliebt wurde. Es war Betty, die uns immer an der Tür begrüßte, uns hereinbat und mit uns redete, während Fred sich auf der Couch lümmelte und Zeitung las. Sie bot uns Plätzchen und Milchshakes an und ließ uns die Schüsseln auslecken, wenn sie backte. Betty war so nett; das sagten alle, aber von Fred hätte das keiner gesagt. Fred lachte zum Beispiel nicht viel, und er lächelte nur dann, wenn er zu jemandem etwas Unverschämtes sagte, vor allem zu meiner Schwester. »Frisst du dich wieder voll?«, sagte er beispielsweise. »He, du Dickwanst.« Wohingegen Betty nie so etwas sagte, und immer lächelte oder lachte sie.

Sie lachte herzlich, wenn Fred sie Betty Grable nannte, was er mindestens einmal am Tag tat. Ich verstand nicht, warum sie lachte. Es sollte doch ein Kompliment sein, meinte ich. Betty Grable war eine bekannte Filmschauspielerin; ein Bild von ihr war in Freds und Bettys Außenabort mit Heftzwecken an die Wand geheftet. Meine Schwester und ich zogen beide Freds und Bettys Abort unserem eigenen vor. Ihrer hatte im Gegensatz zu unserem Vorhänge am Fenster und eine kleine Holzkiste und eine dazu passende Holzkelle für die Lauge. Wir hatten nur einen Pappkarton und eine alte Maurerkelle.

In Wirklichkeit sah Betty gar nicht wie Betty Grable aus, die blond war und nicht so rundlich wie unsere Betty. Aber sie waren doch beide wunderschön, fand ich. Erst viel später wurde mir klar, dass die Anspielung gemein war, denn Betty Grable war berühmt für ihre Beine, während unsere Betty Beine hatte, die an der Taille anfingen und sich ohne Kurve und ohne Unterbrechung nach unten bis zu ihren Füßen fortsetzten. Damals kamen sie mir wie ganz normale Beine vor. Wenn wir in der Kochnische saßen, sah ich viel von Bettys Beinen, denn sie trug immer Sonnentops und Shorts und darüber ihre gelbe Schürze. Irgendwie gelang es Betty nie, ihre Beine braun zu bekommen, trotz der vielen Stunden, die sie häkelnd in ihrem Korbstuhl verbrachte, die obere Hälfte ihres Körpers im Schatten der Veranda, aber die Beine in die Sonne gestreckt.

Mein Vater sagte, Betty hätte keinen Sinn für Humor. Das konnte ich überhaupt nicht verstehen. Wenn man ihr einen Witz erzählte, lachte sie immer, sogar wenn man ihn durcheinander brachte, und sie erzählte auch selber Witze. »Sag mal ganz schnell hintereinander: ›Ich hab 'ne schwarze Perlenkette‹«, sagte sie. Ich verhaspelte mich und verstand den Witz nicht. »Du hast gesagt: ›Ich hab 'nen schwarzen Kerl im Bette‹«, sagte sie, und ihre leicht vorstehenden Zähne glänzten freundlich. Wir waren noch nie in den Vereinigten Staaten gewesen, obwohl wir sie über den Fluss hinweg sehen konnten, einen Streifen grüner Bäume, der im Westen in das Blau des Lake Superior überging, und die einzigen Schwarzen, die ich je gesehen hatte, waren die Figuren in den Comics. Da gab es L'il 8-Ball und dann die Afrikaner in *Tarzan* und Lothar in *Mandrake der Magier,* der ein Löwenfell trug. Mir war einfach nicht klar, was irgendeiner von denen mit dem Wort »Bett« zu tun hatte.

Mein Vater sagte auch, Betty hätte keinen Sex-Appeal. Dies schien meine Mutter nicht im Geringsten zu stören. »Sie ist ein sehr nettes Mädchen«, pflegte sie selbstgefällig zu antworten, oder: »Sie hat so hübsche frische Farben.« Meine Mutter und Betty waren bald dabei, gemeinsam eine Methode auszuarbeiten, um das Einkochen zu erleichtern. Die meisten Leute hatten immer noch »Siegesgärten«, obwohl der Krieg vorbei war, und Juli und August waren die Monate, in denen man möglichst viele Gläser mit Obst und Gemüse einzukochen hatte. Der Garten meiner Mutter war eine halbherzige Angelegenheit, wie die meisten ihrer Bemühungen im Haushalt. Der Garten bestand aus einem kleinen Fleckchen Erde neben dem Aborthäuschen, auf dem Kürbispflanzen ein Dickicht aus hochgeschossenen Tomaten und einige Reihen zwergenhafter Karotten und roter Rüben überwucherten. Ihre Talente, hatten wir meine Mutter sagen hören, lägen eher im zwischenmenschlichen Bereich. Betty und Fred hatten überhaupt keinen Garten. Fred hätte sowieso nicht darin gearbeitet, und wenn ich mir Betty jetzt vorstelle, wird mir klar, dass ein Garten etwas zu Unübersichtliches für sie gewesen wäre. Aber sie ließ Fred auf seinen Fahrten zur Stadt Dutzende von Körben voller Erdbeeren, Pfirsiche, Bohnen, Tomaten und Concordtrauben kaufen; und sie überredete meine Mutter, ihren eigenen Garten Garten sein zu lassen und bei ihr in die Mammut-Einmachorgien einzusteigen.

Der Holzherd meiner Mutter wäre unerträglich heiß gewesen für eine solche Aktion, und Bettys kleiner Elektroherd war nicht groß genug; deshalb brachte Betty »die Jungs«, wie sie Fred und meinen Vater nannte, dazu, den herrenlosen Holzherd, der bis dahin hinter Bettys Abort vor sich hin gerostet hatte, in Gang zu bringen. Sie stellten ihn in unseren Hof, und meine Mutter und Betty saßen an unserem Küchentisch, der nach draußen getragen worden war, und schälten und schnitten und redeten, Betty mit ihren runden Nadelkissenbäckchen, die von der Hitze noch röter als gewöhnlich waren, meine Mutter mit einem alten Tuch um den Kopf, in dem sie aussah wie eine Zigeunerin. Hinter ihnen blubberten und dampften die Einkochkessel, und auf der einen Seite des Tisches standen wachsende Reihen von Crown-Gläsern umgekehrt auf Schichten von Zeitungen und kühlten aus und leckten manchmal oder sprangen. Meine Schwester und ich trieben uns am Rande herum, darauf bedacht, unsichtbar genug zu bleiben, um nicht zur Arbeit herangezogen zu werden, aber mit einem sehnsüchtigen Blick auf die leeren Sechspfundkörbe. Wir waren überzeugt, dass wir sie in unseren Verstecken gebrauchen konnten; wir waren nicht ganz sicher, wozu, aber sie passten genau in die Orangenkisten.

Ich erfuhr viel über Fred im Verlauf von Bettys Einmachsitzungen: wie er seine Eier gern aß, welche Sockengröße er trug (Betty strickte selbst), wie erfolgreich er im Büro war, was er auf keinen Fall zum Abendessen mochte. Fred sei ein heikler Esser, sagte Betty fröhlich. Betty konnte über fast nichts anderes reden, und sogar meine Mutter, mit ihrer reichen Erfahrung an Vertraulichkeiten, begann immer weniger zu sagen und immer mehr zu rauchen, wenn Betty da war. Es war einfacher, sich Horrorgeschichten anzuhören als Bettys unerschöpflichen und trivialen Frohsinn. Ich fing an zu überlegen, dass ich vielleicht doch nicht mit Fred verheiratet sein wollte. Er entfaltete sich aus Bettys Mund wie ein endloses Band einer feuchten Zeitung, die vom einen Ende bis zum anderen mit nichts als dem Wetterbericht bedruckt war. Weder meine Schwester noch ich interessierten uns für Sockengrößen, und Bettys beliebige und wenig aufregende Einzelheiten setzten Fred in unseren Augen herab. Allmählich verbrachten wir weniger von unserer Spielzeit bei Fred und Betty und mehr in unserem Versteck, das sich in einem Wäldchen aus verkrüppelten Eichen auf einem freien Bauplatz am Ufer befand. Wir spielten dort komplizierte Spiele von Mandrake dem Magier und seinem treuen Diener Lothar, mit unseren Puppen als leicht mitzureißenden Bösewichtern. Meine Schwester war immer Mandrake. Wenn wir keine Lust mehr hatten, zogen wir unsere Badeanzüge an und gingen am Flussufer waten, hielten Ausschau nach Frachtern und warfen Eicheln in den Fluss, um zu sehen, wie schnell sie von der Strömung davongetragen wurden.

Auf einer dieser Wate-Expeditionen lernten wir Nan kennen. Sie wohnte zehn Grundstücke weiter, in einem weißen Haus mit roten Verzierungen. Im Gegensatz zu vielen der anderen Sommerhäuser hatte das von Nan einen richtigen Anlegeplatz, der in den Fluss hineingebaut und an den Pfählen mit Steinhaufen verankert war. Sie saß an diesem Anlegeplatz, als wir sie zum ersten Mal sahen, kaute Kaugummi und blätterte in einem Stapel Flugzeugbildchen, die aus den Wings-Zigarettenschachteln stammten. Jeder wusste, dass nur Jungen diese Bildchen sammelten. Ihr Haar und ihr Gesicht waren hellbraun, und sie hatte einen glatten weichen Glanz wie Karamellpudding.

»Was machst du denn mit denen?«, waren die ersten Worte meiner Schwester. Nan lächelte nur.

Am selben Nachmittag durfte Nan mit in unser Versteck, und nach einem flüchtigen Mandrake-Spiel, in dessen Verlauf ich zur bescheidenen Rolle des Narda degradiert wurde, saßen die beiden auf unseren Orangenkisten und tauschten, wie mir schien, lust- und witzlose Bemerkungen aus.

»Geht ihr manchmal zum Laden?«, fragte Nan. Das taten wir nie. Nan lächelte noch ein bisschen mehr. Sie war zwölf; meine Schwester war erst elfdrei viertel.

»Da beim Laden sind immer so tolle Jungs«, sagte Nan. Sie hatte eine gerüschte Bauernbluse an, mit einem Gummizug am Ausschnitt, den sie über die Schultern hinunterschieben konnte, wenn sie wollte. Sie steckte die Flugzeugbildchen in die Tasche ihrer Shorts, und wir zogen los, um meine Mutter zu fragen, ob wir zum Laden gehen dürften. Von da an gingen meine Schwester und Nan fast jeden Nachmittag dorthin.

Der Laden war eineinhalb Meilen von unserem Haus entfernt, einen heißen Marsch am Ufer entlang, vorbei an den Fassaden anderer Sommerhäuser, wo fette Mütter sonnenbadeten und andere, möglicherweise feindlich gesinnte Kinder im Wasser paddelten; vorbei an Ruderbooten, die auf den Sand hochgezogen waren, an Wellenbrechern aus Zement entlang, durch Büschel von Strandgras, das einem in die Fesseln schnitt, wenn man hindurchlief, und durch Stranderbsen, die hart waren und bitter schmeckten. An manchen Stellen konnten wir die Aborte riechen. Kurz vor dem Laden kam ein

Stück freies Gelände mit Giftsumach, um den wir herumwaten mussten.

Der Laden hatte keinen Namen. Er war einfach »der Laden«, der einzige Laden für die Sommerhausbewohner, da er als Einziger zu Fuß zu erreichen war. Ich durfte mit meiner Schwester und Nan hingehen oder vielmehr, meine Mutter bestand darauf, dass ich mitging. Obwohl ich nichts davon erwähnt hatte, ahnte sie wohl, wie unglücklich ich war. Es war gar nicht so sehr die Fahnenflucht meiner Schwester, die mich so verletzte, als vielmehr die Tatsache, dass sie sich ihrer so fröhlich unbewusst war. Sie spielte sogar gern mit mir, wenn Nan nicht in der Nähe war.

Manchmal, wenn mich der Anblick von Nan und meiner Schwester, die zwanzig Schritte vor mir ihre Komplotte schmiedeten, zu unglücklich machte, kehrte ich einfach um und ging zu Fred und Betty. Dort saß ich dann rittlings auf einem von Bettys Küchenstühlen, die Hände steif in die Luft gestreckt, und hielt einen Strang himmelblauer Wolle, den Betty zu einem Knäuel aufwickelte. Oder ich häkelte unter Bettys Anleitung verschwitzte, ungleichmäßige, rosa und gelbe Puppenkleidchen für die Puppen, für die meine Schwester so plötzlich zu alt geworden war.

An besseren Tagen schaffte ich es bis zum Laden. Es war kein schöner Laden, und er war nicht einmal sauber, aber wir waren so an die Trostlosigkeit und den Schmutz der Kriegszeiten gewöhnt, dass wir das gar nicht merkten. Es war ein zweistöckiges Haus aus ungestrichenem Holz, das grau verwittert war. Teile waren mit Dachpappe ausgebessert, und um die Eingangstür und die Fenster herum waren farbige Metallschilder genagelt: Coca-Cola, Seven-Up, Salada-Tee. Drinnen herrschte der zuckrigmuffige Geruch der alten Gemischtwarenläden, eine Mischung aus dem Geruch von Eiswaffeltüten, Oreo-Plätzchen, den offenen Schachteln mit Dauerlutschern und Lakritzpfeifchen, die den Ladentisch säumten, und diesem anderen scharfen Moschusgeruch nach Trockenfäule und

Schweiß. Die Limonadeflaschen wurden in einem Kühlbehälter aus Metall aufbewahrt, der einen schweren Deckel hatte und mit kaltem Wasser gefüllt war und mit Eisstückchen, die schmelzend die Glätte jener vom Sand abgeschliffenen Glasstückchen angenommen hatten, die wir manchmal am Flussufer fanden.

Der Ladenbesitzer und seine Frau wohnten im zweiten Stock, aber wir bekamen sie fast nie zu sehen. Der Laden wurde von ihren beiden Töchtern geführt, die sich hinter dem Ladentisch abwechselten. Sie waren beide dunkelhaarig, und beide trugen Shorts und gepunktete Sonnentops, aber die eine war freundlich und die andere, die dünnere, jüngere, nicht. Sie nahm unsere Pennies entgegen und ließ sie in die Kasse klingeln, ohne ein Wort zu sagen, und starrte dabei über unsere Köpfe hinweg aus dem Schaufenster mit den baumelnden rosinenbedeckten Fliegenfängern, als sei sie völlig losgelöst von den Bewegungen, die ihre Hände machten. Sie hatte nichts gegen uns; sie sah uns einfach nicht. Sie trug ihr Haar lang und vorne in eine Art Rolle gedreht, und ihr Lippenstift ging in Richtung Lila.

Als wir das erste Mal zum Laden gingen, wurde uns klar, warum Nan Flugzeugbildchen sammelte. Dort waren nämlich zwei Jungen, sie saßen auf den grauen, splittrigen Stufen zum Eingang, die Arme über den Knien verschränkt. Ich war von meiner Schwester belehrt worden, das richtige Verhalten Jungen gegenüber sei, keine Notiz von ihnen zu nehmen, andernfalls würden sie einen belästigen. Doch diese Jungen kannten Nan, und sie sprachen mit ihr, und zwar nicht in Form der üblichen Schmähungen, sondern mit Hochachtung.

»Hast du was Neues?«, fragte der eine.

Nan lächelte, strich ihr Haar nach hinten und wackelte ein bisschen mit den Schultern in ihrer Bauernbluse. Dann zog sie langsam die Flugzeugbildchen aus der Tasche ihrer Shorts und begann sie durchzublättern.

»Hast du auch welche?«, fragte der andere Junge meine

Schwester. Ausnahmsweise war sie nun einmal in Verlegenheit. Danach überredete sie meine Mutter, die Zigarettenmarke zu wechseln, und sammelte sich ihren eigenen Stoß zusammen. Ich sah sie etwa eine Woche später vor dem Spiegel, wie sie jenen verlockenden Griff übte, bei dem sich die Bildchen aus ihrer Tasche herausschoben wie die Schlange eines Zauberers.

Immer, wenn ich zum Laden ging, musste ich für meine Mutter ein in Wachspapier eingepacktes Paket Brot mitbringen und manchmal ein Paket Jiffy-Fertigteig, wenn es welchen gab. Meine Schwester brauchte das nie, sie hatte bereits den Vorteil des Unzuverlässigseins entdeckt. Als Lohn und bestimmt auch als Entschädigung für mein Unglück schenkte mir meine Mutter einen Penny pro Gang, und als ich fünf dieser Pennies gespart hatte, kaufte ich mir mein erstes Wassereis am Stiel. Unsere Mutter hatte es bisher immer abgelehnt, uns Eis am Stiel zu kaufen, obwohl sie Eis in der Waffeltüte erlaubte. Sie sagte, im Wassereis sei etwas, was unbekömmlich sei, und während ich auf der Treppe vor dem Laden saß und mich zu dem hölzernen Stiel durchleckte, suchte ich ständig nach diesem Etwas. Ich stellte es mir als eine Art Kern vor, wie den weißen fingernagelförmigen Teil in einem Maiskorn, aber ich fand nichts.

Meine Schwester und Nan saßen neben mir auf der Treppe. An diesem Tag waren keine Jungen im Laden, deshalb hatten sie nichts anderes zu tun. Es war noch heißer als gewöhnlich und stickig; ein Flimmern lag über dem Fluss, und die Frachter verschwammen, wenn sie hindurchfuhren. Mein Eis am Stiel schmolz fast schneller, als ich es lutschen konnte. Ich hatte meiner Schwester die Hälfte geschenkt, und sie hatte sie ohne die Dankbarkeit, auf die ich gehofft hatte, angenommen. Sie teilte sie mit Nan.

Fred kam um die Hausecke und ging auf die Eingangstür zu. Das war nichts Erstaunliches, denn wir hatten ihn schon mehrmals im Laden gesehen.

»Hallo, Hübsche«, sagte er zu meiner Schwester. Wir rutschten auf der Stufe zur Seite, um ihn zur Tür hineinzulassen.

Nach ziemlich langer Zeit kam er wieder heraus, mit einem Laib Brot. Er fragte uns, ob wir im Auto mitfahren wollten, er käme gerade aus der Stadt zurück, sagte er. Natürlich sagten wir ja. Nichts daran war ungewöhnlich, außer dass die Tochter, die dünnere, lilalippige, aus der Tür trat und auf der Treppe stand, als wir wegfuhren. Sie verschränkte die Arme vor der Brust in der hängeschultrigen Haltung von Frauen, die müßig in offenen Haustüren stehen. Sie lächelte nicht. Ich dachte, sie sei herausgekommen, um den Frachter der Canada Steamship Lines zu betrachten, der gerade vorbeifuhr, aber dann sah ich, dass sie Fred anstarrte. Sie sah aus, als wollte sie ihn umbringen.

Fred schien nichts zu merken. Er sang den ganzen Weg nach Hause. »*Katy, oh beautiful Katy*«, sang er und zwinkerte dabei meiner Schwester zu, die er manchmal Katy nannte, weil sie Catherine hieß. Er hatte die Fenster auf, und der Staub von der ausgefahrenen Schotterstraße ergoss sich über uns, färbte unsere Augenbrauen weiß und Freds Haar grau. Bei jedem Stoß kreischten meine Schwester und Nan ausgelassen auf, und nach einer Weile vergaß ich mein Gefühl des Ausgeschlossenseins und kreischte mit.

Es schien, als hätten wir lange Zeit in dem Sommerhaus gewohnt, obwohl es nur ein Sommer war. Im August konnte ich mich kaum mehr an die Wohnung in Ottawa erinnern und an den Mann, der seine Frau immer schlug. Das war in einem Leben passiert, das weit zurücklag; und das trotz der Sonne, dem Wasser, dem vielen Platz unseres jetzigen Lebens glücklicher gewesen war. Früher hatten unsere häufigen Umzüge und die Ungewissheiten immer neuer Schulen meine Schwester dazu gezwungen, mich zu schätzen; ich war zwar vier Jahre jünger, aber ich war ihr treu ergeben und stand immer zur Verfügung. Jetzt waren diese vier Jahre ein Abgrund zwischen uns, eine leere Strecke, wie ein Strand, an dem ich sie weit vorne entschwinden sah. Ich sehnte mich danach, genau wie sie zu sein, aber ich wusste jetzt nicht mehr, wie sie eigentlich war.

In der dritten Augustwoche begannen die Blätter sich zu färben, nicht plötzlich, nur ein vereinzeltes rotes Blatt hier und dort, wie eine Warnung. Das bedeutete, dass es bald Zeit für die Schule und einen erneuten Umzug war. Wir wussten noch nicht einmal, wohin wir dieses Mal ziehen würden, und als Nan uns fragte, in welche Schule wir gingen, gaben wir ausweichende Antworten.

»Ich bin schon in acht verschiedenen Schulen gewesen«, sagte meine Schwester stolz. Weil ich so viel jünger war, war ich bisher nur in zweien gewesen. Nan, die ihr ganzes Leben lang in dieselbe Schule gegangen war, schob den Rand ihrer Bauernbluse über die Schultern bis zu den Ellbogen hinunter, um uns zu zeigen, dass sie schon Busen bekam. Die Ringe um ihre Brustwarzen waren weicher geworden und hatten angefangen zu schwellen; ansonsten war sie so flach wie meine Schwester.

»Na und?«, sagte meine Schwester und rollte ihren Pullover hoch. Das war ein Wettbewerb, an dem ich mich nicht beteiligen konnte. Es ging um Veränderungen, und mir machten Veränderungen zunehmend Angst. Ich ging am Strand zurück zu Bettys Haus, wo meine jüngste schmuddelige Häkelarbeit auf mich wartete und wo immer alles gleich blieb.

Ich klopfte an die Fliegengittertür und öffnete sie. Eigentlich wollte ich sagen: »Kann ich reinkommen?«, so wie immer, aber dann sagte ich es doch nicht. Betty saß allein an dem eisernen Tisch in der Frühstücksecke. Sie hatte ihre Shorts und ein gestreiftes Matrosenoberteil an, marineblau und weiß mit einem kleinen Ankeranstecker, und die Schürze mit den gelben Küken, die aus ihren Eierschalen schlüpften. Ausnahmsweise war sie mit nichts beschäftigt, und es stand auch keine Tasse Kaffee vor ihr. Ihr Gesicht war weiß und verständnislos, als hätte jemand sie eben grundlos geschlagen.

Sie sah mich, aber sie lächelte nicht und bat mich nicht herein. »Was soll ich nur tun?«, sagte sie.

Ich sah mich in der Küche um. Alles war an seinem Platz: Die Kaffeemaschine glänzte vom Herd herüber, der Glasvogel kippte langsam nach unten, nirgends lag zerbrochenes Geschirr, kein Wasser überschwemmte den Boden. Was war passiert?

»Bist du krank?«, fragte ich.

»Gar nichts kann ich tun«, sagte Betty.

Sie sah so seltsam aus, dass ich Angst bekam. Ich rannte aus der Küche und durch das wellige Gras zu meiner Mutter, die immer wusste, was zu tun war.

»Mit Betty ist irgendwas«, sagte ich.

Meine Mutter knetete etwas in einer Schüssel. Sie rieb ihre Hände aneinander, um den Teig abzubekommen, dann wischte sie sie an der Schürze ab. Sie sah nicht überrascht aus und fragte mich auch nicht, was es war. »Du bleibst hier«, sagte sie. Sie nahm ihre Zigaretten und ging zur Tür hinaus.

An diesem Abend mussten wir früh ins Bett, weil meine Mutter mit meinem Vater sprechen wollte. Natürlich lauschten wir; durch die Wände aus Presspappe war das ein leichtes.

»Ich hab' es kommen sehen«, sagte meine Mutter.

»Wer ist es denn?«, fragte mein Vater.

»Das weiß sie nicht«, sagte meine Mutter. »Irgendein Mädchen aus der Stadt.«

»Betty ist ein Dummkopf«, sagte mein Vater. »Das war sie schon von eh und je.« Später, als es üblicher wurde, dass Ehemänner oder -frauen einander verließen, sagte er das oft, aber egal, wer von beiden den anderen verlassen hatte, es war immer die Frau, die er als Dummkopf bezeichnete. Sein höchstes Kompliment für meine Mutter war, dass sie kein Dummkopf sei.

»Kann schon sein«, sagte meine Mutter. »Aber da kannst du lange suchen, bis du ein netteres Mädchen findest. Er war ihr ein und alles.«

Meine Schwester und ich flüsterten miteinander. Die Theorie meiner Schwester war, dass Fred mit einer anderen Frau davongelaufen sei. Ich konnte es nicht glauben: Ich hatte noch nie gehört, dass so etwas vorkam. Ich war so aufgewühlt, dass ich nicht schlafen konnte, und noch lange Zeit danach hatte ich jedes Mal Angst, wenn mein Vater über Nacht fort war, was häufig geschah. Was wäre, wenn er nicht mehr zurückkommen würde?

Danach sahen wir Betty nicht mehr. Wir wussten, dass sie in ihrem Häuschen war, denn jeden Tag trug meine Mutter Kostproben ihrer zähen und klumpigen Backwerke hinüber, fast als wäre jemand gestorben. Aber wir bekamen strikte Anweisung, uns fern zu halten und auch nicht durch die Fenster zu spähen, was wir nur zu gerne getan hätten, wie unsere Mutter wohl gewusst haben muss. »Sie hat einen Nervenzusammenbruch«, sagte unsere Mutter, was in mir die Vorstellung wachrief, Betty liege, in Einzelteile zerlegt, auf dem Boden, wie ein Auto in der Werkstatt.

Wir sahen sie nicht einmal an dem Tag, an dem wir in den gebraucht gekauften Studebaker meines Vaters stiegen, dessen Rücksitz bis an die Fenster bepackt war und nur ein schmales Plätzchen frei ließ, in das ich mich hineinzwängen musste, und auf die große Autostraße fuhren, um die sechshundert Meilen weite Reise in den Süden, nach Toronto, anzutreten. Mein Vater hatte wieder einmal die Arbeitsstelle gewechselt; er war jetzt in der Baustoffbranche, und da ein landesweiter Bauboom herrschte, war er sicher, dass das nun endlich der richtige Wechsel war. Wir verbrachten den September und einen Teil des Oktobers in einem Motel, während mein Vater ein Haus suchte. Ich feierte meinen achten Geburtstag, und meine Schwester wurde zwölf. Dann kam wieder eine neue Schule, und ich vergaß die Geschichte mit Betty fast.

Aber einen Monat nachdem ich selbst zwölf geworden war, war eines Abends plötzlich Betty zum Abendessen da. Wir hatten jetzt viel öfter Gäste zum Essen als früher, und manchmal waren die Einladungen so wichtig, dass meine Schwester und ich im Voraus aßen. Meiner Schwester machte das nichts aus, weil sie inzwischen schon mit Jungen befreundet war. Ich war noch in der Public School und musste Baumwollstrümpfe tragen anstelle der Nylonstrümpfe mit Naht, die meiner Schwester zugestanden wurden. Außerdem hatte ich Zahnspangen. Meine Schwester hatte im gleichen Alter auch Zahnspangen gehabt, aber ihr war es irgendwie gelungen, keck und verwegen damit auszusehen, so dass ich mich nach einem Mund voll blitzender Silberzähne wie dem ihren gesehnt hatte. Aber jetzt hatte sie keine mehr, und mein eigener Mund fühlte sich in seinen Metallbügeln ungelenk und vermummt an.

»Du erinnerst dich doch an Betty«, sagte meine Mutter.

»Elizabeth«, sagte Betty.

»O ja, natürlich«, sagte meine Mutter.

Betty hatte sich sehr verändert. Früher war sie ein wenig rundlich gewesen; jetzt war sie drall. Ihre Wangen waren rund und gerötet wie zwei Tomaten, und ich dachte, sie hätte zu viel Rouge aufgelegt, bis ich sah, dass die Röte von unzähligen winzigen Äderchen unter ihrer Haut herrührte. Sie trug einen langen schwarzen Faltenrock, einen weißen kurzärmligen Angorapullover mit einer schwarzen Kette und schwarze Samtpumps, die an den Zehen offen waren und hohe Absätze hatten. Sie duftete stark nach Maiglöckchen. Sie hatte eine Stelle, erzählte meine Mutter meinem Vater später, eine sehr gute Stelle. Sie war Chefsekretärin und nannte sich jetzt Miss anstelle von Mrs.

»Es geht ihr sehr gut«, sagte meine Mutter, »wenn man bedenkt, was gewesen ist. Sie hat sich gefangen.«

»Ich hoffe, du fängst jetzt nicht an, sie ständig zum Essen einzuladen«, sagte mein Vater, der Betty trotz ihres neuen Aussehens unerträglich fand. Sie lachte jetzt mehr denn je und schlug häufig die Beine übereinander.

»Ich habe das Gefühl, dass ich die einzige richtige Freundin bin, die sie hat«, sagte meine Mutter. Sie sagte nicht, dass Betty die einzige richtige Freundin war, die sie hatte, obwohl jeder wusste, wen mein Vater meinte, wenn er »deine Freundin« sagte. Meine Mutter hatte viele Freundinnen, und ihr Talent für einfühlsames Zuhören war jetzt auch geschäftlich für meinen Vater von Vorteil.

»Sie sagt, sie will nie wieder heiraten«, sagte meine Mutter.

»Sie ist ein Dummkopf«, sagte mein Vater.

»Wenn ich jemals jemand begegnet bin, der für die Ehe geschaffen ist, dann ist sie das«, sagte meine Mutter. Diese Bemerkung verstärkte meine Besorgnis um meine eigene Zukunft. Wenn Bettys sämtliche Bemühungen nicht für Fred ausgereicht hatten, welche Hoffnung gab es dann für mich? Ich hatte nicht die natürliche Ausstrahlung meiner Schwester, aber ich hatte gedacht, dass es einige Tricks gäbe, die ich gewissenhaft, gründlich lernen könnte. Wir hatten in der Schule Hauswirtschaft, und die Lehrerin sagte immer wieder, dass die Liebe bei Männern durch den Magen gehe. Ich wusste, dass das nicht stimmte – meine Mutter war noch immer eine schlampige Köchin, und wenn sie Essenseinladungen gab, hatte sie eine Frau, die ihr half –, aber ich mühte mich mit meinem Blancmanger und meinen Rübchen nach Harvard-Art ab, als ob ich es glaubte.

Meine Mutter begann, Betty zusammen mit unverheirateten Männern einzuladen. Betty lächelte und lachte, und mehrere der Männer schienen interessiert, aber es entwickelte sich nichts daraus.

»Nachdem sie so tief verletzt worden ist, wundert mich das gar nicht«, sagte meine Mutter. Ich war inzwischen alt genug, um Dinge erzählt zu bekommen, und außerdem war meine Schwester nie in der Nähe. »Ich habe gehört, dass es die Sekretärin in seiner Firma war, mit der er weggelaufen ist. Sie haben nach der Scheidung sogar geheiratet.« Und dann sei da noch etwas, erzählte sie mir, aber das dürfe ich nie erwähnen, weil

Betty sich darüber großen Kummer machte. Freds Bruder, der Zahnarzt war, hatte seine Frau umgebracht, weil er ein Techtelmechtel – meine Mutter ließ das Wort Techtelmechtel so sahnig auf der Zunge zergehen, als sei es eine Art Nachspeise – mit seiner Zahntechnikerin hatte. Er hatte seine Frau ins Auto gesetzt und dann einen Schlauch vom Auspuff hineingelegt, um einen Selbstmord vorzutäuschen. Die Polizei hatte aber alles herausgefunden, und er saß im Gefängnis.

Das machte Betty in meinen Augen sehr viel interessanter. Dann lag es also in Freds Blut, diese Neigung zum Techtelmechtel. Ja, es hätte im Grunde genauso gut Betty selbst gewesen sein können, die umgebracht worden war. Jetzt sah ich Bettys Lachen als Maske einer geschlagenen, gequälten Frau. Sie war nicht einfach nur eine Frau, die verlassen worden war. Sogar ich sah, dass Verlassenwerden keine tragische Situation war, sondern eine lächerliche und demütigende. Betty war viel mehr als das: Sie war eine Frau, die knapp dem Tode entronnen war. Dass Betty es selbst auch so sah, darüber hatte ich bald keinen Zweifel mehr. Es war etwas Selbstgefälliges und sogar Frömmelndes an der Art, wie sie Mutters alleinlebende Männer auf höflicher Distanz hielt, etwas leicht Nonnenhaftes. Ein düsterer Hauch von Opferblut umgab sie. Betty war mittendrin gewesen, war hindurchgegangen, sie war lebendig daraus hervorgegangen, und jetzt weihte sie sich eben einer anderen Sache.

Allerdings fiel es mir schwer, diese Sichtweise von Betty lange aufrechtzuerhalten. Meiner Mutter gingen bald die allein stehenden Männer aus, und Betty kam, wenn sie zum Essen kam, allein. Sie redete ebenso ununterbrochen über die Einzelheiten, die mit den anderen Frauen im Büro zusammenhingen, wie sie über Fred geredet hatte. Bald wussten wir, wie alle ihren Kaffee tranken, welche von ihnen bei ihrer Mutter wohnten, zu welchem Friseur sie gingen und wie ihre Wohnungen aussahen. Betty selbst hatte ein entzückendes Appartement in der Avenue Road, und sie hatte es ganz allein renoviert und sogar die Polsterbezüge selbst genäht. Betty war ihrem Chef genauso ergeben, wie sie einst Fred ergeben gewesen war. Sie machte seine gesamten Weihnachtseinkäufe, und jedes Jahr hörten wir, was er seinen Angestellten geschenkt hatte, was seiner Frau und seinen Kindern und was jedes Geschenk gekostet hatte. Betty schien irgendwie ganz glücklich.

Um Weihnachten herum sahen wir Betty ziemlich viel; meine Mutter sagte, Betty tue ihr Leid, weil sie keine Familie habe. Betty hatte die Angewohnheit, uns mit Weihnachtsgeschenken zu bedenken, die klar erkennen ließen, dass sie uns für jünger hielt, als wir tatsächlich waren. Sie bevorzugte Brettspiele und Fausthandschuhe aus Angora, die eine Nummer zu klein waren. Ich verlor allmählich das Interesse an ihr. Sogar ihre niemals endende Fröhlichkeit bekam den Anstrich einer Perversion oder eines Defekts, fast wie eine Art Schwachsinn. Ich war jetzt fünfzehn und in den Wehen jugendlicher Depression. Meine Schwester war fort, an der Queens-Universität, und manchmal schenkte sie mir Kleider, die sie nicht mehr wollte. Sie war nicht direkt hübsch – sowohl ihre Augen als auch ihr Mund waren zu groß –, aber alle bezeichneten sie als temperamentvoll. Mich bezeichneten sie als nett. Meine Zahnspangen waren weg, aber es schien keinen Unterschied zu machen. Welches Recht hatte Betty, so fröhlich zu sein? Wenn sie zum Essen kam, entschuldigte ich mich frühzeitig und ging in mein Zimmer.

Eines Nachmittags im Frühling, als ich in der elften Klasse war, kam ich von der Schule nach Hause und sah meine Mutter am Esstisch sitzen. Sie weinte, was so selten vorkam, dass ich sofort fürchtete, dass meinem Vater etwas passiert sei. Ich dachte nicht, dass er sie verlassen hätte; diese Angst gehörte der Vergangenheit an. Aber vielleicht war er mit dem Auto tödlich verunglückt.

»Mama, was ist denn?«, fragte ich.

»Bring mir ein Glas Wasser«, sagte sie. Sie trank ein bisschen und strich ihr Haar zurück. »Mir geht's schon wieder gut«, sagte sie. »Gerade kam ein Anruf von Betty. Der hat mich ganz durcheinander gebracht; sie hat grässliche Sachen zu mir gesagt.«

»Aber warum denn?«, sagte ich. »Was hast du ihr denn getan?«

»Sie hat mir vorgeworfen ... ach, grässliche Sachen.« Meine Mutter wischte sich die Augen. »Sie hat mich angeschrien. Ich habe Betty noch nie im Leben schreien hören. Nach all der vielen Zeit, die ich ihr gewidmet habe. Sie hat gesagt, sie will nie wieder mit mir sprechen. Wie kommt sie denn nur auf so einen Gedanken?«

»Was für einen Gedanken?«, fragte ich. Ich war genauso verwirrt wie meine Mutter. Meine Mutter konnte zwar nicht gut kochen, aber sie war ein guter Mensch. Ich konnte mir nicht vorstellen, dass sie irgendetwas tun könnte, weswegen jemand sie anschreien sollte.

Meine Mutter zögerte ein wenig. »Sachen wegen Fred«, sagte sie. »Sie muss verrückt sein. Ich hatte sie ein paar Monate nicht gesehen und dann plötzlich so was.«

»Vielleicht stimmt etwas nicht mit ihr«, sagte mein Vater abends beim Essen. Natürlich hatte er Recht. Betty hatte einen unentdeckten Gehirntumor, der gefunden wurde, als ihr seltsames Verhalten im Büro auffiel. Sie starb zwei Monate später im Krankenhaus, aber meine Mutter hörte das erst, als alles vorbei war. Sie machte sich Vorwürfe; sie meinte, dass sie ihre Freundin trotz der Beschimpfung am Telefon im Krankenhaus hätte besuchen sollen.

»Ich hätte doch wissen müssen, dass so etwas dahinter steckt«, sagte sie. »Persönlichkeitsveränderung, das ist doch eins der Symptome.« Im Laufe ihrer Zuhörpraxis hatte meine Mutter viel Informatives über tödliche Krankheiten mitbekommen.

Doch für mich reichte diese Erklärung nicht aus. Noch Jahre danach verfolgte Betty mich und wartete darauf, dass ich mich mit ihr auf eine Weise auseinander setzte, die für uns beide befriedigender wäre. Als ich von ihrem Tod erfuhr, kam ich mir zuerst wie verurteilt vor. Das also war die Strafe, wenn man hingebungsvoll und gefällig war, das also passierte Mädchen, die so waren wie ich (meiner Meinung nach). Wenn ich das High-School-Jahrbuch aufschlug und mir mein eigenes Gesicht mit Pagenschnitt und zögerndem, beschwichtigendem Lächeln entgegenstarrte, dann waren es Bettys Augen, die meine eigenen überlagerten. Sie war freundlich zu mir gewesen, als ich noch ein Kind war, und mit der Gefühllosigkeit von Kindern gegenüber denen, die freundlich sind, aber nicht hinreißend, hatte ich Fred vorgezogen. In einer Zukunftsvision sah ich mich von einer ganzen Serie von Freds verlassen – sie alle rannten den Strand entlang, hinter einer Schar temperamentvoller Mädchen her, die auffällig meiner Schwester glichen. Was Bettys letztes hass- und wuterfülltes Geschrei anging, so war das ein Protestgeschrei gegen die Ungerechtigkeit des Lebens. Dieser Zorn war, wie ich wohl wusste, auch mein eigener, die dunkle Seite jener schrecklichen und entstellenden Nettigkeit, die Betty gezeichnet hatte wie die Nachwirkungen einer lähmenden Krankheit.

Doch Menschen verändern sich, besonders, wenn sie tot sind. Als ich dem melodramatischen Alter entwuchs, ging mir auf, dass ich, wenn ich nicht Betty sein wollte, eben jemand anderes werden müsste. Überdies war ich schon jetzt ganz anders als Betty. Sie hatte mich gewissermaßen davon losgesprochen, die geforderten Entschlüsse zu fassen, indem sie sie selbst so gründlich gefasst hatte. Die Leute hörten auf, mich als nettes Mädchen zu bezeichnen, und nannten mich stattdessen gescheit, und nach einer Weile gefiel mir das. Betty, die im vergänglichen Sonnenlicht einer fünfzehn Jahre zurückliegenden Zeit Haferflockenplätzchen backte, glitt zurück in die Dreidimensionalität. Sie war eine gewöhnliche Frau, die zu jung an einer unheilbaren Krankheit gestorben war. War es das, war das alles?

Von Zeit zu Zeit wünsche ich mir Betty zurück, wenn auch nur für ein Stündchen der Unterhaltung. Ich wünsche, dass sie mir meine Ablehnung ihrer Angorahandschuhe vergibt, meinen heimlichen Verrat an ihr, meine jugendliche Verachtung. Ich würde ihr gerne diese Geschichte zeigen, die ich von ihr erzählt habe, und sie fragen, ob etwas davon wahr ist. Aber mir fällt keine Frage ein, die ich so ausdrücken könnte, dass sie sich überhaupt bemühen würde, zu verstehen. Sie würde nur in ihrer zustimmenden, nichts begreifenden Art lachen und mir etwas anbieten, ein Schokoladeplätzchen, ein Wollknäuel.

Umgekehrt gibt Fred mir keine Rätsel auf. Die Freds dieser Welt offenbaren sich selbst durch das, was sie tun und wählen. Die Bettys sind die Rätselhaften.

Polaritäten

Sanfte und gerechte Lust
Ist es, da man Mensch ist, abgerungen zu haben dem All
Diesen unkühlen, wohnlichen Innenraum …
MARGARET AVISON, *»Neujahrsgedicht«*

Er hatte sie eine Woche lang nicht gesehen, was ungewöhnlich war: Er fragte sie, ob sie krank gewesen sei.

»Nein«, sagte sie, »hab gearbeitet.« Sie sprach immer mit funktionaler, fast militärischer Knappheit von dem, was sie getan hatte. Sie hatte einen kleinen Rucksack, in dem sie ihre Bücher und Hefte herumtrug. Für Morrison, dessen Gedanken von einer Sache zur anderen schweiften, etwas aufnahmen, befingerten, ablegten, war sie ein kleines Vorbild jener Art von Tüchtigkeit, von der er selbst mehr an den Tag legen müsste. Vielleicht war das der Grund, warum er nie den Wunsch gehabt hatte, sie zu berühren; er hatte Frauen gern, die nicht notwendigerweise dümmer, aber doch fauler waren als er. Trägheit erregte ihn: Das unabgewaschene Geschirr eines Mädchens forderte zu Nachlässigkeit und Sichgehenlassen auf.

Sie marschierte neben ihm den Korridor entlang und die Treppe hinunter, ihre kurzen, knappen Schritte synkopierten seine eigenen weit ausgreifenden. Im Hinuntergehen wurde der Geruch nach Stroh, Mist und Formaldehyd immer stärker: eine Kolonie überschüssiger Experimentiermäuse aus dem naturwissenschaftlichen Gebäude lebte im Keller. Als er merkte, dass auch sie das Gebäude verließ und wahrscheinlich nach Hause ging, bot er an, sie mitzunehmen.

»Nur, wenn Sie sowieso in meine Richtung fahren.« Louise nahm keine Gefälligkeiten an, das hatte sie von Anfang an klargemacht. Als er sie gefragt hatte, ob sie mit ihm einen Film ansehen wolle, sagte sie: »Nur, wenn Sie mich selbst bezahlen lassen.« Wenn sie größer gewesen wäre, hätte er das vielleicht bedrohlich gefunden.

Es war kälter, die schwache, rote Sonne war fast untergegangen, der Schnee färbte sich lila und knirschte. Sie hüpfte neben dem Auto auf und ab, bis er das Kabel der elektrischen Motorheizung entwirrt und die Tür aufbekommen hatte, wobei ihr Kopf aus dem riesigen Second-Hand-Pelzmantel, den sie trug, herausragte wie der einer Taschenratte aus ihrem Loch. Er hatte eine Menge Taschenratten auf der Fahrt hierher gesehen, viele davon tot. Eine hatte er selbst überfahren, ein unglücklicher Zufall, sie hatte sich praktisch unter die Autoräder gestürzt. Das Auto selbst hatte auch nicht durchgehalten: Als er schließlich die Vororte erreichte – obwohl er später feststellte, dass es eigentlich schon die Stadt selbst war –, war ein Kotflügel abgefallen, und die Zündung funktionierte nicht mehr. Er hatte es verschrotten müssen und stoisch beschlossen, ohne Auto auszukommen, bis er feststellte, dass es nicht ging.

Er steuerte das Auto auf die Zufahrtsstraße, die vom Universitätsgelände wegführte. Es rumpelte, als führe man über eine Brücke aus Metallplatten: Die Reifen waren von der Kälte steif und der Motor träge. Er müsste öfter lange Strecken mit dem Auto fahren; es wurde unbeweglich. Louise redete mehr als sonst; sie regte sich über etwas auf. Zwei ihrer Studenten hatten sich mit ihr herumgestritten, aber sie hatte gesagt, sie brauchten ja nicht in den Unterricht zu kommen. »Es geht doch um Ihre Noten, nicht um meine.« Sie wusste, dass sie gewonnen hatte, sie würden sich zusammenreißen, sie würden mitarbeiten. Morrison war nicht auf dem Laufenden über die Theorien der Gruppendynamik. Ihm gefiel die alte Art: Man unterrichtete sein Fach und vergaß sie als Menschen. Es verwirrte ihn, wenn sie in sein Zimmer gelatscht kamen und ihm zappelig und befangen etwas vormurmelten, von ihrem Vater oder von ihrem Liebesleben. Er erzählte ihnen ja auch nichts von seinem Vater oder von seinem Liebesleben, und er wünschte, sie würden ihm gegenüber dieselbe Zurückhaltung wahren, doch sie schienen zu glauben, dass sie es tun mussten, um einen Terminaufschub für ihre Semesterarbeiten zu bekommen. Am Semesteranfang hatte einer seiner Studenten gewollt, dass die Teilnehmer sich in einen Kreis setzen sollten, aber die anderen hatten zum Glück Sitzreihen hintereinander vorgezogen.

»Hier ist es«, sagte sie; er war vorbeigefahren. Er brachte das Auto knirschend zum Stehen, das Schutzblech an der Mauerböschung, Schneeböschung. Hier fuhren sie den Schnee nicht ab; sie streuten Sand darüber, Lage über Lage, wie er eben fiel, voller Zuversicht, dass er nicht tauen würde.

»Es ist fertig; Sie können mit reinkommen und es ansehen«, sagte sie, als sei es ein Vorschlag, in Wirklichkeit aber fordernd.

»Was ist fertig?«, fragte er. Er hatte nicht zugehört.

»Ich habe es Ihnen doch erzählt. Mein Domizil, meine Wohnung, daran habe ich doch die ganze Zeit gearbeitet.«

Das Haus war eine jener charakterlosen zweistöckigen Schachteln, die in den Jahren nach dem Krieg, als es einen Wohnungsbauboom gab und Baumaterial knapp war, straßenweise hingestellt wurden. Es war mit einem gräulichen Rauputz verputzt, den Morrison als seelisch erschöpfend empfand. Es gab noch ein paar ältere Häuser, aber sie wurden von Grundstückspekulanten eilends abgerissen; bald würde die Stadt überhaupt keine sichtbare Vergangenheit mehr haben. Alles andere waren Hochhäuser oder, noch schlimmer, niedrige, kasernenartige Mehrfamilienwohneinheiten, billig aneinandergehängt. Manchmal erinnerten ihn diese Reihen von dürftigen Gebäuden – mit Schnee auf den Dächern, wurzellosen weißen Gesichtern, die misstrauisch zum Fenster herausspähten, mit Kinderspielzeug, wie Abfall auf den Eingangswegen verstreut – an alte Fotos von Bergarbeiterunterkünften, die er einmal gesehen hatte. Es waren Häuser von Leuten, die nicht damit rechneten, lange darin zu wohnen.

Ihre Wohnung war im Souterrain. Während sie nach hinten und die Treppe hinuntergingen, wobei sie auf dem Treppenabsatz einen Bogen um die auf einer Zeitung stehenden Überschuhe und Stiefel der Familie oben drüber machten, erinnerte Morrison sich lebhaft und mit erneut aufkommender Panik an seine eigene Suche nach einer Bleibe, einem Dach über dem Kopf, einem Unterschlupf, daran, wie er sich von Adresse zu Adresse geschleppt hatte, seine Besichtigungen von klammen, verschlagähnlichen Kellern, die von ihren Besitzern eilig mit Vinylfliesen und billigem Verkleidungsmaterial renoviert worden waren, um den Studentenzustrom und den Wohnungsengpass auszunutzen. Er wusste, dass er, solcherart begraben oder in eins der glaswandigen Pappkarton-Appartementhäuser eingeschlossen, niemals einen Winter überleben würde. Gab es denn keine richtigen Häuser, ausgereift, interessant, bewohnbar? Schließlich war er auf eine freie Wohnung im zweiten Stock gestoßen; das Haus war rosa verputzt statt grau, der Dreck war beängstigend und die Vermieterin nörgelig, aber er hatte es sofort genommen, nur um die Möglichkeit zu haben, ein Fenster zu öffnen und hinauszuschauen.

Er hatte nicht gewusst, was er von Louises Zimmer erwarten sollte. Er hatte sie sich nie als irgendwo wohnend vorgestellt, obwohl er sie einige Male mitgenommen und vor dem Haus abgesetzt hatte.

»Ich bin gestern mit den Bücherregalen fertig geworden«, sagte sie und wies auf eine wandbreite Konstruktion aus lackierten Brettern und Zementblöcken. »Setzen Sie sich, ich mache Ihnen einen Kakao.« Sie ging in die Küche, noch immer in ihrem Pelzmantel, und Morrison setzte sich in den kunstledernen Drehstuhl. Er drehte sich, schaute sich um, verglich mit der Inneneinrichtung, die er selbst zu bewohnen glaubte, die tatsächlich zusammenzustellen er jedoch nie geschafft hatte.

Sie hatte offensichtlich eine Menge Energie hineingesteckt, aber das Ergebnis glich weniger einem Zimmer als mehreren Zimmern, von denen Stücke ausgeschnitten und aneinandergeklebt worden waren. Er konnte nicht herausfinden, was diese Wirkung hervorrief: Es war dieselbe Einheitlichkeit im Unterschiedlichen, die er in den Motels auf dem Weg hierher gefunden hatte, die modernistischen Möbel, die konventionellen gerahmten nordischen Landschaften an der Wand. Aber ihr Tisch war imitierter viktorianischer Stil, und die Drucke waren von Picasso. Das Bett war hinter einem teilweise zugezogenen gefärbten Sackleinenvorhang am Ende des Zimmers versteckt, aber sichtbar auf dem Bettvorleger standen zwei hellblaue flauschige Pantöffelchen, die ihn verblüfften, fast erschütterten, so wenig passten sie zu ihr.

Louise brachte den Kakao und setzte sich ihm gegenüber auf den Boden. Sie sprachen wie gewöhnlich über die Stadt; beide suchten sie noch immer nach Dingen, die man unternehmen konnte, eine Suche, die auf ihrer gemeinsamen östlichen Annahme basierte, dass Städte anregend sein sollten. Es war eher diese Suche als gegenseitige Anziehung, die sie veranlasste, so viel Zeit miteinander zu verbringen; die meisten anderen waren verheiratet oder waren schon zu lange hier und hatten aufgegeben.

Die Filme wechselten selten; über das einzige Theater mit seinen veralteten volkstümlichen Komödien hatten sie die Nase gerümpft. Sie waren allerdings zusammen in die Oper gegangen, als eine gegeben wurde: ein lokaler Chor und importierte Stars. Lucia war es gewesen, und eigentlich ganz gut gemacht, in Anbetracht der Umstände. In der Pause hatte

Morrison das stumme, vierschrötige Publikum betrachtet – einige der Damen trugen noch die spitzen Schuhe mit Stilettoabsätzen aus den frühen sechziger Jahren – und hatte Louise zugemurmelt, das sei wie aus einem Reiseprospekt über Russland.

Eines Sonntags, bevor der Schnee kam, hatten sie kurz entschlossen einen Autoausflug unternommen. Auf ihren Vorschlag hatten sie sich den zwanzig Meilen von der Stadt entfernten Zoo als Ziel gesetzt. Nachdem sie die Ölbohrtürme hinter sich gebracht hatten, waren Bäume gekommen, nicht die richtige Art von Bäumen – er hatte, wie schon auf seiner Fahrt hierher, das Gefühl gehabt, dass das Land sich von ihm fern hielt, ihn nicht hineinließ, es musste doch noch mehr geben als diese sich wiederholende unverbindliche Trostlosigkeit –, aber immerhin Bäume. Und der Zoo, als sie ihn dann erreichten, war weitläufig, die Tiere wurden in Gehegen gehalten, die groß genug waren, dass sie darin herumlaufen und sich sogar verstecken konnten, wenn sie wollten.

Louise war schon einmal dort gewesen – wie, da sie doch kein Auto hatte, fragte er nicht – und führte ihn herum. »Sie haben Tiere ausgesucht, die den Winter überstehen«, sagte sie. »Er ist das ganze Jahr geöffnet. Sie wissen nicht einmal, dass sie in einem Zoo sind.« Sie wies ihn auf den künstlichen Kletterfelsen aus Zementblöcken für die Bergziegen hin. Morrison mochte eigentlich keine Tiere, die größer und wilder als Katzen waren, aber diese hielten sich weit genug entfernt, um erträglich zu sein. An dem Tag hatte sie ihm ein wenig über sich selbst erzählt, eine Abweichung: Meistens sprach sie über ihre Arbeit. Sie sei in Europa herumgereist, erzählte sie ihm, und habe ein Jahr in England studiert.

»Und was tun Sie hier?«, hatte er gefragt.

Sie zuckte die Achseln. »Hier hat man mir Geld angeboten; nirgends sonst.«

Im Wesentlichen war das auch sein Grund. Es war nicht die Einberufung; eigentlich war er zu alt, obwohl sie hier immer gern glauben wollten, dass er sich vor dem Wehrdienst drückte, es machte ihnen seine Anwesenheit begreiflicher. Die Lage auf dem Arbeitsmarkt war kritisch gewesen, zu Hause in den Staaten und auch, als er es dort versuchte, »im Osten«, wie sie es hier nannten. Aber, um ganz fair zu sein, es war nicht nur das Geld gewesen oder die Aussichtslosigkeit der Lage zu Hause. Er hatte etwas anderes gesucht, ein Abenteuer; er hatte das Gefühl gehabt, er könne etwas Neues erfahren. Er hatte gedacht, die Stadt sei in der Nähe der Berge. Aber mit Ausnahme der rauen Rinne, durch die sich der bräunliche Fluss schlängelte, war sie flach.

»Ich möchte nicht, dass Sie das für typisch halten«, sagte Louise. »Sie sollten Montreal sehen.«

»Sind Sie typisch?«, fragte er.

Sie lachte. »Keiner von uns ist typisch oder sehen wir für Sie alle gleich aus? Ich bin nicht typisch, ich bin allumfassend.«

Sie ließ ihren Pelzmantel von den Schultern fallen, während sie das sagte, und wieder fragte er sich, ob von ihm erwartet wurde, dass er sich rührte, dass er sich an sie heranmachte. Er musste sich dringend an jemanden oder etwas heranmachen, er fing an, sich in seinen Kleidern und in seiner Haut isoliert zu fühlen. Seine Studenten kamen nicht in Frage. Außerdem waren sie so dick, so undurchdringlich; die Mädchen, auch die schlankeren, ließen ihn an dicke Scheiben von Materie denken, weiß und erstarrt, wie Schmalz. Und die anderen alleinlebenden Frauen im Kollegium waren viel älter als er: Bei ihnen war Louises Lebhaftigkeit zu Haarspalterei und Verbohrtheit degeneriert.

Es musste einen Ort geben, wo er jemanden kennen lernen konnte, irgendein nettes, locker angelegtes Mädchen mit ungepflegten, unansehnlichen Brüsten, mehr ein Ding als eine Idee, schlampig und unentgeltlich. Es gab sie, sie waren ihm bekannt aus dem, was er sein früheres Leben zu nennen begonnen hatte, aber er war mit keiner von ihnen in Kontakt geblieben. Sie waren anfänglich alle gut gewesen, aber auch die schludrigsten hatten mit der Zeit etwas von ihm gefordert, was er, wie er meinte, noch nicht zu geben bereit war: Sie wollten, dass er sie liebte, eine geistige Strapaze, der sich zu unterziehen ihm zu anstrengend war. Sein Geist, fand er, wurde für andere Dinge benötigt, wenn er auch nicht ganz sicher war, für welche. Er probierte, erkundete: Ziele würden später kommen.

Louise ähnelte ihnen nicht im Geringsten, sie würde ihm ihren Körper niemals umsonst überlassen, auch nicht vorübergehend, obwohl sie den Pelz jetzt wie einen Teppich um sich ausgebreitet und ein in Kordsamt steckendes Bein gehoben hatte, so dass er die straffe Wölbung ihres recht muskulösen Oberschenkels im Profil sehen konnte. Wahrscheinlich fuhr sie Ski und ging Eislaufen. Er stellte sich seinen langen Körper von diesem athletischen, eisigen Griff umschlossen vor, seine Augen von Pelz verdunkelt. Noch nicht, dachte er und hob seine halb volle Kakaotasse zwischen ihnen hoch. Ich komme ohne aus, ich brauche es noch nicht.

Es war am Wochenende, und Morrison strich seine Wohnung, wie er es gewohnheitsmäßig an den Wochenenden tat; er war, mit Unterbrechungen, schon dabei, seit er eingezogen war.

»Sie werden die Wohnung natürlich streichen lassen müssen«, hatte er elegant zu der Wirtin gesagt, als er sie besichtigte, aber er hatte sich schon zu interessiert gezeigt, und sie hatte ihn überlistet. »Also, ich weiß nicht, da ist noch ein anderer junger Mann, der sagt, er will selbst streichen ...« Deshalb hatte Morrison natürlich gesagt, das wolle er auch. Dies war der dritte Anstrich.

Morrison hatte seine Vorstellung vom Wändestreichen aus der Reklame bezogen – fleckenlose Hausfrauen, die einhändig und lächelnd Farbe auftrugen –, aber es war nicht leicht. Die Farbe geriet auf den Fußboden, auf die Möbel, in seine Haare. Und bevor er überhaupt anfangen konnte, musste er den angesammelten Unrat mehrerer Generationen von Vormietern hinauskarren; Kinderkleidung, alte Fotos, einen Fahrradschlauch, Haufen leerer Schnapsflaschen und (faszinierenderweise) einen Fallschirm aus Seide. Schlampigkeit interessierte ihn nur bei Frauen; er selbst konnte nicht darin leben.

Eine Wand des Wohnzimmers war rosa gewesen, eine grün, eine orange und eine schwarz. Er strich sie weiß. Die letzten Mieter, eine Gruppe nigerianischer Studenten, hatten sonderbare, magisch aussehende Malereien an den Wänden hinterlassen: eine Art Sumpf, schwarz auf der orangefarbenen Wand; und eine aufrechte Gestalt in Rosa auf der grünen Wand, es war entweder ein sehr schlecht gezeichnetes Christkind oder – konnte das sein? – ein erigierter Penis mit einem Heiligenschein darum. Morrison strich diese beiden Wände zuerst, aber es schaffte ihm Unbehagen, zu wissen, dass die Bilder unter der Farbe immer noch da waren. Manchmal, während er über die Zimmerwände rollte, überlegte er, was die Nigerianer wohl gedacht hatten, als es zum ersten Mal minus vierzig Grad gewesen war.

Die Wirtin schien ausländische Studenten zu bevorzugen, wahrscheinlich weil sie Angst hatten, sich zu beschweren. Sie war gekränkt gewesen, als Morrison ein richtiges Schloss für seine Tür verlangte. Der Keller war ein Labyrinth winziger Kabäuschen. Er war noch nicht ganz sicher, wer darin wohnte. Bald nachdem er eingezogen war, war ein Koreaner hoffnungsvoll lächelnd an seiner Tür aufgetaucht. Er wollte über seine Einkommenssteuer sprechen.

»Tut mir Leid«, hatte Morrison gesagt, »ein andres Mal, ja? Ich habe viel zu arbeiten.« Er war sicher sehr nett, kein Zweifel, aber Morrison wollte sich nicht auf jemanden einlassen, den er nicht kannte; und er musste wirklich arbeiten. Später kam er sich schäbig vor, als er herausfand, dass der Koreaner eine Frau und ein Kind da unten in seinem Kabäuschen bei sich hatte; sie hatten im Herbst oft Fische hinaus zum Trocknen gehängt, indem sie sie auf die Wäscheleine aufzogen.

Er strich gerade die Decke, mit hochgerecktem Hals, und die Farbe sickerte über den Griff der Rolle auf seinen Arm, als es klingelte. Er hoffte fast, dass es der Koreaner wäre, er sah selten jemand an den Wochenenden. Aber es war Louise.

»Hallo«, sagte er überrascht.

»Ich dachte, ich schau mal schnell vorbei«, sagte sie. »Ich benutze das Telefon nicht mehr.«

»Ich streiche grade«, sagte er, zum Teil als Entschuldigung; er war nicht sicher, ob er sie im Haus haben wollte. Was würde sie von ihm verlangen?

»Darf ich helfen?«, fragte sie, als handle es sich um ein großes Vergnügen.

»Eigentlich war ich grade dabei, für heute aufzuhören«, log er. Er wusste, dass sie es besser machen würde als er.

Er machte in der Küche Tee, und sie saß am Tisch und sah ihm zu.

»Ich bin gekommen, um über Blake zu sprechen«, sagte sie. »Ich muss eine Arbeit schreiben.« Im Gegensatz zu ihm war sie nur graduierte Assistentin, sie studierte selbst noch.

»Über welchen Aspekt?«, fragte Morrison uninteressiert. Blake war nicht sein Gebiet. Er hatte nichts gegen seine frühe Lyrik, aber die *Prophetischen Bücher* langweilten ihn, und die überspannten Briefe, in denen Blake seine Freunde Engel des Lichts nannte und seine Feinde verunglimpfte, fand er geschmacklos.

»Wir müssen jeder ein Gedicht aus den *Liedern der Erfahrung* analysieren. Ich soll das ›Lied der Amme‹ bearbeiten. Aber die haben keine Ahnung, was in dem Kurs läuft, und er weiß auch nicht, was läuft. Ich habe versucht, zu ihnen durchzudringen, aber sie spielen alle das Primus-Spiel, sie wissen nicht, was da passiert. Sie sitzen da und nehmen sich gegenseitig die Arbeiten auseinander, ich meine, sie wissen nicht, wozu Lyrik eigentlich da ist.« Sie trank ihren Tee nicht.

»Wann ist Abgabe?«, fragte er, auf neutralem Boden bleibend.

»Nächste Woche. Aber ich mache es nicht, nicht so, wie die es wollen. Ich setze ihnen eins von meinen eigenen Gedichten vor. Das sagt alles. Ich denke, wenn sie eins dort in der Sitzung lesen müssen, dann verstehen sie, was Blake mit seinen *Kadenzen* versucht hat. Ich lass es fotokopieren.« Sie zögerte, weniger selbstsicher. »Glauben Sie, dass das gut geht?«

Morrison fragte sich, was er tun würde, wenn einer seiner Studenten so eine Masche versuchen würde. Er hatte Louise nicht für den Typ gehalten, der Gedichte schrieb. »Haben Sie sich mit dem Professor abgesprochen?«

»Ich versuche, mit ihm zu reden«, sagte sie. »Ich versuche, ihm zu helfen, aber ich dringe nicht zu ihm durch! Wenn sie aber nicht verstehen, was ich meine, dann weiß ich, dass sie alle Heuchler sind, und ich kann von der Bildfläche verschwinden.« Sie drehte ihre Tasse auf der Tischplatte, ihre Lippen zitterten.

Morrison spürte, wie seine Loyalitäten sich spalteten; außerdem wollte er nicht, dass sie weinte, das würde gefährliches tröstliches Tätscheln erfordern, vielleicht sogar einen um ihre Schultern gelegten Arm. Er versuchte, ein unwillkürliches, blitzartiges Bild auszuschalten, von sich selbst auf ihr, mitten auf dem Küchenboden, weiße Dispersionsfarbe über ihren Pelz verschmierend. *Nicht heute,* befahl, flehte sein Verstand.

Wie eine Antwort dröhnte der Klang einer Orgel unter ihren Füßen herauf, begleitet von einer hohen zittrigen Stimme: *Fels der Zei-ten, für mich of-fen … Ach verbiiirg mich ganz …* Louise faßte das als Signal auf. »Ich muss gehen«, sagte sie. Sie stand auf und ging genauso abrupt, wie sie gekommen war, wobei sie ihm mechanisch für den Tee dankte, den sie nicht getrunken hatte.

Es war eine Hammondorgel, die der Frau im Stockwerk unter ihm gehörte, einer Einheimischen. Wenn ihr Mann und ihr Kind im heiratsfähigen Alter zu Hause waren, schrie sie sie an. Den Rest der Zeit ließ sie den Staubsauger laufen oder stotterte mit zwei Fingern Choräle oder alte Schlager auf der Orgel zusammen und sang dazu. Die Orgel war für Morrison das Ärgerlichste. Zuerst versuchte er, sie nicht zu beachten; dann legte er Opernplatten auf und versuchte, sie damit zu übertönen. Schließlich nahm er sie mit seinem Tonbandgerät auf. Wenn der Lärm zu aufreizend wurde, richtete er die Lautsprecher durch den Warmluftschacht nach unten und ließ das Band so laut wie möglich laufen. Es vermittelte ihm ein Gefühl der Beteiligung, der Macht.

Das tat er auch jetzt, voller Bewunderung dafür, wie das Band mit dem disharmonierte, was sie im Augenblick spielte: »Flüsternde Hoffnung«, überlagert von »Annie Laurie«; »Letzte Rose des Sommers«, »Komm zu der Kirche im Walde« kontrapunktierend. Es überraschte ihn, wie sehr er sie hassen konnte: Er hatte sie erst einmal gesehen, wie sie böse zwischen ihren hässlich geblümten Gardinen zu ihm hinaussah, als er sich auf dem Weg zur Garage durch den Schnee schob. Ihr Mann hatte eigentlich die Aufgabe, den Weg frei zu schaufeln, tat es aber nicht.

Louise kam am nächsten Tag wieder, bevor Morrison aufgestanden war. Er war wach, aber er merkte an der Kälte im Zimmer – sein Atem war sichtbar – und an dem leichten Ölgeruch, dass wieder etwas mit dem Ofen nicht stimmte. Es war weniger Aufwand, im Bett zu bleiben, zumindest bis die Sonne richtig hoch stand, als aufzustehen und die verschiedenen Methoden auszuprobieren, sich warm zu halten.

Als es klingelte, legte er eine Decke um und stolperte zur Tür.

»Mir ist etwas eingefallen«, sagte Louise tragisch. Sie war durch die Tür, bevor er sie abwehren konnte.

»Ich fürchte, es ist kalt hier drin«, sagte er.

»Ich musste herüberkommen und es Ihnen sagen. Ich benutze das Telefon nicht mehr. Sie sollten Ihres auch entfernen lassen.«

Sie stampfte den Schnee von den Stiefeln, während Morrison sich ins Wohnzimmer zurückzog. Eine dicke Eisschicht bedeckte die Innenseite der Fenster; er zündete die Gasheizung im Kamin an. Louise stelzte ungeduldig auf dem teppichlosen Fußboden hin und her.

»Sie hören nicht zu«, sagte sie. Er sah sie gehorsam aus seiner Decke heraus an. »Ich habe mir Folgendes überlegt: *Die Stadt hat kein Recht, hier zu sein.* Ich meine, warum ist sie hier? Hier sollte keine Stadt sein, so weit nördlich: Sie liegt nicht mal an einem See oder einem wichtigen Fluss. Warum ist sie hier?« Sie faltete die Hände und sah ihn an, als hinge alles von seiner Antwort ab.

Morrison überlegte, auf einem nackten Fuß stehend, dass er sich selbst diese Frage seit seiner Ankunft schon oft gestellt hatte. »Sie hat als Handelsstützpunkt angefangen«, sagte er fröstelnd.

»Aber sie *sieht* nicht wie einer aus. Sie sieht wie überhaupt nichts aus, sie *hat* nichts, es könnte überall sein. Warum ist sie *hier?«* Sie flehte; sie ergriff sogar einen Zipfel seiner Decke.

Morrison wich zurück. »Moment mal«, sagte er, »macht es Ihnen was aus, wenn ich mir was anziehe?«

»In welchem Zimmer sind Ihre Kleider?«, fragte sie misstrauisch.

»Im Schlafzimmer«, sagte er.

»Das ist in Ordnung. Das Zimmer ist in Ordnung«, sagte sie.

Entgegen seinen Befürchtungen machte sie keinen Versuch, ihm dorthin zu folgen. Als er angezogen war, fand er sie bei seiner Rückkehr mit einem Stück Papier auf dem Boden sitzend vor. »Wir müssen den Kreis schließen«, sagte sie. »Wir brauchen die anderen.«

»Welche anderen?« Er kam zu dem Schluss, dass sie übermüdet sei, sie hatte zu viel gearbeitet: Sie hatte dunkelrote Flecken um die Augen, und der Rest ihres Gesichts war grünlich blass.

»Ich werde Ihnen ein Diagramm davon zeichnen«, sagte sie. Aber stattdessen saß sie auf dem Boden und stach mit der Bleistiftspitze auf das Papier ein. »Ich wollte mein eigenes System ausarbeiten«, sagte sie klagend, »aber sie haben mich nicht gelassen.« Eine Träne rollte ihre Backe hinunter.

»Vielleicht müssen Sie mal mit jemand reden«, sagte Morrison übertrieben beiläufig.

Sie hob den Kopf. »Aber ich spreche doch mit Ihnen. Oh«, sagte sie, zu ihrer geschäftsmäßigen Stimme zurückkehrend, »Sie meinen, mit einem Analytiker. Ich war früher mal bei einem. Er hat gesagt, ich sei sehr stabil und ein Genie. Er hat meinen Kopf untersucht: Er hat gesagt, meine Gehirnmuster seien dieselben wie die von Julius Cäsar, nur seine seien militärisch und meine kreativ.« Sie begann wieder mit dem Bleistift zu stechen.

»Ich mache Ihnen ein Erdnussbutterbrot«, sagte Morrison, das Einzige anbietend, worauf er selbst gerade Lust hatte. Erst Monate später, als er sich daran erinnerte, kam ihm in den Sinn, sich zu fragen, wie jemand etwas über die Muster im Gehirn von Julius Cäsar wissen konnte. Im Augenblick fragte er sich, ob Louise nicht vielleicht wirklich ein Genie sein könnte. Er kam sich hilflos vor in seiner Unfähigkeit, auf sie einzugehen; sie würde ihn für genauso beschränkt halten wie die anderen, wer sie auch waren.

Zuerst wollte sie nicht, dass er in die Küche ging: Sie wusste, dass dort das Telefon war. Aber er versprach, es nicht zu benutzen. Als er mit einem Stück Brot, das er mühevoll mit der eiskalten Erdnussbutter bestrichen hatte, wieder herauskam, lag sie, in ihren Mantel gerollt, vor dem Kamin und schlief. Er stellte das Brot vorsichtig neben sie, als streue er für unsichtbare Tiere Krumen auf einen Baumstumpf. Dann besann er sich anders, holte es wieder, trug es auf Zehenspitzen in die Küche und aß es selbst. Er schaltete den Backofen ein, öffnete die Backofentür, wickelte sich in eine Decke aus dem Schlafzimmer und las Marvell.

Sie schlief fast drei Stunden; er hörte nicht, wie sie aufstand. Sie tauchte in der Küchentür auf und sah viel besser aus, obwohl immer noch eine graugrüne Blässe um Mund und Augen blieb.

»Genau das habe ich gebraucht«, sagte sie mit ihrer alten energischen Stimme. »Jetzt muss ich weg, ich habe massenhaft Arbeit.« Morrison nahm die Füße vom Backofen und brachte sie zur Tür.

»Fallen Sie nicht«, rief er ihr fröhlich nach, als sie die steile Holztreppe hinunterstieg, die Füße unter dem Rand ihres Mantels versteckt. Die Stufen waren vereist, er hielt sie nicht ordentlich sauber. Seine Wirtin hatte Angst, dass jemand darauf ausrutschen und sie verklagen würde.

Unten drehte Louise sich um und winkte ihm zu. Die Luft war dick von Eisnebel, schwebenden gefrorenen Wasserpartikeln; wenn man ein Pferd darin laufen ließ, hatte man ihm erzählt, durchbohrte das Eis seine Lungen und es verblutete. Das hatten sie ihm allerdings erst erzählt, nachdem er eines Morgens, als das Auto nicht ansprang, einen Dauerlauf zur Universität gemacht und sich in der Cafeteria laut über die stechenden Schmerzen in der Brust beklagt hatte.

Er sah ihr nach, bis sie hinter der Hausecke verschwand. Dann ging er mit einem Gefühl, verlorenes Territorium zurückzuerobern, zurück ins Wohnzimmer. Ihr Bleistift und das Papier, das sie benutzt und mit Punkten und Schlitzen bedeckt hatte, einem unentzifferten Code, lagen noch am Kamin. Er war im Begriff, das Papier zu zerknüllen, doch dann faltete er es stattdessen sorgfältig zusammen und legte es auf den Kaminsims, wo er seine unbeantworteten Briefe aufbewahrte. Danach ging er durch seine Wohnung, in dem Bewusstsein, dass seine Arbeit auf ihn wartete, und trotzdem mit dem Gefühl, er habe nichts zu tun.

Eine halbe Stunde später war sie wieder da; er stellte fest, dass er sie erwartet hatte. Ihr Gesicht war voller Trauer, alle Linien wiesen nach unten, als ob winzige Hände die Haut über den Unterkiefern zögen.

»Oh, Sie müssen mit hinauskommen«, sagte sie bittend. »Sie müssen mit hinauskommen, es ist viel zu neblig.«

»Warum kommen Sie nicht herein?«, sagte Morrison. Das wäre einfacher. Vielleicht hatte sie eine Pfeife durchgezogen, wenn das alles war, würde er es abwarten können. Er selbst war vorsichtig gewesen; die Stadt war klein, und der Dealer am Ort war womöglich einer seiner eigenen Studenten. Außerdem hatte er kein Verlangen danach, sein Gehirn zu Haferbrei zu reduzieren.

»Nein«, sagte sie, »ich kann nicht mehr durch diese Tür gehen. Sie ist falsch. Sie müssen herauskommen.« Ihr Gesicht wurde schlau, als führe sie etwas im Schilde. »Es wird Ihnen gut tun, einen Spaziergang in der frischen Luft zu machen«, sagte sie vernünftig.

Sie hatte Recht, er bewegte sich nicht genug. Er zog seine schweren Stiefel an und ging seinen Mantel holen.

Während sie die Straße entlangknirschten und -schlidderten, war Louise zufrieden mit sich, triumphierend; sie ging ein Stück vor ihm, als wäre sie entschlossen, die Führung zu behalten. Der Eisnebel umgab sie, tötete ihre Stimmen ab, er kristallisierte sich wie ein Bewuchs von Fichtennadeln an den Telefondrähten und an den Ästen der wenigen Bäume, die ihm unweigerlich immer verkümmert vorkamen, obwohl sie für die Einheimischen vermutlich die normale Baumgröße darstellten. Er achtete darauf, nicht zu tief zu atmen. Eine Schar von Kernbeißern schwirrte und schrillte vor ihnen auf und pickte die letzten roten Beeren von einer Eberesche.

»Ich bin froh, dass es nicht sonnig ist«, sagte Louise. »Die Sonne hat mir die Gehirnzellen ausgebrannt, aber jetzt fühle ich mich viel besser.«

Morrison sah zum Himmel. Die Sonne war irgendwo dort oben, durch einen blassen Punkt in dem sonst gleichmäßig verteilten Grau markiert. Er unterdrückte eine Regung, die

Augen abzuschirmen und dadurch seine Gehirnzellen zu schützen: Er merkte, dass es ein Versuch war, das ungewollte Wissen zu unterdrücken, dass Louise gestört oder – nur heraus damit – verrückt war.

»Das Leben hier ist nicht so schlimm«, sagte Louise, während sie kleinmädchenhaft auf dem festgewordenen Schnee hopste. »Man muss nur innere Ressourcen haben. Ich bin froh, dass ich sie habe; ich glaube, ich habe mehr als Sie, Morrison. Ich habe mehr als die meisten Leute. Das habe ich mir auch gesagt, als ich hierhergezogen bin.«

»Wo gehen wir hin?«, fragte Morrison, als sie mehrere Querstraßen hinter sich gelassen hatten. Sie hatte ihn nach Westen geführt, auf einer Straße, die ihm nicht vertraut war, oder war es nur der Nebel?

»Die anderen suchen, natürlich«, sagte sie und sah sich verächtlich nach ihm um. »Wir müssen den Kreis schließen.«

Morrison folgte ohne Protest; er war erleichtert, dass bald auch noch andere da sein würden.

Sie blieb vor einem mittelhohen Hochhaus stehen. »Sie sind da drinnen«, sagte sie. Morrison ging auf die Türe zu, aber sie zog ihn am Arm.

»Sie können nicht durch diese Türe gehen«, sagte sie. »Sie zeigt in die falsche Richtung. Es ist die falsche Tür.«

»Was ist damit?«, fragte Morrison. Vielleicht war es ja die falsche Tür (und je länger er sie ansah, die Glasscheiben und das böse Funkeln, umso mehr verstand er, was sie meinte), aber es war die Einzige.

»Sie geht nach Osten«, sagte sie. »Wissen Sie das nicht? Die Stadt ist nach Norden und Süden polarisiert; der Fluss teilt sie; die Pole sind das Gaswerk und das Elektrizitätswerk. Haben Sie noch nicht bemerkt, dass die Brücke sie verbindet? So kommen auch die Ströme hinüber. Wir müssen die Pole in unserem Gehirn mit den Polen der Stadt in einer Linie halten, darum geht es auch in Blakes Gedichten. Man darf den Strom nicht unterbrechen.«

»Wie kommen wir denn dann hinein?«, sagte er. Sie setzte sich in den Schnee; er hatte wieder Angst, dass sie weinen würde.

»Hören Sie«, sagte er rasch. »Ich werde seitwärts durch die Tür gehen und die Leute mit herausbringen; dann unterbreche ich den Strom nicht. Sie brauchen dann gar nicht durch die Tür zu gehen. Wer ist es?«, fragte er noch.

Als er den Namen erkannte, regte sich Erleichterung in ihm, sie war doch nicht geistesgestört, die Leute waren echt, sie hatte eine Absicht und einen Plan. Dies war wahrscheinlich nur eine ausgefallene Methode, ein Treffen mit ihren Freunden zu arrangieren.

Es waren die Jamiesons. Dave war einer von jenen, mit denen Morrison auf dem Flur scherzhafte Bemerkungen ausgetauscht hatte, aber nichts Weiteres. Seine Frau hatte vor kurzem ein Kind bekommen. Morrison traf die beiden in Freizeithemden und Jeans an. Er versuchte zu erklären, was er wollte, was schwierig war, weil er es selbst nicht genau wusste. Schließlich sagte er, er brauche Hilfe. Nur Dave konnte mitkommen, seine Frau musste bei dem Baby bleiben.

»Ich kenne Louise kaum, wissen Sie«, sagte Dave unaufgefordert im Fahrstuhl.

»Ich auch nicht«, sagte Morrison.

Louise wartete hinter einer niedrigen Tanne auf dem Rasen vor dem Haus. Sie kam hervor, als sie sie sah. »Wo ist das Baby?«, fragte sie. »Wir brauchen das Baby, um den Kreis zu schließen. Wir *brauchen* das Baby! Wissen Sie nicht, dass das Land ohne es auseinander brechen wird?« Sie stampfte ärgerlich mit dem Fuß auf.

»Wir können noch mal kommen und es holen«, sagte Morrison, was sie besänftigte. Sie sagte, sie müssten nur noch zwei andere holen; sie erklärte, dass sie Leute von beiden Seiten des Flusses brauchten. Dave Jamieson schlug vor, sein Auto zu nehmen, aber Louise war jetzt auch von Autos abgekommen: Sie waren genauso schlimm wie Telefone, sie hatten keine festgelegten Richtungen. Sie wollte zu Fuß gehen. Schließlich überredeten sie sie zum Bus, indem sie darauf hinwiesen, dass er nach Norden und Süden fuhr. Sie musste sich erst vergewissern, dass er über die richtige Brücke fuhr, die in der Nähe des Gaswerks.

Das andere Ehepaar, das Louise genannt hatte, wohnte in einer Wohnung mit Blick über den Fluss. Sie schien sie nicht ausgesucht zu haben, weil sie besonders gute Freunde waren, sondern weil man aus ihrem Wohnzimmer, in dem sie einmal gewesen war, sowohl das Gaswerk als auch das Elektrizitätswerk sehen konnte. Die Wohnungstür ging nach Süden; Louise betrat das Gebäude ohne Zögern.

Morrison war nicht gerade erfreut über Louises Wahl. Dieses Ehepaar stand an der vordersten Front der ortsansässigen Antiamerikaner: Pauls bittere Ausfälle musste er fast täglich in der Cafeteria ertragen, während Leota eine Art hatte, bei Kollegenpartys in seiner Gegenwart über die bösen Amerikaner herzuziehen und sich dann an ihn zu wenden und, mit Überschwang um den Mund, aber nicht in den Augen, zu sagen: »Oh, ich habe ja ganz vergessen – Sie sind ja auch Amerikaner!« Er hatte herausgefunden, dass Zustimmung die beste Verteidigung war. »Ihr Yankees kommt einfach hierher und nehmt uns alle Stellen weg«, sagte Paul etwa, und Morrison nickte dann leutselig: »Stimmt, ihr solltet das einfach nicht zulassen. Warum habt ihr mich eigentlich eingestellt?« Oder Leota hackte darauf herum, dass die Amerikaner die gesamte kanadische Industrie aufkauften, und Morrison sagte: »Ja, das ist wirklich eine Schande. Warum verkauft ihr sie uns?« Er verstand natürlich, was sie meinten, aber was sollte er ihrer Meinung nach denn tun? Und was taten sie selbst, wenn man es recht bedachte? Einmal allerdings war Paul nach einem Bier zu viel im Fakultätsclub zusammengeklappt und hatte ihm anvertraut, dass Leota gertenschlank gewesen sei, als er sie heiratete, und jetzt war sie so dick. Morrison bewahrte die Erinnerung an diese Beichte als eine Art Faustpfand.

Er musste allerdings zugeben, dass Paul in dieser Angelegenheit viel beherzter war als er. Paul sah sofort, wozu Morrison Stunden, vielleicht Wochen gebraucht hatte: dass mit Louise etwas nicht in Ordnung war. Leota lockte sie mit einem Glas Milch in die Küche, während Paul sich im Wohnzimmer im Alleingang mit ihnen verschwor.

»Sie ist völlig übergeschnappt. Wir müssen sie in die Klapsmühle schaffen. Wir werden so tun, als ob wir mitgingen, zu dieser Kreisgeschichte, und wenn wir sie nach unten gelotst haben, packen wir sie und stecken sie in mein Auto. Wie lange geht das schon so?«

Morrison gefiel der Klang der Wörter »packen« und »stecken« gar nicht. »Sie weigert sich, in Autos zu steigen«, sagte er.

»Teufel«, sagte Paul, »ich gehe jedenfalls nicht zu Fuß bei diesem beschissenen Wetter. Außerdem ist es meilenweit. Wir werden eben Gewalt anwenden, wenn es sein muss.« Er schob jedem ein schnelles Bierchen zu, und als er meinte, dass sie ausgetrunken haben müssten, gingen sie alle in die Küche, und Paul erklärte Louise vorsichtig, dass es Zeit sei zum Gehen.

»Wohin?«, fragte Louise. Sie sah ihnen scharf ins Gesicht: Sie merkte, dass sie etwas im Schilde führten. Morrison fühlte, wie Schuldbewusstsein in seine Augen stieg, und wandte den Kopf ab.

»Das Baby holen«, sagte Paul. »Dann können wir den Kreis bilden.«

Louise sah ihn sonderbar an. »Welches Baby? Welchen Kreis?«, fragte sie ihn prüfend.

»Sie wissen doch«, sagte Paul überredend. Nach einem Augenblick setzte sie ihr immer noch fast volles Glas Milch ab und sagte, sie sei fertig.

Beim Auto scheute sie zurück. »Nicht darein«, sagte sie und stemmte die Füße gegen den Boden. »Ich gehe da nicht rein.« Als Paul ihren Arm ergriff und beruhigend und drohend sagte:

»Nun seien Sie mal schön brav«, riss sie sich los und rannte die Straße hinunter, stolpernd und rutschend. Morrison brachte es nicht über sich, ihr nachzulaufen; er fühlte sich schon wie ein Verräter. Er sah dümmlich zu, während David und Paul hinter ihr herjagten, sie schließlich einfingen und halb zurücktrugen; sie hielten sie zappelnd und tretend in ihrem Pelzmantel, wie in einem Sack. Ihr Atem kam in weißen Schüben.

»Machen Sie die hintere Tür auf, Morrison«, sagte Paul wie ein Feldwebel und warf ihm einen verächtlichen Blick zu. Morrison gehorchte, und Louise wurde hineingeschoben, wobei Dave sie mehr oder weniger im Genick hielt und Paul ihre Füße hochhob. Sie sträubte sich nicht so sehr, wie Morrison erwartete. Er stieg ein und setzte sich neben sie; Dave saß auf ihrer anderen Seite. Leota, die verspätet heruntergewatschelt war, hatte sich auf dem Vordersitz niedergelassen. Sobald sie losgefahren waren, drehte sie sich um und machte heuchlerisch aufmunternde Laute zu Louise hin.

»Wo bringen sie mich hin?«, flüsterte Louise Morrison zu. »Sicher in die Klinik, oder?« Sie war fast hoffnungsvoll, vielleicht hatte sie sich darauf verlassen, dass sie das tun würden. Sie schmiegte sich dicht an Morrison und rieb ihren Oberschenkel an seinem; er versuchte, nicht abzurücken.

Als sie die Vororte erreichten, flüsterte sie ihm wieder zu: »Das ist doch lächerlich, Morrison. Sie verhalten sich lächerlich, nicht? Wenn wir an die nächste Ampel kommen, machen Sie auf Ihrer Seite die Türe auf, und wir springen raus und laufen weg. Wir gehen in meine Wohnung.«

Morrison lächelte ihr matt zu, aber er war fast geneigt, es zu versuchen. Obwohl er wusste, dass er nichts tun konnte, um ihr zu helfen, und ohnehin die Verantwortung dafür nicht übernehmen wollte, mochte er doch seine Seele nicht mit dem belasten, was als Nächstes mit ihr geschehen würde. Er fühlte sich wie einer, der einem Exekutionskommando zugeteilt war: Es war nicht seine Wahl, es war seine Pflicht, niemand konnte ihm die Schuld geben.

Der Eisnebel hatte nachgelassen. Der Tag wurde grauer, blauer: Sie bewegten sich nach Osten, fort von der Sonne. Die Nervenklinik war außerhalb der Stadt, über eine gewundene, ausdruckslose Zufahrt zu erreichen. Die Gebäude waren ein ähnliches Konglomerat von nicht zusammenpassenden, einstmals aktuellen Baustilen wie die der Universität: die gleiche unangenehme Zerstückelung des Raumes, das gleiche trostlose Versagen in dem Versuch, modern zu sein. Staatliche Einrichtungen, dachte Morrison; wahrscheinlich waren sie von demselben Architekten entworfen worden.

Louise war ruhig, als sie in die Aufnahmestation gingen. Drinnen war eine verglaste Kabine mit verkümmertem Weihnachtsschmuck aus rotem und grünem Bastelpapier. Louise stand still da und hörte mit einem amüsierten, toleranten Lächeln zu, während Paul mit der Aufnahmeschwester sprach; aber als ein junger Assistenzarzt erschien, sagte sie: »Ich muss mich für meine Freunde entschuldigen; sie haben getrunken und versuchen, mir einen Streich zu spielen.«

Der Assistenzarzt runzelte fragend die Stirn. Paul blies sich auf und stellte Louises Theorien von dem Kreis und den Polen dar. Sie leugnete alles und forderte den Assistenzarzt auf, die Polizei zu rufen; ein Spaß sei ein Spaß, aber dies sei Missbrauch einer öffentlichen Einrichtung.

Paul appellierte an Morrison, er sei ihr engster Freund. »Na ja«, wand sich Morrison, »sie hat sich ein bisschen komisch benommen, aber vielleicht nicht genug, um …« Seine Augen wanderten zu der pseudomodernen Inneneinrichtung, den Korridoren, die weiß Gott wohin führten. Durch einen der Korridore schlurfte eine schlaffe Gestalt.

Louise machte es so gut, sie war so gelassen, dass sie den Assistenzarzt schon fast überzeugt hatte; aber als sie sah, dass sie dabei war zu gewinnen, verlor sie die Selbstbeherrschung. Indem sie Paul einen spielerischen Stoß vor die Brust gab, sagte sie: »*Ihre* Sorte brauchen wir hier nicht. *Sie* kommen sowieso nicht in den Kreis.« Sie wandte sich an den Assistenzarzt und sagte ernst: »Jetzt muss ich gehen. Meine Arbeit ist sehr wichtig, wissen Sie. Ich verhindere den Bürgerkrieg.«

Nachdem ihre Personalien aufgenommen, ihr die wenigen Wertsachen abgenommen und in den Safe geschlossen worden waren (»damit die Patienten sie nicht stehlen«, sagte die Aufnahmeschwester), die Hausschlüssel auf ihre Bitte hin Morrison ausgehändigt worden waren, verschwand sie zwischen zwei Assistenzärzten in einem der Korridore. Sie weinte nicht und sagte keinem von ihnen auf Wiedersehen, doch nickte sie Morrison würdevoll und starr zu. »Ich erwarte, dass Sie mir mein Notizbuch bringen«, sagte sie mit ausgesprochen englischem Akzent. »Das schwarze, ich brauche es. Sie finden es auf meinem Schreibtisch. Und ich werde etwas Unterwäsche brauchen. Die kann Leota bringen.«

Morrison, beschämt und reuig, versprach einen Besuch.

Als sie wieder in der Stadt waren, setzten sie Dave Jamieson vor seinem Haus ab; dann aßen sie zu dritt Pizza und tranken Coca-Cola. Paul und Leota waren freundlicher als sonst: Sie wollten mehr herausfinden. Sie beugten sich über den Tisch, fragend, gierig, schnüffelnd; sie genossen es. Dies, merkte er, war für sie die Art von Unterhaltung, die die Stadt am ehesten bieten konnte.

Danach fuhren sie alle zu Louises Keller, um jene Bruchstücke ihres Lebens zusammenzusuchen, um die sie gebeten hatte. Leota fand nach einer unanständig langen Suche in Louises Kommodenschubladen die Unterwäsche (überraschend rüschenreich, vorwiegend schwarz und lila); er und Paul versuchten zu entscheiden, welches der schwarzen Hefte auf dem Schreibtisch sie wohl wollte. Es waren acht oder neun; Paul schlug ein paar auf und las beliebige Auszüge, obwohl Morrison schwach protestierte. Anspielungen auf die Pole und den Kreis fanden sich schon mehrere Monate vorher; bevor er sie kennen gelernt hatte, dachte Morrison.

In den Heften hatte Louise ihr privates System in Aphorismen und kurzen Gedichten ausgearbeitet, die in sich durchaus stimmig waren, im Zusammenhang betrachtet jedoch nicht; obwohl, überlegte Morrison, der einzige Unterschied ist, dass sie das als real betrachtet hat, wovon wir anderen behaupten, dass es nur metaphorisch sei. Zwischen den Aphorismen waren kleine, an Schaltbilder erinnernde Skizzen, Zitate aus den Werken englischer Dichter und lange, detaillierte Analysen ihrer Bekannten an der Universität.

»Hier sind Sie, Morrison«, sagte Paul mit genüsslichem Kichern. »›Morrison ist keine vollständige Persönlichkeit. Er muss vervollständigt werden, er weigert sich zuzugeben, dass sein Körper ein Teil seiner Seele ist. Er kann möglicherweise in den Kreis kommen, aber nur, wenn er seine Rolle als Fragment aufgibt und sich willens zeigt, mit dem größeren Ganzen zu verschmelzen.‹ Mann, die muss schon seit Monaten spinnen.«

Sie taten ihr Gewalt an, indem sie gegen ihren Willen in ihre Privatsphäre eindrangen. »Legen Sie das weg«, sagte Morrison, schärfer, als er normalerweise zu Paul zu sprechen wagte. »Wir werden das halb volle Heft nehmen, das muss es sein, was sie gemeint hat.«

Etwa ein halbes Dutzend Bücher aus der Bibliothek lagen im Zimmer verstreut, einige überfällig: Geologie und Geschichte größtenteils und ein Band Blake. Leota bot sich an, sie zurückzubringen.

Als er im Begriff war, die Sicherung über das Schloss zu schieben, sah Morrison sich noch einmal im Zimmer um. Er erkannte jetzt, woher der Eindruck des Nachgeahmten kam: Das Bücherregal war eine Kopie dessen in Pauls Wohnzimmer, die Drucke und der Tisch waren fast identisch mit denen der Jamiesons. Andere Einzelheiten weckten dunkle Erinnerungen an Gegenstände, die er in den verschiedenen Häusern bei den verschiedenen, aber fast identischen Partys zum Kennenlernen nur halb wahrgenommen hatte. Die arme Louise hatte versucht, sich selbst aus den anderen Leuten, die sie kennen gelernt hatte, zusammenzubauen. Nur von ihm hatte sie nichts genommen; als er an seine kühle Einrichtung dachte, embryonal und kümmerlich, wurde ihm klar, dass sie nichts zum Mitnehmen für Louise anbot.

Er hielt sein Versprechen und besuchte sie. Seinen ersten Besuch machte er mit Paul und Leota, aber er spürte deren Ablehnung: Sie schienen zu meinen, dass es ihrer Landsmännin gestattet sein müsse, verrückt zu werden, ohne Zeugenschaft oder Teilnahme irgendwelcher Yankees. Danach fuhr er alleine in seinem eigenen Auto hinaus.

Bei seinem zweiten Besuch schien es Louise anfänglich besser zu gehen. Sie trafen sich in einer engen Kabine, die mit zwei Stühlen möbliert war; Louise saß auf der Kante des ihren, die Hände im Schoß gefaltet, mit höflichem, zurückhaltendem Gesicht. Ihr englischer Akzent war immer noch hörbar, obwohl von Zeit zu Zeit harte Rs auftauchten. Sie ruhe sich aus, sagte sie; das Essen sei in Ordnung und sie habe ein paar nette Leute kennen gelernt, aber es dränge sie, wieder an ihre Arbeit zu kommen; sie mache sich Sorgen, wer sich um ihre Studenten kümmere.

»Ich nehm an, ich habe ein paar ziemlich verrückte Dinge zu Ihnen gesagt«, lächelte sie.

»Na ja …«, wich Morrison aus. Er freute sich über dieses Zeichen ihrer Besserung.

»Ich habe das alles ganz falsch gesehen. Ich dachte, ich könnte das Land zusammenbringen, wenn ich die beiden Hälften der Stadt in einen Kreis vereine, indem ich die magnetischen Ströme verwende.« Sie lachte ein leises, verächtliches Lachen, dann senkte sie die Stimme. »Was ich aber nicht bedacht hatte, war, dass die Ströme nicht nach Norden und Süden fließen, wie die Brücke. Sie fließen nach Osten und Westen wie der Fluss. Und ich brauchte den Kreis nicht aus einer Anzahl von unvollständigen Segmenten zu bilden. Ich brauchte nicht einmal das Baby. Ich meine«, sagte sie ernsthaft flüsternd, ohne jeden Akzent, »ich *bin* der Kreis. Ich habe die Pole in mir selbst. Was ich tun muss, ist, mich selbst zusammenzuhalten, es liegt an *mir.*«

Am Anmeldeschalter versuchte er herauszufinden, was mit Louise offiziell nicht in Ordnung war, aber sie wollten ihm nichts sagen, aus Prinzip nicht.

Bei seinem nächsten Besuch sprach sie fast die ganze Zeit in, wie seinem ungeübten Ohr schien, vollkommen fließendem Französisch. Ihre Mutter sei eine französische Protestantin, erzählte sie ihm, ihr Vater ein englischer Katholik. *»Je peux vous dire tout ceci« , sagte* sie, *»parce que vous êtes Américain.* Sie gehören nicht dazu.« Dies schien Morrison einiges zu erklären; aber das nächste Mal behauptete sie, die Tochter einer italienischen Opernsängerin und eines Nazigenerals zu sein. »Obwohl ich auch etwas jüdisches Blut habe«, fügte sie hastig hinzu. Sie war angespannt und stand immer wieder auf und setzte sich wieder, schlug ihre Beine übereinander und stellte sie wieder auf den Boden. Sie sah Morrison nicht direkt an, sondern richtete ihre abgehackten Bemerkungen an die Mitte seines Oberkörpers.

Danach blieb Morrison ein paar Wochen weg. Er fand, dass seine Besuche keinem von ihnen gut taten, und er musste Arbeiten korrigieren. Er beschäftigte sich erneut mit dem Streichen seiner Wohnung und der Orgelmusik der Frau unter ihm; er schaufelte die Treppe frei und streute Salz, um das Eis aufzutauen. Seine Wirtin – voller Schuldbewusstsein, weil sie ihn immer noch nicht mit einem Schloss versorgt hatte – lud ihn unerwartet zum Tee ein, und der schäbige Plastikkitsch, der ihre Wohnung schmückte, gab seinen Tagträumen eine Weile Nahrung. Das einzig Schöne in ihrem nachgemachten Ranch-Stil-Bungalow war ein in ukrainischer Manier bemaltes ausgeblasenes Ei gewesen, aber sie hatte es als gewöhnlich abgetan und ihn stattdessen ein Stück Seife zu bewundern gebeten, das mit künstlichen Blumen besteckt war, damit es wie ein Blumentopf aussah; sie hatte die Idee aus einer Zeitschrift. Der Koreaner kam eines Abends herauf, um ihn über Lebensversicherungen zu befragen.

Aber der Gedanke an Louise da draußen auf dem windigen Psychiatriegelände mit nichts und niemandem, den sie kannte, gab ihm quälende Stiche wie eine psychische Neuralgie und trieb ihn schließlich in jenen Teil der Stadt, der als Zentrum galt: Er würde ihr ein Geschenk kaufen. Er suchte einen kleinen Kasten Wasserfarben aus: Sie sollte etwas zu tun haben. Er wollte ihn eigentlich schicken, fand sich aber früher, als er erwartete, auf der breiten leeren Zufahrtsstraße wieder.

Sie trafen sich wieder in der Besucherkabine. Er war beunruhigt über ihr verändertes Aussehen: Sie hatte zugenommen, ihre Muskeln waren erschlafft, ihre Brüste hingen. Statt aufrecht zu sitzen, wie beim letzten Mal, rekelte sie sich auf dem Stuhl, mit gespreizten Beinen und baumelnden Armen. Ihr Haar war stumpf und so gut wie ungekämmt. Sie trug einen kurzen Rock und lila Strümpfe, in dem einen war eine Laufmasche. Während er versuchte, nicht auf diese Laufmasche und das lose weiße Fleisch des Schenkels zu starren, das darunter sichtbar wurde, erlebte Morrison die ersten unverkennbar fleischlichen Regungen, die er ihr gegenüber je verspürt hatte.

»Sie haben mich auf ein neues Medikament umgestellt«, sagte sie. »Das andere hat schlecht gewirkt. Ich war allergisch dagegen.« Sie erwähnte, dass jemand ihre Haarbürste gestohlen habe, aber als er anbot, ihr eine neue mitzubringen, sagte sie, es sei nicht wichtig. Sie hatte das Interesse an dem Kreis und ihrem komplizierten System verloren und schien nicht viel reden zu wollen. Das wenige, was sie sagte, bezog sich auf die Klinik: Sie versuche, den Ärzten zu helfen, sie wüssten nicht, wie sie die Patienten behandeln sollten, aber sie wollten nicht auf sie hören. Den meisten da drinnen gehe es eher schlechter als besser; viele müssten bleiben, weil keiner die Verantwortung übernehmen wolle, sich um sie zu kümmern, selbst wenn sie medikamentös »stillgelegt« seien. Sie seien arm, sie hätten keine Verwandten, die Ärzte ließen sie nicht allein gehen. Sie erzählte von einem Mädchen aus dem Norden, das dachte, es sei ein Karibu.

Sie warf kaum einen Blick auf die Wasserfarben, bedankte sich jedoch teilnahmslos. Ihre Augen, normalerweise weit offen und lebhaft, waren fast zu Schlitzen zugeschwollen, und ihre Haut schien dunkler geworden zu sein. Sie erinnerte ihn an jemand, aber er brauchte mehrere Minuten, um darauf zu kommen: an eine Indianerin, die er im Frühherbst gesehen hatte, als er noch auf der Suche nach einem Lokal war, wo man etwas Anständiges trinken konnte. Sie hatte breitbeinig vor einem billigen Hotel gesessen, hatte ihre Kleider ausgezogen und gesungen: »Los, Jungs, worauf wartet ihr, los, Jungs, worauf wartet ihr.« Eine Gruppe verlegener, kichernder Männer hatte sich um sie gesammelt. Morrison hatte sich gegen seinen Willen, über sie, die Männer und sich selbst erschreckt, dazugestellt. Sie war nackt bis zur Taille, als die Polizei kam.

Als er aufstand, um sich zu verabschieden, fragte Louise, als sei es eine Sache von rein theoretischem Interesse, ob er glaube, dass sie je wieder herauskomme.

Auf dem Weg zu seinem Auto wurde ihm plötzlich klar, dass er sie liebte. Der Gedanke erfüllte ihn wie ein Ziel, wie eine Bestimmung. Er würde sie irgendwie retten; er könnte behaupten, sie sei seine Kusine oder Schwester; er würde sie in seiner Wohnung versteckt halten, wo er all seine gefährlichen Geräte wie Rasierapparate, Messer, Nagelfeilen weggeschlossen hatte; er würde ihr zu essen und die richtigen Medikamente geben, würde ihr die Haare kämmen. Nachts würde sie da sein, in dem eiskalten Schlafzimmer, und er könnte in sie hineinsinken wie in einen warmen, alles auslöschenden Sumpf.

Dieses Bild hob zuerst seine Stimmung, dann erschreckte es ihn. Ihm wurde klar, dass er nur die hoffnungslose, verrückte Louise wollte, die Louise ohne jedes Ziel und jeden Schutz.

Mit einer normalen, einer, die ihn einschätzen konnte, würde er niemals umgehen können. Das also war sein Traummädchen, seine endlich gefundene Idealfrau: ein Zerfall, ein Geist, der zu den Scherben der ihn zusammenhaltenden Materie zurückkehrte, eine besiegte, formlose Kreatur, der er sich aufdrängen konnte wie die Schaufel der Erde, die Axt dem Wald, sie benutzen, ohne benutzt zu werden, erkennen, ohne erkannt zu werden. Louises Eintragung über ihn, geschrieben, als sie geistig zweifellos noch gesünder war als jetzt, hatte gestimmt. Und doch überlegte er zu seiner eigenen Verteidigung, dass sein Verlangen nach ihr nicht völlig schlecht sei: Es war zum Teil das Verlangen danach, sich mit seinem eigenen Körper wiederzuvereinen, von dem er tatsächlich immer weniger das Gefühl hatte, dass er ihn besaß. Deprimiert von sich selbst und von dem Gebäude, dem Gefängnis, das er gerade verlassen hatte, fuhr er an der Kreuzung der Hauptstraße von der Stadt weg, statt auf sie zu: Er wollte seinem Auto etwas Auslauf verschaffen. Er fuhr durch die zusammengepresste Landschaft und erinnerte sich schmerzlich an die sanfte Ausdehnung der gefälligen östlichen und südlichen Hügel in jenem besiedelten Land, das so weit fort war, dass es nicht zu existieren schien. Hier war alles schmallippig, ohne Freigebigkeit, gut für nichts und wieder nichts.

Er war schon halbwegs am Zoo, bevor er merkte, dass er dorthin fuhr. Louise hatte gesagt, er sei den ganzen Winter über geöffnet.

Der Tag ging schon zur Neige, als er am Eingang ankam, er würde in der Dunkelheit zurückfahren. Er würde seinen Besuch kurz halten müssen, er wollte nicht eingesperrt werden, wenn sie die Tore schlossen. Er bezahlte der in Schals eingemummten Gestalt im Kiosk den Eintritt, dann lenkte er das Auto die leeren Wege entlang und sah aus dem Seitenfenster auf die Lama- und Yakherden, das Gehege der sibirischen Tiger, wo nur die Stellen zu sehen waren, an denen sich vielleicht ein Tiger versteckte.

An der Büffelweide hielt er an und stieg aus dem Auto. Die Büffel grasten in der Nähe des Drahtzauns, aber als er sich näherte, hoben sie die Köpfe und beäugten ihn, dann schnaubten sie und wankten durch die hüfthohen Schneedünen davon.

Er stapfte am Zaun entlang, ohne sich darum zu kümmern, dass der Wind stärker geworden war, ihn durch seinen dicken Mantel hindurch auskühlte und das Blut aus seinen Zehen wich. Dünne, unheimliche Finger dahintreibenden Schnees krochen über die Straße; auf dem Rückweg würde er auf Schneeverwehungen achten müssen. Er stellte sich vor, wie der Schnee anstieg, in großen Bögen, in Wellen über die Stadt herunterfegte und wie jedes Haus ein winziger Mittelpunkt von Menschen erzeugter Wärme war, der gegen ihn ankämpfte. Von des Elektrizitätswerkes und des Gaswerkes Gnaden: eine Bombe, eine Katastrophe in einem von beiden, und die Häuser würden sich schließen wie Augen. Er dachte an all die Menschen, die er kaum kannte, wie sie sich verhalten würden, wie sie ihre Möbel zu Feuerholz zerhacken würden, bis die Kälte nachließ; wie sie sich jetzt schon verhielten: die Fische der Koreaner, die auf der Wäscheleine flatterten wie trotzige Silberfahnen, die Frau von unten, die misstönend und schrill »Flüsternde Hoffnung« in den Schneesturm hineinsang, Paul in der dürftigen Rüstung seines billigen Nationalismus, die Wirtin, die ihr Seifenstück mit den künstlichen Blumen wie eine Fackel emporhielt. Die arme Louise, er erkannte jetzt, was sie so verzweifelt versucht hatte: Das Entscheidende an dem Kreis, wenn er erst geschlossen und unabhängig wäre, war nicht, was er einschloss, sondern was er ausschloss. Seine eigenen Anstrengungen, menschlich zu bleiben, waren vergebliche Mühe, sterile Liebe. Was geschah, wenn das alles verbraucht sein würde, was würde ihm bleiben? Schwarze Bäume auf einer warmen orangefarbenen Wand; und er hatte alles weiß gestrichen …

Schwindlig vor Kälte lehnte er sich gegen den Zaun, die Stirn auf der in Fausthandschuhen steckenden Hand. Er stand vor dem Wolfsgehege. Er erinnerte sich von seinem Ausflug mit Louise daran. Sie hatten einige Zeit dort gestanden und darauf gewartet, dass die Wölfe zu ihnen herüberkämen, aber sie waren am äußersten Ende geblieben. Jetzt waren drei in der Nähe des Zauns, lagen in seinem Schutz. Ein altes Paar, ein Mann und eine Frau in fast identischen grauen Mänteln, stand bei den Wölfen. Er hatte sie vorher nicht bemerkt, es waren keine Autos an ihm vorbeigefahren, sie mussten zu Fuß vom Parkplatz gekommen sein. Die Augen der Wölfe waren gelbgrau: Sie schauten durch die Stäbe zu ihm herüber, wach, neutral.

»Sind das Timberwölfe?«, fragte Morrison die alte Frau. Als er den Mund zum Sprechen öffnete, drang ein plötzlicher kalter Luftstrom in ihn ein.

Die Frau drehte sich langsam zu ihm um: Ihr Gesicht war ein Gewirr von Runzeln, aus dem ihre Augen blau und eisig zu ihm heraufstarrten.

»Sind Sie hier aus der Gegend?«, fragte sie.

»Nein«, sagte Morrison. Ihr Kopf wandte sich ruckartig ab, sie sah wieder durch den Zaun nach den Wölfen, hatte die Nase dem Wind zugewandt, ihr kurzer weißer Pelz war gegen den Strich gesträubt.

Morrison folgte ihrem starren Blick: Etwas wurde mitgeteilt, etwas, was nichts mit ihm zu tun hatte, was man nur erfahren konnte, wenn alles Übrige beendet und abgestreift war. Sein Körper war taub; er schwankte. Am Rande seines Gesichtsfelds schwoll die alte Frau an, taumelte, dann schien sie zu verschwinden, und das Land öffnete sich vor ihm. Es trieb fort, nach Norden, und er meinte, er könne die Berge sehen, schneebedeckt, die Kämme in der sinkenden Sonne glitzernd, dann Wald um Wald, danach die kahle Tundra und die blanken festen Flüsse und jenseits davon, so weit fort, dass die endlose Nacht schon eingebrochen war, das gefrorene Meer.

Unter Glas

Ich fühle mich besser. Ausnahmsweise ist der Himmel klar, ein leichter Wind weht, ich gehe die Rundwege und angelegten Alleen des Parks entlang, die Bäume kommen stabil aus der Erde, als gehörten sie dorthin, nichts schwankt. Ich habe Vertrauen in das Gras und die fernen Gebäude, sie können für sich selbst sorgen, sie brauchen meine Aufmerksamkeit nicht, um sie zusammenzuhalten, nicht meine Augen, um sie am Boden zu halten.

Die schweißbedeckten Mütter und schrillen, hektischen Kinder, die gestern ihren Zooausflug machten, sind weit fort, die Spuren, die sie in mir hinterlassen haben, sind schwach wie Fettflecke und Kratzer von Zweigen an Fensterscheiben. Es war ein Risiko, das ich nicht hätte eingehen sollen, es wäre klüger gewesen zu warten, aber ich habe es bewältigt. Ich habe es sogar durch den Mondlichtpavillon geschafft, verdunkelte Tunnels voller Gekreische, wo die glotzenden Nager und geschrumpften, fötusköpfigen Primaten vom grauen Licht dazu verführt werden, in aller Öffentlichkeit hinter der schalldichten Verkleidung ihrem Leben nachzugehen. Ich bin froh zu wissen, dass ich es ohne fremde Hilfe kann.

Ich gehe am Gewächshaus 7 B vorbei: Es glitzert, es winkt. Drinnen sind die Pflanzen, die wie Steine aussehen, mit ihren fleischigen, gelappten Blättern, die knöchelgroß und gesprenkelt sind, so dass sie vollendet mit den Kieselsteinen harmonieren. Anfangs habe ich mich gefreut, sie entdeckt zu haben.

Ich denke mit einer Art Schrecken über mich selbst an die Stunden, die ich damit verbracht habe, sie anzusehen, wobei wir uns alle ganz still verhielten. Heute jedoch hat das Gewächshaus keine Anziehungskraft: Ich gehe auf zwei Beinen, ich trage Kleider.

In der Straße vor dem Bahnhof kaufe ich ein. Das ist ein neues Gefühl, meine Beine kribbeln, als sei ich gerade aus einem Rollstuhl aufgestanden. Ich kaufe kleine braune Papierpäckchen und verstaue sie in meiner praktischen schwarzen Tasche mit Griffen daran wie an der eines Arztes. Brot und Butter, Trauben, Reineclauden, die er wahrscheinlich noch nie gegessen hat, aber wir alle müssen verschiedene Erfahrungen ausprobieren. Bevor ich den Reißverschluss der Tasche zuziehe, ordne ich die Päckchen neu, um die von einer Plastikhülle umschlossene, am Stiel mit nassem Toilettenpapier umwickelte Rose zu schützen. Unnötig. Aber sie ist ein Geschenk, und ich bin stolz auf mich, dass ich dazu fähig bin, wir tun das nicht oft. Ich habe sie in dem Garten abgeschnitten, der nicht mir gehört. Ich bewundere Rosen, aber ich habe nie eine sein wollen, vielleicht mache ich mir deshalb nicht viele Sorgen darum, ob der Stiel wehtut.

Welcher Teil eines Rosenbusches ist der Körper? Heute Nacht habe ich geträumt, ich bekäme ein Baby, das die richtige Größe und Farbe hatte. Es ist ein Zeichen von Gesundheit, vielleicht werde ich doch dazu fähig sein, so wie andere Frauen angeblich auch. Gewöhnlich sind die Babys, wenn ich von ihnen träume, knochig wie junge Katzen, blassgrün und hochintelligent; sie sprechen in vielsilbigen Wörtern, und ich weiß, dass sie nicht mir gehören, sondern dass es Wesen sind, die von einem anderen Planeten geschickt wurden, um die Herrschaft über die Erde zu übernehmen, oder dass sie tot sind. Manchmal sind sie mit Pelz bedeckt. Aber das von heute Nacht war rosa und beruhigend unkommunikativ; es weinte. Er müsste das eigentlich vielversprechend finden, er möchte Söhne haben. Ich habe darüber nachgedacht, ich bin sogar so weit gegangen, ein paar Bücher über Schwangerschaftsgymnastik und die so genannte natürliche Geburt zu lesen, obwohl es heutzutage sicher angenehmer und nützlicher wäre, einen Kürbis oder eine Tomate zu gebären als ein Baby, die Welt hat keinen Bedarf für meine Gene. Das ist allerdings eine Ausrede.

Ich stelle die Tasche auf meine Knie und halte die Griffe fest. Es ist wie Mutter-und-Vater-Spielen, wir wissen beide, dass ich ihm erst etwas kochen kann, wenn er seinen Herd reparieren lässt, was er irgendwie aufschiebt: Immerhin, es ist die erste hausfrauliche Tätigkeit, die ich je für ihn unternommen habe. Er müsste das eigentlich würdigen, er ist verpflichtet, das zu würdigen, er muss einsehen, dass es besser wird. Ich fühle mich so gut, dass ich sogar andere Leute im Zug ansehe, ihre Gesichter und Kleider, dass ich sie wahrnehme, mir Gedanken über ihr Leben mache. Seht nur, wie freundlich ich bin; welch eine Fülle.

Die Zementtreppe, die zu seiner Tür hinunterführt, stinkt nach Pisse und Antiseptikum; ich halte den Atem an, wie gewöhnlich. Ich schaue durch den Briefkastenschlitz hinein: Er ist noch nicht aufgestanden, deshalb schließe ich mir mit meinem Schlüssel auf. Seine Zweizimmerwohnung ist unordentlicher als das letzte Mal, aber sie hat schon schlimmer ausgesehen. Heute lassen der Staub und der Abfall meine Haut in Ruhe. Ich stelle meine schwarze Tasche auf den Tisch und gehe durch zum Schlafzimmer.

Er liegt im Bett, schläft in einem verwickelten Netz von Decken, auf dem Rücken, die Knie angezogen. Ich habe immer Angst, ihn zu wecken: Ich erinnere mich an die Geschichten von Männern, die im Schlaf, mit offenen Augen töten, weil sie denken, die Frau ist ein Einbrecher oder ein feindlicher Soldat. Man kann dafür nicht verurteilt werden. Ich berühre ihn am Bein und weiche zurück, bereit wegzulaufen, aber er wacht sofort auf und wendet mir seinen Kopf zu.

»Hallo«, sagt er. »Mein Gott, hab ich einen Kater.«

Es ist unhöflich von ihm, einen Kater zu haben, wo ich den weiten Weg gekommen bin, um ihn zu sehen. »Ich habe dir eine Blume mitgebracht«, sage ich, entschlossen, ruhig und fröhlich zu sein.

Ich gehe in das andere Zimmer und wickle die Rose aus ihrem Toilettenpapier und suche etwas, wo ich sie hineinstellen kann. Ein Stapel nie benutzter Teller steht in seinem Schrank, den restlichen Platz nehmen Bücher und Papier ein. Ich finde ein einsames Glas und fülle es am Spülbecken mit Wasser. Gabeln und Messer, ebenfalls unbenutzt, rosten auf dem Abtropfgestell. Ich mache innerlich eine Liste der Dinge, die er braucht: eine Vase, mehr Gläser, ein Geschirrtuch.

Ich trage die Rose zu ihm hinein, und er schnüffelt pflichtschuldig daran, und ich setze das Glas neben den Wecker auf den improvisierten Tisch aus zwei Stühlen und einem Brett. Er würde eigentlich gern weiterschlafen, aber er macht einen Kompromiss, indem er mich neben sich zieht und mich mit in die Decken wickelt. Sein Kopf sucht die Höhle zwischen meiner Schulter und dem Schlüsselbein, und er schließt die Augen.

»Ich hab mich nach dir gesehnt«, sagt er. Warum sollte er sich nach mir gesehnt haben, ich war nur fünf Tage fort. Das letzte Mal war nicht gut, ich war angespannt, die Tapete beunruhigte mich und die knallbunten Schmetterlingsaufkleber am Schrank, nicht seine, sondern von einem Vorgänger. Er küsst mich: Er hat wirklich einen Kater, sein Mund schmeckt nach schalem Wein, Tabakteer und städtischem Zerfall. Er will nicht mit mir schlafen, ich merke es, ich streichle verständnisvoll seinen Kopf; er schmiegt sich an. Ich denke wieder an den Mondlichtpavillon, das Plumplori, das vorsichtig durch seine künstliche Welt kriecht, mit Wassergefäßen und welkenden Zweigen, seine vor Angst aufgerissenen Augen, sein Junges, das sich an sein Fell klammert.

»Willst du Mittagessen?«, fragt er. Das ist seine Art, mir mitzuteilen, dass er nicht in Form ist.

»Ich habe alles mitgebracht. Oder jedenfalls das meiste. Ich gehe um die Ecke und hole den Rest. Es ist gesünder als diese fettigen Hamburger und Pommes frites.«

»Toll«, sagt er, aber er macht keine Anstalten aufzustehen.

»Hast du deine Vitaminpillen genommen?« Das war meine Idee, ich hatte Angst, dass er Skorbut bekommt, bei seinen Essgewohnheiten. Ich nehme selbst immer welche. Ich fühle, wie er rituell nickt.

Ich kann nicht sehen, ob er die Wahrheit sagt. Ich drehe mich um, sodass ich auf ihn hinunterschaue. »Mit wem hast du getrunken? Bist du weggegangen, nachdem du die Möbel umgestellt hast?«

»Die Möbel waren schon umgestellt, als ich hinkam. Sie konnte mich nicht anrufen, um mir Bescheid zu sagen.« Das stimmt, er hat kein Telefon; unsere Gespräche finden in Telefonzellen statt. »Sie wollte stattdessen ausgehen und etwas trinken. Ich habe mich von oben bis unten mit Chop Suey bekleckert«, sagt er voller Selbstmitleid.

Ich soll ihn bedauern. »War es verdaut oder unverdaut?«, frage ich.

»Ich hatte noch keinen Bissen angerührt.«

Ich bin überrascht, dass sie es so offen macht, aber andererseits ist sie mir immer ungeschickt vorgekommen, plump und geradeheraus, wie die Spielführerin einer Basketball-Damenmannschaft, nein, wie eine Turnlehrerin mit der Pfeife im Mund. Eine alte Freundin. Keine Mätzchen. Meine hatte Pumphosen und dünne Beine und riss Witze über das, was sie »Krämpfe« nannte, in einer Art, die nahe legte, dass wir sie eigentlich nicht haben dürften. Trampoline, der Körper verzerrt, zum Funktionieren gebracht, der Kopf bellt Befehle.

»Sie versucht seit Monaten, dich zu verführen«, sage ich lächelnd; der Gedanke amüsiert mich, sie sieht aus wie ein Murmeltier. Er versucht, die Achseln zu zucken, aber ich habe ihn, einen Arm quer über dem Hals, festgenagelt. »Hat sie es geschafft?«

»Als wir aus der Bar kamen, war die U-Bahn zu.«

Ich hatte es nicht ernst gemeint, aber dies ist plötzlich eine Beichte. Ich möchte sie ignorieren, aber ich spreche weiter. »Willst du damit sagen, dass sie die Nacht hier verbracht hat?«

»Wie hätte sie wohl den ganzen Weg zu ihrer Wohnung zurückkommen sollen?«, sagt er. »Ja.« Natürlich musste es so ein Grund sein. Verdammt logisch.

Für was hältst du dich eigentlich, für die Bahnhofsmission? möchte ich sagen, aber stattdessen frage ich das nahe Liegende. »Ich nehme an, du hast mit ihr geschlafen.« Meine Stimme ist ruhig, ich bin auch ruhig, ich werde nicht zulassen, dass es mich umwirft.

»Es war ihre Idee. Ich war betrunken.« Er glaubt, dass beides gute Entschuldigungen sind.

»Warum hast du es mir gesagt?« Wenn er es mir nicht gesagt und ich es herausgefunden hätte, würde ich sagen: Warum hast du es mir nicht gesagt? Das weiß ich, während ich es frage.

»Du hättest es selbst rausgekriegt, der Wecker ist auf acht gestellt.«

»Was heißt das?«, frage ich; ich schalte nicht. Mir ist kalt, ich stehe vom Bett auf und gehe rückwärts zur Tür.

Ich sitze in einem nagelneuen Hamburger Restaurant; mir gegenüber sitzt ein Mann und isst einen Cheeseburger. Esslokale sind die einzigen Gelegenheiten, bei denen ich ihn beobachten kann: Sonst schaue ich durch Taxifenster auf verschwommene Bilder oder verfolge die ungewohnten Tapetenmuster. Die Farbe seines Gesichts passt zu den Tischplatten aus Kunstharz: beige. An anderen Tischen sitzen andere Männer, die auch Cheeseburger essen und von anderen Frauen beobachtet werden. Wir haben alle Mäntel an. Die Luft flimmert von Rockmusik und dem Geruch von ausgelaugten Pommes frites. Obwohl es Winter ist, erinnert mich der Raum an einen Strand, bis hin zu den zerknüllten Papierservietten und den

Limoflaschen, die hier und da herumliegen, und der leicht sandigen Beschaffenheit der Cheeseburger.

Er schiebt seinen Krautsalat weg.

»Du solltest ihn essen«, sage ich.

»Nein, nein; Grünzeug bekommt mir nicht«, sagt er. Die unterdrückte Ernährungsspezialistin in mir vermerkt, dass er wahrscheinlich an Vitamin-A-Mangel leidet. Ich hätte Amtsarzt werden sollen oder vielleicht biologisch-dynamischer Landwirt.

»Dann tausche ich mit dir«, sage ich. »Ich esse deinen Krautsalat, wenn du meinen Cheeseburger aufisst.«

Er denkt, dass das eine Falle ist, entschließt sich aber, es zu riskieren. Der Austausch wird vorgenommen, und wir untersuchen beide unsere Hälfte des Handels. Jenseits des Spiegelglasfensters treibt Schneeregen vom Nachthimmel, doch drinnen sind wir beleuchtet, sicher und warm, und filtern Musik durch unsere Kiemen, als sei es Sauerstoff.

Er isst meinen Cheeseburger auf und zündet eine Zigarette an. Ich bin aus irgendeinem Grund ärgerlich auf ihn, obwohl ich mich nicht mehr daran erinnern kann, aus welchem. Ich gehe mein Register hässlicher Bemerkungen durch, suche eine aus: Du liebst wie ein Cowboy, der ein Schaf vergewaltigt. Ich warte auf den richtigen Zeitpunkt, das zu sagen, aber vielleicht ist Frieden wichtiger.

Für ihn nicht; jetzt, wo der Hunger gestillt ist, kommt er auf einen früheren Streit zurück. »Du willst wohl ausprobieren, wie viel ich mir gefallen lasse, stimmt's?«, sagt er. »Hör auf, mich wie einen Neunjährigen zu behandeln.«

»Es gibt eine gute Methode, mich davon abzuhalten, dass ich dich so behandle«, sage ich. Was ich meine, ist, dass er aufhören soll, sich wie ein Neunjähriger zu benehmen, aber er beißt nicht an. Vielleicht hat er es nicht einmal gehört: Die Musik ist lauter geworden.

»Komm, wir hauen ab«, sagt er und wir stehen auf. Ich inspiziere die Kassiererin, als wir hinausgehen: Kassiererinnen deprimieren mich, ich möchte, dass sie glücklich sind, aber sie sind es nie. Diese hier ist voller Wasser und ausgebeult, gesättigt von zu viel Lautstärke und zu vielen Pommes frites. Sie ist eher apathisch als mürrisch. Kämpf doch, fordere ich sie stumm auf.

Die Luft schlägt uns entgegen, und wir gehen, ohne uns zu berühren. Ich kann mich nicht daran erinnern, was er getan hat, aber er wird nicht ungeschoren davonkommen. Er trägt einen langen khakifarbenen Mantel aus Armeebeständen mit Messingknöpfen; der Mantel ist hübsch, aber gerade jetzt erinnert er mich nur an meine Angst vor Portiers, Busfahrern und Postbeamten, an jene, die ihre Uniform als Entschuldigung benutzen. Ich steuere meinen Kurs so, dass er durch alle Pfützen gehen muss. Wenn ich nicht gewinnen kann, sage ich ihm, sollst du es auch nicht. Ich war damals normaler, ich konnte mich wehren.

»Ich stehe nie um acht auf. Sie musste zur Arbeit.« Er ist sich jetzt im Klaren darüber, dass ich über diese nicht mit ihm lachen werde wie über die anderen. »Wenn du hier gewesen wärst, wäre es nicht passiert«, sagt er und versucht, es auf mich zu schieben.

Ich sehe es so deutlich, in solch gewöhnlichem Licht, ich weiß, was er getan hat, wie er sich bewegt hat, sogar, was er gesagt hat, ein warmer Körper zieht einen anderen an, so verhalten sich Menschen eben, und ich möchte mich übergeben. Mehr noch, ich möchte meine sorgfältig ausgesuchten braunen Papierpäckchen nehmen und sie in seine nie geputzte Toilette stopfen, die ich sogar – der Gipfel des Schwachsinns – für ihn zu putzen vorgehabt hatte, der Arme, keiner hat ihm je gezeigt, wie man das macht. Wo sie hingehören. So würde es also aussehen, ich würde in meiner geübten Art seine schmutzigen Socken und seine Zigarettenkippen aufheben – die höchste Wonne der Frau –, sichere acht Monate schwanger, damit man jetzt nicht mehr aussteigen kann, würde mich mit der Gymnastik für die natürliche Geburt abmühen, während er unterwegs ist und vögelt, was sich gerade an ihn lehnt, wenn er die magische Anzahl von Gläsern intus hat. Eine geistige Beziehung zu dir, hat er gesagt, und rein körperliche Beziehungen zu den anderen. Schluck das mal. Was glaubt er wohl, was mir an ihm so gefallen hat, seine bemerkenswerte Seele?

»Ich gehe ein paar Einkäufe machen«, sage ich. Ich bin hier zu sichtbar, Wüstenmäuse, mit ihren Gängen, die am Glas hinunterführen, wie aufdringlich, habe ich damals gedacht. »Willst du, dass ich zurückkomme?«

Dies ist der Aufruf zur Reue, er nickt, wortlos, er ist wirklich unglücklich, aber ich habe keine Zeit, darüber nachzudenken, ich muss hinaus, wo viele andere um mich sind, Tarnung. Ich achte darauf, die Tür nicht zuzuknallen, ich gehe hinüber zu der Geschäftsstraße und wühle mich in die Menge der Einkaufenden.

Es ist ein Zimmer mit Bett, Frisierkommode mit Spiegel darüber, Nachttisch mit Lampe und Telefon, linoleumgemusterten Gardinen, die die Fenster verdecken, die ihrerseits die Nacht verdecken, und ein Gefälle von zehn Stockwerken hinunter auf verschwommene Lichter und Metallteile, der Flur führt zum Badezimmer, das ein Waschbecken und zwei Hähne enthält, für heiß und kalt, eine geschlossene Tür. Außerhalb der Tür ist ein weiterer Flur und eine Reihe von ähnlichen geschlossenen Türen. Es ist alles korrekt, alles an seinem Platz, wenn auch an den Rändern leicht zerbeult. Ich habe versucht, in dem Bett zu schlafen, ohne Erfolg. Ich gehe über den Boden hin und her und setze einen Flughafengeruch nach Polsterreinigungsmittel aus dem Teppich frei. Früher am Abend war ein Tablett mit Steakresten und Fetzen von altem Salat da, aber ich habe es vor langer Zeit hinaus in den Flur gestellt.

Von Zeit zu Zeit öffne ich die Fenster, und das Zimmer wird von Verkehrslärm überschwemmt, als sei es Teil eines Triebwerks von der Größe der Stadt, dann schließe ich die Fenster, und das Zimmer heizt sich wieder auf, ein Verbrennungsmotor. Manchmal gehe ich ins Badezimmer und drehe die Hähne auf und zu, trinke Wasser und nehme Schlaftabletten, es vermittelt mir die Illusion zu handeln. Ich sehe auch auf meine Uhr. Es ist Vorfrühling, es gibt keine Blätter und keinen Schnee; die Tage haben zu viel Sonne, sie macht den Staub auf allem sichtbar, sie tut in den Augen weh. Vor drei Stunden hat er angerufen und gesagt, er würde in einer halben Stunde zu Hause sein. Er spricht von diesem Zimmer, wo wir nie vorher gewesen sind und nie wieder sein werden, als Zuhause, ich nehme an, weil ich darin bin. Ich bin darin, und ich kann nicht hinaus, er hat den Schlüssel, wohin sollte ich gehen, es ist eine fremde Stadt. Ich denke mir Pläne aus: Ich werde jetzt packen, weggehen, er wird von dort zurückkommen, wo er – wo ist er? Er könnte einen Unfall gehabt haben, er ist im Krankenhaus, er stirbt, nein, so glatt würde er das nie tun. Das Zimmer wird leer sein. Das Zimmer ist jetzt leer, ich bin ein Ort, keine Person. Ich werde ins Badezimmer gehen, die Tür verschließen, mich in die Wanne legen, meine Arme in Lilienhaltung verschränkt, die Augen mit unsichtbaren Münzen beschwert. Ich werde den Rest der Schlaftabletten hinunterspülen und, über etwas hingeworfen – über den Schreibtisch, über das Telefon –, im Koma gefunden werden. In Krimis wird der Atem immer als »röchelnd« beschrieben, ich habe mir nie vorstellen können, wie das ist. Er wird hereinkommen, gerade wenn ich im Begriff bin, aus dem Fenster in den dichten Hurrikan darunter zu fliegen, mein Nachthemd um mich gebauscht wie einen riesigen Nylondrachen. Halt die Schnur fest, sie ist an meinem Kopf festgebunden.

Die Mechanismen des Zimmers setzen gleichmütig ihr Klicken und Gurgeln fort. Ich habe alle Knöpfe an der Heizung gedreht, aber nichts geschieht, vielleicht bin ich nicht wirklich hier. Er müsste hier sein, er hat kein Recht, nicht hier zu sein, diese Maschine ist seine Erfindung. Ich steige zum fünften- oder sechstenmal zurück ins Bett und versuche, mich auf die

Figuren zu konzentrieren, die vor meinen geschlossenen Augenlidern vorbeiziehen. Sonne, Staub, leuchtende Farben, Scheinwerfer, ein Perserteppich. Jetzt sind es Bilder, Enten komischerweise, eine Frau, die auf einem Stuhl sitzt, ein Rasen mit einem Landhaus einschließlich griechischem Säuleneingang, Uhren aus Blumen, eine Reihe tanzender Comic-Mäuse, wer hat sie dorthin gesetzt? Wer du auch bist, hol mich heraus, und ich verspreche, dass ich nie, nie wieder. Nächstes Mal wird es nur vom Hals abwärts sein, ich werde mich nicht um seine Begründungen kümmern.

Anfangs war es so einfach, du hättest es weiter so halten sollen, es ist das Einzige, was du bewältigen kannst. Ganz ruhig, sagte der Arzt, versuchte zu kommunizieren, wirkte aber wie Fred MacMurray in einem Walt-Disney-Film, nehmen Sie Tabletten. Vielleicht verteidigt er nur seine Freiheit, du bist zu besitzergreifend. Er flieht. Du hast ihn da hineingetrieben, in die Telefonzelle, und heraus kommt der Super-Deckhengst. Ein sich selbst antreibender Schwanz mit einem winzigen Gehirnanhängsel, so groß wie das einer Termite, ein paar Schluck Alkohol, und er steckt ihn rein, wo nur ein Loch ist. Wie nachtjagende Schlangen hat er vorn infrarote Sensoren, in der Dunkelheit schlägt er bei allem, was warm ist, zu. Als das Licht anging, war er dabei, den Warmluftschacht zu vögeln.

Das ist unfair. In Wirklichkeit ärgert dich, dass sie es heute Nacht bekommen hat und für dich nichts mehr übrig war. Warum konnte er sich keine bessere Gelegenheit aussuchen? Er wusste doch, dass ich heute Morgen da sein würde. Er hat sie nicht ausgesucht, es ist einfach passiert. Warum kannst du ihn nicht als ein verwirrtes menschliches Wesen mit Problemen sehen? Tue ich denn je etwas anderes? Ich könnte schon jetzt kaum mehr sagen, ob er mein Geliebter ist oder mein ambulanter Patient. Du denkst, du hättest Zauberkräfte, könntest alles heilen. Kannst du nicht zugeben, dass du gescheitert bist?

Vielleicht bin ich kein verwirrtes menschliches Wesen mit Problemen, vielleicht bin ich etwas ganz anderes, eine Artischocke. Nichts davon.

Im Grunde genommen ist sie sein Typ, sie müssen gut zusammen gekonnt haben, sie sind beide athletisch, vielleicht gibt sie den Takt mit der Pfeife an, *piiiep*, los geht's ...

Auf gewisse Weise bewundere ich sie, sie bringt die Tage hinter sich.

Als ich zurückkomme, ist er angezogen und unglücklich. Ich bewege mich in einer Parodie von Häuslichkeit durch das Zimmer, säble mit seinem einzigen unzulänglichen Messer das Brot in Scheiben, schwenke Wasser über das Obst. Ich öffne die Pepsi, die ich ihm mitgebracht habe.

»Hast du mehr als ein Glas?«

Er schüttelt den Kopf. »Es gibt nur das eine.«

Ich hole die Rose mit der hängenden Blüte aus dem Schlafzimmer, werfe sie in den Wäschekorb, den er für Abfall benutzt, spüle das Glas aus und gieße die Hälfte des warmen Pepsi für mich selbst hinein. Das ist das Äußerste an körperlicher Wut, zu dem ich mich bringen kann. Er fängt an zu essen; ich kann nicht. Ich fröstle; ich nehme seinen Mantel vom Haken und wickle mich hinein.

»Sieh mich nicht so an«, sagt er.

»Wie?«, frage ich.

Ich darf nicht wütend sein, er findet es unfair. Ich bin auch nicht wütend, ich gehe meine Metaphern durch, versuche eine zu finden, die mich davor bewahrt, das Unverzeihliche auszusprechen, die Worte, die nicht zurückgenommen werden können. Schildkröten in Zementzellen, die Otter in ihrem grünschäumenden Becken, sie fraßen Knochen und den Kopf von etwas, nein, wie wär's mit den Füchsen? Sie bellten, man konnte sie nicht hören, aber man konnte das Innere ihres Mauls sehen. Die Schnabeltiere, die durch das Sägemehl watscheln wie fette Idiotinnen in Pelzmänteln, das ist kein Trost. Zurück zu den Pflanzen, dem Seerosenhaus, und im Gewächshaus zwölf die *Victoria Amazonica* mit ihren riesigen tellerförmigen Blättern von zwei Metern Durchmesser und ihren stachligen Blüten, die in ihrem Teich, ihrem Hafen schwimmt und gar nichts tut.

»Hör mal«, sagt er, »ich kann dieses Schweigen nicht ertragen.«

»Dann sag doch was.«

»Egal, was ich sage, du denkst auf jeden Fall, dass ich ein Schuft bin.«

»Ich denke nicht, dass du ein Schuft bist«, sage ich, »ich denke nur, dass du gedankenlos und dumm bist. Jemand Schlaues würde warten, bis die Frau bei ihm eingezogen ist, bevor er so was anfängt.« Ein Teil von ihm, weiß ich, will gar nicht, dass ich zu ihm ziehe, der Herd bleibt kaputt. Halt dich nur an deinen Ausreden fest, denke ich; ohne sie wirst du untergehen.

»Ich dachte, es wäre besser, gleich die Wahrheit zu sagen.«

Ich sehe ihn an; es tut ihm weh, aber ich brauche meine Portion Fleisch, ich brauche etwas von diesem Blut zurück. Er ist allerdings so unglücklich, und es ist nicht seine Schuld, er ist eben so: Akzeptier mich, akzeptier meine nervösen Ticks – und er denkt, das ist alles, eine Art unwillkürliche Muskelzuckung.

Ich möchte ihm jetzt sagen, was niemand ihm je beigebracht hat, wie zwei Menschen, die einander lieben, sich verhalten, wie sie es vermeiden, einander zu beschädigen, aber ich bin nicht sicher, ob ich es weiß. Die Liebe einer guten Frau. Aber ich fühle mich im Augenblick nicht wie eine gute Frau. Meine Haut ist gefühllos, blutleer wie ein Pilz. Es war falsch von mir zu glauben, ich könnte mich je anpassen; er ist zu menschlich. »Ich bringe dich zur U-Bahn.« Er kann nicht damit umgehen, er hält nichts davon, darüber zu sprechen, er will mich aus dem Weg haben. Er kommt einfach nicht in meine Nähe, berührt mich nicht, weiß er nicht, dass das alles ist, was er tun müsste? Er wird warten, bis ich mich abgekühlt habe, wie er das nennt. Aber wenn ich so weggehe, werde ich nicht wiederkommen.

Draußen setze ich meine Sonnenbrille auf, obwohl die Sonne hinter Wolken ist. Ich gehe ernst, sehe ihn nicht an. Ich kann es nicht ertragen. Die Umrisse gleiten wieder, es ist eine Anstrengung, den Bürgersteig nach unten zu drücken, er wölbt sich unter meinen Füßen wie eine Matratze. Er wird mich wirklich zur U-Bahn bringen und mich weggehen lassen, ohne einen Versuch zu machen, mich zu halten. Ich lege meine Hand auf seinen Arm.

»Möchtest du darüber reden?«

»Du willst nur Schluss machen«, sagt er, »und du benutzt dies als Vorwand.«

»Das stimmt nicht«, sage ich. »Wenn ich diesen Vorwand brauchte, hätte ich ihn schon vorher benutzen können.« Wir biegen ab, auf den kleinen Park zu, in dem es ein Reiterdenkmal mit vielen Tauben gibt.

»Du bauschst das auf«, sagt er. »Du übertreibst immer.«

»Oh, ich glaube, ich weiß, was passiert ist, du hast ein bisschen was getrunken und warst geil, das ist alles.«

»Sehr scharfsinnig von dir«, sagt er. Er meint es nicht ironisch, er denkt, ich habe eine echte, wenn auch seltene Einsicht gehabt. Er beugt sich vor und nimmt mir die Sonnenbrille ab, damit er mich sehen kann.

»Du kannst dich dahinter nicht verstecken«, sagt er.

Die Sonne scheint mir in die Augen, und ich blinzle; sein Gesicht schwillt, verdunkelt sich, eine ins Wasser gefallene Papierblume. Er streckt Ranken aus; ich beobachte, wie sie über meine Schulter kriechen.

»Ich wollte, ich würde dich nicht lieben«, sage ich.

Er lächelt, sein Haar funkelt im Parklicht, seine Krawatte blüht und weicht zurück, sein Gesicht ist orientalisch, unergründlich wie eine Aubergine. Ich umklammere die Griffe meiner schwarzen Tasche, zwinge ihn zurück in Schnappschussdimensionen.

Er küsst meine Finger; er glaubt, wir sind alle geheilt. Er glaubt an Gedächtnisschwund, er wird es nie wieder erwähnen. Es sollte jedes Mal weniger wehtun.

Trotzdem bin ich glücklicher, als ich die Stufen zum Fahrkartenschalter hinuntergehe. Meine Hände funktionieren, tauschen runde Silberscheiben gegen rechteckiges Papier. Dass man das tun kann, dass jeder weiß, was es bedeutet, darin liegt vielleicht eine Chance. Wenn wir das könnten: Ich würde ihm einen Kieselstein geben, eine Blume, er würde verstehen, er würde genau übersetzen. Er würde erwidern, er würde mir …

Ich denke wieder über seinen Bedarf an mehr Gläsern nach und ziehe in Betracht, ihm ein großes Badehandtuch zu kaufen. Als ich dann im Zug bin, finde ich mich allerdings allmählich, Station um Station, zurück zum Gewächshaus 7 B versetzt. Bald werde ich dort sein; drinnen sind die Pflanzen, die sich selbst beigebracht haben, wie Steine auszusehen. Ich denke an sie; sie wachsen still, verstecken sich in trockenem Boden, geringfügige Ereignisse, kleine Nullen, die nichts als sich selbst enthalten; kein Nährwert, beruhigend und rund fürs Auge, dann plötzlich nirgends mehr. Ich überlege, wie lange es dauern mag, wie sie es machen.

Das Grab des berühmten Dichters

Ein paar Mal ist es falscher Alarm, bevor wir wirklich ankommen, Städte, die wir durchfahren und die es sein könnten, aber nicht sind, nichts sagende Geschäfte und Häuser, die die Straße säumen, keine Schilder. Auch als wir angekommen sind, sind wir nicht sicher; wir spähen nach draußen, suchen nach einem Namen, einem Hinweis. Der Bus bleibt stehen.

»Das muss es sein«, sage ich. Ich habe die Karte.

»Frag lieber den Fahrer«, sagt er, er glaubt mir nicht.

»Hab ich mich schon jemals geirrt?«, sage ich, frage aber trotzdem den Fahrer. Wieder einmal habe ich Recht, und wir steigen aus.

Wir sind in einer engen Straße mit grauen, glatten Häusern, deren weiße Spitzengardinen zugezogen sind und deren Wände klippensteil und rasenlos aus dem schmalen Gehsteig aufragen. Kein Mensch ist zu sehen; zumindest ist dies keine Touristenfalle. Ich muss etwas essen, wir sind den ganzen Vormittag gefahren, aber er will zuerst ein Hotel suchen, er braucht immer einen Heimathafen. Direkt vor uns ist ein Gebäude als HOTEL beschildert. Wir zögern davor, streichen uns übers Haar, versuchen, annehmbar auszusehen. Als er schließlich mit unserem Koffer die Treppe hinaufknirscht, sind die Türen verschlossen. Vielleicht ist es eine Kneipe.

In der Hoffnung, dass es ein Stück weiter etwas gibt, gehen wir den Hügel hinunter, der langen Steinmauer folgend und jedes Mal die Straße überquerend, wenn der Gehweg an den

Ecken aufhört. Autos fahren an uns vorbei, sie fahren schnell, als wären sie woandershin unterwegs.

Am Fuß des Hügels, dicht am Strand, stehen verstreut einige Läden und ein verwittertes Gasthaus mit Schlagseite. Radiomusik und fröhliche Stimmen von drinnen.

»Es scheinen Einheimische zu sein«, sage ich erfreut.

»Was bedeutet ›Gasthaus‹ hier?«, fragt er, aber ich weiß es nicht. Er geht hinein, um nachzusehen; dann kommt er wieder heraus, entmutigt. Ich bin zu müde, um mir Lösungen auszudenken; ich nehme das Schloss auf dem Hügel hinter uns, das Meer kaum wahr.

»Kein Wunder, dass er getrunken hat«, sagt er.

»Ich frage mal«, sage ich bedrückt; es war seine Idee, er müsste die Suche übernehmen. Ich versuche es im Lebensmittelgeschäft. Es ist voller Leute, zumeist Frauen mit Kopftüchern und Einkaufskörben. Sie sagen, es gibt kein Hotel; eine Frau sagt allerdings, ihre Mutter hat ein paar Zimmer frei, und sie beschreibt mir den Weg, während die anderen mitleidig schauen, ich bin so offensichtlich eine Touristin.

Als wir das Haus finden, stellt sich heraus, dass es aus dem 18. Jahrhundert stammt und riesig ist, ein Sommersitz aus der Zeit, als die Stadt in Mode war. Es bietet auf einem bescheidenen Schild Übernachtung mit Frühstück an. Wir sind froh, dass wir etwas gefunden haben. Die Tür ist offen, wir treten in die Diele, und die Frau kommt aus dem Salon, als wäre sie erschrocken. Sie hat eine Backfischfrisur aus den vierziger Jahren mit kuriosen Stirnfransen, nur ist das Haar grau. Sie ist freundlich zu uns, fast aufgekratzt, und ja, sie hat ein Zimmer für uns. Ich frage mit gesenkter Stimme, ob sie uns sagen kann, wo das Grab ist.

»Sie können es fast vom Fenster aus sehen«, sagt sie lächelnd – sie hat gewusst, dass wir das fragen würden – und bietet an, uns ein Buch zu leihen, mit einer Karte der Sehenswürdigkeiten, seinem Haus und allem. Sie holt das Buch, hüpft die breite, mit kastanienbraunem Teppich belegte Treppe hinauf, um uns unser Zimmer zu zeigen. Es ist riesig, kühl, hoch, hat eine geblümte Tapete und weiß gestrichene Holzteile; anstelle von Vorhängen haben die Fenster Innenläden. Es gibt drei Betten und mehrere Frisierkommoden und Schränke, mit denen das Zimmer voll gestopft ist wie ein Möbellager, eine klobige Kommode versperrt den ehemals luxuriösen Kamin. Wir sagen, dass es in Ordnung ist.

»Das Grab ist gleich auf dem Hügel, in der Richtung«, sagt sie und deutet aus dem Fenster. Wir können die Spitze einer Kirche sehen. »Es wird Ihnen ganz bestimmt gefallen.«

Ich ziehe mich um, ziehe Jeans und Stiefel an, während er die Schubladen sämtlicher Möbel auf- und zuschiebt, auf der Suche nach arglistigen Fallen oder Lesestoff. Er entdeckt nichts, und wir brechen auf.

Wir lassen die Kirche links liegen – er hat einmal gesagt, sie sei unbedeutend – und steuern auf den Friedhof zu. Es muss viel regnen: Efeu überzieht alles, und auf dem Friedhof steht üppig ungemähtes Gras, saftig und hellgrün. Füße haben Trampelpfade zwischen den Grabsteinen getreten. Die Gräber selbst sind sorgfältig gepflegt, auf den meisten ist das Gras geschnitten, und frische Blumen stecken in den teesiebähnlichen Blumenhaltern. Drei alte Damen sind gerade auf dem Friedhof, Garben von Blumen in den Armen, Gladiolen, Chrysanthemen; sie bewegen sich zwischen den Gräbern, zupfen die alten Blumen heraus und verteilen die neuen, unparteiisch wie Stewardessen. Sie nehmen uns als selbstverständlich hin, kommen weder auf uns zu, noch meiden sie uns: Wir sind Fremde und als solche ein Teil dieser Landschaft.

Wir finden ohne weiteres das richtige Grab; wie das Buch besagt, ist es das Einzige mit einem hölzernen Kreuz anstelle eines Steines. Das Kreuz ist vor kurzem gestrichen worden, und das Grab ist mit einem konventionellen Miniaturgartenarrangement von Moosröschen und roten Begonien bepflanzt; die als Umrandung gedachte Strandkresse ist nicht gut angegangen. Ich überlege, wer das wohl angelegt hat, sie war es bestimmt nicht. Die alten Damen sind hier gewesen und haben eine Vase, gelbliches Kristallglas in der Art, wie man sie früher in Cornflakes-Packungen fand, mit orangefarbenen Dahlien und Spießen einer unbekannten rosa Blume hingestellt. Wir haben nichts mitgebracht und brauchen keine Zeremonie zu vollziehen; wir stehen eine angemessene Zeit lang versonnen da, ziehen uns dann auf die schnörkelverzierte Bank auf dem Hügel zurück und sitzen in der Sonne, hören den Kühen auf dem Feld jenseits der Straße und dem Gemurmel der Damen zu, die sich unterhalb von uns bücken und herumwerkeln, wobei ihre bedruckten Kleider im leichten Wind flattern.

»Kein schlechtes Plätzchen«, sage ich.

»Aber langweilig«, antwortet er.

Wir *haben* das, weswegen wir gekommen sind, was es auch war, der Rest des Tages gehört uns. Nach einer Weile verlassen wir den Friedhof und schlendern zurück, die Hauptstraße entlang, halten uns geistesabwesend bei den Händen und sehen in die Fenster der wenigen Geschäfte: ein überteuertes Antiquitätengeschäft, ein Kunsthandwerkladen mit Töpferwaren und walisischen Webereien, ein nicht klassifizierbares Geschäft, das alles verkauft, einschließlich Nackedeimagazinen und Ausgaben seiner Bücher. Im Fenster, halbversteckt zwischen Souvenirtassen, Landkarten und verblichenen Wimpeln, steht eine gerahmte Fotografie seines Kopfes im Dreiviertelprofil. Wir kaufen zwei Eis am Stiel. Sie sind uralt und seifig.

Wir erreichen den Fuß des gewundenen Hügels und beschließen, zu seinem Haus hinüberzugehen, das wir von hier sehen können, ein undeutlich zu erkennendes weißes Viereck, durch eine halbe Meile zerklüfteten Strand von uns getrennt. Es ist sein Haus, das stimmt schon, es war auf der Karte eingezeichnet. Zuerst haben wir keine Schwierigkeiten; es gibt einen breiten, unebenen Weg mit aufgebrochenem Asphalt, die Überbleibsel oder vielleicht die Anfänge einer Straße. Über uns, am Rand der steilen, laubbedeckten Klippe, brechen die Reste des Schlosses herunter, langsam, ein Stein pro Jahr. Für ihn sind Türme unwiderstehlich. Er findet einen kaum erkennbaren Pfad, einen Kindereingang durch schieren Lehm.

Er steigt seitlich im Krebsgang hinauf, gräbt sich mit den Kanten seiner Stiefel Halt. »Komm doch!«, ruft er herunter. Ich bin unschlüssig, aber ich folge ihm. Oben streckt er mir seine Hand entgegen, aber aufrecht stehend, die Erde neben mir, habe ich Angst, das Gleichgewicht zu verlieren, und ich weiche ihr aus und klettere die letzten paar Meter, indem ich mich an Wurzeln festhalte. Bei nassem Wetter wäre das unmöglich.

Er ist vor mir, erpicht darauf, alles zu erkunden. Der Tunnel durch das Unterholz führt zu einem Spalt in der Schlossmauer; ich folge seinen Geräuschen, dem Geraschel, dem leichten Auftritt seiner Füße. Wir sind in den Überresten eines Gartens, Beete sind mit Ziegelsteinumrandungen markiert, über die jetzt Gras wuchert, einige Rosenbüsche versuchen noch Ordnung zu halten, trotz der Blattläuse, sonst werden sie von niemandem beachtet. Ich beuge mich über eine Rose mit elfenbeinfarbenem Herzen, die an den Rändern braun zu werden beginnt; ich komme mir vor wie ein Eindringling. Er ist schon wieder außer Sichtweite, von einem Torbogen verdeckt.

Ich hole ihn im Haupthof ein. Alles bröckelt, die Treppen, die Wälle, Zinnen; so viel ist heruntergestürzt, dass es schwer für uns ist, uns zu orientieren, aus diesem Schutt den früheren klaren Plan zu rekonstruieren.

»Das muss der Kamin gewesen sein«, sage ich, »und das ist das Haupttor. Wir müssen von hinten hereingekommen sein.« Aus irgendeinem Grund flüstern wir; er schleudert einen Steinbrocken hoch, und ich sage, er soll vorsichtig sein.

Wir steigen über die Reste einer Treppe in das Burgverlies. Es ist fast vollständig dunkel. Die Böden sind mit Erde bedeckt. Es müssen aber Menschen hierher kommen, da liegt ein alter Sack, ein unidentifizierbares Kleidungsstück. Wir bleiben nicht lange drinnen: Ich habe Angst, dass wir uns verirren, obwohl das unwahrscheinlich ist, und ich würde ihn lieber sehen können. Ich würde ungern plötzlich und ohne Vorwarnung seine Hand auf mir fühlen. Außerdem traue ich dem Schloss nicht; ich erwarte, dass es beim ersten lauten Lachen oder ersten falschen Schritt auf uns herabdonnert. Aber wir gelangen wohlbehalten nach draußen.

Wir gehen unter dem Tor durch, dessen romanischer Bogen noch unversehrt ist. Draußen ist ein zweiter, größerer Hof, umgeben von der Mauer, die wir von außen gesehen haben und durch die wir hereingestiegen sind; es stehen Bäume darin, junge Bäume, nicht älter als hundert Jahre, dunkelblättrig wie Kupferstiche. Jemand muss hierher kommen und das Gras mähen: Es ist kurz, von haarartiger Beschaffenheit. Er legt sich darauf nieder und zieht mich neben sich, und wir stützen uns auf die Ellbogen und schauen uns um. Von vorne ist das Schloss vollständiger; man erkennt, wie es einmal von richtigen Menschen bewohnt sein konnte.

Er legt sich hin, schließt die Augen und hebt, um sie vor der Sonne zu schützen, die Hand. Er ist blass, und mir wird klar, dass er auch müde sein muss. Ich habe meinen eigenen Mangel an Energie als etwas betrachtet, was er verursacht hat und wogegen er deshalb immun sein muss.

»Ich hätte gern so ein Schloss«, sagt er. Wenn er etwas bewundert, möchte er es besitzen. Einen Augenblick lang tue ich so, als besäße er das Schloss wirklich, er hat schon immer hier gewohnt, er hat einen Sarg in der Krypta versteckt, wenn ich nicht aufpasse, werde ich eingefangen und muss auf ewig bei ihm bleiben. Wenn ich in der vergangenen Nacht mehr Schlaf gehabt hätte, wäre ich im Stande, mich selbst damit zu erschrecken, so aber gebe ich es auf und lehne mich auf dem Gras neben ihm zurück und sehe hinauf zu den Bäumen, wie deren Äste sich im Wind bewegen, und jedes Blatt wird von meiner Erschöpfung zu einem glasklaren Umriss geschärft.

Ich wende den Kopf, um ihn zu beobachten. In den letzten paar Tagen ist er mir nicht vertrauter geworden, wie zu erwarten gewesen wäre, sondern fremder. Von nahem ist er ein unbekanntes Gelände, Poren und Haare; aber er ist nicht näher, er ist weiter weg, wie der Mond, wenn man endlich auf ihm gelandet ist. Ich rücke von ihm ab, damit ich ihn besser sehen kann, er legt es falsch aus, denkt, ich versuche aufzustehen, und beugt sich über mich, um mich daran zu hindern. Er küsst mich, gräbt seine Zähne in meine Unterlippe; als es zu wehtut, entziehe ich mich. Wir liegen Seite an Seite und leiden beide an unerwiderter Liebe.

Dies ist eine Pause, ein Waffenstillstand; er kann nicht andauern, das wissen wir beide, es hat zu viele Differenzen gegeben, Meinungsverschiedenheiten haben wir sie genannt, aber es war mehr als das, die Dinge, die für ihn Sicherheit bedeuten, bedeuten für mich Gefahr. Wir haben zu viel geredet oder nicht genug: Für das, was wir einander zu sagen haben, gibt es keine Sprache, wir haben sie alle ausprobiert. Ich denke an die alten Science-fiction-Filme, das Wesen von einer anderen Galaxis, mit dem man endlich, nach so vielen Jahren des Signalisierens und der Misserfolge, zusammentrifft, nur um es dann zu töten, weil es sich nicht verständlich machen kann. Tatsächlich ist es weniger ein Waffenstillstand als vielmehr eine Ruhepause, jene stummen schwarz-weißen Komiker, die aufeinander einschlagen, bis sie hinfallen, und dann nach einer Pause wieder aufstehen, um von Neuem anzufangen. Wir lieben einander, das stimmt, was es auch bedeuten mag, aber wir machen es nicht gut; bei manchen ist das ein Talent, bei anderen nur eine Sucht. Ich frage mich, ob sie je hierher gekommen sind, als er noch lebte.

In diesem Augenblick ist es jedoch weder Liebe noch Groll, kein Unmut, es ist eine Spannung oder sogar Angst, wie das Warten beim Zahnarzt. Aber ich wünsche mir nicht, dass er sterben soll. Ich fühle nichts, aber ich konzentriere mich auf irgendjemandes Gottesvorstellung, ich zwinge Gott mit meinem Willen zur Existenz, hier auf dem leeren Rasen dieses Schlosses, dessen Namen wir nicht kennen, in dieser fremden

Stadt, in der wir nur sind, weil tote Menschen für ihn wirklicher sind als lebende. Trotz aller Fehler möchte ich, dass alles bleibt, wie es ist; ich will es festhalten.

Er setzt sich auf: Er hat Stimmen gehört. Zwei kleine Mädchen mit Körben überm Arm wie für ein Picknick oder ein Spiel sind auf das Gelände gekommen und gehen auf das Schloss zu. Sie starren uns neugierig an und entscheiden, dass wir harmlos sind. »Komm, wir spielen im Turm«, ruft die eine, und sie laufen und verschwinden zwischen den Mauern. Für sie ist das Schloss alltäglich wie ein Hinterhof.

Er steht auf, bürstet Grashalme ab. Wir haben das Haus noch nicht besichtigt, aber wir haben noch Zeit. Wir finden unsere Lücke in der Mauer, unseren Pfad, und rutschen wieder hinunter auf Meereshöhe. Die Sonne ist weitergewandert, das Grün schließt sich hinter uns.

Das Haus ist weiter entfernt, als es vom Dorf aussah. Die halbherzige Straße endet, und wir suchen uns einen Weg am steinigen Strand. Es ist Ebbe; die riesige Bucht erstreckt sich, so weit wir sehen können, eine solide Fläche bis auf den dünnen schlickigen Fluss, der sich neben uns in den Schlamm gräbt. Der trockene Teil wird schmaler und verschwindet, wir sind unterhalb der Gezeitengrenze gelandet, klettern über glitschige Massen lilabraunen Gesteins oder patschen durch den Schlamm, der dick wie geronnene Sahne ist. Rings um uns ist ein merkwürdiges saugendes Geräusch: Es ist der Schlamm, der in der Sonne trocknet. Es gibt auch Möwen und Wind, der die ungesundfarbenen Binsen an der Böschung biegt.

»Wie zum Teufel hat er diesen Weg nur geschafft?«, sagt er. »Stell dir vor, betrunken und bei stockdunkler Nacht hier entlangzugehen!«

»Es muss weiter oben noch eine Straße geben«, sage ich.

Endlich erreichen wir das Haus. Wie alles hier ist es von einer Mauer umgeben, die bei Flut die Wellen abhalten soll. Das Haus selbst steht auf Pfählen, dicht an die Klippe gedrängt, ist aus gekalktem Stein und hat eine doppelstöckige Veranda mit schmalem Geländer. Es ist seit vielen Jahren nicht mehr bewohnt, ein Fenster ist zerbrochen, und das Geländer beginnt einzufallen. Der Hof ist voll Unkraut, aber vielleicht war er das schon immer. Ich sitze auf der Mauer, baumle mit den Beinen, während er stöbert, die Fenster untersucht, den Außenabort (der offen ist), den Schuppen, der einst vielleicht für ein Boot benutzt wurde. Ich möchte nichts davon sehen. Gräber sind sicher abgedeckt, und das Schloss ist so zerfallen, dass es den Rang eines Baumes oder eines Steins hat, aber das Haus ist zu jung, es lebt noch teilweise. Wenn ich durchs Fenster sähe, wäre dort ein Tisch mit noch nicht abgeräumtem Geschirr oder eine nicht gerauchte Zigarette oder ein eben auszogener Mantel. Oder vielleicht ein zerbrochener Teller: Sie haben sich anscheinend oft geprügelt. Sie kommt nie hierher, und ich kann verstehen, warum. Er würde sie nicht in Ruhe lassen.

Er prüft das Geländer an der Veranda im zweiten Stock: Er versucht, sich daran hochzuziehen.

»Tu das nicht«, sage ich müde.

»Warum nicht?«, sagt er. »Ich will die andere Seite sehen.«

»Weil du abstürzen wirst und ich dich nicht von den Felsen kratzen will.«

»Sei nicht so«, sagt er.

Wie hat sie es geschafft? Ich drehe den Kopf weg, ich will nicht zusehen. Es wird so viel Anstrengung kosten, die Polizei, ich werde erklären müssen, was ich hier gemacht habe, warum er geklettert und abgestürzt ist. Er sollte rücksichtsvoller sein. Aber ausnahmsweise überlegt er es sich anders.

Es gibt noch eine Straße – wir entdecken sie schließlich –, die am Strand entlang und einen Asphaltweg herauf an einem ordentlichen, bewohnten Häuschen vorbeiführt. Haben sie uns kommen sehen? Überlegen sie, wer wir sein mögen? Die Straße oben ist gepflastert, sie hat ein Geländer und ein mit Draht am Zaun befestigtes Schild mit dem Namen des Dichters.

»Das würde ich gern klauen«, sagt er.

Wir bleiben stehen, um das Haus von oben zu betrachten. Eine alte Dame in einem Gartenpartyhut und mit Handschuhen erklärt einem älteren Ehepaar etwas. »Er hat sich immer abgesondert«, sagt sie eben. »Keiner hier hat ihn eigentlich richtig gekannt.« Sie fährt fort, Einzelheiten über die Preise zu nennen, die für das Haus geboten wurden: Amerika wollte es kaufen und es über den Ozean verschiffen, sagt sie, aber die Stadt hat es nicht zugelassen.

Wir machen uns auf den Rückweg zu unserem Zimmer. Auf halber Strecke setzen wir uns auf eine Bank, um den Schlamm von unseren Stiefeln zu kratzen; er klebt wie geschmolzene Marshmallows. Ich lehne mich zurück; ich bin nicht sicher, ob ich es bis zu dem Haus schaffe, die Reserven, auf die mein Körper zurückgegriffen hat, sind beinahe erschöpft. Ich höre nur noch verschwommen, und das Atmen fällt mir schwer.

Er beugt sich herüber, um mich zu küssen. Ich will nicht, ich habe jetzt nicht die Ruhe, ich bin gereizt, meine Haut kribbelt, ich muss an Krankengeschichten denken, brave Ehefrauen, die zwei Tage im Monat kleptomanisch werden, die Mutter, die ihren Säugling in den Schnee hinauswarf, es stand in *Reader's Digest,* sie litt an einer Hormonstörung, Liebe ist nur Chemie. Ich möchte, dass er vorbei ist, dieser lange, aufreibende Kampf um die Rolle des Opfers; es war immer wichtig, dass es auf die richtige Art zu Ende gehen sollte, mit Anstand, aber jetzt ist es nicht mehr wichtig. Einer von uns müsste einfach von der Bank aufstehen, dem anderen die Hand geben und weggehen, mir ist gleichgültig, wer derLetzte ist, es würde die gegenseitigen Beschuldigungen umgehen, das Aufrechnen von Punkten, das Zurückfordern von Besitztümern, dein Schlüssel, mein Buch. Aber so wird es nicht gehen, wir werden uns hindurcharbeiten müssen, wie langweilig und vorher festgelegt es auch ist. Was mich hält, ist eine passive Neugier, es ist wie in einer elisabethanischen Tragödie oder in einem Horrorfilm, ich weiß, wer umgebracht wird, aber nicht, wie.

Ich nehme seine Hand und streichle sanft den Handrücken, die feinen Härchen schaben an meinen Fingerspitzen wie Sandpapier.

Wir hatten geplant, uns umzuziehen und essen zu gehen, es ist fast sechs, aber im Zimmer angekommen, habe ich nur noch die Kraft, meine Stiefel auszuziehen. Dann krieche ich, noch in den Kleidern, in das riesige knarrende Bett, das kalt wie Haferbrei und durchgelegen wie eine Hängematte ist. Einen Augenblick treibe ich auf der Rückseite meiner Augenlider im offenen Himmel, freier Fall, bis der Schlaf herbeieilt, um mich wie die Erde zu empfangen.

Ich wache plötzlich auf, in völliger Dunkelheit. Mir fällt ein, wo ich bin. Er ist neben mir, aber er scheint außerhalb der Decken zu liegen, in den Bettüberwurf gerollt. Ich steige verstohlen aus dem Bett, taste mich zum Fenster und öffne einen der Holzläden. Draußen ist es fast ebenso dunkel, es gibt keine Straßenlaternen, aber mit einiger Anstrengung kann ich meine Uhr lesen: zwei Uhr. Ich habe meine acht Stunden Schlaf gehabt, und mein Körper denkt, es ist Zeit zum Frühstück. Ich merke, dass ich immer noch meine Kleider anhabe, ziehe sie aus und gehe zurück ins Bett, aber mein Magen lässt mich nicht schlafen. Ich zögere, dann entscheide ich, dass es ihm nichts ausmachen wird, und knipse die Nachttischlampe an. Auf dem Frisiertisch liegt eine zerknitterte Papiertüte; darin ist ein walisischer Kuchen, weiches, weißes Gebäck mit Korinthen. Ich habe ihn gestern in der Nähe des Bahnhofs gekauft, als ich in Bäckereien voller englischer Brötchen und französischen Blätterteiggebäcks fragte und in einer verrückten Suche nach Lokalkolorit durch die Straßen rannte, wodurch wir fast den Bus verpassten. Genau genommen habe ich zwei gekauft. Ich habe meinen gestern gegessen, dies ist seiner, aber es ist mir gleich; ich nehme ihn aus der Tüte und verschlinge ihn heißhungrig.

Im Spiegel bin ich seltsam aufgedunsen, als wäre ich ertrunken, meine Augen haben lila Ringe, mein Haar steht vom Kopf ab wie das einer Puppe aus zweiter Hand, eine schräge narbenähnliche Linie verläuft über meine Wange, wo ich auf dem Gesicht gelegen habe. Das sind also die Auswirkungen. Ich schätze die Wochen, Monate, die es dauern wird, bis ich mich davon erhole. Frische Luft, gutes Essen und viel Sonne.

Wir haben so wenig Zeit, und er liegt einfach da, zusammengerollt wie ein Teppich, und zuckt nicht einmal. Ich denke daran, ihn zu wecken, ich möchte mit ihm schlafen, ich möchte alles, was es gibt, weil nicht viel übrig ist. Ich fange an zu überlegen, was er tun wird, wenn es mit mir aus ist, und ich ertrage es nicht, vielleicht sollte ich ihn umbringen, das ist eine ganz neue Idee, wie melodramatisch; trotzdem sehe ich mich im Zimmer nach einem stumpfen Gegenstand um; es gibt nichts außer der Nachttischlampe, einer grotesken Waldnymphe mit Metallbrüsten und einer Glühbirne, die aus ihrem Kopf wächst. Ich könnte niemals jemanden damit umbringen. Stattdessen putze ich mir die Zähne und frage mich, ob er je wissen wird, wie nahe daran er war, ermordet zu werden, beschließe, jedenfalls nie Blumen für ihn zu pflanzen, nie zurückzukommen, und schlüpfe wieder zwischen die alten Furchen und Krater des Betts. Ich beabsichtige, den Sonnenaufgang zu beobachten, aber ich schlafe unversehens ein und versäume ihn.

Das Frühstück ist, als die Zeit dafür endlich kommt, schäbig und schicklich, mit geflicktem Leinen und reichlichem, doch zerbeultem Silber. Wir nehmen es in einem überladenen, verwahrlosten Zimmer ein, auf dessen bombastischem Kaminsims nur noch Porzellanhündchen und kolorierte Familienfotos stehen. Wir sind gebürstet und gekämmt, vollständig angezogen; wir sprechen mit gedämpften Stimmen.

Es gibt das Übliche: Tee und Toast, Spiegeleier mit Speck und die unvermeidliche gegrillte Tomate. Es wird von einer anderen Frau serviert, ebenfalls grauhaarig, aber mit einer krausen Dauerwelle und rotem Lippenstift. Wir entfalten unsere Karte und planen den Rückweg; es ist Sonntag, und vor ein Uhr gibt es keinen Bus zur nächsten Stadt mit Bahnhof, vielleicht haben wir Schwierigkeiten fortzukommen.

Er mag keine Spiegeleier und hat zwei bekommen. Ich esse eins von seinen und schlage vor, das andere zu zerteilen, damit es wenigstens angegessen aussieht, das ist doch nur höflich. Er ist mir dankbar, er weiß, dass ich mich um ihn kümmere, er legt seine Hand einen Augenblick auf meine, die, die nicht die Gabel hält. Wir erzählen einander unsere Träume: er seinen, von Männern mit Armbinden, später von mir in einem Käfig aus zerbrechlichen, rippenartigen Knochen, ich meinen von einer Flucht über ein Feld im Winter.

Ich esse noch nachträglich seine gegrillte Tomate, und wir gehen.

Oben in unserem Zimmer packen wir; oder vielmehr ich packe, er liegt auf dem Bett.

»Was sollen wir machen, bis der Bus kommt?«, fragt er. So früh auf zu sein bringt ihn aus dem Gleis.

»Spazierengehen«, sage ich.

»Wir sind gestern spazieren gegangen«, sagt er.

Ich drehe mich um, und er hat die Arme ausgestreckt, er will, dass ich komme und mich neben ihn lege. Ich tue es, und er gibt mir einen mechanischen einleitenden Kuss und macht meine Knöpfe auf. Er benutzt nur die linke Hand, die rechte liegt unter mir. Er hat Schwierigkeiten. Ich stehe auf und ziehe widerstrebend die Kleider aus, die ich vor kurzem erst angezogen habe. Es ist Zeit für Sex, gestern Abend hat er seine Chance verpasst.

Er greift nach oben und zieht mich zwischen die verknäulten Laken. Ich spanne mich an; er wirft sich auf mich mit der vordergründigen Dringlichkeit eines Mannes, der rennt, um einen Zug zu erreichen, aber es ist mehr als das, es ist anders, er beißt auf meinen Mund, dieses Mal will er Blut haben, und wenn es ihn umbringt. Ich ziehe ihn in mich hinein, will, dass er bei mir ist, aber zum ersten Mal fühle ich, dass es nur Fleisch ist, ein Körper, eine schöne Maschine, ein lebender Leichnam, er ist nicht mehr darin, ich will ihn so sehr, und er ist nicht da. Die Bettfederung unter uns quietscht.

»Tut mir Leid«, sagt er.

»Schon gut.«

»Nein, Scheiße, tut mir wirklich Leid. Ich mag es nicht, wenn das passiert.«

»Ist schon gut«, sage ich. Ich streichle seinen Rücken, versetze ihn in die Ferne: Er ist wieder bei dem verlassenen Haus, liegt wieder im Gras, ist wieder auf dem Friedhof, steht in der Sonne, schaut zu Boden und denkt an seinen eigenen Tod.

»Wir sollten aufstehen«, sage ich, »sie wird das Zimmer machen wollen.«

Wir warten auf den Bus. Sie haben mich in dem Lebensmittelladen angelogen, es gibt ein Hotel, jetzt sehe ich es, es ist gleich um die Ecke. Wir haben unseren Streit, unsere Auseinandersetzung, unseren Kampf gehabt, den, mit dem wir gerechnet haben. Es war ein mechanischer, vergleichsweise unbedeutender Streit, das einzig Wichtige daran war die Tatsache, dass es der Letzte war. Er trägt das Gewicht all jener größeren Dinge, von denen wir sagten, wir vergäben sie einander, ohne es zu tun. Wenn es getrennte Busse gäbe, würden wir sie nehmen. So warten wir zusammen, ein Stück voneinander entfernt.

Wir haben noch mehr als eine halbe Stunde. »Komm, wir gehen hinunter zum Strand«, sage ich. »Wir können den Bus von dort sehen; er muss erst in die andere Richtung.« Ich überquere die Straße, und er folgt mir in einigem Abstand.

Eine Mauer steht da; ich klettere hinauf und setze mich. Die Oberfläche ist mit scharfkantigen Steinsplittern bedeckt, wahrscheinlich Feuerstein, und mit gebleichten, daumennagelgroßen Herzmuscheln – ich kenne sie, weil ich sie vor zwei

Tagen im Museum gesehen habe – und gelegentlichen Glasscherben. Er lehnt neben mir an der Mauer und kaut an einer Zigarette. Wir sagen, was wir sagen müssen, in ruhigem Gesprächston, besprechen, wie wir zurückkommen, die möglichen Züge. Ich hatte es nicht so schnell erwartet.

Nach einer Weile sieht er auf seine Uhr, dann geht er von mir fort, aufs Meer zu, seine Stiefel knirschen auf den Muscheln und Kieselsteinen. Am Fluss, am Rand des Schilfufers, bleibt er stehen, mit dem Rücken zu mir, ein Bein leicht gebeugt. Er hält die Ellbogen umfasst, in seine Kleider gehüllt wie in ein Cape, der Sturm bricht los, sein Umhang bauscht sich, dicke Lederstiefel wachsen um seine Beine, ein Schwert springt ihm kampfbereit zur Hand. Er wirft den Kopf zurück, nur Mut, er wird ihnen allein gegenübertreten. Blitze zucken. Vorwärts.

Ich wünsche, ich könnte es so schnell. Ich sitze da, ruhig geworden, gefroren, noch nicht sicher, ob ich überlebt habe, die Worte, die wir einander entgegengeschleudert haben, liegen in Fragmenten um mich her, erstarrt. Es ist die Pause während des Weltuntergangs; wie verhält man sich da? Der Mann, der sagte, er würde seinen Garten weiter pflegen, leuchtet mir das ein? Gewiss, wenn es nur ein kleines Ende wäre, mein eigenes. Aber wir sind nicht mehr dem Untergang geweiht als alles andere, es ist schon tot, jeden Augenblick wird die Bucht verdunsten, die Hügel auf der anderen Seite werden sich in die Luft erheben, der Raum dazwischen wird sich zusammenrollen und zergehen: Im Friedhof werden die Gräber sich öffnen und die trockenen Bovistschädel zu Tage bringen, sein hölzernes Kreuz wird flackern wie ein Streichholz, sein Haus in sich zusammenfallen, Pappe und Bauholz, keine Sprache mehr. Er wird enthüllt dastehen, die Geschichte wird von ihm abblättern, die Versionen von ihm, die ich erfunden und ihm angelegt habe, werden heruntergerissen zu dem, was er wirklich ist, einen letzten Augenblick lang, bevor er aufflammt und verlöscht. Sicher sollten wir einander in den Armen halten, uns Absolution erteilen, bereuen, einander Lebewohl sagen, allem Lebewohl sagen, weil wir es nie wiederfinden werden.

Über uns kreisen und segeln die Möwen, schreien wie ertrinkende junge Hündchen oder untröstliche Engel. Sie haben schwarze Ringe um die Augen, es ist eine neue Gattung, ich habe noch nie solche gesehen. Das Meer zieht nach draußen, der frische nasse Schlick glänzt in der Sonne, kilometerweise, ein ebenes Feld aus purem Glas, purem Gold. Er hebt sich dagegen ab: eine dunkle Gestalt, gesichtslos, Licht fängt sich im Rand seiner Haare.

Ich wende mich ab und sehe auf meine Hände hinunter. Sie sind mit grauem Staub bedeckt: Ich habe in den Muscheln gegraben, sie zusammengetragen. Ich ordne sie zu einer Borte, zu einem Quadrat, jede weiße Muschel überlappt die nächste. In die Mitte stecke ich die Feuersteinkiesel, aufrecht in ordentlichen Reihen, wie Zähne, wie Blumen.

Vergewaltigungsfantasien

So, wie die in den Illustrierten darauf rumreiten, würde man glatt denken, es wär gerade erst erfunden worden, und nicht nur das, sondern dass es etwas Tolles ist, so wie ein Impfstoff gegen Krebs. Sie schreiben es in Großbuchstaben über das Titelblatt, und innen bringen sie diese Fragebögen, so wie die, die sie immer brachten, ob man eine gute Ehefrau ist oder ein introvertierter oder extrovertierter Typ, wissen Sie noch, mit der auf dem Kopf stehenden Punktwertung auf Seite 73, und dann diese nummerierten Selbermachen-leicht-gemacht-Dinger, wissen Sie. VERGEWALTIGUNG, ZEHN TIPPS, WIE MAN SICH VERHÄLT, wie wenn es zehn neue Frisuren wären oder so. Also, was ist denn so neu daran?

Deshalb müssen sie auch bei der Arbeit alle darüber reden, weil, egal, welche Illustrierte man aufschlägt, da steht es, starrt dir mitten zwischen die Augen, und jetzt bringen sie's auch schon im Fernsehen. Ich persönlich würde ja jederzeit einen netten Film mit June Allyson vorziehen, aber es werden keine mehr gedreht, und auch im Spätprogramm zeigen sie kaum mehr welche. Zum Beispiel vorgestern, also Mittwoch war das, Gott sei Dank ist Freitag, wie man immer so sagt, da saßen wir im Damenaufenthaltsraum – im Aufenthaltsraum! – also, man sollte denken, man könnte da ein bisschen Ruhe und Frieden haben – da schlägt Chrissy die Illustrierte zu, die sie gelesen hat, und sagt: »Na, wie sieht's denn bei euch aus, Mädels, habt ihr Vergewaltigungsfantasien?«

Wir vier spielten grade Bridge wie immer, und ich hatte armselige zwölf Punkte, Single mitgezählt, und nichts Richtiges zum Reizen. Also sagte ich: »Ein Treff« und hoffte, Sondra würde sich an die Ein-Treff-Abmachung halten, denn das Mal davor, als ich das machte, dachte sie, ich meinte wirklich Treff, und sie ist gleich auf Drei gesprungen, und ich hatte doch nur vier kleine und nichts höher als eine Sechs, und da haben wir vier runtergemacht, und dazu waren wir noch in Gefahr. Sie ist nicht gerade die beste Bridgespielerin der Welt, also, ich ja auch nicht, aber es gibt eben Grenzen.

Darlene passte, aber das Unglück war schon geschehen, Sondras Kopf fuhr rum, als säße er auf einem Kugellager, und sie sagte: »Was für Fantasien?«

»Vergewaltigungsfantasien«, sagte Chrissy. Sie ist Empfangsdame, und so sieht sie auch aus; sie ist hübsch, aber eiskalt, als wäre sie von Kopf bis Fuß mit Nagellack angemalt, wenn Sie wissen, was ich meine. Gelackt. »Hier steht, alle Frauen haben Vergewaltigungsfantasien.«

»Jetzt hört's aber auf! Ich ess gerade ein Eisandwich«, sagte ich, »und habe ein Treff gereizt, und Darlene hat gepasst.«

»Du meinst, wenn so ein Kerl dich in einer Gasse oder so anspringt«, sagte Sondra. Sie aß ihr Mittagessen, wir essen alle unser Mittagessen beim Spielen, und sie biss ein Stück von ihrem Sellerie ab, den sie immer mitbringt, und fing an, mit so einem nachdenklichen Ausdruck in den Augen darauf herumzukauen, und ich wusste, dass wir so gut wie einpacken konnten, was das Spiel anging.

»Jaja, so ähnlich«, sagte Chrissy. Sie wurde ein bisschen rot, man konnte es sogar unter ihrem Make-up sehen.

»Ich finde nicht, dass man nachts alleine ausgehen soll«, sagte Darlene, »man bringt sich da in eine Lage«, und ich kann mich täuschen, aber sie sah mich dabei an. Sie ist die älteste, sie ist einundvierzig, obwohl man das nicht denkt und sie selbst auch nicht, aber ich habe in der Personalakte nachgesehen. Ich rate gern das Alter von jemand und sehe dann nach, ob ich Recht habe. Ich gönne mir ein zusätzliches Päckchen Zigaretten, wenn ich Recht habe, obwohl ich versuche, weniger zu rauchen. Ich nehme an, es ist harmlos, solange man es keinem weitererzählt. Ich meine, nicht jeder hat Zugang zu der Kartei, sie ist mehr oder weniger geheim. Aber es macht nichts, wenn ich es Ihnen erzähle, ich denke nicht, dass Sie sie jemals kennen lernen, obwohl man nie wissen kann, die Welt ist klein. Na ja.

»Du *lieber* Himmel, wir sind doch schließlich nur in *Toronto*«, sagte Greta. Sie hat drei Jahre in Detroit gearbeitet, und sie erinnert einen ständig daran, es ist, wie wenn sie denkt, sie ist ein Kriegsheld oder so was, wir müssten sie alle bewundern, nur weil sie immer noch lebendig herumläuft, obwohl sie in Wirklichkeit die ganze Zeit in Windsor gewohnt hat, sie hat nur in Detroit gearbeitet. Und für mich zählt das eigentlich nicht. Es kommt doch darauf an, wo man schläft, hab ich recht?

»Und, habt ihr welche?«, sagte Chrissy. Sie war offensichtlich scharf darauf, uns von ihren zu erzählen, aber sie wollte nicht den Anfang machen, sie ist vorsichtig, ist die ...

»Ich bestimmt nicht«, sagte Darlene, und sie zog die Nase kraus, so, und ich musste lachen. »Ich finde das widerlich.« Sie ist geschieden, das habe ich auch in der Akte gelesen, sie redet nie drüber. Es muss sowieso schon Jahre her sein. Sie stand auf und ging zur Kaffeemaschine und drehte uns den Rücken zu, als wollte sie nichts mehr damit zu tun haben.

»Also«, sagte Greta. Ich merkte schon, dass es zwischen ihr und Chrissy ablaufen würde. Das sind beides Blondinen, ich will ja nicht gemein sein, aber die versuchen wirklich, sich in der Aufmachung zu übertrumpfen. Greta würde gern aus der Registratur rauskommen, sie wäre auch gern Empfangsdame, damit sie mehr Leute kennen lernt. Man trifft eben kaum einen in der Registratur, außer den anderen Leuten, die da arbeiten. Ich mache mir da nicht viel draus, ich hab ja andere Interessen außerhalb.

»Also«, sagte Greta, »ich denke manchmal dran, ihr kennt ja meine Wohnung, oder? Sie hat so einen kleinen Balkon, ich sitze im Sommer gern draußen, und ich hab ein paar Pflanzen da stehen. Ich mach mir nie die Mühe, die Tür zum Balkon abzuschließen, es ist so eine Schiebetür aus Glas, ich wohne im achtzehnten Stock, lieber Himmel, ich hab einen schönen Blick auf den See und den Fernsehturm und alles. Aber eines Abends sitze ich da in meinem Morgenmantel und sehe fern, hab die Schuhe ausgezogen, wie man es eben macht, und da sehe ich die Füße von diesem Kerl vor dem Fenster runterkommen, und dann steht er schon auf dem Balkon, er hat sich an einem Seil mit einem Haken am Ende vom Stockwerk drüber heruntergelassen, das ist der neunzehnte Stock, und bevor ich auch nur vom Sofa aufstehen kann, ist er schon in der Wohnung. Er ist ganz schwarz angezogen, mit schwarzen Handschuhen« – ich wusste sofort, aus welchem Film sie die schwarzen Handschuhe hat, weil ich den auch gesehen habe –, »und dann, na ja, ihr wisst schon.«

»Was wissen wir schon?«, fragte Chrissy, aber Greta sagte: »Und danach erzählt er mir, dass er so die ganze Fassade von dem Appartementhaus durchmacht, von einem Stockwerk zum nächsten, mit seinem Seil und seinem Haken ... und dann geht er raus auf den Balkon und wirft sein Seil nach oben und klettert daran hoch und verschwindet.«

»Genau wie Tarzan«, sagte ich, aber keiner lachte.

»Ist das alles?«, fragte Chrissy. »Denkst du nie, dass ... na ja, ich denke, dass ich in der Badewanne sitze, ohne Kleider ...«

»Wer badet denn schon in Kleidern?«, sagte ich. Sie müssen doch zugeben, das ist dumm, wenn man es recht bedenkt, aber sie redete einfach weiter: » ... mit viel Schaum, also ich nehme immer Vitabad, das kostet mehr, aber es ist so entspannend, und die Haare hochgesteckt, und die Tür geht auf, und dieser Typ steht da ...«

»Wie ist er denn reingekommen?«, fragte Greta.

»Ach, ich weiß nicht, durch ein Fenster oder so. Na ja, ich kann nicht aus der Badewanne raus, das Badezimmer ist zu klein, und außerdem versperrt er die Tür, also liege ich einfach da, und er fängt an, ganz langsam, auch seine Kleider auszuziehen, und dann steigt er zu mir in die Badewanne.«

»Schreist du nicht oder sonst was?«, fragte Darlene. Sie war mit ihrer Tasse Kaffee zurückgekommen, sie wurde langsam richtig neugierig. »Ich würde Zeter und Mordio schreien.«

»Wer würde mich denn hören?«, sagte Chrissy. »Außerdem steht in allen Artikeln, es ist besser, keinen Widerstand zu leisten, dann passiert einem jedenfalls nichts.«

»Der Schaum könnte dir aber in die Nase steigen«, sagte ich, »beim leidenschaftlichen Atmen«, und ich schwör, alle vier haben mich angesehen, als wär das der Gipfel der Geschmacklosigkeit, wie wenn ich die Jungfrau Maria beleidigt hätte oder so. Ich meine, ein kleiner Witz hier und da kann doch wohl nichts schaden. Das Leben ist so kurz, hab ich Recht?

»Hört mal«, sagte ich, »das sind keine *Vergewaltigungsfantasien.* Ich meine, ihr werdet gar nicht *vergewaltigt,* es ist nur so ein Typ, den ihr eben nicht offiziell kennen gelernt habt und der zufällig attraktiver ist als Derek Cummins« – das ist der stellvertretende Direktor, er trägt Liftschuhe, oder jedenfalls haben sie solche dicken Sohlen, und er hat so eine komische Art zu sprechen, wir nennen ihn Derek Duck –, »und es macht euch Spaß. Vergewaltigung ist, wenn der ein Messer hat oder so und man nicht will.«

»Also, wie ist es bei dir, Estelle?«, sagte Chrissy, sie war beleidigt, weil ich über ihre Fantasie gelacht hatte, sie dachte, ich wollte sie schlechtmachen. Sondra war auch beleidigt, inzwischen hatte sie ihren Sellerie aufgegessen und wollte ihre Fantasie erzählen, aber sie war nicht schnell genug gewesen.

»Na gut, ich will euch eine erzählen«, sagte ich. »Ich gehe nachts so eine dunkle Straße entlang, und dieser Bursche kommt her und packt mich am Arm. Ganz zufällig habe ich eine Plastikzitrone in der Handtasche, ihr wisst doch, dass es immer heißt, man soll eine Plastikzitrone in der Handtasche haben. Ich habe das in Wirklichkeit nicht, ich habe es einmal versucht, und das blöde Ding lief aus, auf mein Scheckheft, aber in dieser Fantasie habe ich also eine, und ich sage zu ihm: ›Sie wollen mich wohl vergewaltigen?‹ Und er nickt, also mache ich meine Tasche auf, um die Plastikzitrone rauszuholen, aber ich kann sie nicht finden! Meine Tasche ist voll mit all dem Kram, Tempotaschentüchern und Zigaretten und meinem Portemonnaie für die Münzen und meinem Lippenstift und meinem Führerschein, ihr kennt ja das Zeug; also bitte ich ihn, dass er die Hände hinhält, so, und ich packe den ganzen Kram drauf, und ganz unten drin liegt die Plastikzitrone, aber ich kriege den Deckel nicht auf. Also geb ich sie ihm, und er ist sehr hilfsbereit, er dreht den Deckel auf und gibt sie mir zurück, und ich spritze ihn in die Augen.«

Hoffentlich finden Sie das nicht zu gemein. Wenn man es recht bedenkt, ist es ein bisschen fies, besonders, wo er doch so höflich war.

»*Das* ist deine Vergewaltigungsfantasie?«, sagt Chrissy. »Das kann ich nicht glauben.«

»Sie ist eben ein Unikum«, sagt Darlene, sie und ich, wir sind schon am längsten hier, und sie wird nie vergessen, wie ich einmal bei einer Büroparty betrunken war und darauf bestand, unter dem Tisch zu tanzen, statt obendrauf, ich machte so eine Art Kosakentanz, aber dann schlug ich mir den Kopf unten am Tisch an – es war genauer gesagt ein Schreibtisch –, als ich aufstehen wollte, und ich schlug mich glatt selbst k. o. Sie ist zu dem Schluss gekommen, dass das der Beweis für einen originellen Geist ist, und sie erzählt allen Neuen davon, und ich bin nicht so sicher, ob das fair ist. Obwohl ich es wirklich getan habe.

»Ich meine es vollkommen ehrlich«, sage ich. Ich bin immer ehrlich, und das wissen sie. Es lohnt sich gar nicht, anders zu sein, so sehe ich das, früher oder später kommt die Wahrheit doch ans Licht, also braucht man doch erst gar keine Zeit zu vergeuden, hab ich Recht? »Ihr müsstet erst mal die mit dem Spray-und-frei-Backofenreiniger hören.«

Aber da war die Mittagspause vorbei und ein Bridgespiel im Eimer, und am nächsten Tag verbrachten wir den größten Teil der Zeit damit, darüber zu streiten, ob wir ein neues Spiel anfangen oder mit den Karten weiterspielen sollten, die noch vom Tag vorher dalagen, deshalb kam Sondra doch nicht mehr dazu, ihre Vergewaltigungsfantasie zu erzählen.

Es hat mich aber zum Nachdenken über meine Vergewaltigungsfantasien gebracht. Vielleicht bin ich abnorm oder was. Ich meine, ich habe auch Fantasien von gut aussehenden Unbekannten, die durchs Fenster hereinsteigen, wie Mr. Clean, ich wünschte, es würde einer tun und um Gottes willen einer ohne Plattfüße und Schweißflecken unter den Achseln und über eins fünfundsiebzig groß, glauben Sie mir, es ist nicht einfach, groß zu sein, obwohl es langsam besser wird, die großen Männer mögen jetzt allmählich auch Frauen, die ihnen nicht nur mit der Nase bis zum Bauchnabel gehen. Aber wenn man richtig ehrlich ist, kann man das nicht als Vergewaltigungsfantasien zählen. In einer echten Vergewaltigungsfantasie müsste man doch eigentlich Angst haben, so, wie wenn man sich vorstellt, dass das Haus brennt und man nicht weiß, ob man den Fahrstuhl nehmen soll oder die Treppe oder vielleicht nur den Kopf unter ein nasses Handtuch stecken, und wenn man versucht, sich an alles zu erinnern, was man darüber gelesen hat, was zu tun ist, sich aber nicht entscheiden kann.

Zum Beispiel: Ich gehe nachts eine dunkle Straße entlang, und so ein kleiner, hässlicher Bursche kommt her und packt mich am Arm, und er ist nicht nur hässlich, wissen Sie, mit so einem aufgedunsenen, nichts sagenden Gesicht wie diese Kerle, zu denen man auf der Bank geschickt wird, wenn das Konto überzogen ist – ich meine natürlich nicht, dass sie alle so sind –, sondern er ist noch dazu total mit Pickeln übersät. Er drückt mich also gegen die Wand, er ist klein, aber kräftig, und er fängt an, seine Hose aufzumachen, und der Reißverschluss klemmt. Ich meine, das ist doch einer der wichtigsten Augenblicke im Leben einer Frau, es ist fast wie heiraten oder ein Kind kriegen oder so, und er klemmt den Reißverschluss ein!

Ich sag also ziemlich angewidert: »Na also ehrlich!« Und er fängt an zu weinen. Er erzählt mir, noch nie in seinem ganzen Leben hat er irgendwas richtig hingekriegt, und das bringt jetzt das Fass zum Überlaufen, und er will sich von einer Brücke stürzen.

»Schauen Sie mal«, sag ich, er tut mir so Leid, meine Vergewaltigungsfantasien enden immer damit, dass mir der Kerl Leid tut, ich meine, es muss doch was mit denen *nicht stimmen,* wenn sie Clint Eastwood wären, wär's ja was anderes, aber dummerweise sind sie es eben nicht. Ich hab schon als kleines Mädchen immer tote Vögel begraben, der Typ war ich, verstehen Sie, was ich meine? Es hat meine Mutter immer auf die Palme gebracht, sie wollte nicht, dass ich sie anfasse, wegen der Keime, nehme ich an. Ich sag also: »Hören Sie mal, ich weiß, wie Sie sich fühlen. Sie sollten wirklich was gegen die Pickel tun, wenn Sie sie wegkriegten, würden Sie ganz gut aussehen, ehrlich; dann würden Sie nicht rumlaufen müssen und so was wie das hier machen. Ich habe früher auch welche gehabt«, sage ich, um ihn zu trösten, aber ich habe wirklich welche gehabt, und es endet damit, dass ich ihm den Namen meines alten Hautarztes gebe, zu dem ich während meiner Schulzeit immer ging, das war zu Hause in Leamington, aber zum Hautarzt bin ich immer nach Saint Catherine's gefahren. Ich kann Ihnen sagen, ich war richtig einsam, als ich hierherkam; ich dachte, es würde so spannend werden und alles, aber es ist viel schwieriger, in einer Großstadt Leute kennen zu lernen. Aber ich nehme an, bei Männern ist das was anderes.

Oder ich liege im Bett mit einer fürchterlichen Erkältung, mein Gesicht ist ganz geschwollen, meine Augen sind rot, und meine Nase tropft wie ein lecker Wasserhahn, und so ein Kerl steigt durchs Fenster rein, und er ist auch fürchterlich erkältet, es ist eine neue Art von Grippe, die umgeht. Er sagt also: »Ich ferd Sie jezd vergewaltiged« – ich hoffe, Sie machen sich nichts draus, dass ich mir so die Nase zuhalte, aber so stelle ich es mir eben vor –, und aus ihm bricht dieser wahnsinnige Nieser raus, der ihn ein bisschen bremst, und ich bin ja selbst auch kein Muster an Schönheit, man müsste schon ziemlich pervers sein, um jemand mit so einer Erkältung, wie ich sie habe, vergewaltigen zu wollen, es wäre, wie wenn man einen Topf Tapetenkleister vergewaltigt, so wie meine Nase läuft. Er guckt sich wild im Zimmer um, und ich merke, er tut's, weil er kein einziges Tempo dabeihat. »Hier, dehbm Sie«, sag ich und reiche ihm die Packung, der Himmel mag wissen, warum er sich überhaupt aus dem Bett gequält hat, man sollte doch denken, wenn einer rumlaufen und in Fenster einsteigen will, würde er warten, bis er gesund ist, hab ich Recht? Ich meine, dazu braucht man doch eine Masse Energie. Also frage ich ihn, ob ich ihm nicht ein NeoCitran mit Whisky machen soll, das nehm ich immer, man ist die Erkältung dann zwar nicht los, aber man merkt nichts mehr davon, und ich mach es, und es endet damit, dass wir zusammen das Spätprogramm angucken. Ich meine, das sind doch nicht alles Sexbesessene, die übrige Zeit müssen die doch ein normales Leben führen. Ich nehm an, die gucken genauso gern den Spätfilm an wie andere Leute auch.

Ich habe aber noch eine grusligere ... in der der Kerl sagt, er hört Stimmen, die ihm befehlen, dass er mich umbringen soll. Sie wissen schon, so was liest man immer in der Zeitung. In dieser Fantasie bin ich nicht in der Wohnung, in der ich jetzt wohne, ich bin zu Hause bei meiner Mutter in Leamington, und der Kerl hat sich im Keller versteckt, er packt mich am Arm, als ich nach unten gehe und ein Glas Marmelade holen will, und er hat die Axt gepackt, aus der Garage, die Geschichte ist wirklich schaurig. Ich meine, was sagt man denn zu so einem Spinner?

Ich fange also an zu zittern, aber nach einer Weile hab ich mich wieder in der Hand, und ich frage ihn, ob er sicher ist, dass die Stimmen die richtige Person meinen, denn ich höre dieselben Stimmen, und sie sagen mir schon einige Zeit, dass ich die Reinkarnation der heiligen Anna gebären werde, die dann wieder die Jungfrau Maria bekommt, und direkt danach kommt Jesus Christus und das Ende der Welt, und da will er mir doch nicht in die Quere kommen, oder? Da wird er ganz verwirrt und hört noch ein bisschen weiter zu, und dann fragt er nach einem Zeichen, und ich zeige ihm meine Impfnarbe, da sehen Sie, die hat eine komische Form, sie hat sich infiziert, weil ich die Kruste abgekratzt hab, und das bringt's, er entschuldigt sich und klettert zur Kohlenschütte hinaus, so ist er nämlich auch reingekommen, und ich sage zu mir selbst, es ist doch von Vorteil, wenn man katholisch erzogen worden ist, obwohl ich nicht in der Kirche war, seit sie die Messe jetzt auf Englisch lesen, es ist einfach nicht das Gleiche, da kann man ja genauso gut gleich protestantisch sein. Ich muss an Mutter schreiben und ihr sagen, dass sie die Kohlenschütte zunagelt, vor der hat mir immer gegruselt. Komisch, ich könnte Ihnen überhaupt nicht sagen, wie dieser Mann aussieht, aber ich weiß genau, was für Schuhe er anhat, denn das ist das Letzte, was ich von ihm sehe, seine Schuhe, die die Kohlenschütte rauf verschwinden, und sie sind von der altmodischen Sorte, die bis über die Knöchel geschnürt sind, obwohl er noch jung ist. Das ist seltsam, oder?

Ich kann Ihnen sagen, ich schwitze richtig, bis ich sehe, dass er wohlbehalten draußen ist, und ich gehe auf der Stelle nach oben und mach mir eine Tasse Tee. An die denke ich nicht oft. Meine Mutter hat immer gesagt, man soll sich nicht bei unerfreulichen Dingen aufhalten, und grundsätzlich stimme ich da zu, ich meine, sich bei ihnen aufzuhalten schafft sie auch nicht aus der Welt, wenn man's recht bedenkt.

Manchmal habe ich ganz kurze, wo der Kerl mich am Arm packt, aber ich bin in Wirklichkeit eine Kung-Fu-Expertin, wie finden Sie das? Im richtigen Leben wär es bestimmt nur ein Schlag auf den Kopf und Schluss, aus, wie wenn man die Mandeln rausgemacht kriegt, man würde aufwachen, und alles wäre vorbei mit Ausnahme der Wunden, und man könnte von Glück sagen, wenn einem nicht das Genick gebrochen ist oder so, ich hab im Turnen nicht einmal den Volleyball getroffen, und ein Volleyball ist doch ziemlich groß, nicht? – Und ich mache nur *wupp* mit den Fingern, ihm in die Augen, und das war's, er fällt um, oder ich werf ihn gegen die Wand oder so. Aber in Wirklichkeit könnte ich niemals jemand die Finger in die Augen stecken, könnten Sie das? Das würde sich anfühlen wie warme Götterspeise, und ich mag nicht mal kalte Götterspeise, schon beim Gedanken daran kriege ich eine Gänsehaut. Bei der Geschichte habe ich auch ein etwas schlechtes Gewissen, ich meine, wie fänden Sie das, rumzulaufen und zu wissen, dass jemand sein Leben lang blind ist Ihretwegen?

Aber vielleicht ist das bei Männern was anderes.

Am meisten geht mir die zu Herzen, wo der Kerl meinen Arm packt und ich traurig und voller Würde sage: »Sie würden eine Leiche vergewaltigen.« Er ist von den Socken, und ich erkläre ihm, dass ich gerade rausgefunden habe, dass ich Leukämie habe und mir die Ärzte nur noch ein paar Monate zu leben geben. Deshalb bin ich auch in der Nacht draußen und wandere allein durch die Straßen, ich muss nachdenken, wissen Sie, mit mir ins Reine kommen. Ich habe gar nicht Leukämie, aber in dieser Fantasie habe ich sie, ich glaube, ich habe gerade diese Krankheit ausgesucht, weil ein Mädchen in meiner vierten Klasse daran starb, die ganze Klasse schickte ihr Blumen, als sie im Krankenhaus war. Damals habe ich nicht verstanden, dass sie im Sterben lag, und ich wollte auch Leukämie haben, damit ich Blumen geschenkt bekäme. Kinder sind komisch, nicht? Na, es stellt sich raus, dass er selbst auch Leukämie hat, und *er* hat nur noch ein paar Monate zu leben, deshalb geht er rum und vergewaltigt Leute, er ist verbittert, weil er noch so jung ist und ihm das Leben genommen wird, bevor er es noch richtig gelebt hat. Also gehen wir sachte unter den Straßenlaternen dahin, es ist Frühling und irgendwie neblig, und am Schluss gehen wir Kaffee trinken, wir sind glücklich, dass wir beide den einzigen Menschen auf der Welt gefunden haben, der verstehen kann, was wir durchmachen, es ist fast wie eine Fügung, und nach einer Weile gucken wir uns nur so an, und unsere Hände berühren sich, und er geht mit mir und zieht mit in meine Wohnung, und wir verbringen unsere letzten Monate zusammen, bevor wir sterben, wir wachen einfach eines Morgens nicht mehr auf, obwohl ich eigentlich noch nicht entschieden habe, wer von uns zuerst stirbt. Wenn er es ist, muss ich weitermachen und mir die Beerdigung ausdenken, wenn ich es bin, brauch ich mir darüber keine Gedanken zu machen, deshalb hängt es mehr oder weniger davon ab, wie müde ich gerade bin. Sie glauben das vielleicht nicht, aber manchmal fang ich sogar an zu weinen. Ich weine auch am Schluss von Filmen, auch bei denen, die gar nicht so traurig sind, ich nehme an, das ist dasselbe. Meine Mutter ist auch so.

Das Komische an diesen Fantasien ist, dass der Mann immer jemand ist, den ich nicht kenne, wo doch die Statistik in den Zeitschriften oder jedenfalls die meisten, die geben an, dass es oft jemand ist, den man kennt, zumindest ein bisschen, so wie der Chef oder so – ich meine, bei mir wäre es nicht gerade *mein* Chef, der ist über sechzig, und ich bin sicher, der könnte nicht mal eine Fliege vergewaltigen, das arme Alterchen, aber es könnte jemand sein wie Derek Duck, in seinen Liftschuhen, entsetzlicher Gedanke – oder jemand, den man gerade kennen gelernt hat, der einen zu einem Drink in seine Wohnung einlädt, langsam wird's so, dass man kaum mehr zu jemand freundlich sein kann, und wie soll man wohl Leute kennen lernen, wenn man ihnen nicht mal so weit trauen kann? Man kann doch nicht sein ganzes Leben in der Registratur verbringen oder in seiner Wohnung eingesperrt, bei geschlossenen Türen und Fenstern und runtergezogenen Jalousien. Ich bin weiß Gott nicht dem Alkohol verfallen, aber ich gehe gerne ab und zu einen trinken in einem netten Lokal, auch wenn ich allein bin, da bin ich ganz mit den Emanzen einverstanden, obwohl ich bei vielen anderen Sachen, die die verkünden, nicht zustimmen kann. Hierher zum Beispiel, die Kellner kennen mich alle, und wenn jemand mich, sagen wir mal, belästigt ... Ich weiß nicht, warum ich Ihnen das alles erzähle, nur denke ich eben, man lernt jemand besser kennen, vor allem am Anfang, wenn man ein bisschen hört, was der so denkt. Im Büro nennen sie mich die Grübelnuss vom Dienst, aber es ist gar nicht so sehr Grübeln, es ist mehr, dass ich mir ausdenke, was man in einem Notfall tun soll, hab ich ja vorhin schon gesagt.

Jedenfalls, noch eine andre Sache ist, dass immer viel geredet wird, die meiste Zeit, jedenfalls in der Fantasie, verbringe ich damit, dass ich mir überlege, was ich wohl sage und was er wohl sagt, ich denke, es ist besser, wenn man eine Unterhaltung in Gang bringen kann. Nämlich, wie könnte ein Kerl das einer Person antun, mit der er sich grade lange unterhalten hat, wenn man ihn erst mal hat wissen lassen, dass man auch ein Mensch ist und auch ein Leben hat, ich kann mir nicht denken, wie der das dann noch durchziehen könnte, hab ich Recht? Ich meine, ich weiß, dass es passiert, aber ich versteh's einfach nicht, das ist es, was ich daran wirklich nicht verstehe.

Haar-Andenken

Es muss irgendeinen Zugang dazu geben, eine Methode, eine Technik, das ist das Wort, das ich brauche, es tötet die Keime. Irgendeine Technik also, eine Art, daran zu denken, die blutleer und daher schmerzlos wäre: mit Gelassenheit in die Erinnerung geholte Hingabe. Ich versuche, ein Bild von mir zu jener Zeit heraufzubeschwören, auch eines von dir, aber es ist wie ein Beschwören von Toten. Wie soll ich wissen, dass ich uns beide nicht erfinde, und wenn ich nicht erfinde, dann ist es wirklich eine Totenbeschwörung, ein gefährliches Spiel. Warum sollte ich jene Schläfer, Schlafwandler dabei stören, wie sie ihre Roboterrunden durch die Straßen drehen, in denen wir einst lebten, von Jahr zu Jahr verblassend, die Stimmen verklingen zum Geräusch eines Daumens, der über eine nasse Fensterscheibe fährt: zu einem Insektensirren, transparent wie Glas, wortlos. Bei den Toten weiß man nie, ob sie es sind, die zurückkehren wollen, oder ob die Lebenden es wollen. Die übliche Erklärung ist, dass sie uns etwas zu sagen haben. Ich bin nicht sicher, ob ich das glaube: In diesem Fall ist es wahrscheinlicher, dass ich ihnen etwas zu sagen habe.

Seid vorsichtig, möchte ich schreiben, *es gibt eine Zukunft,* Gottes Hand an der Tempelwand, klar und unentrinnbar im neuen Schnee direkt vor ihnen, da, wo sie – für mich sieht es aus wie Dezember – den ziegelsteingepflasterten Bürgersteig in Boston entlanggehen, der Stadt der verkommenden Würde, wo sie auf ihren schwankenden hohen Absätzen sich nasse

Füße holt aus schierer Eitelkeit. Stiefel waren damals hässlich, aus schwerem formlosen Gummi, wie Nashornpranken, Fliegerstiefel nannte man sie, oder oben mit Pelz besetzt, wie die Schuhe alter Damen oder Pantoffeln, mit dünnen Schleifen; oder es waren jene keilförmigen Regenstiefel aus Plastik, sie vergilbten schnell, und innen setzten sich Schmutzkrusten ab, sie sahen aus wie eingegrabene Zähne.

Das ist meine Technik, ich lasse mich durch die Erinnerung an Kleider auferstehen. Es ist mir tatsächlich unmöglich, mich daran zu erinnern, was ich getan habe, was mir zugestoßen ist, wenn ich mich nicht daran erinnern kann, was ich angehabt habe, und jedes Mal, wenn ich einen Pullover oder ein Kleid wegwerfe, werfe ich ein Stück meines Lebens weg. Ich werfe Identitäten ab wie eine Schlange, lasse sie blass und verschrumpelt hinter mir, eine ganze Spur, und wenn ich überhaupt Erinnerungen haben möchte, so muss ich diese baumwollenen und wollenen Fragmente sammeln, eins um das andere, sie zusammensetzen, um schließlich ein Flickwerk-Ich zu bekommen, das allerdings kein Schutz gegen die Kälte ist. Ich konzentriere mich, und jene bestimmte verlorene Seele erhebt sich in einem Gifthauch aus der Kiste für Kleiderspenden zu Gunsten verkrüppelter Mitbürger auf dem Parkplatz von *Loblaws* im Zentrum von Toronto, in die ich jenen Mantel schließlich warf.

Der Mantel war lang und schwarz. Er war von guter Qualität – gute Qualität spielte damals eine Rolle, und die Frauenzeitschriften enthielten Artikel über Grundgarderoben und richtiges Bügeln und darüber, wie man aus Kamelhaar Flecken entfernt –, aber er war viel zu groß für mich, die Ärmel reichten bis über die Handgelenke, der Saum bis an die Kante meiner Plastikstiefel, die auch nicht passten. Als ich ihn kaufte, hatte ich vor, ihn zu ändern, aber ich tat es nie. Die meisten meiner Kleider waren so, sie waren alle zu groß, vielleicht glaubte ich, wenn meine Kleider groß und formlos wären, wenn sie eine Art Zelt um mich bildeten, wäre ich weniger sichtbar. Doch das Gegenteil war der Fall: Ich muss auffallender als die meisten anderen gewesen sein, wenn ich in meinem schwarzen, wollenen Leichentuch die Straße entlangwogte, den Kopf eingehüllt in – war es ein kariertes Angoratuch, ebenfalls gute Qualität? –, den Kopf jedenfalls eingehüllt.

Ich kaufte diese Kleider, wenn ich überhaupt Kleider kaufte – denn du darfst nicht vergessen, dass ich, wie du, arm war, was zumindest einen Teil unsrer Verzweiflung erklärt –, im Untergeschoss von *Filene's,* wo Qualitätskleidung, die sich in den eleganteren Etagen nicht verkaufen ließ, zu Schleuderpreisen abgesetzt wurde. Man musste sie oft in den Gängen anprobieren, weil es nur wenige Umkleidekabinen gab, und der Keller, denn es war ein Keller, mit niedriger Decke, schwach beleuchtet, muffig vom Geruch beklommener Achselhöhlen und gequälter Füße, war an den Ausverkaufstagen angefüllt mit sich abmühenden Frauen in Unterröcken und Büstenhaltern, die sich zur Begleitmusik von hundert klemmenden Reißverschlüssen schwer atmend in zerrissene und angestaubte Modellkleider zwängten. Es ist üblich, Frauen auf der Jagd nach Sonderangeboten zu belächeln, ihre Gier, ihre Hysterie, aber *Filene's* Untergeschoss war auf seine Weise tragisch. Keine ging dorthin, die nicht eine Veränderung ihrer Erscheinung, eine Verwandlung, ein neues Leben erstrebte; doch nie passte etwas richtig.

Unter dem schwarzen Mantel habe ich einen schweren Tweedrock an, Farbe Grau, und einen braunen Pullover mit nur einem, nicht sehr auffälligen Loch, das ich schätze, da deine Zigarette es hineingebrannt hat. Unter dem Pullover trage ich einen Unterrock (zu lang), einen Büstenhalter (zu klein), einen Schlüpfer mit kleinen rosa Röschen darauf, ebenfalls aus *Filene's* Untergeschoss, nur fünfundzwanzig Cent, fünf für einen Dollar, und ein Paar Nylonstrümpfe, von einem Hüftgürtel gehalten, der, weil er zu groß ist, um meine Taille wandert und die Strumpfnähte hinten auf meinen Beinen in schraubenartige Spiralen legt. Ich schleppe einen Koffer, der viel zu schwer ist – damals trug niemand einen Rucksack, außer zum Sommerlager –, weil er sowohl eine zweite Garnitur meiner gewichtigen übergroßen Kleider enthält als auch sechs Schauerromane aus dem 19. Jahrhundert und einen Stapel unbeschriebenen Papiers. Auf der anderen Seite, als Ausgleich zu dem Koffer, habe ich meine Reiseschreibmaschine und meine Handtasche aus *Filene's* Untergeschoss, gewaltig, bodenlos wie ein Grab. Es ist Februar, der Wind peitscht den schwarzen Mantel hinter mir, meine Plastikstiefel rutschen auf dem Eis des Gehwegs, in einem vorübergleitenden Schaufenster sehe ich eine dicke, rotgesichtige und eingemummte Frau. Ich bin hoffnungslos verliebt, und ich bin auf dem Weg zum Bahnhof, um zu fliehen.

Wäre ich reicher gewesen, wäre es der Flughafen gewesen. Ich wäre nach Kalifornien oder Algier geflogen, an einen öligen und fremden und vor allem warmen Ort. Wie die Dinge lagen, hatte ich gerade Geld genug für eine Rückfahrkarte und drei Tage in Salem – der einzige andere sowohl erreichbare als auch besuchenswerte Ort wäre Walden Point gewesen, was im Winter nicht viel Sinn hatte. Ich hatte diese Reise schon vor mir selbst gerechtfertigt: Es würde viel lehrreicher sein, nach Salem zu fahren als nach Algier, denn ich sollte über Nathaniel Hawthorne »arbeiten«. »Arbeiten« nannte man das; so nennt man es heute noch. Ich würde die Möglichkeit haben, Atmosphäre in mich einzusaugen. Vielleicht würde diesem Erlebnis, auf das ich mich nicht freute, die für mein Überleben als Akademikerin nötige wissenschaftliche Arbeit entspringen, wie ein verkümmerter Löwenzahn einer Ritze im Gehweg. Jene trostlosen Straßen, jene mit feuchten Februarwinden vereinte puritanische Melancholie würden wie ein Sprung in kaltes Wasser sein und meine kritischen Fähigkeiten explosionsartig in Bewegung bringen, mein Talent für Wortklaubereien und die Herstellung einleuchtender Fußnoten, die bisher für das Tröpfeln der Stipendiumsgelder gesorgt hatten, von denen ich lebte. In den vergangenen zwei Monaten waren diese Fähigkeiten durch unerwiderte Liebe gelähmt gewesen. Ich glaubte, mehrere Tage fern von dir würden mir Zeit geben, alles zu überdenken. Meiner anschließenden Erfahrung nach nützt so etwas überhaupt nichts.

Unerwiderte Liebe schien zu jener Zeit meines Lebens die einzige Art von Liebe, die zu empfinden ich fähig war. Dies brachte mir viel Schmerz ein, aber rückblickend sehe ich, dass es Vorteile hatte. Sie verschaffte mir all die Gefühlserschütterungen der anderen Art, aber ohne deren Risiken, sie störte mein Leben nicht, das, wenn auch karg, doch das meine und voraussagbar war, und sie erforderte keine Entscheidungen. In der Welt der nackten physischen Realität mochte sie das Ablegen meiner schlecht sitzenden Kleidungsstücke verlangen (möglichst in der Dunkelheit des Badezimmers, keine Frau möchte, dass ein Mann ihre Sicherheitsnadeln sieht), aber es ließ deren metaphysische Gegenstücke unberührt. Zu jener Zeit glaubte ich an Metaphysik. Die platonische Version meiner selbst glich einer ägyptischen Mumie, einem geheimnisvoll verpackten Objekt, das möglicherweise zu Staub zerfallen würde, wenn man es enthüllte. Unerwiderte Liebe erforderte jedoch keine Stripteasenummern.

Wenn meine Liebe erwidert wurde, wie schon mehrere Male geschehen, wenn sie zu einer Frage der Zukunft wurde, wenn es darum ging, Entscheidungen zu treffen, die unausweichlich zu dem Geräusch des sich mit einem elektrischen Rasierapparat rasierenden Geliebten führen würden, während man selbst das hart gewordene Ei von seinem Frühstücksteller kratzte, wurde ich von Panik überwältigt. Meine wissenschaftliche Forschung hatte mich mit jenem Augenblick vertraut gemacht, wo dem engsten Freund und verlässlichsten Gefährten Reißzähne wachsen oder er sich in eine Fledermaus verwandelt; diesen Augenblick erwartete ich, und er barg wenig Schrecken für mich. Viel beunruhigender war jener andere Augenblick, in dem mir die Schuppen von den Augen fallen würden und mein gegenwärtiger Geliebter sich nicht etwa als Halbgott oder als Ungeheuer entpuppen würde, unpersönlich und unwiderstehlich, sondern als menschliches Wesen. Was Psyche mit der Kerze sah, war kein geflügelter Gott, sondern ein hühnerbrüstiger Halbwüchsiger mit Pickeln, und deshalb brauchte sie so lange, zu wahrer Liebe zurückzufinden. Es ist einfacher, einen Dämon zu lieben als einen Menschen, wenn auch weniger heroisch.

Du warst natürlich das vollkommene Objekt. Kein banaler Schatten von Rasenmähern und Bungalows lauerte in deinen melancholischen Augen, undurchsichtig wie schwarzer Marmor, tiefgründig wie Urnen, du hustetest wie Roderick Usher, du warst, in deinen eigenen Augen und deshalb auch in den meinen, verflucht und ruhelos wie Dracula. Wie kommt es, dass Trübsinn und Gefühle der Sinnlosigkeit für junge Frauen so unwiderstehlich sind? Ich beobachte dieses Syndrom auch an meinen Studenten: jene fiebrigen jungen Männer, die sich auf den Teppichen rekeln, die diese Anstalt für höhere Gelehrsamkeit ihnen so aufmerksam zur Verfügung stellt, schmuddelig und schlaff wie vom Hakenwurm Befallene und jeder mit einem Mädchen im Schlepptau, das ihm Zigaretten und den Kaffee bezahlt und als Gegengabe die Ergüsse seiner schlechten Laune erhält, seine Missbilligung der ganzen Welt und seinen Spott über sie im Besonderen, über die Art, wie sie sich kleidet, über den Hobbyraum und die beiden Fernsehapparate ihrer Eltern, die vielleicht sogar identisch mit seinen eigenen sind, über ihre Freunde, über das, was sie liest, darüber, wie sie denkt. Warum lassen sie es sich gefallen? Vielleicht bewirkt es, dass sie sich im Gegensatz dazu gesund und lebenspendend fühlen; oder vielleicht sind diese Männer ihre Spiegel, die das Elend und das Chaos widerspiegeln, das in ihnen ist und zu dem zu bekennen sie sich fürchten.

Unser Fall war nur äußerlich anders; die Verzweiflung, da bin ich sicher, war die gleiche. Ich war bei der Wissenschaft gelandet, weil ich nicht Sekretärin werden wollte, oder, anders ausgedrückt, weil ich nicht für immer gezwungen sein wollte, meine qualitätvollen Kleider im Untergeschoss von *Filene's zu* kaufen; du, weil du nicht einberufen werden wolltest und der Trick mit dem Studium damals noch funktionierte. Wir kamen beide aus kleinen, unbedeutenden Städten, deren Rotary-Club-Mitglieder in Unkenntnis unseres tatsächlichen Zustands glaubten, dass ihre kargen Stipendien uns zu geheimnisvollen, aber glänzenden Karrieren verhelfen würden, die auf unbestimmte Weise wiederum der Gemeinde zur Ehre gereichen würden. Doch wollten wir beide keine berufsmäßigen Gelehrten werden, und die wahren, von denen einige einen Bürstenschnitt und flotte Aktenkoffer trugen und wie Juniorchefs aus der Schuhbranche aussahen, erfüllten uns mit Schrecken. Statt zu »arbeiten«, verbrachten wir unsere Zeit damit, in der billigsten deutschen Kneipe am Ort Bier vom Fass zu trinken, uns über die Aufgeblasenheit unserer Seminare und die intellektuelle Gespreiztheit unserer Kommilitonen lustig zu machen. Oder wir wanderten durch die Magazine der Bibliotheken auf der Suche nach abstrusen Titeln, die unmöglich jemandem bekannt sein konnten, um sie in jenem ehrfürchtigen Ton in die nächste literarische Diskussion einzustreuen, der von allen künftigen Fachbereichsvorsitzenden so schnell beherrscht wird, und dann die Wellen des Erschreckens zu beobachten, die sich in den Augen unserer Kommilitonen ausbreiteten. Manchmal schlichen wir uns in das musikwissenschaftliche Institut, belegten ein freies Klavier und sangen schmalzige Küchenlieder oder schmissige Chöre von Gilbert and Sullivan oder eine wehmütige Ballade von Edward Lear, aus der wir zu Semesterbeginn die Freudschen Symbole hatten herausarbeiten müssen. Ich verbinde damit einen bestimmten braunen Cordrock, den ich selbst genäht hatte und dessen Saum an mehreren Stellen mit Büroklammern geheftet war, da ich nicht die moralische Energie gehabt hatte, ihn umzunähen.

An der Küste Koromandels,
Wo der frühe Kürbis blüht,
In der Mitte tiefer Wälder
Lebte Yonghy-Bonghy-Bo …
Stühle, zwei, ein Kerzenstumpf
Und ein Krug, nur noch ein Rumpf,
Mehr besaß er wahrhaft nicht
In dem Walde schwarz und dicht …

Die verstümmelte Kerze und der angeschlagene Krug hatten im Seminar viel künstliche Heiterkeit erregt, aber für uns hatten sie ein unwiderstehliches Pathos. Die Lage der Dinge in Koromandel, ihre Verwahrlosung und Hoffnungslosigkeit schien ein allzu treffender Kommentar zu unserer eigenen Situation.

Ich glaubte, unser Problem sei, dass weder die Welt um uns noch die Zukunft vor uns ein Bild davon enthielt, was denkbarerweise aus uns werden könnte. Wir saßen in der Gegenwart fest wie in einem stecken gebliebenen und sonst leeren U-Bahn-Wagen, und in dieser Isolation klammerten wir uns jeder missmutig an des anderen Schatten. Das jedenfalls war meine Analyse, als ich meinen Koffer durch eisiges Zwielicht zu dem einzigen Hotel in Salem trug, das offen war, zumindest hatte der Schaffner das gesagt. Ich habe Schwierigkeiten, es zu sehen, aber ich glaube, der Bahnhof war eng und dunkel, nur von einer schmutzigorangefarbigen Lampe erleuchtet wie die U-Bahn-Stationen in Boston, und er hatte denselben Geruch von schwachem Desinfektionsmittel, das erfolglos auf eine Schicht eingetrockneten, vor Alter fast ehrbaren Urins aufgetragen worden ist. Er erinnerte mich weder an Puritaner noch an Hexen, noch an vollgefressene Schiffbauer, sondern an unterernährte Stahlarbeiter mit Lungenschäden, eine spätere Generation.

Auch das Hotel roch nach Zerfall und besseren Tagen. Es wurde gerade frisch gestrichen, und die Segeltuchplanen und

Stehleitern der Maler versperrten fast die Flure. Das Hotel war nur wegen der Renovierung offen; andernfalls, sagte der Portier, der gleichzeitig der Hotelpage, der Geschäftsführer und möglicherweise der Besitzer zu sein schien, hätte er es geschlossen und wäre nach Florida gegangen. »Die Leute kommen nur im Sommer hierher«, sagte er, »um das Haus der Sieben Giebel und das alles zu besichtigen.« Er nahm mir übel, dass ich überhaupt da war, und im Besonderen noch, dass ich mich weigerte, eine befriedigende Erklärung dafür zu geben. Ich erzählte ihm, ich sei gekommen, um mir die Grabsteine anzusehen, aber das glaubte er nicht. Während er meinen Koffer und meine Schreibmaschine zu dem zugigen Schrank schleppte, in dem er im Begriff war, mich unterzubringen, sah er immer wieder über meine Schulter nach hinten, als hätte dort ein Mann sein müssen. Illegitimer Sex, das wusste er, war der einzig annehmbare Grund für Salem im Februar. Er hatte natürlich Recht.

Das Bett war schmal und hart wie ein Katafalk, und bald entdeckte ich, dass zwar eine frische Seebrise durch das geschlossene Fenster hereinwehte, die Hotelleitung sich darüber jedoch im Klaren war und dies ausgeglichen hatte; jedes neue Einsetzen der Zentralheizung wurde von dem Heizkörper mit dem Geräusch von Hämmern und bleiernen Gongs angekündigt.

Zwischen meinen Schlafintervallen dachte ich an dich, probte unsere Zukunft, die, wie ich wusste, kurz sein würde. Natürlich würden wir miteinander schlafen, obwohl dieses Thema noch nicht diskutiert worden war. In jenen Tagen, du erinnerst dich, musste zuerst diskutiert werden, und bisher waren wir noch nicht über ein wenig verstohlenes Betasten im Freien hinausgekommen und einen Augenblick, in dem du unter einem Vollmond auf einer jener verlassenen ziegelsteingepflasterten Straßen deine Hand um meine Kehle gelegt und verkündet hattest, du seist der Würger von Boston, ein Witz, der für jemanden mit meinen literarischen Vorlieben schon einer Verführung gleichkam. Doch obwohl Sex notwendig und sogar ein erstrebenswertes Ritual war, verweilte ich in Gedanken weniger dabei als vielmehr bei unserer Trennung, die ich mir traurig, zärtlich, unvermeidlich und endgültig vorstellte. Ich probte sie in jeder denkbaren Umgebung: in Fluren, auf dem Pier einer Fähre, im Zug, im Flugzeug und in U-Bahn-Stationen, auf Parkbänken. Wir würden nicht viel sagen, wir würden einander ansehen, wir würden *wissen* (obwohl ich nicht sicher war, was genau wir wissen würden); dann würdest du um eine Ecke biegen und für immer verloren sein. Ich würde einen Trenchcoat tragen, noch war er nicht gekauft, doch hatte ich etwas in der Art, wie ich es wollte, im vergangenen Herbst im Untergeschoss von *Filene's* gesehen. Die Parkbankszene – ich verlegte sie in den Frühling, um einen Kontrast zur Stimmung zu schaffen – war so ergreifend, dass ich weinen musste, wenn ich das Weinen auch in entsetzlicher Angst, belauscht zu werden, sogar in einem leeren Hotel, zeitlich so einrichtete, dass es mit dem Heizkörper zusammenfiel. Sinnlosigkeit ist so anziehend für junge Menschen, und ich hatte ihre Möglichkeiten noch nicht ausgeschöpft.

Am nächsten Morgen war ich des Brütens und Schluchzens müde. Ich beschloss, den wichtigsten der zerfallenen Friedhöfe aufzusuchen, der mir möglicherweise eine kuriose Grabinschrift aus dem siebzehnten Jahrhundert für meine Hawthorne-Arbeit liefern würde. In der Halle hämmerten und malten die Handwerker; als ich den Flur entlangging, starrten sie mir nach wie Frösche aus einem Teich. Der Portier überließ mir widerstrebend ein Touristenfaltblatt der Handelskammer, das eine Karte und eine kurze Liste der Sehenswürdigkeiten enthielt.

Draußen auf der Straße war kein Mensch und kaum ein Auto. Die mit Ruß überzogenen Häuser, deren Anstrich von der Salzluft abgeblättert war, schienen unbewohnt, doch konnte ich in mehreren der zur Straße liegenden Fenster hinter ergrauenden Spitzenvorhängen die schattenhaften Umrisse eines Gesichts erkennen. Der Himmel war grau und zerfurcht, wie das Innere einer Matratze, und ein scharfer Wind wehte. Ich schlidderte in meinen rutschigen Stiefeln über die Gehwege, wobei der Wind meinen schwarzen Mantel wie ein Segel aufblies, und kam gut voran, bis ich um eine Ecke bog und der Wind nicht mehr von hinten wehte. Kurz darauf gab ich die Idee mit dem Friedhof auf.

Stattdessen kehrte ich in einem kleinen Restaurant ein; ich hatte noch nicht gefrühstückt – im Hotel hatten sie mürrisch reagiert –, und ich wollte etwas essen und mir überlegen, was ich als Nächstes tun würde. Ich bestellte ein Sandwich mit Ei und ein Glas Milch und studierte die Broschüre. Die Bedienung und der Besitzer, die die einzigen anderen Leute im Raum waren, zogen sich ans entfernte Ende zurück, standen mit verschränkten Armen da und beobachteten mich misstrauisch beim Essen, als erwarteten sie, dass ich aufspringen und mit dem Buttermesser einen Akt von Totenbeschwörung vollführen würde. Inzwischen war das Haus der Sieben Giebel für die Dauer des Winters geschlossen worden. Es hatte ohnehin nichts mit Hawthorne zu tun; es war lediglich ein altes Haus, das dem Abbruch entronnen war und für dessen Besichtigung die Leute jetzt Geld bezahlten, da ihm der Name eines Romans gegeben worden war. Kein echter Dichterschweiß an den Treppengeländern. Ich glaube, das war der Augenblick, in dem ich anfing, die Literatur mit Zynismus zu betrachten.

Die einzige andere Sehenswürdigkeit war, der Handelskammer zufolge, die Bibliothek. Im Unterschied zu allem anderen war sie im Februar geöffnet und anscheinend weltberühmt für ihre Sammlung von Stammbäumen. Ein Besuch der Bibliothek war das Letzte, wonach mir zu Mute war, aber in das Hotel mit seinem Lärm und seinen Chemiedünsten zurückzukehren war sinnlos, und ich konnte nicht den ganzen Tag im Restaurant bleiben.

Die Bibliothek war menschenleer, abgesehen von einem

Mann mittleren Alters mit Filzhut, der verbissen die Reihen der Stammbäume betrachtete, offensichtlich, um die Zeit totzuschlagen. Eine Angestellte mit Knoten und finsterem Blick saß hinter einem massiven Schreibtisch und löste Kreuzworträtsel. Die Bibliothek diente auch als eine Art Museum. Es gab mehrere Galionsfiguren, Seejungfrauen mit starren Augen, hölzerne Männer, reich verzierte Fische und Löwen, deren Vergoldung dünn geworden war; und in Glasvitrinen eine Sammlung von viktorianischen Andenken aus Haar, Broschen und Ringen, jedes Stück mit einem kristallenen Deckel, der eine Anordnung gewobenen Haares schützte: Blumen, Initialen, Kränze oder Trauerweiden. Die kunstvolleren waren aus verschiedenfarbigem Haar. Ursprünglich mussten sie geglänzt haben, doch jetzt hatten die Strähnen die Beschaffenheit von etwas, was man unter Sesselpolstern findet. Mir ging auf, wie Unrecht Donne mit seinem Reif glänzenden Haares über dem Knochen gehabt hatte. Eine handgeschriebene Karte erklärte, dass viele dieser Stücke Erinnerungsschmuck gewesen waren, dazu bestimmt, bei Begräbnissen unter die Trauernden verteilt zu werden. »Die für die Begräbnisse«, sagte ich zu der Frau hinter dem Schreibtisch, »ich meine, wie haben sie ... haben sie das Haar vorher oder nachher abgeschnitten?«

Sie blickte von ihrem Rätsel auf. Sie verstand überhaupt nicht, wovon ich redete.

»Bevor oder nachdem der Mensch starb«, sagte ich. Wenn es vorher geschehen war, schien es mir sehr gefühllos. Wenn danach, wie hatten sie dann Zeit, noch vor dem Begräbnis all diese Weiden zu weben? Und warum wollten sie das überhaupt? Ich konnte mir nicht vorstellen, eine dieser schweren Broschen wie ein Metallkissen am Hals zu tragen, gestopft mit den allmählich verbleichenden Locken eines Menschen, den ich liebte. Es wäre wie eine vertrocknete Hand. Es wäre wie eine Schlinge.

»Das weiß ich wirklich nicht«, sagte sie widerwillig. »Das ist eine Wanderausstellung.«

Der Mann mit dem Filzhut lag vor der Tür auf der Lauer. Er forderte mich auf, mit ihm etwas zu trinken. Er musste auch im Hotel wohnen.

»Nein danke«, sagte ich und fügte hinzu: »Ich bin mit jemandem hier.« Ich sagte das, um ihn zu beschwichtigen – Frauen fühlen sich immer genötigt, Männer zu beschwichtigen, deren Annäherungsversuche sie ablehnen –, aber indem ich es aussprach, wurde mir klar, dass ich nicht hierher gekommen war, um von dir wegzukommen, wie ich gedacht hatte, sondern um mit dir zusammen zu sein, vollständiger, als deine tatsächliche Gegenwart es zulassen würde. In Fleisch und Blut war deine Ironie undurchdringlich, aber allein konnte ich ungestört in romantischem Verhängnis schwelgen. Ich habe nie verstanden, warum Menschen die Jugend als eine Zeit der Freiheit und des Glücks betrachten; wahrscheinlich, weil sie ihre eigene Jugend vergessen haben. Umgeben von kummervoller Jugend, empfinde ich heute nur Dankbarkeit dafür, dass ich dem unerträglichen Joch, einundzwanzig zu sein, entkommen bin, wie ich hoffe, auf ewig, denn an Reinkarnation glaube ich nicht mehr.

Ich hatte dir mitgeteilt, dass ich für drei Tage wegführe, aber die unverdünnte Fantasie war zu viel für mich. Salem war ein Vakuum, und du dehntest dich aus, es zu füllen. Ich wusste, wessen Haar das war in dem massiven schwarz-goldenen *Memento mori* in der zweiten Reihe von Broschen, ich wusste, wen ich in dem leeren Hotelzimmer links neben dem meinen gehört hatte, fast lautlos zwischen den Krämpfen des Heizkörpers atmend. Glücklicherweise gab es einen Nachmittagszug; ich nahm ihn und floh zurück in die Gegenwart.

Ich rief dich vom Bostoner Bahnhof an. Du nahmst meine verfrühte Rückkehr mit deinem gewohnten Fatalismus hin, drücktest weder Freude noch Überraschung aus. Du hättest eigentlich über die Doppeldeutigkeit in Tennysons *Locksley Hall* arbeiten müssen, was, wie du mir mitteiltest, völlig unmöglich war. Doppeldeutigkeit war damals groß. Wir machten stattdessen einen Spaziergang. Es war milder, und der Schnee ging in Matsch über; wir landeten am Charles River, wo wir Schneebälle rollten und sie ins Wasser warfen. Danach bauten wir eine feuchte Statue von Königin Viktoria, vollständig mit ausladendem Busen, gewaltiger Tournüre und Hakennase, zerstörten sie sodann mit Schneebällen und Eisklumpen und kicherten von Zeit zu Zeit aus, wie ich damals dachte, befreiter Hemmungslosigkeit, was ich aber jetzt als Hysterie erkenne.

Und dann, und dann. Was hatte ich an? Meinen Mantel, natürlich, und einen anderen Rock, blässlichgrün kariert; denselben Pullover mit dem Brandloch. Wir schlitterten zusammen durch den teilweise gefrorenen Schneematsch am Fluss, hielten einander an den eisigen Händen. Es war Abend und wurde kälter. Hin und wieder blieben wir stehen, um auf und nieder zu hüpfen und uns zu küssen, um warm zu bleiben. Auf der öligen Oberfläche des Charles River spiegelten sich wie leuchtende Fata Morganen die Türme und Glockentürme, von denen die Hoffnungslosen der Frühjahrsexamen sich später stürzen würden, wie sie es jedes Jahr taten; in seinen schlammigen Tiefen trieben die literarischen Selbstmorde, darunter der von Faulkner, von kristallinen Wörtern überkrustet und glitzernd wie Augen; doch wir waren sorglos, wir sangen zu ihrem Spott ein raues Duett:

Stühle, zwei, ein Kerzenstumpf
Und ein Krug, nur noch ein Rumpf …

Du lachtest ausnahmsweise. Ich schwor meinem sorgfältig konstruierten Drehbuch ab, dem Ende, das ich für uns geplant hatte. Die Zukunft öffnete sich wie eine Breitleinwand, vielversprechend und gefährlich, jede Richtung war möglich. Ich hatte das Gefühl, am Rande einer hohen Brücke zu gehen. Es schien uns – zumindest mir –, als seien wir wirklich glücklich.

Als die Kälte uns schließlich zu viel wurde und du angefangen hattest zu niesen, gingen wir in eines der billigen Restaurants, in denen man, so hieß es, sich umsonst ernähren konnte, indem man die kostenlosen Packungen mit Ketchup, Würzsoße und Zucker aß und die Sahne aus den Sahnekännchen trank, wenn keiner hinsah. Dort diskutierten wir die Ratsamkeit des Miteinander-Schlafens, das Für und Wider und ziemlich bald danach das Wie und Wo. Es war nicht einfach, besonders nicht für Studentinnen der höheren Semester, von denen erwartet wurde, dass sie wie Nonnen seien, eifrig und unfleischlich. Nicht, dass sie in jener klosterähnlichen Umgebung viel Gelegenheit gehabt hätten, anders zu sein, da die männlichen Studenten meistens in kleinen Gruppen miteinander in die Oper gingen und Sherrypartys gaben, zu denen sie sich nur gegenseitig einluden. Wir wohnten beide in Studentenheimen; wir hatten beide Zimmergenossen, die dauernd im Zimmer saßen, Nägel kauten und Bibliographien zusammenstellten. Keiner von uns hatte ein Auto, und wir waren sicher, dass die Hotels am Ort uns abweisen würden. Es würde woanders sein müssen. Wir einigten uns auf New York in den Osterferien.

Am Tag vor der Reise ging ich ins Untergeschoss von *Filene's* und kaufte nach einiger Überlegung ein rotes Baby-Doll-Nachthemd aus Nylon, das nur eine Nummer zu groß war und dessen Träger man leicht wieder annähen konnte. Ich verweilte bei einem weiteren malvenfarbigen mit Carmen-artigen Rüschen, aber schließlich konnte ich nur eins auf einmal anziehen, und das Geld würde für anderes nötig sein. Am Karfreitag nahm ich den Bus nach New York. Du warst mehrere Tage vorher gefahren. Aber ich war dageblieben, um einen überfälligen Essay über Mrs. Radcliffes *Der Italiener* fertigzuschreiben. Bei dir waren damals drei Arbeiten überfällig, aber es schien dich nicht mehr zu kümmern. Du hattest viel Zeit damit verbracht, Duschbäder zu nehmen, was deinen Zimmergenossen geärgert hatte; du hattest auch unter ausgedehnten Albträumen gelitten, in denen, wie ich mich erinnere, Elefanten, Alligatoren und andere große Tiere vorkamen, die in Rollstühlen Berge hinunterfuhren, und Menschen, die an Kreuze genagelt und eingeäschert wurden. Ich betrachtete dies als Beweis deiner Empfindsamkeit.

Der Plan war, dass du in der Wohnung von jemandem, den du aus deiner Heimatstadt kanntest, wohnen würdest, während ich ein Einzelzimmer im Hotel nehmen sollte. Dies würde den Verdacht mindern, hofften wir; außerdem würde es weniger kosten.

Damals war ich noch nie in New York gewesen, und ich war nicht darauf vorbereitet. Zuerst machte es mich schwindelig. Ich stand in meinem langen schwarzen Mantel und mit meinem schweren Koffer und meiner bodenlosen Handtasche auf dem Busbahnhof und suchte eine Telefonzelle. Die Menschenmenge kam mir wie eine politische Demonstration vor, obwohl ich damals noch nie eine echte gesehen hatte. Frauen rempelten einander an, spuckten Beleidigungen aus, als seien es Werbesprüche, und hatten verdrießliche Kinder im Schlepptau; Reihen von schäbigen alten Männern saßen auf den Bänken, und der Boden war mit Kaugummi, Bonbonpapieren und Zigarettenkippen übersät. Ich bin nicht sicher, aber ich glaube, es gab auch Spielautomaten, ist das möglich? Jetzt wünschte ich, ich hätte dich gebeten, mich am Bus abzuholen, aber solche Abhängigkeiten waren nicht Teil unseres Einvernehmens.

Als ich auf das zusteuerte, was ich für den Ausgang hielt, packte ein Schwarzer meinen Koffer und begann zu ziehen. Er hatte eine frische Schnittwunde an der Stirn, aus der Blut floss, und seine Augen waren von solcher Verzweiflung erfüllt, dass ich fast losließ. Er versuchte nicht, meinen Koffer zu stehlen, wie mir einen Augenblick später klar wurde, er wollte ihn nur für mich zu einem Taxi tragen.

»Nein danke«, sagte ich. »Kein Geld.«

Sein Blick streifte verächtlich meinen Mantel – er war schließlich von guter Qualität –, und er ließ immer noch nicht los. Ich zerrte stärker, und er gab auf. Er rief mir etwas nach, was ich nicht verstand; solche Wörter waren noch nicht allgemein gebräuchlich.

Ich kannte die Hoteladresse, aber ich wusste nicht, wie man dorthin kam. Ich begann zu gehen. Die Sonne schien, und ich schwitzte, vor Angst wie auch vor Hitze. Ich fand eine Telefonzelle: Das Telefon war ausgeweidet und bestand aus einem Gewirr von Drähten. Das Nächste war in Ordnung, aber als ich dich anrief, nahm niemand ab. Das war merkwürdig, da ich dir gesagt hatte, um welche Zeit ich ankommen würde.

Ich lehnte mich an die Seite der Telefonzelle und bemühte mich, nicht in Panik zu geraten. New York war wie ein vergittertes Fenster angelegt, also würde ich auf den Standort des Hotels schließen können, indem ich die Straßenschilder las und abzählte. Ich wollte niemanden fragen; der Ausdruck blanker Verzweiflung oder tatsächlicher Bosheit machte mir Angst, und ich war schon mehreren Menschen begegnet, die laut mit sich selbst sprachen. New York schien wie Salem im Zerfall begriffen. Ein Reicher hätte das als Möglichkeit für eine Stadtsanierung betrachten können, doch auf mich wirkten die Gebäude, in denen ganze Stücke fehlten, und die Löcher im Gehweg gar nicht beruhigend.

Ich machte mich daran, meinen Koffer zum Hotel zu schleppen, wobei ich an jeder Telefonzelle anhielt, um deine Nummer zu wählen. In einer ließ ich aus Versehen dein Exemplar von *Die Erziehung des Henry Adams* liegen. Im Grunde machte das aber nichts, da es das einzige war, was ich von dir besaß; es hätte Unglück gebracht, es zu behalten.

Dem Hotelportier war ich fast so verdächtig wie dem in Salem. Dort hatte ich das Misstrauen mir gegenüber einer kleinstädtischen Fremdenfeindlichkeit zugeschrieben, aber jetzt kam mir zum ersten Mal der Gedanke, dass es an der Art, wie ich gekleidet war, liegen konnte. Mit meinen Ärmelaufschlägen, die bis über die Handgelenke reichten, sah ich nicht gerade wie jemand mit Kreditkarte aus.

Ich saß in meinem Zimmer, das dem in Salem tatsächlich sehr ähnlich war, und überlegte, was dir zugestoßen sein mochte, wo du wohl warst. Ich rief alle halbe Stunde an. Ich konnte nicht viel tun, während ich wartete. Ich packte das rote Nachthemd mit dem abgerissenen Träger aus, um festzustellen, dass ich Nadel und Faden vergessen hatte, mit denen ich es hatte nähen wollen; ich hatte nicht einmal eine Sicherheitsnadel. Ich hätte gern gebadet, aber der Knopf meiner Tür drehte sich ständig, und obwohl ich die Kette vorgelegt hatte, mochte ich es nicht wagen. Ich behielt sogar meinen Mantel an. Ich glaubte allmählich, dass du mir eine falsche Nummer gegeben hättest oder, noch schlimmer, dass du nur eine Erfindung von mir wärest.

Schließlich, etwa um sieben Uhr, nahm jemand an deinem Ende den Hörer ab. Es war eine Frau. Als ich nach dir fragte, lachte sie, nicht freundlich. »He, Stimme des Jüngsten Gerichts«, hörte ich sie sagen. »Ne Biene wünscht dich.« Als du drankamst, war deine Stimme noch entfernter als gewöhnlich.

»Wo warst du denn?«, sagte ich und versuchte, nicht wie eine nörgelnde Ehefrau zu klingen. »Ich versuche schon seit halb drei, dich zu erwischen.«

»Es ist wegen meiner Bekannten«, sagtest du. »Sie hat heute früh ein Röhrchen Schlaftabletten geschluckt. Ich musste ständig mit ihr auf und ab gehen.«

»Oh«, sagte ich. Ich hatte den Eindruck gehabt, dass es ein männlicher Bekannter sei. »Hättest du sie nicht ins Krankenhaus bringen können oder so?«

»Man bringt Leute hier nicht ins Krankenhaus, wenn es nicht unbedingt nötig ist.«

»Warum hat sie es getan?«, fragte ich.

»Was weiß ich?«, sagtest du mit der Stimme von jemandem, der sich ärgert, in etwas hineingezogen worden zu sein. »Zum Zeitvertreib, nehme ich an.« Im Hintergrund sagte die Frau etwas, was wie »du Schwein« klang.

Meine Fußsohlen wurden kalt, meine Beine wurden taub. Mir war plötzlich klar geworden, dass sie nicht nur eine alte Freundin war, wie du mir gesagt hattest. Sie war eine Liebe gewesen, sie war immer noch eine Liebende, sie meinte es ernst, sie hatte die Tabletten geschluckt, weil sie erfahren hatte, dass ich an diesem Tag ankommen würde, und sie wollte versuchen, dich aufzuhalten; und dabei schriebst du ganz ruhig die Zimmernummer und die Telefonnummer auf, die ich dir genauso ruhig gab. Wir vereinbarten, uns am folgenden Tag zu treffen. Ich lag die ganze Nacht mit angezogenem Mantel auf dem Bett.

Natürlich kamst du nicht, und inzwischen überlegte ich mir das Telefonieren gründlich. Du kehrtest nicht einmal nach Boston zurück. Im Mai bekam ich eine rätselhafte Mitteilung auf einer Postkarte mit der Ansicht der Seepromenade von Atlantic City:

> Ich bin weggelaufen und wollte zur Marine, aber sie wollten mich nicht haben, sie fanden Altgriechisch als Vorbildung nicht ausreichend. Ich habe einen Job in einer Würstchenbude gekriegt, weil ich gelogen habe, ich könnte nicht lesen und schreiben. Immer noch besser, als vom Glockenturm zu springen. Grüß Koromandel schön. Immer Dein Bo.

Wie üblich konnte ich nicht entscheiden, ob du dich über mich lustig machtest oder nicht.

Natürlich trauerte ich; nicht so sehr um deines Weggehens willen, da das, wie ich jetzt sah, schon ausgemachte Sache gewesen war, als vielmehr um seiner Plötzlichkeit willen. Mir war jene letzte, notwendige Szene vorenthalten worden, die Parkbank, der leichte Frühlingswind, der Trenchcoat (den ich nun niemals kaufen würde), deine verschwindende Gestalt. Selbst nachdem mir klar geworden war, dass unsere Zukunft weder das gefürchtete Einfamilienhaus und den elektrischen

Rasierapparat beinhaltet hätte noch jene vagen Möglichkeiten von Glück, die mir einst vorgeschwebt waren, sondern, unvermeidlich wie das Reimpaar am Ende eines Sonetts, ein leeres Röhrchen Schlaftabletten, bei denen du mir vielleicht nicht geholfen hättest, ihre Wirkung durch Herumlaufen zu mindern – selbst da trauerte ich weiter.

Da du nicht auf die richtige Weise gegangen warst, schien es, als seist du überhaupt nicht gegangen. Du hingst in der Luft wie ein Ansteckungsherd oder der Geruch von Mäusen, wartetest darauf, meine Versuche, optimistisch zu sein – denn aus schierer Angst fing ich bald an, solche zu machen –, mit deinen feindseligen Ansichten über mein Verhalten zu unterminieren. Als wärst du mein dunklerer Zwilling oder ein Meister unheimlicher Telepathie, fühlte ich in jeder Situation, was du davon halten würdest. Als ich mich verlobte (sieben Monate später, mit einem Architekten, der Appartementhäuser entwarf und noch immer entwirft), ließest du mich wissen, dass du anderes von mir erwartet hättest. Die Hochzeit selbst, ja, mit allem Drum und Dran, das weiße Kleid eingeschlossen, erfüllte dich mit Verachtung. Ich sah dich vor mir in deinem schäbigen Zimmer, umgeben von leeren Sardinendosen und Socken voller Fussel, wie du von nichts anderem lebtest als von deiner Verachtung und deiner Weigerung, dich billig zu verkaufen, was ich so augenfällig tat. (Woran? An wen? Anders als spätere Generationen waren wir nie fähig, den Feind genau zu bestimmen.)

Meine beiden Kinder beeindruckten dich nicht, noch tat das die akademische Stellung, die ich später erreichte. Ich bin, in bescheidener Weise, eine Autorität auf dem Gebiet schreibender Frauen des neunzehnten Jahrhunderts geworden. Ich entdeckte nach meiner Heirat, dass ich mit ihnen eigentlich mehr gemeinsam hatte als mit den viktorianischen Schauerromanzen: Ich nehme an, dass diese Einsicht in meinen wahren Charakter Reife beweist, ein Wort, das du verachtest. Die berühmteste meiner Autorinnen ist Mrs. Gaskell, aber du hast vielleicht auch von Mrs. J. H. Riddel gehört; sie hat auch unter dem Pseudonym F. G. Trafford geschrieben. Ich habe ein vielbeachtetes Referat über ihren *George Geith von Fen Court* gehalten, das später in einer anerkannten Fachzeitschrift veröffentlicht wurde. Ich brauche nicht ausdrücklich zu erwähnen, dass ich eine Anstellung auf Lebenszeit habe, da meine Abteilung, die viele Jahre lang eine Abneigung gegen Frauen hatte, kürzlich unter Druck gesetzt wurde, ihre Anstellungspolitik zu rechtfertigen. Ich bin ein Alibi, wie du nie müde wirst zu betonen. Ich kleide mich auch gut, wie das einem Alibi ansteht. Die farblose, trotzig wollene Garderobe, an die du dich vielleicht erinnerst, verschwand, als ich reicher wurde, Stück für Stück in den Tonnen der Heilsarmee und wurde durch eine gemäßigt elegante Kollektion von Hosenanzügen und flotten Kleidern ersetzt. Bei meinen männlichen Kollegen gelte ich als tüchtig und ziemlich kühl. Ich mache keine kleinen Seitensprünge mehr, da ich Erinnerungen, die man nicht wegwerfen kann, hasse. Meine Mäntel flattern nicht mehr, und wenn ich an wissenschaftlichen Tagungen teilnehme, starrt mich niemand mehr an.

Es war auf einer dieser Tagungen, auf der großen, dem bedeutendsten Fleisch- und Heuer-Markt, wo ich dich zuletzt sah. Kurioserweise fand sie in jenem Jahr in New York statt. Ich hielt einen Vortrag über Amelia Edwards und andere Journalistinnen ihrer Zeit. Als ich deinen Namen auf dem Programm sah, dachte ich, es müsste jemand anderes sein. Aber du warst es doch, und du verbrachtest die ganze Sitzung mit der Frage, ob John Keats Syphilis hatte oder nicht. Du hattest einen beträchtlichen Forschungsbeitrag zur medizinischen Anwendung von Quecksilber zu Beginn des Jahrhunderts geleistet, und dein Schlussabsatz war ein Meisterwerk an mangelnder Beweiskraft. Du hattest zugenommen, du sahst sogar gesund aus, sahst aus, als würdest du Golf spielen. Vergeblich allerdings wartete ich auf ein ironisches Lächeln: Du trugst ohne jeden Ausdruck vor.

Danach ging ich nach vorn, um dir zu gratulieren. Du warst überrascht, mich zu sehen; du hättest nie gedacht, sagtest du, dass ich ganz so enden würde, und dein möglicherweise bestürzter Blick nahm meinen Coiffeur-Haarschnitt, meinen gut sitzenden Overall, meine feschen Stiefel wahr. Du selbst warst verheiratet, hattest drei Kinder, und du zeigtest mir eilig Brieftaschenschnappschüsse, die du wie schützende Talismane vor dich hieltest. Ich hielt meine dagegen. Keiner von uns schlug vor, etwas trinken zu gehen. Wir wünschten einander alles Gute; wir waren beide enttäuscht. Du hattest gewollt, das sah ich jetzt, dass ich in jungen Jahren an der Schwindsucht oder einer ähnlich melodramatischen Krankheit sterben sollte. Tief drinnen warst auch du ein Romantiker.

Damit hätte es eigentlich erledigt sein sollen, und ich verstehe nicht, warum es das nicht ist. Es ist wirklich wahr, dass ich meinen Mann und meine Kinder liebe. Zusätzlich zu meiner Teilnahme an den Fakultätssitzungen, wo ich während der Diskussionen um Angebotserweiterungen und Lehrpläne Quadrate für einen Bettüberwurf häkle, koche ich ihnen vollwertige Mahlzeiten, organisiere Geburtstagseinladungen und backe selbst Brot und lege Essiggemüse ein, jedenfalls meistens. Mein Mann bewundert meine Leistungen und ist mir, wie man sagt, eine Stütze während meiner Depressionen, die seltener werden. Ich habe ein reiches und erfülltes Sexualleben, und ich höre schon, wie du dich über diese Adjektive lustig machst, aber es ist trotzdem reich und erfüllt. Und du hast es nicht weiter gebracht als ich.

Aber als ich von der Tagung in das Haus zurückkehrte, in dem ich lebe – es ist kein Bungalow, sondern ein zweistöckiges Haus im Kolonialstil – und in dem du, seit ich eingezogen bin, den Keller besetzt hältst, warst du nicht fort. Ich erwartete, dass du verscheucht, ausgetrieben worden seist: Du warst Wirklichkeit geworden, du hattest eine Frau und drei Schnappschüsse, und Banalität ist schließlich das magische Gegenmittel gegen unerwiderte Liebe. Aber es reichte nicht.

Du warst da, an deinem angestammten Platz, drüben beim Regal, rechts von der Kellertreppe, wo ich das Eingemachte aufbewahre, standest da, verstaubt und ausgestopft wie Jeremy Bentham in seinem Glaskabinett, und schautest mich an, zwar nicht mit deiner früheren Verachtung, aber voller Tadel, als hätte ich es geschehen lassen, als wäre es meine Schuld. Du wünschst es doch sicher nicht zurück, jenes Elend, jene zerfallenen Gebäude, jene verführerische Hoffnungslosigkeit und Leere, jene Furcht? Du willst doch sicher nicht ewig auf jener matschigen Bostoner Straße stecken bleiben? Du hättest vorsichtiger sein sollen. Ich versuche, dir klarzumachen, dass es schlimm geendet hätte, es war nicht so, wie du es in Erinnerung hast, du betrügst dich selbst, aber du lehnst es ab, dich trösten zu lassen. *Lebwohl* sage ich zu dir, warte auf deinen Blick, nachdenklich, bedauernd. Du solltest dich eigentlich abwenden und fortgehen, an den Überseekoffern vorbei, um die Ecke in die Waschküche und hinter der Waschmaschine mit Trockner verschwinden; aber du rührst dich nicht.

Wenn es passiert

Mrs. Burridge macht grüne Essigtomaten ein. Es sind jedes Mal zwölf Liter und ein kleiner Rest, und dann sind die Gläser alle. Im Laden wird ihr gesagt, in der Fabrik, wo sie hergestellt werden, würde gestreikt. Darüber weiß sie nichts, aber man kann nirgends welche kaufen, und auch vorher haben sie schon doppelt so viel gekostet wie letztes Jahr; sie kann von Glück sagen, dass sie diese noch im Keller hatte. Sie hat eine Menge grüne Tomaten, weil sie gestern Abend im Wetterbericht gehört hat, dass strenger Frost erwartet wird, also hat sie Anorak und Arbeitshandschuhe angezogen und ist mit der Laterne in den stockdunklen Garten gegangen und hat alle abgepflückt, die sie sehen konnte, über hundert Liter. Sie kann die vollen Körbe selbst heben, aber sie hat Frank gebeten, sie ins Haus zu tragen; er brummt zwar, aber er mag es, wenn sie ihn bittet. Am Morgen hieß es in den Nachrichten, die Erzeuger seien schwer getroffen, und das würde den Preis in die Höhe treiben – nicht, dass die Erzeuger viel davon zu sehen kriegen, jeder weiß doch, dass die Geschäfte das Geld einstecken.

Sie kommt sich reicher vor als gestern, aber andererseits kann man mit grünen Tomaten nicht viel anfangen. Durch das Einmachen ist der Berg kaum kleiner geworden, und Frank hat wie jedes Jahr gesagt, dass sie nie und nimmer vierundzwanzig Gläser grüne Essigtomaten essen, sie beide allein, jetzt, wo die Kinder aus dem Haus sind. Außer wenn sie zu Besuch kommen und mir Küche und Keller leer essen, setzt Mrs.

Burridge im Stillen hinzu. In Wirklichkeit hat sie immer zweimal eingemacht, und die Kinder haben sie sowieso nie gemocht, es war Frank, der sie alle gegessen hat, und sie weiß genau, dass er es diesmal wieder tun wird, ohne es auch nur zu merken. Er isst sie gern zum Käsebrot, wenn er sich im Fernsehen die Eishockeyspiele anschaut, bei der Reklame geht er jedes Mal in die Küche und macht sich noch eine Scheibe, auch wenn er gerade ausgiebig gegessen hat, und hinterlässt eine Spur aus Brotkrümeln und Tomatenstückchen vom Küchentisch über den Boden und den Wohnzimmerteppich bis zu seinem Sessel. Früher hat sich Mrs. Burridge immer darüber geärgert, besonders über die Krümel, aber jetzt beobachtet sie ihn mit einer Art Traurigkeit, sie hat früher einmal gemeint, ihr gemeinsames Leben würde ewig so weitergehen, aber ihr ist klar geworden, dass das nicht der Fall ist.

Sie hat nicht einmal mehr Lust, ihn wegen seines »Ersatzreifens« zu necken, auch wenn sie es trotzdem tut, weil ihm etwas fehlen würde, wenn sie es ließe. »Also wirklich«, sagt sie mit ihrer schroffen, abgehackten, metallischen Stimme, die sie nicht ändern kann, weil alle sie von ihr erwarten, denn wenn sie anders sprechen würde, dächten sie nur, sie wäre krank, »futter du nur weiter so, da werd ich's leicht haben, dich morgens aus dem Bett zu kriegen, ich brauche dir nur einen kleinen Schubs zu geben, und schon rollst du wie ein Fass die Treppe runter.« Und er antwortet mit seiner bedächtigen Stimme, als wäre er träge, obwohl er das nicht ist: »Ein bisschen Spaß muss der Mensch doch haben«, als wären Essigtomaten und Käse etwas leicht Anrüchiges, fast wie eine Orgie. Jedes Jahr behauptet er, sie hätte zu viel eingemacht, aber was würde das für ein Theater geben, wenn er eines Tages in den Keller hinunterginge und kein Glas mehr da wäre.

Mrs. Burridge legt seit 1952 selbst Essigtomaten ein – das erste Jahr, in dem sie den Garten hatte. Sie kann sich so genau daran erinnern, weil ihre Tochter Sarah damals unterwegs war und sie Mühe hatte, sich beim Unkrautjäten zu bücken.

Als sie jung war, machten alle Leute ihr Essiggemüse selbst ein und hatten auch sonst ihre eigenen Konserven und Vorräte. Aber nach dem Krieg hörten die meisten Frauen damit auf, man hatte mehr Geld, und es war einfacher, die Sachen im Laden zu kaufen. Mrs. Burridge hat nie damit aufgehört, obwohl die meisten ihrer Freundinnen fanden, dass sie ihre Zeit damit vergeudete, und jetzt ist sie froh darüber, sie ist in Übung geblieben, während die anderen es wieder ganz von vorn lernen mussten. Obwohl sie sich bei dem immer teurer werdenden Zucker nicht vorstellen kann, wie lange man sich die selbst eingemachten Sachen überhaupt noch leisten kann.

Auf dem Papier verdient Frank mehr Geld denn je; trotzdem haben sie, wie es scheint, weniger zum Ausgeben. Sie könnten die Farm vermutlich jederzeit verkaufen, an Leute aus der Stadt, die sie als Wochenendwohnung benutzen würden. Sie könnten einen Preis dafür kriegen, der ihr sehr hoch vorkommt, mehrere der Farmen südlich von ihnen sind so weggegangen. Aber Mrs. Burridge hat kein großes Vertrauen zum Geld; außerdem wäre es schade um das Land, und hier ist ihr Zuhause, sie hat alles so eingerichtet, wie sie es haben will.

Als der zweite Topf auf dem Herd steht und kocht, geht sie zur Hintertür, macht sie auf und steht da, die Arme über dem Bauch verschränkt, und sieht hinaus. Sie ertappt sich dabei, dass sie das neuerdings vier- oder fünfmal am Tag tut, und sie weiß nicht genau, warum. Es gibt da nicht viel zu sehen, nur die Scheune und das hintere Feld mit der Reihe abgestorbener Ulmen, die Frank, wie er immer wieder sagt, fällen will, und die Spitze von Clarkes Haus, die über den Hügel ragt. Sie weiß nicht recht, wonach sie ausschaut, aber sie hat die seltsame Vorstellung, dass sie vielleicht etwas brennen sieht, Rauch, der am Horizont aufsteigt, eine Rauchsäule oder vielleicht mehr als nur eine, weiter im Süden. Das ist ein so sonderbarer Gedanke für sie, dass sie noch keinem davon erzählt hat. Gestern hat Frank sie in der Hintertür stehen sehen und sie beim Essen danach gefragt. Alles, worüber er mit ihr sprechen will, spart er sich bis zum Abendessen auf, auch wenn es ihm am Morgen einfällt. Er hat sich gewundert, warum sie länger als zehn Minuten in der Hintertür stand, ohne etwas zu tun, und Mrs. Burridge hat mit einer Lüge geantwortet, aber ihr war sehr unbehaglich dabei. Sie hat gesagt, sie hätte einen fremden Hund bellen hören, keine gute Ausrede, denn ihre eigenen Hunde waren in der Nähe gewesen und hatten nichts gemerkt. Aber Frank ließ es gelten; vielleicht denkt er, sie wird auf ihre alten Tage allmählich wunderlich und will die Aufmerksamkeit nicht darauf lenken, das sähe ihm ähnlich. Er verdreckt ihren schönen glänzenden Küchenfußboden zwar mit Matsch, aber er würde um keinen Preis jemanden kränken wollen. Mrs. Burridge stellt ein bisschen wehmütig fest, dass er trotz seiner Sturheit ein herzensguter und liebenswerter Mann ist, und für sie ist das wie eine Absage an einen lang gehegten, nie in Frage gestellten Glauben – so wie den, dass die Erde eine Scheibe ist. Sie hat sich so oft über ihn ärgern müssen.

Als die Gläser abgekühlt sind, versieht sie sie wie immer mit Etiketten, auf denen Inhalt und Datum steht, und trägt sie die Kellertreppe hinunter. Der Keller ist von der alten Art, mit Wänden aus Stein und einem Lehmboden. Mrs. Burridge hat gern alles ordentlich, sie bügelt auch ihre Bettwäsche noch – deshalb hat sie sich gleich nach der Hochzeit von Frank ein paar Regale bauen lassen. Das eingelegte Gemüse kommt auf die eine Seite, Marmelade und Gelee stehen auf der anderen und die Litergläser mit dem Eingemachten im untersten Fach. Früher hat es ihr ein Gefühl von Sicherheit gegeben, all diese Vorräte im Keller zu haben; sie dachte dann bei sich: Wenn einmal ein Schneesturm kommt oder so und wir von der Außenwelt abgeschnitten sind, ist das nicht so schlimm. Jetzt gibt es ihr kein Gefühl von Sicherheit mehr. Stattdessen denkt sie daran, dass sie, wenn sie einmal plötzlich wegmuss, keines von den Gläsern mitnehmen kann, sie sind zu schwer zum Tragen.

Sie kommt nach dem letzten Gang die Treppe herauf. Es

fällt ihr nicht mehr so leicht wie früher, ihr Knie plagt sie noch immer, seit sie vor sechs Jahren gestürzt ist, sie ist auf der zweitletzten Stufe gestolpert. Sie hat Frank tausendmal gebeten, die Treppe zu reparieren, aber er hat es nicht getan – das meint sie mit stur. Wenn sie ihn öfter als zweimal bittet, etwas zu tun, nennt er das Meckern, und vielleicht ist es das auch, aber wer soll es tun, wenn nicht er? Das kalte, leere Loch hinter dieser Frage kann sie nicht ertragen.

Sie muss sich bezwingen, nicht wieder zur Hintertür zu gehen. Stattdessen tritt sie an das Fenster nach hinten und sieht hinaus, von dort kann sie ohnehin fast dasselbe sehen. Frank geht zur Scheune hinüber, er trägt etwas, was wie ein Schraubenschlüssel aussieht. Die Art, wie er geht, langsamer als früher, leicht nach vorn gebeugt – von hinten sieht er aus wie ein alter Mann, wie viele Jahre geht er schon so? –, lässt sie denken: *Er kann mich nicht beschützen.* Sie denkt das nicht absichtlich, es kommt ihr einfach so in den Sinn, und es ist nicht nur er, sie alle sind so, sie haben die Kraft verloren, man sieht es an der Art, wie sie gehen. Alle warten sie, genau wie Mrs. Burridge, darauf, dass passiert, was immer es auch sein wird. Ob es ihnen bewusst ist oder nicht. In letzter Zeit, wenn sie zum Dominion Store in die Stadt gefahren ist, hat sie auf den Gesichtern der Frauen dort einen Ausdruck gesehen – sie kennt die meisten, sie kann sich nicht täuschen –, einen ängstlichen, verschlossenen Ausdruck, als fürchteten sie sich vor etwas, worüber sie aber nicht sprechen wollen. Sie überlegen, was sie tun werden, vielleicht glauben sie, dass sie gar nichts tun können. Dieser Ausdruck von Hilflosigkeit erbittert Mrs. Burridge, die immer praktisch gedacht hat.

Schon seit Wochen will sie mit Frank sprechen und ihn bitten, ihr zu zeigen, wie man mit dem Gewehr umgeht. Genau genommen hat er zwei Waffen, eine Schrotflinte und ein Kleinkalibergewehr; er hat im Herbst immer gern ein paar Enten gejagt, und dann sind da die Waldmurmeltiere, die man wegen der Löcher abschießen muss, die sie auf den Feldern machen. Frank fährt fünf- oder sechsmal im Jahr mit dem Traktor drüber. Immer wieder gibt es Verletzte, weil Traktoren umkippen. Aber sie kann ihn nicht bitten, weil sie ihm nicht erklären kann, warum sie es wissen muss, und wenn sie es nicht erklärt, wird er sie nur aufziehen. »Schießen kann doch jeder«, wird er sagen, »man braucht nur den Finger krumm zu machen, sonst nichts ... ach so, du meinst, du willst auch treffen, tja, das ist was andres, wen willst du denn umbringen?« Vielleicht sagt er das auch nicht; vielleicht ist das nur die Art, wie er vor zwanzig Jahren geredet hat, bevor sie aufgehört hat, sich für Dinge außerhalb des Hauses zu interessieren. Aber Mrs. Burridge wird das nie erfahren, weil sie nicht fragen wird. Sie bringt es nicht über sich zu sagen: *Vielleicht stirbst du. Vielleicht gehst du fort, irgendwohin, wenn es passiert, vielleicht gibt es Krieg.* Sie kann sich an den letzten Krieg erinnern.

Nichts hat sich draußen vor dem Fenster verändert, deshalb wendet sie sich ab und setzt sich an den Küchentisch, um ihre Einkaufsliste aufzustellen. Morgen ist der Tag, an dem sie in die Stadt fahren. Sie versucht, den Tag so zu planen, dass sie sich zwischendurch hinsetzen kann, sonst schwellen ihre Füße an. Das hat bei Sarah angefangen, ist bei den zwei anderen Kindern schlimmer geworden und hat sich nie wieder richtig gegeben. Ihr Leben lang, seit sie verheiratet ist, hat sie Listen von Dingen gemacht, die gekauft, genäht, gepflanzt, gekocht, bevorratet werden müssen; sie hat schon ihre Liste für das nächste Weihnachten fertig, alle Namen und die Geschenke, die sie für jeden kaufen will, und die Liste mit allem, was sie für das Weihnachtsessen braucht. Aber sie kann sich nicht richtig dafür erwärmen, es ist zu weit weg. Sie kann nicht an eine ferne Zukunft glauben, die geordnet ist wie die Vergangenheit, sie scheint nicht mehr die Kraft dafür zu haben; es ist, als ob sie sie für den Moment aufspart, wenn sie sie brauchen wird.

Sogar mit der Einkaufsliste hat sie Schwierigkeiten. Statt

sich auf den Zettel zu konzentrieren – sie schreibt auf die Rückseite der abgerissenen Blätter des Kalenders, den Frank ihr jedes Jahr zu Neujahr schenkt –, schaut sie sich in der Küche um, betrachtet all die Dinge, die sie zurücklassen muss, wenn sie fortgeht. Das wird das schwerste sein. Das Porzellan von ihrer Mutter, ihr Silberbesteck, obwohl das Muster altmodisch und das Silber abgegriffen ist, die Eieruhr in Form eines Huhns, die Sarah ihr geschenkt hat, als sie zwölf war, die Salz- und Pfefferstreuer aus Keramik, grüne Pferde mit durchlöcherten Köpfen, die eins der anderen Kinder von der Messe mitgebracht hat. Sie denkt daran, die Treppe hinaufzugehen, denkt an die Laken, die gefaltet in der Kommode liegen, an die ordentlich in den Regalen gestapelten Handtücher, an die gemachten Betten, die Quiltdecke, die ihrer Großmutter gehörte, und sie möchte weinen. Auf ihrem Schreibtisch das Hochzeitsbild, sie in einem glänzenden Satinkleid (der Satin war ein Fehler gewesen, er hatte ihre Hüften betont), Frank in dem Anzug, den er seither nicht mehr getragen hat, außer bei Beerdigungen, das Haar an den Seiten zu kurz geschnitten, oben mit einem überraschenden Schopf wie ein Specht. Die Kinder, als sie klein waren. Jetzt denkt sie an ihre Töchter und hofft, dass sie keine Kinder bekommen; es ist nicht mehr die richtige Zeit dafür.

Mrs. Burridge wünscht sich, jemand würde etwas Genaueres sagen, damit sie besser planen kann. Jeder weiß, dass etwas passieren wird, man merkt es beim Zeitunglesen und Fernsehen, aber keiner weiß genau, was es sein wird, keiner kann es mit Sicherheit sagen. Sie hat aber ihre eigenen Vorstellungen davon. Zuerst wird es einfach ruhiger werden. Sie wird das komische Gefühl haben, dass irgendetwas nicht stimmt, aber es wird ein paar Tage dauern, bis sie es erfassen kann. Dann wird sie feststellen, dass die Flugzeuge nicht mehr in Richtung Malton Airport über sie hinwegfliegen und dass die Geräusche von der drei Kilometer entfernten Autostraße fast verschwunden sind, die man deutlich hört, wenn die Bäume ihr Laub verloren haben. Das Fernsehen wird kein Wort darüber verlauten lassen, ja, das Fernsehen, das jetzt voll ist von schlimmen Nachrichten, von Streiks, Rohstoffknappheit, Hungersnöten, Arbeitslosigkeit und Preissteigerungen, wird sanftmütig werden und beschwichtigen, und im Radio wird es viel klassische Musik geben. Dann etwa wird Mrs. Burridge merken, dass die Nachrichten zensiert werden, wie während des Krieges.

Mrs. Burridge ist sich nicht sicher, was als Nächstes geschehen wird; das heißt, sie weiß, was geschehen wird, aber sie ist sich nicht sicher über die Reihenfolge. Sie vermutet, dass es Benzin und Öl sein werden: Der Mann, der das Öl liefert, wird einfach nicht zur gewohnten Zeit vorbeikommen, und eines Morgens wird die Tankstelle an der Ecke geschlossen sein. Nur das, keine Erklärungen, denn natürlich wollen sie – sie weiß nicht, wer »sie« sind, aber sie glaubt seit jeher an ihre Existenz –, sie wollen nicht, dass die Leute in Panik geraten. Sie bemühen sich weiter, alles normal erscheinen zu lassen, womöglich haben sie mit diesem Programm schon begonnen, und das ist der Grund, weshalb alles noch normal erscheint. Zum Glück haben sie und Frank den Dieseltank im Schuppen, er ist drei viertel voll, und sie brauchen die Tankstelle sowieso nicht, sie haben ihre eigene Benzinpumpe. Sie lässt Frank den alten Holzherd hereinholen, den sie unter der Scheune abgestellt haben, als sie sich den Heizkessel einbauen und die elektrische Leitung legen ließen, und dieses eine Mal dankt sie dem Himmel für Franks Angewohnheit, Dinge aufzuschieben. Sie hat ihm jahrelang in den Ohren gelegen, den Herd auf die Müllkippe zu bringen. Er fällt die abgestorbenen Ulmen, endlich, und sie verheizen sie im Herd.

Die Telefonleitungen reißen bei einem Sturm, und keiner kommt sie reparieren; so zumindest folgert Mrs. Burridge. Jedenfalls ist das Telefon tot. Mrs. Burridge macht es nichts weiter aus, sie hat das Telefon sowieso nie gern benutzt, aber es gibt ihr doch das Gefühl, abgeschnitten zu sein.

Ungefähr zu dieser Zeit erscheinen immer wieder Männer auf der Schotterstraße, die am Tor vorbeiführt, in der Regel gehen sie allein, manchmal zu zweit. Sie scheinen in Richtung Norden unterwegs zu sein. Die meisten sind jung, in den Zwanzigern, würde Mrs. Burridge schätzen. Sie sind nicht gekleidet wie die Männer hier in der Gegend. Es ist so lange her, seit sie jemand auf dieser Straße *gehen* sah, dass sie unruhig wird. Sie macht jetzt die Hunde los, sie hatte sie nachts immer angekettet, seit einer von ihnen an einem frühen Sonntagmorgen einen Zeugen Jehovas gebissen hatte. Mrs. Burridge hat nichts mit den Zeugen Jehovas im Sinn – sie gehört der Staatskirche an –, aber sie achtet ihre Beharrlichkeit, zumindest haben sie den Mut, zu ihren Überzeugungen zu stehen, was mehr ist, als man von manchen Mitgliedern ihrer eigenen Kirche sagen kann, und sie kauft immer einen *Wachtturm.* Vielleicht haben sie die ganze Zeit über Recht gehabt.

Etwa um diese Zeit nimmt sie auch eines der Gewehre, sie denkt, dass es die Schrotflinte sein wird, weil sie damit eine größere Chance hat, etwas zu treffen, und versteckt sie mit den Patronen unter einem Stück Dachpappe hinter der Scheune. Sie sagt Frank nichts; er wird das Kleinkalibergewehr nehmen. Sie hat den Platz schon ausgesucht.

Sie wollen das bisschen Benzin, das sie noch haben, nicht verschwenden, deshalb machen sie keine unnötigen Fahrten. Sie fangen an, die Hühner zu essen, etwas, worauf Mrs. Burridge sich nicht freut. Sie hasst das Ausnehmen und Rupfen, und den größten Zorn auf Frank überhaupt hatte sie damals, als er und Henry Clarke beschlossen, in die Truthahnzucht einzusteigen. Sie taten es, trotz allem, was sie dagegen einzuwenden hatte, und sie musste dann mit den Truthähnen fertig werden, die ausbrachen und ihr den Garten zerscharrten und nicht zu fangen waren, in ihren Augen waren es die dümmsten Vögel, die Gott geschaffen hatte, und sie musste einmal in der Woche einen Truthahn rupfen und ausnehmen, bis glücklicherweise die Truthahnpest ein Drittel der Tiere ausrottete, was reichte, um die beiden Männer so zu entmutigen, dass sie den Rest mit Verlust verkauften. Es war das einzige Mal, dass sie richtig froh darüber war, zu erleben, wie Frank bei einem seiner Experimente Geld verlor.

An dem Tag, an dem der elektrische Strom ausfällt und nicht mehr wiederkommt, wird Mrs. Burridge das Gefühl haben, dass es nun ernst wird. Mit einer Art Fatalismus weiß sie, dass das im November geschehen wird, wenn die Tiefkühltruhe voller Gemüse ist, aber noch bevor es kalt genug ist, die Packungen draußen gefroren aufzubewahren. Sie steht da und betrachtet die Plastikbeutel mit Bohnen und Mais und Spinat und Karotten, wie sie tauen und aufweichen, und denkt: Warum konnten sie nicht bis zum Frühjahr warten? Die Verschwendung von Nahrung und auch von ihrer harten Arbeit erbittert sie am allermeisten. Sie rettet, was sie kann. Während der Wirtschaftskrise, erinnert sie sich, hieß es immer, die Leute auf dem Land seien besser dran als die in der Stadt, weil sie zumindest zu essen hatten; das heißt, sofern sie ihre Farm halten konnten, aber sie ist nicht mehr so sicher, dass das stimmt. Sie fühlt sich belagert, isoliert, wie jemand, der in einer Festung eingeschlossen ist, obwohl niemand sie belästigt hat, tatsächlich ist seit Tagen niemand bei ihnen vorbeigekommen, auch keiner der einsamen Wanderer.

Ohne Elektrizität können sie dann auch kein Fernsehen mehr empfangen. Die Rundfunkstationen bringen, sofern sie überhaupt senden, nur Musik, die Mrs. Burridge nicht im Mindesten beruhigend findet.

Eines Morgens geht sie zur Hintertür und sieht hinaus, und da sind die Rauchsäulen, genau da, wo sie sie zu sehen erwartet hat, weit im Süden. Sie ruft Frank, und sie stehen da und schauen. Der Rauch ist dick und schwarz, ölig, als ob etwas explodiert wäre. Sie weiß nicht, was Frank denkt; sie selbst sorgt sich um die Kinder. Seit Wochen hat sie keine Nachricht von ihnen, aber wie sollte sie auch. Schon seit einiger Zeit wird keine Post mehr zugestellt.

Eine Viertelstunde später fährt Henry Clarke mit seinem Halbtonner in den Hof. Das ist sehr ungewöhnlich, denn in der letzten Zeit ist niemand mehr irgendwohin gefahren. Ein anderer Mann ist bei ihm, und Mrs. Burridge erkennt in ihm den Mann, der vor vier oder fünf Jahren drei Farmen weiter eingezogen ist. Frank geht hinaus und spricht mit ihnen, und sie fahren hinüber zur Benzinpumpe und fangen an, den Rest des kostbaren Benzins in den Lastwagen zu pumpen. Frank kommt zurück zum Haus. Er sagt ihr, dass weiter unten an der Straße irgendetwas nicht stimmt, sie wollen hinfahren und nachsehen, und sie soll sich keine Sorgen machen. Er geht ins hintere Zimmer, kommt mit dem Kleinkalibergewehr heraus, fragt, wo die Schrotflinte ist. Sie sagt, sie wisse es nicht. Er sucht danach, vergeblich – sie hört ihn fluchen, er flucht nicht in ihrer Gegenwart –, bis er aufgibt. Er kommt heraus, küsst sie zum Abschied, was auch ungewöhnlich ist, und sagt, er werde in ein paar Stunden zurück sein. Sie sieht zu, wie die drei in Henry Clarkes Lieferwagen wegfahren, in Richtung Rauch; sie weiß, dass er nicht zurückkommen wird. Sie meint, es müsste ihr mehr ausmachen, aber sie ist gut vorbereitet, sie hat ihm im Stillen schon jahrelang Lebwohl gesagt.

Sie geht wieder ins Haus und schließt die Tür. Sie ist einundfünfzig, ihre Füße tun weh, und sie weiß nicht, wo sie hin soll, aber ihr ist klar, dass sie nicht hier bleiben kann. Es wird jetzt viele hungrige Menschen geben, und diejenigen, die es so weit aus den Städten hinausschaffen, werden jung und zäh sein, ihr Haus ist ein Leuchtturm, der Wärme und Essen signalisiert. Es wird umkämpft werden, aber nicht von ihr.

Sie geht nach oben, sucht im Schrank und zieht ihre derbe Hose und die beiden dicksten Pullover an. Unten sucht sie alle Lebensmittel zusammen, die leicht genug sind, dass sie sie tragen kann, Rosinen, Blockschokolade, getrocknete Pflaumen und Aprikosen, einen halben Laib Brot, etwas Milchpulver, das sie in einen Gefrierbeutel füllt, ein Stück Käse. Dann holt sie die Schrotflinte hinter der Scheune hervor. Sie denkt einen

Moment daran, die Tiere zu töten, die Hühner, die Jungkühe und das Schwein, damit es später nicht jemand tut, der nicht weiß, wie man es macht; aber sie weiß selbst nicht, wie man es richtig macht, sie hat noch nie im Leben etwas getötet, Frank hat das immer getan, deshalb begnügt sie sich damit, die Tür zum Hühnerhaus und das Gatter zum hinteren Feld zu öffnen. Sie hofft, dass die Tiere fortlaufen, aber sie weiß, dass sie es wahrscheinlich nicht tun werden.

Sie sieht sich ein letztes Mal im Haus um. Nachträglich steckt sie noch ihre Zahnbürste in das Bündel: Sie mag das Gefühl von ungeputzten Zähnen nicht. Sie geht nicht in den Keller hinunter, aber sie hat ein Bild vor Augen: ihre sorgfältig verschlossenen Flaschen und Gläser, rot und gelb und purpurn, zerbrochen auf dem Boden, in einer klebrigen Pfütze, die wie Blut aussieht. Die, die kommen, werden verschwenderisch sein, was sie nicht selbst essen können, werden sie vernichten. Sie denkt daran, das Haus selbst anzuzünden, bevor jemand anderes es tun kann.

Mrs. Burridge sitzt an ihrem Küchentisch. Auf die Rückseite des Kalenderblatts, es ist von einem Montag, hat sie *Haferflocken* geschrieben, in ihrer gleichmäßigen Schulmädchenschrift, für die sie immer eine gute Note bekam und die sich seither kaum verändert hat. Die Hunde sind ein Problem. Nach einigem Überlegen kettet sie sie los, aber sie lässt sie nicht weiter als bis zum Tor: Sie könnten sie in einem entscheidenden Moment verraten. Sie geht in ihren schweren Stiefeln nach Norden und trägt den Anorak über dem Arm, weil es noch nicht kalt genug ist, ihn anzuziehen, sowie das Paket mit Nahrungsmitteln und die Schrotflinte, die sie vorsorglich geladen hat. Sie kommt am Friedhof vorbei, wo ihr Vater und ihre Mutter, ihre Großmutter und ihr Großvater begraben sind; früher stand hier die Kirche, aber sie ist vor sechzehn Jahren abgebrannt und dichter an der Autostraße wiederaufgebaut worden. Franks Verwandte liegen auf dem anderen Friedhof, bei ihm geht es zurück bis zum Urgroßvater, aber sie sind Anglikaner, was ihm jedoch nichts mehr bedeutet. Außer ihr ist niemand auf der Straße; sie kommt sich ein bisschen lächerlich vor. Was, wenn sie sich irrt und Frank doch zurückkommt, was, wenn in Wirklichkeit gar nichts los ist? *Backfett* schreibt sie. Sie hat vor, einen Zitronenschaumkuchen für Sonntag zu machen, wenn zwei der Kinder zum Essen aus der Stadt kommen.

Es ist fast Abend, und Mrs. Burridge ist müde. Sie ist in einer Gegend, an die sie sich nicht erinnern kann, obwohl sie auf derselben Straße geblieben ist und es eine Straße ist, die sie gut kennt; sie ist sie viele Male mit Frank gefahren. Aber gehen ist nicht dasselbe wie fahren. Auf der einen Seite ist ein Feld, keine Häuser, auf der anderen ein Waldstück; ein Bach fließt durch ein Kanalrohr unter der Straße hindurch. Mrs. Burridge kniet sich hin, um zu trinken: Das Wasser ist eiskalt und schmeckt nach Eisen. Später wird es Frost geben, das spürt sie. Sie zieht den Anorak und die Handschuhe an und biegt in den Wald ein, wo man sie nicht sehen kann. Dort wird sie ein paar Rosinen und etwas Käse essen und versuchen, sich auszuruhen, während sie darauf wartet, dass der Mond aufgeht, damit sie weiterwandern kann. Jetzt ist es ganz dunkel. Sie riecht Erde, Holz, faulendes Laub. Plötzlich wird ihr Blick von einem roten Flackern eingefangen, und bevor sie umkehren kann – wie kann das so schnell passieren? –, nimmt es Form an, es ist ein kleines Feuer, weiter rechts, und zwei Männer kauern daneben. Sie haben sie auch gesehen: Einer von ihnen steht auf und kommt auf sie zu. Er lächelt und zeigt die Zähne; er denkt, es wird leicht sein mit ihr, einer alten Frau. Er sagt etwas, aber sie kann sich nicht vorstellen, was er sagt, sie weiß nicht, wie Leute reden, die so angezogen sind.

Sie haben ihre Flinte entdeckt, ihre Augen sind darauf geheftet, sie wollen sie. Mrs. Burridge weiß, was sie tun muss. Sie muss warten, bis sie nahe genug heran sind, und dann muss sie die Flinte heben und die beiden Männer erschießen – ein Lauf für jeden –, und sie muss auf die Gesichter zielen.

Sonst werden die Männer sie töten, daran zweifelt sie nicht. Sie wird schnell sein müssen, was sehr schlimm ist, weil ihre Hände sich dick und hölzern anfühlen. Sie hat Angst, sie will den lauten Knall und auch das rote Bersten nicht, das folgen wird, sie hat noch nie in ihrem Leben getötet. Sie hat keine Vorstellung, wie es danach weitergeht. Man weiß nie, wie man sich in so einer Lage verhält, bis es tatsächlich passiert.

Mrs. Burridge schaut auf die Küchenuhr. Auf ihre Liste schreibt sie Käse, sie essen jetzt mehr Käse als früher, wegen der Fleischpreise. Sie steht auf und geht zur Küchentür.

Reiseartikel

Annette ist völlig erledigt. Früher war sie nach einem Auftrag nie so erledigt, wahrscheinlich liegt es an den Medikamenten. Jede Art von Tabletten ist eine Belastung für den Organismus, sie nimmt nicht gern welche, aber was soll man machen?

Sie kaut auf einer Erdnuss aus der Vakuumpackung und blättert die Reisebroschüre aus der Sitztasche durch, lässt ihre Gedanken durch die farbigen Bilder schweifen. Sechsunddreißigmal Urlaub in der Sonne, in glühenden Farben geschildert, mit Preisangaben, alles inklusive, heißt es, aber natürlich gibt es noch zusätzliche Kosten. *Ein Juwel von einer Insel, fast unentdeckt von Touristen, mit strahlendweißen Sandstränden und blaugrünen Lagunen, und dazu noch die Freundlichkeit der Menschen.* Annette kommt gerade von einer solchen Insel zurück, und auch sie schreibt Texte wie diesen, aber ihre sind keine Werbung, sie sind für die Zeitung und, wenn sie Glück hat, auch für elegante Magazine, deshalb dürfen die Dinge, die sie schreibt, nicht so fad sein: kleine Anekdoten, die persönliche Note, Einzelheiten darüber, wo man essen kann und wie gut der Service ist, Witze, die der Barkeeper erzählt (wenn überhaupt), wo man billig einkaufen kann – all diese Strohhüte – und interessante ausgefallene Dinge, die man unternehmen kann, vielleicht einen erloschenen Vulkan besteigen oder auf einem Korallenriff Papageifische rösten, wenn man die Energie und die Unternehmungslust dazu hat. Sie hat sie immer weniger, aber sie probiert trotzdem alles aus, sie würde es als Mogelei betrachten, etwas zu empfehlen, ohne es selbst getan zu haben. Das ist unter anderem der Grund, warum sie eine gute Reisejournalistin ist; und sie hat einen Spürsinn für lokale Besonderheiten, sie weiß, wonach sie ausschauen muss, sie hat ein Auge für Einzelheiten.

Sie hat allerdings gelernt, dass sie das richtige Gleichgewicht finden muss, zwischen dem, was ihr auffällt, ganz spontan und unvoreingenommen – sie nimmt auch immer einen Fotoapparat mit, für alle Fälle, obwohl die Hochglanzmagazine gewöhnlich ihre eigenen Fotografen hinschicken –, und dem, was sie lieber weglässt. Zum Beispiel kann sie, wenn sie den Kopf ein wenig hebt, lesen: *Schwimm reste unter Ihrem Sitz.* Da steht *Schwimm reste,* weil die Buchstaben, die in den Stoff der Tasche eingestickt sind, von den sich hinein- und hinausschiebenden Oberschenkeln unzähliger Passagiere abgewetzt sind. Das wäre eine humorvolle Note, aber sie kann es nicht verwenden; die Fluggesellschaft würde die Unterstellung übel nehmen, dass ihre Flugzeuge am Zerschleißen sind, und aus wäre es mit den kostenlosen Flugtickets.

Die Leute, stellte sie fest, wünschten keinerlei Hinweise auf Gefährliches in solchen Artikeln, wie sie sie berufsmäßig schrieb. Selbst diejenigen, die nie an die Orte reisen würden, die sie beschrieb, die es sich nicht leisten konnten, wollten nichts über Gefahren oder auch nur Unannehmlichkeiten hören; es war, als wollten sie glauben, dass es auf der Welt noch Stellen gibt, wo alles in Ordnung ist, wo sich nichts Unerfreuliches ereignet. Ein unverdorbenes Eden; das hatte sich als brauchbare Phrase erwiesen. Einmal, es schien lange Zeit her, bedeutete zu Hause bleiben Sicherheit, wenn auch gleichzeitig Langeweile, und an die Orte zu reisen, auf die sie sich spezialisiert hatte – die Karibik, den nördlichen Teil Südamerikas, Mexiko –, bedeutete Abenteuer, Bedrohung, Piraten, Banditen, Rechtlosigkeit. Jetzt war es umgekehrt, zu Hause war der Ort der Gefahren, und die Leute fuhren in Urlaub, um ein paar Wochen Ereignislosigkeit zu erhaschen. Wenn kleine schwarze Ölklümpchen an den weißen Sandstränden auftauchten, wenn die Nichte des Barkeepers ihren Ehemann erstochen hatte, wenn etwas gestohlen wurde oder es regnete, wollten sie nichts davon wissen; wenn sie Lust auf Katastrophen oder Verbrechen hatten, konnten sie das auf den anderen Seiten der Zeitung lesen. Also berichtete sie nicht von solchen Dingen und tat ihr Bestes, sie auch nicht wahrzunehmen. Da war dieses Schwein am Strand in Mexiko, das von einem Mann geschlachtet wurde, der es nicht fachgerecht konnte, weil ein paar Touristen ein polynesisches Festessen gewünscht hatten. Solche Dinge musste man herausfiltern. Ihre Aufgabe war es, sich zu freuen, und sie machte ihre Sache gut, sie war gleichmäßig gebräunt und in bester körperlicher Verfassung, sie hatte direkte blaue Augen und ein strahlendes Lächeln und eine Begabung dafür, interessierte, höfliche Fragen zu stellen und mit kleineren Katastrophen wie verloren gegangenen Koffern fertig zu werden, freundlich und ohne sich aufzuregen. Sie kam selten in Schwierigkeiten; an ihr war etwas, ein Hauch von Professionalität; sie war zu gründlich für eine gewöhnliche Touristin; die aus der Branche spürten, dass es schlecht für das Geschäft sein würde, sie zu verärgern.

So ging sie ungestört ihrer Wege unter den grünen Bäumen, an den weißen Stränden, zwischen dem blauen Himmel und dem unverschämt blauen Ozean, der in letzter Zeit immer mehr wie ein riesiger Bildschirm gewirkt hatte, flach und mit aufgemalten Bildern. Wenn man hingehen und darauf treten würde, würde er zerreißen, und der Fuß würde hindurchstoßen, in einen anderen Raum, den Annette sich nur als Dunkelheit vorstellen konnte, als eine Nacht, in der sich etwas verbarg, was sie nicht sehen wollte. Sie hatte angefangen zu glauben, ihr würden Dinge verheimlicht, besonders in Wartehallen und Autos, die sie zum und vom Flughafen fuhren; die Leute beobachteten sie, als wüssten sie es. Die ständige Überwachung war es, die sie erschöpfte, und auch die Anstrengungen, die sie gemacht hatte, es nicht herauszufinden.

Sie hatte einmal versucht, ihrem Mann diese Gefühle zu beschreiben, aber der Versuch war kein Erfolg gewesen. Ihre Fähigkeit, sich leicht erfreuen, sogar entzücken zu lassen, hatte ihre Ehe genau wie ihren Beruf durchdrungen, und er reagierte zunächst mit einer Art unterdrückter, beleidigter Wut, als wäre er der Oberkellner und sie hätte sich über den Wein beklagt. Selbstverständlich, gnädige Frau, Sie bekommen eine andere Flasche, und einen Blick, der »Blöde Kuh« sagt. Jeff schien verletzt, dass sie nicht gänzlich und völlig glücklich war, dass sie zu müde von ihren Reisen zurückgekommen war, um mit ihm zu exquisiten kleinen Diners auszugehen, dass sie sich ins Bett verkroch und zwischen ihren Pseudoferien dort blieb und nur zum Vorschein kam, um sich die erforderlichen Sätze an der Schreibmaschine abzuringen. Wenn sie sagte: »Manchmal habe ich das Gefühl, dass ich gar nicht lebe«, faßte er das als Kommentar über seine Art, Liebe zu machen, auf, und sie musste eine halbe Stunde aufwenden, um ihn zu beschwichtigen, ihm zu erklären, dass sie das nicht meinte; dass sie über ihre Arbeit gesprochen habe. Aus seiner Sicht war ihr Job ein Glücksfall, sie konnte sich glücklich schätzen, so einen Job zu haben. Er selbst war Assistenzarzt an einer Klinik – sie hatte ihn mit ihrem Gehalt durch das Medizinstudium gebracht –, und er fühlte sich ausgenutzt und überarbeitet. Er konnte nicht verstehen, warum sie mehr zu Hause bleiben wollte; schließlich klaute er die Tabletten für sie und versicherte ihr, sie würden ihre Nerven beruhigen. Was sie wohl auch getan haben, wie sie glaubt, aber eigentlich waren ihre Nerven nicht gereizt, ganz im Gegenteil. Es ist die ungebrochene Ruhe, innen wie außen, die sie zermürbt. Die wirklichen Ereignisse stoßen anderen Leute zu, denkt sie, warum nicht mir? Und dann ist sie überzeugt davon, dass sie sich rings um sie her ereignen, ihr aber verheimlicht werden.

Einmal hat sie Jeff mitgenommen, nach Bermuda, obwohl sie es sich eigentlich nicht leisten konnten, da sie seine Reise natürlich bezahlen mussten. Sie dachte, es wäre gut für sie beide, er würde sehen, was sie wirklich tat, und aufhören, sie zu idealisieren; sie hatte das Gefühl, dass er sie vielleicht wegen ihrer Sonnenbräune geheiratet hatte, weil er sie schick fand. Und es würde Spaß machen, zusammen zu verreisen. Aber es hatte keinen Spaß gemacht. Er hatte nur in der Sonne liegen wollen, und er hatte sich geweigert, die Kürbissuppe zu essen, er war ein Fleisch-und-Kartoffel-Typ. »Entspann dich doch«, sagte er immer, »warum legst du dich nicht neben mich und entspannst dich?« Er hatte nicht verstanden, warum sie einkaufen gehen, die Märkte erforschen, alle möglichen Strände und Restaurants besichtigen musste. »Das ist meine Arbeit«, erklärte sie, worauf er erwiderte: »Schöne Arbeit, so eine Arbeit hätte ich auch gern.« »Du eignest dich nicht dafür«, sagte sie und dachte daran, was für ein Theater er wegen der gebratenen Banane gemacht hatte. Er konnte nicht verstehen, dass es harte Arbeit bedeutete, sich zu freuen, und er fand, dass sie zu freundlich zu den Taxifahrern war.

Das Flugzeug beginnt sich nach unten zu neigen, während Annette ihren Martini austrinkt. Jeff hat gesagt, sie sollte vorsichtig sein mit dem Durcheinander von Tabletten und Alkohol, aber einer würde nichts schaden, deshalb hat sie pflichtbewusst nur einen bestellt. Ein paar Sekunden lang merkt es keiner; dann sind die Stewardessen an ihren Plätzen, und eine undeutliche, aufgeregte Stimme kommt durch den Lautsprecher, aber wie üblich ist sie unverständlich, und die Hälfte ist ohnehin Französisch. Fast niemand schreit auf. Annette zieht ihre hohen Schuhe aus, sie sind aus Kuba, in denen geht es sich besser, schiebt sie unter den Sitz, legt die Stirn auf die Knie und schützt sie mit den Armen. Sie folgt den Anweisungen auf der Karte, die in der Sitztasche steckt; darauf ist auch eine Zeichnung, wie man die Schwimmweste aufbläst, indem man an den Knöpfen zieht. Als die Mädchen zu Beginn des Fluges ihre Demonstration durchgemacht haben, hat sie nicht zugesehen; sie sieht schon lange nicht mehr zu.

Wenn sie ihren Kopf nach rechts dreht, kann sie die Karte sehen, die in der Sitztasche neben ihr steckt, und auch den Rand der Spucktüte; darauf steht nicht *Bei Erbrechen,* sondern *Bei Unbehagen,* was passt. Neben der Spucktüte ist ein Männerknie. Nichts scheint zu passieren, deshalb schaut Annette auf, um zu sehen, was los ist. Viele Leute haben den Kopf nicht wie angeordnet auf den Knien, sondern sitzen ganz gerade und starren einfach, als ob sie einen Film ansehen. Der Mann neben Annette ist weiß wie ein Leintuch. Sie fragt ihn, ob er ein Rennie möchte, aber er möchte nicht, da schluckt sie selbst eins. Sie führt auf diesen Reisen ein kleines Arsenal von Medikamenten mit sich, Abführmittel, Mittel gegen Erkältungen, Vitamin C, Aspirin; irgendwann hat sie von allem, was man bekommen kann, einmal eine Dosis genommen.

Das Flugzeug sinkt in einem langen Gleitflug, es geht viel sanfter, als sie erwartet hätte. Ein schwacher Geruch von verbranntem Gummi, das ist alles, keine Explosion; sie spürt kaum ein Unbehagen, obwohl es in ihren Ohren knackt. Der Sinkflug geht auch lautlos vor sich, weil die Motoren nicht arbeiten und weil außer einer Frau, die immer noch halbherzig schreit, und einer anderen, die weint, keiner der Passagiere viel Lärm macht.

»Woher sind Sie?«, fragt der Mann neben ihr abrupt, vielleicht ist es das Einzige, was ihm einfällt, was man zu einer Frau in einem Flugzeug sagen kann, gleichgültig, unter welchen Umständen; aber bevor Annette antworten kann, gibt es einen Stoß, der ihre Zähne aufeinander schlagen lässt, es ist überhaupt nicht, als schlage man auf Wasser auf. Eher wie auf einer etwas unebenen Landebahn, als sei das Meer hart, wie Zement.

Die Lautsprecher müssen beschädigt worden sein, denn die undeutlichen Stimmen sind verstummt. Die Passagiere drängen in die Gänge, erleichtert, das Stimmengewirr schwillt aufgeregt an, wie bei aus der Schule entlassenen Kindern. Annette findet, dass sie bemerkenswert ruhig sind, andererseits ist eine richtige Panik, mit wild flüchtenden Füßen und niedergetrampelten Menschen, hier schwer denkbar, wo der Gang so schmal ist. Sie merkt sich immer die Lage der Notausgänge und versucht, sich in die Nähe von einem zu setzen, aber dieses Mal ist es ihr nicht gelungen, deshalb beschließt sie, auf ihrem Platz zu warten, bis das Gedränge vorbei ist. Die hintere Tür scheint blockiert, deshalb schiebt sich alles nach vorn. Der Mann, der neben ihr sitzt, versucht sich in die Schlange zu drängen, die einer Supermarktschlange ähnelt, die Leute sind sogar bepackt. Annette faltet die Hände und schaut durch das ovale Bullaugenfenster, aber sie sieht nichts als die Oberfläche des Ozeans, der flach ist wie ein Parkplatz; nicht einmal Rauch oder Flammen sind zu sehen.

Als der Gang freier ist, steht sie auf, hebt den Sitz, wie die Anweisungskarte es gezeigt hat, und nimmt die Schwimmweste heraus. Sie hat bemerkt, dass viele Leute es in der Eile vergessen haben. Sie nimmt ihren Mantel aus der Gepäckablage, die noch mit anderen, von ihren Besitzern zurückgelassenen Mänteln vollgepackt ist. Die Sonne scheint so strahlend wie je, aber nachts könnte es kühl werden. Sie hat den Mantel dabei, da es noch Winter sein wird, wenn sie am anderen Ende aus dem Flugzeug steigt. Sie nimmt ihre Fototasche und ihre große Handtasche, die sich zu einer Flugtasche auseinander falten lässt; die Vorteile des Reisens mit leichtem Gepäck sind ihr vertraut, sie hat einmal einen Modeartikel über knitterfreie Kleider geschrieben.

Zwischen der Kabine erster Klasse vorne und der Touristenklasse ist die winzige Küche. Während sie am Ende der Schlange hindurchgeht, sieht Annette ein Regal voller Lunchtabletts mit plastikverpackten Sandwiches und Desserts. Auch der Getränkewagen ist da, abseits des Durchgangs abgestellt. Sie nimmt mehrere Sandwiches, drei Flaschen Ginger Ale und eine Hand voll vakuumverpackter Erdnüsse und steckt sie in ihre Tasche. Sie tut das eher, weil sie hungrig ist, als aus anderen Gründen, aber sie denkt auch, dass sie vielleicht Proviant brauchen. Obwohl sie sicher bald gerettet werden, das Flugzeug muss ein Notsignal ausgesendet haben. Sie werden von Hubschraubern geborgen werden. Trotzdem wird es angenehm sein, etwas zu Mittag zu essen. Sie erwägt einen Augenblick, auch eine Flasche Alkohol mitzunehmen, vom Getränkewagen, verwirft es aber als schlechte Idee. Sie erinnert sich, dass sie Illustriertenartikel über Seeleute im Delirium gelesen hat.

Als sie zu der Notrutsche kommt, die aus der Tür nach unten führt, zögert sie. Die wässrige blaue Fläche unter ihr ist mit runden orangefarbenen Scheiben gesprenkelt. Einige haben schon eine beträchtliche Strecke zurückgelegt oder sind sie getrieben worden? Aus der Ferne sieht die Szene entzückend aus, die orangefarbenen Scheiben, die auf dem Meer quirlen wie Plantschbecken voller glücklicher Kinder. Sie ist fast ein wenig enttäuscht; sie weiß, dass dies eine Notsituation ist, aber bisher ist alles so ereignislos, so ordentlich verlaufen. Eine Notsituation sollte man doch auch als eine solche empfinden.

Sie würde gerne eine Aufnahme von der Szene machen, mit dem Orange vor dem Blau, zwei ihrer Lieblingsfarben. Aber jemand am unteren Ende ruft, sie solle sich beeilen, deshalb setzt sie sich auf die Rutsche, legt die Knie dicht aneinander, damit ihr Rock nicht hochgeblasen wird, hält ihre Tasche, ihren Fotoapparat und ihren zusammengelegten Mantel auf dem Schoß fest und stößt sich ab. Es ist wie auf einer Rutschbahn, so wie man sie früher auf Spielplätzen hatte.

Annette findet es merkwürdig, dass sie die Letzte ist, die das Flugzeug verlässt. Der Kapitän und die Stewardessen hätten doch an Bord bleiben müssen, bis alle Passagiere wohlbehalten von Bord sind, aber von ihnen ist nichts zu sehen. Sie hat jedoch nicht viel Zeit, darüber nachzudenken, da auf dem runden Boot einige Verwirrung herrscht, eine Menge Leute scheinen sich darauf zu befinden, und jemand schreit Befehle. »Losrudern!«, sagt die Stimme. »Wir müssen weg von hier … der Sog!«

Annette fragt sich, was er wohl meint. Es gibt ohnehin nur zwei Paddel, deshalb lässt sie sich nieder, wo sie nicht im Weg ist, und sieht zu, wie zwei Männer, der Besitzer der Stimme und ein jüngerer Mann, an beiden Seiten des Bootes paddeln, als hinge ihr Leben davon ab. Das Boot bewegt sich auf und ab mit den Wellen, die nicht hoch sind, es dreht sich – einer der Männer muss stärker sein als der andere, denkt Annette – und bewegt sich allmählich von dem Flugzeug fort, auf die Mittagssonne zu. Annette fühlt sich, als sei sie zu einer Bootsfahrt eingeladen; sie lehnt sich gegen den sich ausbauchenden Gummirand des Bootes und genießt. Hinter ihnen sackt das Flugzeug unmerklich tiefer. Annette denkt, es wäre vielleicht gut, eine Aufnahme davon zu machen, um sie zu verwenden, wenn sie gerettet sind und sie die Story aufschreiben kann, und sie öffnet ihre Fototasche, nimmt den Fotoapparat heraus und stellt die Linse ein; aber als sie sich herumwindet, um es besser ins Bild zu bekommen, ist das Flugzeug verschwunden. Sie denkt, es hätte irgendein Geräusch machen müssen, aber sie sind jetzt eine gute Strecke von der Stelle entfernt, wo es war.

»Witzlos, sich zu weit von der Absturzstelle zu entfernen«, sagt der Mann, der die Befehle gegeben hat. Er hat etwas Militärisches an sich, stellt Annette fest; vielleicht ist es der gestutzte Schnurrbart oder die Tatsache, dass er älter ist. Er und der andere Mann ziehen die Paddel ins Boot, und er fängt an, sich eine Zigarette zu drehen, wofür er Papier und Tabak aus seiner Brusttasche nimmt. »Ich würde sagen, wir stellen uns einander vor«, sagt er; er ist es gewohnt, zu bestimmen.

Es sind nicht so viele Menschen im Boot, wie Annette zunächst angenommen hat. Da sind die beiden Männer, der eine, der sagt, er sei im Versicherungsgeschäft (Annette bezweifelt das), und der jüngere, der einen Bart hat und behauptet, an einer freien Schule zu unterrichten; die Frau des älteren Mannes, die mollig ist und freundlich aussieht und ständig sagt: »Mir geht's gut«, obwohl das nicht der Fall ist, sie weint leise vor sich hin, seit sie im Boot sind; eine übermäßig gebräunte Frau von etwa fünfundvierzig, die keine Anhaltspunkte über ihren Beruf gibt, und ein Junge, der sagt, dass er Student ist. Als Annette an der Reihe ist, sagt sie: »Ich schreibe für eine Zeitung. Die Spalte Essen und Trinken.« Das hat sie in der Tat ein paar Monate lang getan, bevor sie zur Reiseseite aufstieg, deshalb weiß sie genug darüber, um es untermauern zu können. Trotzdem ist sie selbst überrascht, dass sie lügt, und kann sich nicht erklären, warum. Der einzige Grund, der ihr einfällt, ist, dass sie keine der anderen Geschichten glaubt, außer der der molligen, weinenden Frau, die unmöglich etwas anderes sein könnte als das, was sie offensichtlich ist.

»Wir haben verdammtes Glück gehabt«, sagt der ältere Mann, und alle stimmen zu.

»Was sollen wir denn jetzt tun?«, fragt die sonnengebräunte Frau.

»Rumsitzen und warten, bis wir gerettet werden, nehm ich an«, sagt der bärtige Lehrer mit einem nervösen Lachen. »Das ist ein Zwangsurlaub.«

»Es wird nur eine Sache von Stunden sein«, sagt der ältere Mann. »Die sind heutzutage in so was viel effektiver als früher.«

Annette bietet die Information an, dass sie etwas zu essen hat, und alle gratulieren ihr zu ihrer Findigkeit und Voraussicht. Sie stellt die eingepackten Sandwiches zur Verfügung, und sie teilen sie gleichmäßig auf; sie lassen eine Flasche Ginger-ale zum Herunterspülen herumgehen. Annette sagt nichts von den Erdnüssen und den beiden anderen Flaschen Ginger-ale. Dagegen sagt sie, dass sie Tabletten gegen Seekrankheit hat, falls jemand eine braucht.

Sie ist im Begriff, die Sandwichtabletts aus Plastik über Bord zu werfen, aber der ältere Mann hält sie zurück. »Nein, nein«, sagt er, »nicht wegwerfen. Sie könnten noch mal von Nutzen sein.« Sie kann sich nicht vorstellen, wozu, aber sie tut, was er sagt.

Die mollige Frau hat aufgehört zu weinen und ist ganz redselig geworden; sie will alles über die Essen-und-Trinken-Spalte wissen. Sie sind jetzt in der Tat ein geselliges Häufchen und plaudern, als säßen sie auf einem riesigen Sofa in einem Aufenthaltsraum oder in der Wartehalle eines Flughafens, auf dem die Flüge vorübergehend aufgehalten worden sind. Es ist dieselbe Atmosphäre des Zeitvertreibens aus der Notwendigkeit heraus, aber mit äußerlicher Munterkeit. Annette ist gelangweilt. Einen Augenblick lang dachte sie, ihr sei etwas Wirkliches geschehen, aber hier gibt es keine Gefahr, es ist so sicher in diesem Rettungsboot wie sonst wo, und der Bericht, den sie darüber schreiben würde, würde genauso klingen wie ihre anderen Artikel. *Einer Erkundungsfahrt durch die Karibik verleiht ein orangefarbenes Rettungsboot eine originelle Note. Die Aussicht ist bezaubernd, und Sie haben einen hautnahen Kontakt zum Meer, der in allen anderen Bootsarten schlechthin unmöglich ist. Nehmen Sie ein paar Sandwiches mit, und planen Sie ein, über Mittag draußen zu bleiben!*

Die Sonne geht auf ihre übliche jähe, imposante Weise unter, und erst da beginnen sie sich Sorgen zu machen. Keine Hubschrauber sind aufgetaucht, und keins der anderen Rettungsboote ist in Sicht. Vielleicht sind sie zu rasch weggepaddelt. Sie haben nicht einmal Geräusche von entfernten Rettungsaktionen gehört. Aber: »Die kommen noch«, sagt der ältere Mann, und seine Frau schlägt vor, zusammen zu singen. Sie beginnt mit »You Are My Sunshine«, in schmetterndem Kirchenchorsopran, und fährt mit einem Repertoire einstmals beliebter Schlager fort: »On Top of Old Smokey«, »Good Night, Irene«. Die anderen fallen ein, und Annette ist einen Moment lang überrascht über die Anzahl von Worten zu diesen Liedern, an die sie sich selbst erinnern kann. Sie schläft bei einem der Chöre ein, ihren Wintermantel hat sie über sich gelegt; sie ist froh, dass sie ihn mitgenommen hat.

Sie wacht steif und gerädert auf. Sie kann kaum glauben, dass sie immer noch auf dem Boot ist, es fängt an, lästig zu werden, und ihr ist siedend heiß unter ihrem Mantel. Auch das Gummi des Rettungsbootes ist heiß, und kein Wind weht, das Meer ist glatt wie eine flache Hand, nur mit einer Übelkeit erregenden Grunddünung. Die anderen liegen teilnahmslos an den Rändern des Bootes ausgestreckt, die Beine hier und da in peinlichem Durcheinander. Annette denkt bei sich, mit weniger Menschen im Boot wären sie besser dran, zensiert diesen Gedanken aber sofort. Die beiden Frauen schlafen noch; die mollige, die Sängerin, liegt mit offenem Mund da und schnarcht leicht. Annette reibt sich die Augen; ihre Lider fühlen sich trocken und sandig an. Sie erinnert sich dunkel daran, in der Nacht aufgestanden zu sein und sich gefährlich weit über den Bootsrand gehockt zu haben; jemand anders muss denselben Versuch gemacht haben und gescheitert sein oder ihn gar nicht gemacht haben, denn es riecht schwach nach Urin. Sie ist sehr durstig.

Der ältere Mann ist wach, er raucht schweigend; auch der mit dem Bart ist wach. Der Student döst noch, zu einem Häufchen zusammengerollt wie ein junger Hund.

»Was sollen wir tun?«, fragt Annette.

»Durchhalten, bis sie uns holen kommen«, sagt der ältere Mann. Er sieht nicht mehr so militärisch aus mit seinen einen Tag alten Bartstoppeln.

»Vielleicht kommen sie gar nicht«, sagt der bärtige Mann. »Vielleicht sind wir im Bermuda- … wie heißt das noch mal? Da, wo die Schiffe und Flugzeuge immer spurlos verschwinden. Was hat überhaupt den Absturz verursacht?«

Annette sieht den Himmel an, der mehr denn je wie eine flache Leinwand wirkt. Vielleicht ist das geschehen, denkt sie: Sie sind durch die Leinwand auf die andere Seite hindurchgegangen, deshalb können die Rettungsmannschaften sie nicht sehen. Auf dieser Seite der Wand, wo sie Dunkelheit vermutet hatte, befindet sich nur ein Meer, genau wie das andere, mit

Tausenden von Schiffbrüchigen, die in orangefarbenen Rettungsbooten umhertreiben, verirrt und auf Rettung wartend.

»Das Wichtigste«, sagt der ältere Mann, »ist, dass man sich geistig beschäftigt …« Er schnippt seine Zigarettenkippe ins Wasser. Annette erwartet, einen Hai auftauchen und danach schnappen zu sehen, aber es kommt keiner. »Als Erstes kriegen wir alle einen Sonnenstich, wenn wir nicht aufpassen.« Er hat Recht, sie sind alle ziemlich rot.

Er weckt die anderen und weist ihnen Arbeit beim Bau eines Sonnendachs zu, das sie aus Annettes Wintermantel und den Jacketts der Männer machen, indem sie die Knöpfe des einen in die Knopflöcher des nächsten knöpfen. Sie stellen es mit Hilfe der Paddel auf, an die sie es mit Krawatten und Strümpfen festbinden, und setzen sich mit einem flüchtigen Gefühl, etwas geleistet zu haben, darunter. Es ist heiß und stickig, aber man ist wenigstens aus der Sonne. Wiederum auf seinen Vorschlag hin stülpen die Männer ihre Taschen um und leeren die Frauen ihre Handtaschen aus, »um zu sehen, was wir zur Verfügung haben«, sagt der ältere Mann. Annette hat die Namen aller vergessen und schlägt vor, dass sie sich noch einmal vorstellen, was sie tun. Bill und Verna, Julia, Mike und Greg. Julia hat Kopfweh und nimmt mehrere von Annettes Aspirin mit Codein. Bill geht die Sammlung von Taschentüchern, Schlüsseln, Puderdosen, Lippenstiften, Reisefläschchen mit Handlotion, Tabletten und Kaugummis durch. Er hat die beiden restlichen Flaschen Ginger Ale und die Erdnüsse an sich genommen, die, so sagt er, rationiert werden müssen. Zum Frühstück überlässt er jedem ein Kaubonbon und eine Hustenpastille zum Lutschen. Danach putzen sie sich der Reihe nach die Zähne mit Annettes Zahnbürste. Sie ist die Einzige, die nur mit Handgepäck gereist ist und deshalb alle ihre Toilettensachen bei sich hat. Die anderen haben Koffer benützt, die natürlich im Laderaum des Flugzeugs versunken sind.

»Wenn es regnet«, sagt Bill, »ist dieses Boot ideal zum Wasserauffangen«, aber es sieht nicht nach Regen aus.

Bill hat eine Menge gute Einfälle. Am Nachmittag verbringt er einige Zeit damit zu angeln, mit einem Haken aus einer Sicherheitsnadel und einer Leine aus Zahnseide. Er fängt nichts. Er sagt, sie könnten Möwen anlocken, indem sie sie mit Annettes Kameralinse anspiegeln, wenn es Möwen gäbe. Annette ist lethargisch, obwohl sie sich immer wieder anstachelt und daran erinnert, dass dies wichtig ist, dies könnte die Wirklichkeit sein, jetzt, wo sie nicht gerettet worden sind.

»Waren Sie im Krieg?«, fragt sie Bill, der geschmeichelt aussieht, dass es ihr aufgefallen ist.

»Man lernt, erfinderisch zu sein«, sagt er. Gegen Abend teilen sie eine der Flaschen mit Ginger Ale, und Bill bewilligt ihnen je drei Erdnüsse und sagt, sie sollen das Salz abkratzen, bevor sie sie essen.

Annette denkt beim Einschlafen an eine andere Geschichte; sie wird jetzt anders sein müssen. Sie wird sie nicht einmal aufschreiben müssen, es wird ihre Geschichte sein, Augenzeugenbericht, mit einem Bild von ihr, abgezehrt und sonnenverbrannt, aber tapfer lächelnd. Morgen sollte sie ein paar Fotos von den anderen machen.

Während der Nacht, die sie unter dem Sonnendach verbringen, das jetzt gemeinsame Decke ist, gibt es ein Hin und Her. Es sind Greg, der Student, und Bill, der ihn geschlagen hat und jetzt behauptet, er hätte versucht, die letzte Flasche Ginger Ale an sich zu bringen. Sie schreien sich böse an, bis Verna sagt, es muss ein Versehen gewesen sein, der Junge hätte wohl einen bösen Traum gehabt. Alles ist wieder still, aber Annette ist wach, sie sieht hinauf zu den Sternen, so kann man die Sterne in der Stadt nicht sehen.

Nach einer Weile ist schweres Atmen zu hören, gewiss bildet sie sich das ein. Aber sie hört das eindeutige Geräusch verstohlenen Kopulierens. Wer kann es sein? Julia und Mike, Julia und Greg? Bestimmt nicht Verna, in ihrem Korsett, das sie, wie Annette sicher weiß, nicht ausgezogen hat. Annette ist ein bisschen enttäuscht, dass keiner sich an sie herangemacht hat, wenn sich so was hier schon abspielt. Aber wahrscheinlich ist es von Julia ausgegangen, der sonnenverbrannten einsamen Reisenden, dies muss es sein, weshalb sie in Urlaub fährt. Annette denkt an Jeff, fragt sich, wie er wohl auf die Tatsache reagiert hat, dass sie vermisst wird. Sie wünscht, er wäre hier, er würde etwas tun können, obwohl sie nicht weiß, was. Zumindest könnten sie miteinander schlafen.

Am Morgen sucht sie ihre Gesichter nach Anzeichen ab, aufschlussreichen Anhaltspunkten dafür, wer was getan hat, findet aber nichts. Sie putzen wieder ihre Zähne, dann reiben sie sich die Gesichter mit Handlotion ein, was erfrischend ist. Bill reicht eine Packung Kaugummi herum und weitere Hustenpastillen, er spart die Erdnüsse und das Ginger Ale für das Abendessen auf. Er macht ein Sieb aus einem Hemd und zieht es neben dem Boot durchs Wasser, um Plankton zu fangen, sagt er. Er holt ein schmutziges grünes Zeug herein, drückt das Salzwasser aus und kaut nachdenklich eine Hand voll davon. Die anderen nehmen jeder einen Mund voll, außer Julia, die sagt, sie kann es nicht schlucken. Verna versucht es, spuckt es aber aus. Annette kriegt es herunter; es ist salzig und schmeckt nach Fisch. Später gelingt es Bill, einen kleinen Fisch zu fangen, und sie essen Stücke davon; der starke Fischgeruch vermischt sich mit den anderen Gerüchen nach ungewaschenen Körpern und beim Schlafen anbehaltenen Kleidern, die an Annettes Nerven zerren. Sie ist gereizt, sie hat aufgehört, die Tabletten zu nehmen, vielleicht kommt es daher.

Bill hat ein Messer und schneidet damit die Plastiksandwichtabletts entzwei, dann schneidet er Schlitze hinein, um Sonnenbrillen daraus zu machen, »wie die Eskimos«, sagt er. Er hat eindeutig Führungsqualitäten. Er trennt einen Teil von Vernas Pullover auf, dann dreht er die rosa Wolle, um Schnüre zum Festbinden zu machen. Sie haben das Mantelsonnendach abgebaut, es war zu heiß, und die Paddel mussten die ganze

Zeit aufrecht gehalten werden, deshalb befestigen sie die Plastiktabletts vor ihren Gesichtern. Sie bestreichen ihre Nasen und Lippen und die der Sonne ausgesetzten Stellen auf der Stirn mit Lippenstift aus der Handtaschensammlung; Bill sagt, das ist ein Schutz gegen Sonnenbrand. Annette ist erschreckt von der Wirkung dieser Masken und blutigen Markierungen. Es beunruhigt sie, dass sie nicht mehr erkennen kann, wer diese Menschen sind, es könnte jeder Beliebige hinter den weißen Plastikgesichtern mit den Schlitzaugen sein. Aber sie muss wohl auch so aussehen. Exotisch ist es allerdings, und sie reagiert noch gut genug, um daran zu denken, ein Foto zu machen, tut es dann aber doch nicht. Sie sollte es tun, aus demselben Grund, aus dem sie ihre Uhr gewissenhaft weiter aufgezogen hat, es würde der Moral aufhelfen, indem es unterstellt, dass es eine Zukunft gibt. Aber plötzlich ist kein Sinn mehr darin.

Etwa um zwei Uhr beginnt Greg, der Student, um sich zu schlagen. Er stürzt auf den Bootsrand zu und versucht, den Kopf ins Wasser zu stecken. Bill wirft sich auf ihn, und nach ein paar Sekunden springt Mike ihm bei. Sie halten Greg auf dem Boden des Bootes fest. »Er hat Meerwasser getrunken«, sagt Mike, »ich habe es gesehen, heute früh.« Der Junge schnappt wie ein Fisch, und er sieht auch aus wie ein Fisch mit seinem unpersönlichen Plastikgesicht. Bill nimmt ihm die Maske ab, und die menschlichen Züge starren hinauf in die seinen. »Er fantasiert«, sagt Bill. »Wenn wir ihn loslassen, springt er über Bord.« Bills Plastikmaske wendet sich, richtet sich zu den anderen Mitgliedern der Gruppe. Keiner sagt etwas, aber sie denken, Annette weiß, was sie denken, weil sie dasselbe denkt. Sie können ihn nicht ewig festhalten. Wenn sie ihn loslassen, wird er sterben, und nicht nur das, er wird für sie verloren sein, verschwendet. Sie selbst sterben langsam vor Durst. Sicher wäre es besser, ihn … Verna wühlt langsam und quälend wie eine lahme Hummel in dem Haufen von Kleidern und Resten; wonach sucht sie? Annette spürt, dass sie im

Begriff ist, Zeuge von etwas Banalem und Schrecklichem zu werden, das doppelt banal und schrecklich ist, weil es nicht in unheimliche blutrote Blitze getaucht sein wird, sondern in das normale Sonnenlicht, durch das sie ihr Leben lang gegangen ist; ein schäbiges Ritual, für Touristen aufgeführt, schäbig, weil es für Touristen aufgeführt wird, für die, die nicht verantwortlich sind, für die, die sich das Leben anderer zu einem vergänglichen Spektakel und Vergnügen machen. Sie ist ein professioneller Tourist, sie arbeitet daran, sich erfreuen zu lassen und sich nicht zu beteiligen: still zu sitzen und zuzusehen. Aber sie werden ihm die Kehle aufschlitzen, wie einem Schwein am Strand von Mexiko, und diesmal findet sie es nicht kurios und ungewöhnlich. »Halt dich da raus«, hatte der Mann im hellgrünen Anzug zu seiner Frau gesagt, die bei Tieren immer rührselig wurde. Kann man sich heraushalten, indem man wünscht, es zu tun?

Ich kann immer noch sagen, dass ich es nicht war, dass ich nichts dagegen tun konnte, denkt sie, indem sie sich das Zeitungsinterview vorstellt. Aber vielleicht wird es nie eins geben, und deshalb steckt sie in der Gegenwart fest, mit vier martialischen Mitmenschen und einem Verrückten, die darauf warten, dass sie etwas sagt. Das ist es also, was hinter ihrem Rücken vor sich geht, das bedeutet es also, lebendig zu sein, es tut ihr Leid, dass sie es wissen wollte. Aber der Himmel ist nicht mehr flach, er ist blauer denn je und weicht vor ihr zurück, klar, aber unscharf. *You are my sunshine,* denkt Annette, *when skies are grey.* Die Beschaffenheit des Lichts hat sich nicht verändert. Bin ich eine von ihnen oder nicht?

Der Pracht-Quetzal

Sarah saß am Rand des Opferbrunnens. Sie hatte ihn sich kleiner vorgestellt, eher wie einen Wunschbrunnen, aber dieser war riesig, und das Wasser auf dem Grund war alles andere als klar. Es war schlammig braun; ein paar Büschel Schilfrohr wuchsen drüben auf einer Seite, und die oberhalb stehenden Bäume ließen ihre Wurzeln, oder waren es Schlingpflanzen, über die Kalksteinwände hinunter ins Wasser hängen. Sarah dachte, es könnte durchaus seinen Reiz haben, ein Opfer zu sein, wenn der Brunnen nur hübscher wäre, aber sie würde man nie dazu bringen, in so ein schlammiges Loch zu springen. Wahrscheinlich wurden sie gestoßen oder bekamen einen Schlag auf den Kopf und wurden dann hineingeworfen. Dem Reiseführer nach war das Wasser tief, aber ihr sah es eher wie ein Sumpf aus.

Neben ihr wurde eine Touristengruppe von ihrem Führer zusammengetrieben, der offensichtlich das Ganze hinter sich bringen wollte, um sie wieder in ihren lila-rot gestreiften *Turismo*-Bus zu pferchen und um selbst entspannen zu können. Es waren mexikanische Touristen, und Sarah fand es beruhigend, dass auch noch andere Menschen außer Kanadiern und Amerikanern große Hüte und Sonnenbrillen trugen und alles fotografierten. Sie wünschte, sie und Edward könnten diese Reisen zu einer weniger belebten Jahreszeit unternehmen, wenn sie sie schon unternehmen mussten, aber wegen Edwards Lehrberuf waren sie an die Schulferien gebunden.

Weihnachten war es am schlimmsten. Es wäre allerdings dasselbe, wenn er einen anderen Beruf und sie Kinder hätten; aber sie hatten keine.

Der Führer scheuchte seine Schützlinge auf dem Kiesweg zurück wie Hühner, und genau so hörten sie sich auch an. Er selbst blieb neben Sarah stehen und rauchte seine Zigarette zu Ende, einen Fuß auf den Felsblock gestellt wie ein Konquistador. Es war ein kleiner dunkelhäutiger Mann mit mehreren Goldzähnen, die glänzten, wenn er lächelte. Er lächelte Sarah jetzt von der Seite an, und sie lächelte heiter zurück. Sie mochte es gern, wenn die Männer sie anlächelten, und sogar, wenn sie diese saftigen Schnalzgeräusche mit dem Mund machten, wenn sie auf der Straße hinter ihr hergingen; solange sie sie nicht anfassten. Edward tat, als hörte er nichts. Vielleicht machten sie es so oft, weil sie blond war: Blondinen waren hier selten. Sie selbst fand sich nicht unbedingt hübsch; ansehnlich war das Wort, das sie vor einiger Zeit für sich ausgesucht hatte. Sehr ansehnlich. Das würde man niemals von einer dünnen Frau sagen.

Der Führer warf seine Zigarettenkippe in den Opferbrunnen und wandte sich ab, um seiner Schar zu folgen. Sarah vergaß ihn sofort. Sie hatte gefühlt, dass etwas an ihrem Bein hochkrabbelte, aber als sie nachsah, war nichts da. Sie steckte den weiten Rock ihres Baumwollkleids unter ihre Oberschenkel und klemmte ihn zwischen den Knien fest. An Orten wie diesem, wo der Boden schmutzig war, wo viele Leute saßen, konnte man leicht Flohstiche bekommen. In Parks und an Bushaltestellen. Aber es war ihr egal, ihre Füße waren müde, und die Sonne war heiß. Sie saß lieber im Schatten und ließ sich stechen, als herumzurennen und zu versuchen, alles zu sehen, so wie Edward das wollte. Zum Glück schwollen die Stiche bei ihr nicht so an wie bei Edward.

Edward war da hinten auf dem Weg, unsichtbar zwischen dem Buschwerk, und spähte mit seinem neuen Leitz-Fernglas in die Gegend. Er setzte sich nicht gerne hin, das machte ihn ruhelos. Auf diesen Reisen war es schwer für Sarah, sich allein irgendwo hinzusetzen und nachzudenken. Ihr eigenes Fernglas, das Edwards altes war, baumelte an ihrem Hals; es wog Pfunde. Sie nahm es ab und steckte es in ihre Handtasche.

Seine Leidenschaft für Vögel war eines der ersten Dinge gewesen, die Edward ihr anvertraut hatte. Schüchtern, als sei es ein wertvolles Geschenk, hatte er ihr das linierte Heft gezeigt, das er zu führen begonnen hatte, als er neun war, mit seinen ungelenken knabenhaften Druckbuchstaben – *Wanderdrossel, Blauhäher, Eisvogel* – und dem Tag und dem Jahr neben jedem Namen. Sie hatte vorgegeben, gerührt und interessiert zu sein, und das war sie auch gewesen. Sie selbst hatte keinen Drang dieser Art; wohingegen Edward sich vollständig in die Dinge hineinstürzte, als seien sie Meere. Eine Weile waren es Briefmarken; dann fing er an, Flöte zu spielen und brachte sie fast zum Wahnsinn mit dem Üben. Jetzt waren es Ruinen aus der Zeit vor Kolumbus, und er war entschlossen, auf jeden Haufen alter Steine zu klettern, den er nur unter die Finger bekam. Eine Fähigkeit, sich vollständig hinzugeben, konnte man das wahrscheinlich nennen. Zuerst hatte Edwards Besessenheit sie fasziniert, da sie sie nicht verstand, aber jetzt wirkte sie nur noch ermüdend auf sie. Früher oder später ließ er ja doch alles wieder fallen, gerade wenn er anfing, es richtig zu können oder richtig Bescheid zu wissen, alles, außer den Vögeln. Ihnen war er treu geblieben. Sie selbst, dachte sie, war auch einmal Gegenstand seiner Besessenheit gewesen.

Es wäre ja nicht so schlimm, wenn er nicht darauf bestehen würde, sie in alles mit hineinzuziehen. Oder vielmehr, er hatte einmal darauf bestanden; er tat es nicht mehr. Und sie hatte ihn dazu ermutigt, sie hatte ihn in dem Glauben gewiegt, dass sie seine Interessen teilte oder sie ihm zumindest gönnte. Sie wurde weniger nachsichtig, je älter sie wurde. Die Energieverschwendung störte sie, denn es war eine Verschwendung, er blieb nie bei einer Sache, und was nützte denn sein enzyklopädisches Wissen über Vögel? Es wäre etwas anderes, wenn sie genügend Geld hätten, aber sie waren immer knapp. Wenn er nur all diese Energie nehmen und etwas Produktives damit anfangen wollte, in seinem Beruf zum Beispiel. Er könnte Schulleiter werden, wenn er wollte, das sagte sie ihm immer wieder. Aber das interessierte ihn nicht, er war zufrieden damit, vor sich hin zu wursteln und Jahr für Jahr dasselbe zu tun. Seine Sechsklässler liebten ihn heiß, besonders die Jungen. Vielleicht, weil sie spürten, dass er ihnen in sehr vielem ähnlich war.

Er hatte sie schon, kurz nachdem sie sich kennen gelernt hatten, eingeladen, mit vogelkundeln zu gehen, wie er es nannte. Und natürlich war sie mitgegangen. Es wäre falsch gewesen, es abzulehnen. Damals hatte sie sich nicht beklagt, weder über ihre schmerzenden Füße noch darüber, dass sie im Regen unter den tropfenden Büschen stehen mussten, um einem nichts sagenden Sperling auf der Spur zu bleiben, während Edward in seinem *Peterson-Naturführer* blätterte, als sei er die Bibel oder der Vogel der Heilige Gral. Sie war sogar recht gut geworden. Edward war kurzsichtig, und sie konnte schneller Bewegungen ausmachen als er. Mit seiner üblichen Großzügigkeit erkannte er das an, und sie hatte sich angewöhnt, es auszunutzen, wenn sie ihn eine Weile los sein wollte. Gerade eben zum Beispiel.

»Da drüben ist was.« Sie hatte über den Brunnen auf das dichte Gewirr von Grün auf der anderen Seite gedeutet.

»Wo?« Edward hatte eifrig die Augen zusammengekniffen und das Fernglas gehoben. Er sah selbst ein bisschen wie ein Vogel aus, fand sie, mit seiner langen Nase und den Stelzenbeinen.

»Das Ding da, das in dem Ding sitzt, dem mit den Büscheln. Dieser Art Bohnenbusch. Es ist orange.«

Edward sah scharf hin. »Ein Trupial?«

»Das kann ich von hier aus nicht erkennen ... Oh, grade ist er weggeflogen.« Sie deutete über ihre Köpfe, während Edward vergeblich den Himmel absuchte.

»Ich glaube, er hat sich dahinten hingesetzt, hinter uns.«

Das reichte, um ihn loszuwerden. Sie musste es allerdings mit genügend wirklichen Vögeln tun, damit er ihr weiter glaubte.

Edward ließ sich auf einer Baumwurzel nieder und zündete sich eine Zigarette an. Er hatte den ersten Seitenweg eingeschlagen, an den er gekommen war. Es roch nach Pisse, und an den verrottenden Papiertaschentüchern weiter vorne konnte er erkennen, dass dies eine der Stellen war, wohin die Leute gingen, wenn sie es nicht mehr bis zur Toilette hinter dem Kartenkiosk schafften.

Er nahm seine Brille ab, dann seinen Hut und wischte sich den Schweiß von der Stirn. Sein Gesicht war rot, das spürte er. Erröten nannte Sarah das. Sie bestand darauf, es seiner Schüchternheit und knabenhaften Verlegenheit zuzuschreiben; sie hatte noch nicht erkannt, dass es ganz einfach Wut war. Bei all ihrer Verschlagenheit war sie oft unglaublich dumm.

Sie wusste zum Beispiel nicht, dass er ihrem kleinen Trick mit den Vögeln schon mindestens vor drei Jahren auf die Schliche gekommen war. Sie hatte auf einen abgestorbenen Baum gezeigt und gesagt, sie sähe dort einen Vogel, aber er hatte denselben Baum nur Sekunden früher genau betrachtet, und es saß überhaupt nichts darauf. Sie war auch sehr unvorsichtig: Sie beschrieb Vögel mit den Farben des Trupials, die sich wie Königsparadiesvögel verhielten, sah Spechte, wo Spechte sich nie aufhalten würden, stumme Eichelhäher, halslose Reiher. Sie musste wohl davon ausgehen, dass er ein Vollidiot war und jede schludrige Erfindung schlucken würde.

Aber warum auch nicht, da er anscheinend jedes Mal darauf hereinfiel. Und warum tat er es, warum jagte er hinter ihren eingebildeten Vögeln her, als glaubte er ihr? Teilweise wohl, weil er zwar genau wusste, was sie ihm antat, jedoch keine Ahnung hatte, warum. Es konnte nicht schiere Bosheit sein, dafür hatte sie genügend Ventile. Er wollte den wahren Grund, der als etwas Formloses, Bedrohliches und Endgültiges in seiner Vorstellung lauerte, nicht wissen. Ihre Lügen über die Vögel gehörten zu den vielen Lügen, die alles aufrecht hielten. Er hatte Angst, sie zur Rede zu stellen, das würde das Ende sein, all ihre Fassaden würden krachend zu Boden stürzen, und sie würden in den Überresten stehen und einander anstarren. Es würde nichts mehr zu sagen bleiben, und Edward war dazu noch nicht bereit.

Sie würde sowieso alles abstreiten. »Was meinst du denn? Natürlich hab ich ihn gesehen. Er ist genau da drüben hingeflogen. Warum sollte ich denn so was erfinden?« Mit ihrem unbeirrten Blick, blond und stur und unbeweglich wie ein Fels.

Ein plötzliches Bild durchzuckte Edward: Er selbst brach wie King Kong aus dem Unterholz, packte Sarah und schleuderte sie über den Rand in den Opferbrunnen hinunter. Alles, nur um jenen unerschütterlichen Gesichtsausdruck zu zerstören, der so mild und bleich und rundlich und selbstgefällig war wie der einer flämischen Madonna.

Selbstgerecht, das war es. Nichts war je ihre Schuld. Sie war nicht so gewesen, als er sie kennen gelernt hatte. Aber es würde nichts nützen: Noch im Fallen würde sie ihn ansehen, nicht voller Furcht, sondern voll mütterlichen Ärgers, als hätte er seinen Kakao über ein weißes Tischtuch gekleckert. Und sie würde sich den Rock herunterziehen. Der äußere Schein war ihr wichtig, immer und überall.

Obwohl etwas Unpassendes daran wäre, Sarah in den Opferbrunnen zu werfen, so wie sie war, mit allen Kleidern. Er erinnerte sich an Bruchstücke aus den verschiedenen Büchern, die er gelesen hatte, bevor sie hierherkamen. (Und da war noch etwas: Sarah fand es unnötig, im Voraus etwas über ihre Reiseziele zu lesen. »Willst du denn nicht verstehen, was du dir ansiehst?«, hatte er sie gefragt. »Ich seh doch sowieso dasselbe, oder?«, sagte sie. »Ich meine, wenn man all diese Fakten weiß, dann ändert das doch nichts an der Statue selbst, oder was es sonst ist, oder?« Edward fand diese Haltung empörend; und jetzt, wo sie hier waren, widerstand sie seinen Versuchen, ihr etwas zu erklären, mit ihrer üblichen passiven Methode, so zu tun, als höre sie nichts.

»Das ist ein Chac-mool, siehst du? Das runde Ding auf dem Bauch hielt die Schale, in die sie die Herzen legten, und der Schmetterling auf dem Kopf versinnbildlicht die Seele, die zur Sonne fliegt.«

»Könntest du die Sonnenmilch herausholen, Edward? Ich glaube, sie ist in meinem Beutel, in der linken Seitentasche.«

Und er gab ihr die Sonnenmilch, wieder einmal geschlagen.

Nein, sie würde kein passendes Opfer sein, mit oder ohne Sonnenmilch. Sie warfen die Leute nur hinein – oder vielleicht sprangen die hinein, aus eigenem freien Willen – für den Wassergott, damit er es regnen ließ und die Fruchtbarkeit sicherte. Die Ertrunkenen waren Boten, ausgeschickt, den Göttern Bitten vorzutragen. Sarah würde erst gereinigt werden müssen, im steinernen Badehaus neben dem Brunnen. Dann würde sie nackt vor ihm knien, einen Arm in der Geste der Unterwerfung über die Brust gelegt. Er fügte ein paar Verzierungen hinzu: eine goldene Kette mit einem Jademedaillon, einen Goldreif, mit Federn geschmückt. Ihr Haar, das sie gewöhnlich in einem am Hinterkopf aufgesteckten Zopf trug, würde lose herunterfallen. Er dachte an ihren Körper, den er schlanker und straffer machte, mit einem abstrakten Begehren, das so wenig wie möglich mit Sarah selbst zu tun hatte. Dies war die einzige Art von Begehren, die er noch für sie empfinden konnte: Er musste sie verkleiden, bevor er sie überhaupt lieben konnte. Er dachte an ihre frühere Zeit, bevor sie geheiratet hatten. Es war fast, als habe er eine Affäre mit einer anderen Frau gehabt, so anders war sie gewesen. Er hatte ihren Körper damals als etwas Heiliges behandelt, einen weißgoldenen Kelch, der mit Umsicht und Zartheit zu berühren war.

Und sie hatte es gern gehabt; obwohl sie zwei Jahre älter als er war und viel erfahrener, hatte sie sich nicht an seiner ungelenken Verehrung gestört, sie hatte ihn nicht ausgelacht. Warum hatte sie sich so verändert?

Manchmal dachte er, es sei wegen des Kindes, das bei der Geburt gestorben war. Damals hatte er sie gedrängt, sofort noch eins zu bekommen, und sie hatte Ja gesagt, aber nichts war passiert. Über solche Dinge sprachen sie nicht. »Das war's dann also«, hatte sie in der Klinik danach gesagt. Ein vollkommenes Kind, sagte der Arzt; ein unvorhersehbarer Zwischenfall, so was kam eben vor. Sie war auch nicht an die Universität zurückgegangen, und sie wollte keine Arbeit annehmen. Sie saß zu Hause, hielt die Wohnung in Ordnung, sah über seine Schulter zur Tür oder aus dem Fenster, als wartete sie auf etwas.

Sarah beugte ihren Nacken vor ihm. Er, im gefiederten Kostüm und mit der langnasigen, zahnbesetzten Maske des Hohen Priesters, bespritzte sie mit Blut, das er mit Dornen aus seiner Zunge und seinem Penis gezapft hatte. Jetzt musste er ihr die Botschaft geben, die sie dem Gott überbringen sollte. Aber ihm fiel nichts ein, worum er bitten konnte.

Und gleichzeitig dachte er: Was für eine fantastische Idee für ein Sonderprojekt in der sechsten Klasse! Er würde sie maßstabsgerechte Modelle der Tempel bauen lassen, er würde ihnen seine Dias zeigen, er würde Tortillas und Tamales in Dosen für ein mexikanisches Essen mitbringen, er würde sie aus Pappmaschee kleine Chac-mools machen lassen … und das Ballspiel, bei dem der Kapitän der Verlierermannschaft geköpft wurde, das würde ihnen gefallen, sie waren blutrünstig in diesem Alter. Er sah sich schon vor ihnen stehen, seine Begeisterung über sie ausschütten, gestikulieren, posieren, es ihnen vorspielen, und ihre Reaktion … Doch danach, wusste er, würde er niedergeschlagen sein. Was waren denn seine Sonderprojekte anderes als ein Fernsehersatz, etwas, um sie in Spannung zu halten? Sie mochten ihn, weil er für sie tanzte, eine ulkige Marionette, unerschöpflich und ein bisschen absurd. Kein Wunder, dass Sarah ihn verachtete.

Edward trat auf die Reste seiner Zigarette. Er setzte den Hut wieder auf, einen breitrandigen, weißen Hut, den Sarah auf dem Markt für ihn gekauft hatte. Er hatte einen mit einem schmaleren Rand gewollt, damit er durch sein Fernglas schauen konnte, ohne dass der Hut im Weg war; aber sie hatte gesagt, damit würde er wie ein amerikanischer Golfspieler aussehen. Immer war es da, dieses leichte, herablassende Spötteln.

Er würde so lange warten, bis es glaubhaft schien; dann würde er zurückgehen.

Sarah stellte Überlegungen an, wie sie diese Reise gestalten würde, falls Edward auf passende Weise gestorben wäre. Sie wünschte ihm keineswegs den Tod, aber ihr fiel keine andere Möglichkeit ein, wie er sonst verschwinden könnte. Er war allgegenwärtig, er durchzog ihr Leben wie ein Geruch; es war schwer für sie, anders als in Bezug auf ihn zu denken oder zu tun. Deshalb empfand sie es als harmloses Vergnügen, sich dieselbe Reiseroute durchlaufen zu lassen, der sie jetzt folgten, aber mit einem beseitigten, säuberlich aus dem Bild ausgeschnittenen Edward. Im Grunde genommen würde sie natürlich gar nicht hier sein, wenn er nicht wäre. Sie würde es vorziehen, in einem Liegestuhl in, sagen wir, Acapulco zu liegen und kühle Drinks zu nippen. Sie flocht noch ein paar junge, dunkelhäutige Männer in Badehosen ein, nahm sie aber wieder heraus: Das wäre zu kompliziert und nicht erholsam. Sie hatte oft daran gedacht, Edward zu betrügen – irgendwie würde es ihm recht geschehen, obwohl sie nicht sicher war, weshalb –, aber sie hatte es nie wirklich getan. Sie kannte niemanden mehr, der in Frage kam.

Angenommen also, sie wäre hier, ohne Edward. Sie würde in einem besseren Hotel wohnen, das stand fest. In einem, das einen Stöpsel für das Waschbecken hatte; bisher waren sie noch in keinem Hotel mit Stöpsel gewesen. Natürlich würde das mehr Geld kosten, aber sie stellte sich vor, dass sie mehr Geld haben würde, wenn Edward tot wäre: Sie würde sein ganzes Gehalt haben statt nur einen Teil davon. Sie wusste natürlich, dass es gar kein Gehalt geben würde, wenn er wirklich tot wäre, aber daran zu denken würde ihre Träumereien verderben. Und sie würde mit dem Flugzeug reisen, wenn möglich, oder in Erster-Klasse-Bussen, anstelle der lauten, vollen Busse zweiter Klasse, auf denen er bestand. Er sagte, dass man so mehr vom Lokalkolorit sähe und dass es keinen Sinn habe, ins Ausland zu fahren, wenn man die ganze Zeit mit anderen Touristen verbrachte. Theoretisch stimmte sie dem zu, aber sie bekam Kopfweh in den Bussen, und sie konnte gut ohne die hautnahe Besichtigungstour dieses Elends, der ärmlichen stroh- oder blechgedeckten Hütten, der Truthähne und angepflockten Schweine auskommen.

Die gleiche Logik wandte er auf Restaurants an. Es gab ein wirklich nettes in dem Dorf, in dem sie übernachteten, sie hatte es vom Bus aus gesehen, und so teuer sah es auch nicht aus; aber nein, sie mussten in einem schäbigen, linoleumgekachelten Verschlag essen, mit plastikbeschichteten Tischdecken. Sie waren die einzigen Gäste. Hinter ihnen spielten vier Heranwachsende unter ärgerlich viel Gelächter Domino und tranken Bier, und ein paar kleinere Kinder sahen fern, eine Sendung, die Sarah als eine Neuauflage von *The Cisco Kid* mit synchronisierten Stimmen erkannte.

Auf der Theke neben dem Fernseher stand eine Krippe mit angemalten Heiligen Drei Königen aus Gips, einer auf einem Elefanten, die anderen auf Kamelen. Dem ersten König fehlte der Kopf. Im Stall beteten ein verkümmerter Josef und eine verkümmerte Maria ein riesiges Christkind an, das mehr als halb so groß wie der Elefant war. Sarah fragte sich, wie die Maria nur diesen Koloss hatte aus sich herauspressen können; es schaffte ihr Unbehagen, daran zu denken. Neben der Krippe stand ein heiliger Nikolaus mit einem Heiligenschein aus aufblitzenden Lichtern und neben ihm ein Radio in der Gestalt von Fred Feuerstein, das amerikanische Schlager spielte, allesamt uralt.

»Oh someone help me, help me, plee-ee-ee-eese ... «

»Ist das nicht Paul Anka?«, fragte Sarah.

Aber über so was Bescheid zu wissen, konnte man von Edward nicht erwarten. Er setzte zu einer Verteidigung des Essens an, des besten, das er in Mexiko je gegessen hätte, sagte er. Sarah weigerte sich, ihm den Trost ihrer Zustimmung zu geben. Sie fand das Restaurant noch viel bedrückender, als es eigentlich hätte sein müssen, besonders die Krippe. Sie tat ihr weh, wie ein Krüppel, der zu gehen versucht, eine der letzten spastischen Gesten einer Religion, an die zweifellos keiner mehr sehr lange glauben würde.

Eine neue Gruppe von Touristen kam den Weg hinter ihr herauf, Amerikaner, dem Klang nach. Der Führer war allerdings Mexikaner. Er arbeitete sich auf den Altar hinauf und machte sich bereit, seine Platte ablaufen zu lassen.

»Geh doch nicht so dicht an den Rand!«

»Was, ich? Ich hab doch Angst vor Abgründen. Was siehst du denn da unten?«

»Wasser, was soll ich denn schon sehen.«

Der Führer klatschte Aufmerksamkeit heischend in die Hände. Sarah hörte nur mit halbem Ohr zu: Sie wollte eigentlich nichts mehr darüber wissen.

»Früher sagten die Leute, hier würden nur Jungfrauen hineingeworfen«, fing der Führer an. »Wie sie das festgestellt haben, weiß ich nicht. Es ist immer schwer, das festzustellen.« Er wartete auf das unvermeidliche Lachen und es kam. »Aber das stimmt nicht. In Kürze werde ich Ihnen erzählen, wie wir das herausgefunden haben. Hier haben wir den Altar des Regengottes Tlaloc ... «

Zwei Frauen setzten sich neben Sarah hin. Beide trugen Baumwollhosen, Sandalen mit hohen Absätzen und breitrandige Strohhüte.

»Bist du auf die große raufgestiegen?«

»Um Gottes willen, nein. Ich hab Alf raufgeschickt, ich hab ihn fotografiert, oben auf der Spitze.«

»Was ich nicht kapiere, ist, warum die diese Dinger überhaupt gebaut haben.«

»Wegen ihrer Religion, das hat er gesagt.«

»Na, zumindest sind die Leute damit beschäftigt gewesen.«

»Gut gegen Arbeitslosigkeit.« Sie lachten beide.

»Um wie viele Ruinen wird der uns noch rumlaufen lassen?«

»Keine Ahnung. Ich bin ziemlich geschafft. Ich würde lieber zurückgehen und mich in den Bus setzen.«

»Ich würde lieber einkaufen gehn. Nur gibt's hier nichts Rechtes zu kaufen.«

Sarah, die zuhörte, war plötzlich empört. Hatten sie denn keinen Respekt? Die Gefühlsregungen waren von den ihren vor einem Augenblick nicht so weit entfernt, aber sie von diesen Frauen zu hören, von denen die eine eine mit geschmacklosen Strohblumen verzierte Handtasche hatte, erregte in ihr den Wunsch, den Brunnen zu verteidigen.

»Die Natur meldet sich mit Macht«, sagte die Frau mit der Handtasche. »Ich bin vorhin nicht reingekommen, da war so eine lange Schlange.«

»Nimm ein Kleenex mit«, sagte die andere Frau. »Da gibt's kein Papier. Und nicht nur das, man muss praktisch reinwaten. Der Fußboden steht voll Wasser.«

»Vielleicht hock ich mich einfach ins Gebüsch«, sagte die erste Frau

Edward stand auf und massierte sein linkes Bein, das eingeschlafen war. Es war Zeit zurückzugehen. Wenn er zu lange wegblieb, würde Sarah nörgeln, ungeachtet der Tatsache, dass sie selbst ihn auf diese Narrenexpedition geschickt hatte.

Er begann den Pfad zurückzugehen. Doch da blitzte in seinem Augenwinkel etwas orange auf. Edward schnellte herum und hob sein Fernglas. Sie waren da, wenn man sie am wenigsten erwartete. Es war ein Trupial, teilweise von Blättern verdeckt; er konnte die Brust erkennen, leuchtendorange, und den gestreiften Flügel. Er wünschte sich, dass es ein Haubentrupial wäre, er hatte noch nie einen gesehen. Er sprach innerlich mit ihm, bat ihn, ins Freie zu kommen. Es war seltsam, dass die Vögel für ihn nur das erste Mal so völlig zauberhaft waren, wenn er sie nie vorher gesehen hatte. Aber es gab Hunderte von Arten, die er nie sehen würde; gleichgültig, wie viele er sah, es würde immer noch einen weiteren geben. Vielleicht war das der Grund, warum er immer weiter suchte. Der Vogel hüpfte weiter von ihm fort, zwischen das Laub. *Komm zurück*, rief er ihm wortlos zu, aber er war fort.

Edward war plötzlich glücklich. Vielleicht hatte Sarah ihn doch nicht angelogen, vielleicht hatte sie diesen Vogel wirklich gesehen. Auch wenn sie ihn nicht gesehen hatte, war er trotzdem gekommen, als Antwort auf sein Bedürfnis nach ihm. Edward glaubte, dass er nur dann Vögel zu sehen bekam, wenn sie selbst es wollten, als hätten sie ihm etwas zu sagen, ein Geheimnis, eine Botschaft. Die Azteken glaubten, Kolibris seien die Seelen toter Krieger, aber warum nicht alle Vögel, warum nur Krieger? Oder vielleicht waren sie die Seelen der Ungeborenen, wie manche glaubten. »Ein Juwel, eine kostbare Feder« nannten sie ein ungeborenes Kind laut *Der Alltag der Azteken. Quetzal,* das bedeutete *Feder.*

»Das ist der Vogel, den ich sehen will«, sagte Sarah, als sie *Die Vögel Mexikos* durchsahen, bevor sie herfuhren.

»Der Pracht-Quetzal«, sagte Edward. Es war ein grünroter Vogel mit Aufsehen erregenden schillerndblauen Schwanzfedern. Er erklärte ihr, dass Quetzal-Vogel Federvogel bedeutete. »Ich glaube kaum, dass wir ihn sehen werden«, sagte er. Er schlug das Verbreitungsgebiet nach. »›Regenwald‹. Ich glaube nicht, dass wir in einen Regenwald kommen.«

»Das ist jedenfalls der, den ich will«, sagte Sarah. »Das ist der Einzige, den ich will.«

Sarah war immer sehr entschieden in dem, was sie wollte und was nicht. Wenn auf einer Speisekarte nichts stand, was ihr zusagte, weigerte sie sich, überhaupt etwas zu bestellen; oder sie erlaubte ihm, etwas für sie zu bestellen, und stocherte dann nur darin herum, so wie gestern Abend. Es nützte nichts, ihr zu erzählen, dass dies das beste Essen sei, das sie seit ihrer Ankunft bekommen hatten. Sie verlor nie die Geduld oder die Selbstbeherrschung, aber sie war stur. Wer außer Sarah hätte beispielsweise darauf bestanden, in der Trockenzeit einen zusammenklappbaren Regenschirm mit nach Mexiko zu nehmen? Er hatte geredet und geredet, die Nutzlosigkeit und das zusätzliche Gewicht betont, aber sie hatte ihn trotzdem mitgenommen. Und gestern Nachmittag hatte es tatsächlich geregnet, ein richtiger Wolkenbruch. Alle anderen waren gelaufen, um sich unterzustellen, hatten sich an Wände und in die Tempeleingänge gedrückt, nur Sarah hatte ihren Regenschirm aufgespannt und selbstgefällig darunter gestanden. Das hatte ihn so erbost. Auch wenn sie nicht Recht hatte, gelang es ihr immer irgendwie, Recht zu haben. Wenn sie nur einmal zugeben würde … was? Dass sie Fehler machen konnte. Das war es eigentlich, was ihn störte, ihre Anmaßung, unfehlbar zu sein.

Und er wusste, als das Kind gestorben war, hatte sie ihm die Schuld dafür gegeben. Er wusste immer noch nicht, warum. Vielleicht, weil er Zigaretten holen gegangen war, weil er nicht erwartet hatte, dass es so schnell geboren würde. Er war nicht da, als man es ihr sagte; sie hatte die Nachricht allein bewältigen müssen.

»Keiner ist schuld daran«, sagte er wiederholt zu ihr. »Die Ärzte nicht und du auch nicht. Die Nabelschnur hatte sich um den Hals gewickelt.«

»Ich weiß«, sagte sie, und sie hatte ihn nie beschuldigt. Trotzdem konnte er den Vorwurf spüren, der um sie hing wie ein Nebel. Als ob er irgendetwas daran hätte ändern können.

»Ich habe es mir genauso gewünscht wie du«, sagte er zu ihr. Und das stimmte. Er hatte nie daran gedacht, Sarah zu heiraten, er hatte es nie erwähnt, weil es ihm nie in den Sinn gekommen war, dass sie einwilligen würde, bis sie ihm sagte, dass sie schwanger war. Bis dahin war sie die Bestimmende gewesen; er war sicher, dass er für sie nur ein Zeitvertreib war. Aber zu heiraten war nicht ihr Vorschlag gewesen, er hatte ihn gemacht. Er hatte die Theologie aufgegeben, er hatte in jenem Sommer sein Lehrerexamen für Staatsschulen gemacht, um sie beide ernähren zu können. Jeden Abend hatte er ihren Bauch massiert, hatte gespürt, wie das Kind sich bewegte, es durch ihre Haut hindurch berührt. Für ihn war es etwas Heiliges, und er schloss sie in seine Anbetung mit ein. Im sechsten Monat, als sie dazu übergegangen war, auf dem Rücken zu liegen, hatte sie angefangen zu schnarchen, und er lag dann nachts wach und horchte auf diese sanften Schnarchtöne, weiß und silbern schienen sie ihm, beinah wie Lieder, mysteriöse Talismane ... Unglücklicherweise hatte Sarah diese Angewohnheit beibehalten, aber er empfand nicht mehr dasselbe dabei.

Als das Kind gestorben war, hatte er geweint, nicht Sarah. Sie hatte nie geweint. Sie stand fast unmittelbar danach auf und ging umher, sie wollte so bald wie möglich aus der Klinik entlassen werden. Die Säuglingskleidung, die sie gekauft hatte, verschwand aus der Wohnung; er fand nie heraus, was sie damit gemacht hatte, er hatte Angst gehabt zu fragen.

Seit damals hatte er sich immer öfter gefragt, warum sie noch immer verheiratet waren. Es war unlogisch. Wenn sie wegen des Kindes geheiratet hatten und es das Kind nicht gab und auch weiterhin kein Kind gab, warum trennten sie sich nicht? Er war allerdings nicht sicher, ob er das wollte. Vielleicht hoffte er noch immer, dass etwas geschehen würde, dass es ein zweites Kind geben würde. Aber es hatte keinen Sinn, das zu fordern. Sie kamen, wenn sie wollten, nicht wenn man es von ihnen wollte. Sie kamen, wenn man es am wenigsten erwartete. Ein Juwel, eine kostbare Feder.

»Jetzt werde ich es Ihnen erzählen«, sagte der Führer. »Die Archäologen sind in den Brunnen getaucht. Sie haben mehr als fünfzig Skelette heraufgeholt, und sie haben herausgefunden, dass einige davon mitnichten Jungfrauen waren, sondern Männer. Und die meisten waren Kinder. Sie sehen also das Ende der bekannten Legende.« Er machte eine seltsame kleine Bewegung vom Altar herunter, fast eine Verbeugung, aber es gab keinen Applaus. »Sie tun das nicht, um grausam zu sein«, fuhr er fort. »Sie glauben, diese Menschen werden dem Regengott eine Botschaft bringen und auf ewig in seinem Paradies am Grunde des Brunnens leben.«

Die Frau mit der Handtasche stand auf. »Schönes Paradies«, sagte sie zu ihrer Freundin. »Ich mache mich auf den Rückweg. Kommst du mit?«

Tatsächlich bewegte sich jetzt die ganze Gruppe, so verstreut sie war, weiter. Sarah wartete, bis sie gegangen waren. Dann öffnete sie ihre Handtasche und nahm das gipserne Christkind heraus, das sie am Abend vorher aus der Krippe gestohlen hatte. Ihr war unbegreiflich, dass sie so etwas hatte tun können, aber hier war es, sie hatte es wirklich getan.

Sie hatte es nicht im Voraus geplant. Sie hatte neben der Krippe gestanden, während Edward die Rechnung bezahlte, er hatte dazu in die Küche gehen müssen, weil sie endlos dazu gebraucht hatten, sie an den Tisch zu bringen. Keiner beobachtete sie: Die dominospielenden Jungen waren in ihr Spiel vertieft, und die Kinder hingen mit den Augen am Fernsehapparat. Sie hatte einfach ganz plötzlich die Hand ausgestreckt, an den Heiligen Drei Königen vorbei und durch die Stalltür, das Kind herausgenommen und es in ihre Tasche gesteckt.

Sie drehte es in den Händen. Von den zwergenhaften Maria-und-Josef-Figuren getrennt, sah es nicht ganz so absurd aus. Seine Windel war als Teil von ihm mitgegossen, mehr wie eine Tunika, es hatte Glasaugen und eine Art Pagenschnitt, ziemlich lang für ein Neugeborenes. Ein vollkommenes Kind bis auf ein abgesprungenes Stückchen am Rücken, glücklicherweise an einer Stelle, wo man es nicht sah. Es musste jemandem auf den Boden gefallen sein.

Man konnte nie vorsichtig genug sein. Ihre ganze Schwangerschaft hindurch hatte sie peinlich genau auf sich geachtet, hatte die vom Arzt verschriebenen Vitamintabletten abgezählt und nur gegessen, was die Bücher empfahlen. Sie hatte jeden Tag vier Gläser Milch getrunken, obwohl sie Milch hasste. Sie hatte die Übungen gemacht und war zu den Kursen gegangen. Niemand konnte ihr vorwerfen, dass sie nicht alles richtig gemacht hätte. Und trotzdem war sie von der Angst gequält gewesen, dass das Kind mit einem Fehler zur Welt kommen würde, dass es mongoloid oder verkrüppelt sein würde oder ein Hydrozephalus mit einem riesigen Wasserkopf wie die Kinder, die sie eines Tages in ihren Rollstühlen beim Sonnen auf dem Rasen der Klinik gesehen hatte. Doch das Kind war vollkommen gewesen.

Sie würde dieses Risiko nicht noch einmal eingehen, sich all dieser Mühe unterziehen. Sollte Edward sich doch abrackern, bis er blau im Gesicht war; »es noch mal versuchen« nannte er das. Sie nahm jeden Tag die Pille, ohne es ihm zu sagen. Sie würde es nicht noch mal versuchen. Es war zu viel von ihr verlangt.

Was hatte sie falsch gemacht? Sie hatte nichts falsch gemacht, das war das Dumme. Man konnte nichts und niemandem die Schuld geben, außer, insgeheim, Edward; und ihm konnte man nicht die Schuld für den Tod des Kindes geben, nur dafür, dass er nicht da war. Seit jener Zeit hatte er sich zunehmend einfach entzogen. Als sie das Kind nicht mehr in sich trug, hatte er das Interesse verloren, hatte sie im Stich gelassen. Das, so wurde ihr klar, nahm sie ihm am meisten übel. Er hatte sie mit dem Leichnam allein gelassen, einem Leichnam, für den es keine Erklärung gab.

»Verloren« nannten die Leute das. Sie sagten, sie habe das Kind verloren, als wandere es herum und suche sie, bitterlich

weinend, als habe sie es vernachlässigt oder es irgendwo verlegt. Aber wo? In welches Niemandsland war es gegangen, in welches Wasserparadies? Manchmal hatte sie das Gefühl, es sei ein Versehen gewesen, das Kind sei noch gar nicht geboren. Sie spürte immer noch, wie es sich bewegte, ganz leicht, sich von innen an ihr festhielt.

Sarah legte das Kindchen auf den Stein neben sich. Sie stand auf und strich die Falten aus ihrem Rock. Sie war sicher, dass sie noch mehr Flohstiche bekommen würde, wenn sie zurück ins Hotel kam. Sie hob das Kind auf und ging langsam auf den Brunnen zu, bis sie direkt am Rand stand.

Als Edward den Weg wieder heraufkam, sah er Sarah am Rand des Brunnens, die Arme über den Kopf gehoben. *Mein Gott,* dachte er, *sie wird hineinspringen.* Er wollte ihr etwas zurufen, sie bitten, stehen zu bleiben, aber er hatte Angst, sie zu erschrecken. Er könnte von hinten zu ihr laufen und sie festhalten, aber sie würde ihn hören. So wartete er wie gelähmt, während Sarah unbeweglich dastand. Er rechnete damit, dass sie hinabsausen würde, und dann, was würde er dann tun? Aber sie holte nur mit dem rechten Arm aus und warf etwas in den Brunnen. Dann wandte sie sich halb stolpernd dem Stein zu, auf dem er sie verlassen hatte, und hockte sich hin.

»Sarah«, sagte er. Sie hielt die Hände vors Gesicht; sie hob sie nicht. Er kniete sich hin, so dass er auf gleicher Höhe mit ihr war. »Was ist? Bist du krank?«

Sie schüttelte den Kopf. Sie schien zu weinen, hinter ihren Händen, lautlos und ohne Bewegung. Edward war bestürzt. Die normale Sarah in all ihrer Perversität war etwas, womit er umgehen konnte, er hatte Wege erfunden, damit umzugehen. Aber hierauf war er nicht gefasst. Sie war immer die Beherrschte gewesen.

»Komm doch«, sagte er und versuchte, seine Verzweiflung zu verbergen, »du musst etwas essen, dann fühlst du dich gleich besser.« Er merkte, während er es sagte, wie albern es klingen musste, aber dieses eine Mal gab es kein herablassendes Lächeln, keine nachsichtige Antwort.

»Das passt gar nicht zu dir«, sagte Edward bittend, als sei das ein endgültiges Argument, das sie herausholen, die alte ruhige Sarah zurückbringen würde.

Sarah nahm die Hände vom Gesicht, und während sie es tat, verspürte Edward kalte Furcht. Was er gleich sehen würde, musste doch sicher das Gesicht einer anderen sein, einer völlig anderen Frau, einer Frau, die er nie in seinem Leben gesehen hatte. Oder es würde überhaupt kein Gesicht da sein. Aber (und das war fast am schlimmsten) es war nur Sarah, so, wie sie immer aussah.

Sie nahm ein Papiertaschentuch aus ihrer Tasche und putzte sich die Nase. *Doch, es passt zu mir,* dachte sie. Sie stand auf und strich sich noch einmal den Rock glatt, dann nahm sie ihre Handtasche und ihren zusammenklappbaren Schirm.

»Ich möchte eine Orange«, sagte sie. »Es gibt welche gegenüber vom Kartenkiosk. Ich hab es gesehen, als wir hereinkamen. Hast du deinen Vogel gefunden?«

Training

Rob hatte wohl mehrere Minuten gebraucht, bis er merkte, dass die Sonne sie blendete. Als er es dann merkte, weil sie blinzelte, drehte er sie ein bisschen zur Seite, so dass sie besser sehen konnte. Er berührte die wattierten Armlehnen des Rollstuhls, auf denen ihre dünnen, bloßen Arme von den Ledergurten ruhig gehalten wurden, um sich zu vergewissern, dass sie sich nicht zu sehr aufgeheizt hatten. Sie hätte einen Hut aufhaben sollen, man warnte sie immer vor Sonnenbrand. Bisher war es tagsüber immer sonnig gewesen, allerdings hatte es in der Nacht zuvor ein Gewitter gegeben. Aber man hatte ihr keinen Hut mitgegeben.

»Sie haben deinen Sonnenhut vergessen«, sagte er zu ihr. »Das war dumm von ihnen, nicht?« Dann hielt er ihr ein weiteres Teil des Holzpuzzles hin und gab ihr Zeit, es zu betrachten und auch das halbfertige Puzzle auf dem Tablett anzusehen.

»So?«, fragte er. Er wartete auf die kleine Bewegung ihrer linken Hand zu ihm hin, die Ja sagen würde. Das war eine der wenigen kontrollierten Bewegungen, die sie machen konnte.

Er beobachtete auch ihre Augen und ihr Gesicht. Sie konnte die Augen bewegen, doch schlug ihr Kopf hin und her, wenn sie versuchte, ihn zu schnell zu drehen. Sie hatte wenig Kontrolle über ihre Gesichtsmuskeln, so dass er nie wusste, ob sie versuchte zu lächeln oder ob die Verzerrungen ihres Mundes von den unwillkürlichen Knotungen und Entknotungen ihres zuckenden Fleisches bewirkt wurden, des Körpers, der nicht auf den enormen Willen reagieren wollte, den Rob in ihren Augen eingeschlossen sah oder zu sehen glaubte, wie ein kleines wildes, in einer Metallschlinge gefangenes Tier. Sie konnte nicht heraus! Sie war in den Rollstuhl geschnallt, in ihren Käfig von Bügeln, Tabletts, Stahlrändern eingekerkert, aber nur, weil sie in ihren eigenen Körper festgeschnallt war wie in ein holpriges, Übelkeit erregendes Jahrmarktsgefährt. Ließe man sie aus ihrem Stuhl heraus, würde sie durch den Raum schleudern, kippen, dreschen, wirbeln. Sie war einer der schwersten Fälle, die sie je aufgenommen hatten, hatte Pam, die Krankengymnastin, ihm erzählt.

Aber alle waren sich einig, dass sie intelligent war, sehr intelligent; es war eigentlich erstaunlich, was sie alles konnte. Sie konnte Ja sagen, indem sie ihre linke Hand bewegte, und deshalb konnte sie Spiele spielen, Fragen beantworten, zeigen, was sie wollte. Es erforderte nur mehr Arbeit als gewöhnlich von Seiten des Betreuers, und man musste viel erraten. Es dauerte seine Zeit, aber nachdem sie ihn zweimal hintereinander beim Damespielen besiegt hatte, ohne Schummelei auf seiner Seite, war Rob bereit, die Zeit aufzuwenden. Er überlegte, ob er ihr Schachspielen beibringen könnte. Aber dabei gab es zu viele Figuren, zu viele Bewegungsmöglichkeiten, ein Spiel würde wochenlang dauern. Er stellte sich vor, wie sie ungeduldig in ihrem Körper saß und darauf wartete, bis er zu der Figur kam, die sie bewegen wollte, und herausfand, wohin sie sie setzen wollte.

Sie hatte nichts gesagt. Er drehte das Puzzle-Teil um. Ja sagte ihre Hand sofort, und er setzte es ein. Es war eine Giraffe, zwei Giraffen, ein lustiges Tierbild, eine Karikatur. Ihm fiel ein, dass sie vielleicht nicht wusste, was eine Giraffe war; vielleicht hatte sie noch nie eine echte Giraffe oder auch nur ein Foto von einer gesehen.

»Ist dieses Puzzle langweilig?«, fragte er sie. *Ja*, sagte sie.

»Wie wär's mit einer Partie Dame?«

Das war ihr recht. »Na schön, du tolle Person«, sagte er, »aber diesmal schlage ich dich.« Ihre blauen Augen starrten ihn an; ihr Mund bebte. Er wünschte, sie könnte lächeln. Er schob sie fort, um das Damespiel zu holen und das Puzzle zurückzubringen.

Ihre Intelligenz faszinierte ihn. Es war erstaunlich, aber es war auch entsetzlich, dieses Bewusstsein, in der Falle und am Ersticken. Vielleicht war sie ein Genie; wer konnte das mit Bestimmtheit sagen? Sicher wusste sie Dinge und konnte Dinge spüren, die anderen Leuten entgehen würden. Wenn sie ihn ansah mit ihren eisblauen Augen, klar und kalt, hart wie Pfefferminzdrops, war es, als könnte sie in ihn hineinsehen, hinter die verzweifelt muntere Netter-Onkel-Rolle, von der er wusste, dass es nur eine Rolle war. Er musste aufpassen, was er über sie dachte, wenn er mit ihr zusammen war. Sie würde es mitkriegen, und aus irgendeinem Grund spielte es eine Rolle, was sie von ihm hielt.

Manchmal dachte er, sie wäre besser dran, wenn sie wie die anderen wäre. Die Hydrozephalen zum Beispiel mit ihren wässrigen Kürbisköpfen und Kinderkörpern; es gab im Augenblick drei im Camp, und sie konnten alle sprechen, aber sie waren nicht sehr intelligent. Oder die Muskelschwundfälle, die so normal wirkten, wenn man sie zum ersten Mal sah, in ihren Rollstühlen zusammengesackt, bleich und schlaff wie Waisen. Sie würden bald tot sein; einige von ihnen würden schon vor dem nächsten Sommer sterben. Rob fand das Ferienlagerlied so schmerzhaft, dass er sich nicht überwinden konnte, es zu singen.

Wo sind sie alle, die Mädchen und Jungs,
Die zu Frauen und Männern werden?
Im fernen
EEE-D-E-N!

Die Melodie war die des Mickymauslieds, was alles noch schlimmer machte, weil es bei Rob das Bild der »Mausketiere« heraufbeschwor, jener pausbäckigen, kecken Kinder mit gesunden Armen und Beinen, die sich entschieden hatten, ihre normalen, schönen Körper für so etwas herzugeben, für dieses Herumkugeln und Hampeln und Theaterspielen vor der Fernsehkamera. Er stand da, sah zu Boden, sah weg, sah überall sonst hin, nur nicht auf die Reihen schicksalsgezeichneter Kinder, die im Versammlungssaal saßen, hergebracht, damit Bert, der stellvertretende Leiter, auf seinem Akkordeon klimpern und das erzeugen konnte, was er »Lagergeist« nannte. Die Kinder aber sangen das Lied voller Genuss. Sie sangen gern. Die, die konnten, klatschten mit.

Jordan konnte nicht klatschen. Andererseits würde sie lange leben. Man starb nicht an dem, was sie hatte. Sie war erst neun Jahre alt.

Die Abteilung SPIELE befand sich in der rechten Hälfte der Hütte, die am dichtesten beim Haupthaus stand. Das Fenster nach vorne war vergrößert und mit einer Markise, einem Fensterladen aus Holz für Regenwetter und einer Theke versehen worden. Jo-Anne Johnson, die diese Woche Dienst hatte, saß auf einem hohen Hocker hinter der Theke und las ein Taschenbuch. Sie hatte ein weißes Frotteehemd an mit einem Anker auf der linken Brust und rote kurze Shorts, und sie hatte die Beine übergeschlagen. Rob schaute auf die Linie auf ihrem Oberschenkel, wo die Bräune aufhörte, dann verschob er seinen Blick auf die Regale hinter ihr, wo die Volleybälle und die Baseballschläger aufbewahrt wurden. Sie trug ihr braunes Haar in einem Pferdeschwanz, der von einer goldenen Spange zusammengehalten wurde, und eine Schildpattsonnenbrille. Wenn sie ging, hinkte sie ein wenig. Sie gehörte zu den ehemaligen Ferienlagerkindern, die später als Betreuer wiedergekommen waren. Rob fand sie nett.

»Wir würden gern dieses Puzzle umtauschen«, sagte er zu ihr. »Wir hätten gern ein Damespiel.«

»Schon wieder Dame?«, sagte sie. »Das muss dir ja langsam zum Hals raushängen. Es ist das vierte Mal diese Woche.«

Rob mochte die Art nicht, in der manche Leute in Jordans Gegenwart redeten, als könnte sie nichts hören. »Nein gar nicht«, sagte er. »Ich spiele gegen Jordan. Sie hat mich zweimal geschlagen.«

Jo-Anne lächelte ihn an, als teilten sie ein Geheimnis miteinander. Dann lächelte sie zu Jordan hinunter, die fast unbeweglich zurückstarrte. »Ja, ich hab gehört, dass sie ein Pfiffikus ist«, sagte sie. Sie strich das Puzzle in dem linierten Heft auf der Theke aus und schrieb das Damespiel neben seinen Namen. »Bis später«, sagte sie. »Viel Spaß!«

»Komm, wir suchen uns ein bisschen Schatten«, sagte Rob zu Jordan. Er schob sie auf dem Betonweg an der Hüttenreihe entlang. Die Hütten waren weiß, sauber und völlig gleich. Alle hatten eine Rampe anstelle einer Türschwelle; drinnen waren die Spezialbetten, die Spezialtoiletten und der seltsame Geruch, der nicht wie der Geruch von Kindern war, sondern süßer, schwerer und feuchter, und ihn an ein Gewächshaus erinnerte. Ein Geruch nach warmer Erde und Babypuder, nach Dingen, die ein wenig schimmelten. Natürlich gab es immer eine Menge Wäsche, die in Säcken steckte und darauf wartete, abgeholt zu werden. Einige der Kinder trugen Windeln, grotesk, wenn man sie an einem Zwölfjährigen sah. Morgens, bevor die Betten frisch bezogen wurden, war der Geruch stärker. Es dauerte lange, alle für den Tag fertigzumachen. Die Betreuerinnen durften die Kinder nicht aus den Betten oder aus den Rollstühlen heben; das durften nur die jungen Männer. Rob erledigte das für seine eigene Hütte und zwei Mädchenhütten, Nummer sieben und Nummer acht, Jordans Hütte. Mit ihren geradegeschnittenen Haaren und ihrem zähen, willensstarken kleinen Gesicht sah sie in den gerüschten rosa Nachthemden, die man ihr anzog, fehl am Platz aus. Er fragte sich, ob sie wohl jemals beim Aussuchen ihrer Kleider helfen durfte.

Sie kamen zur Ecke des Gehwegs und bogen nach links ab. Aus den offenen Fenstern des Versammlungssaals, der gleichzeitig als Turnhalle diente, kam das Geräusch von Tonbandmusik und die Stimme einer Frau: »Nein, zurück auf eure Plätze, versucht's noch mal. Du kannst es doch, Susie!« Jetzt hatten sie das Ende der Jungenseite erreicht. Die Mädchenseite war jenseits des Mittelfeldes, auf dem gerade ein Baseballspiel im Gang war, wie an dem Tag, an dem er angekommen war. Der Lagerbus hatte auf der kreisförmigen Zufahrt gehalten. Von vorne hätte das Hauptgebäude das Herrenhaus eines Reichen sein können, und das war es früher einmal auch gewesen. Ein paar Statuen, die auf den ersten Blick wie Großmütter in Schaukelstühlen aussahen, säumten in Abständen die breite Veranda. Der Leiter hatte sie begrüßt und hatte Bert abgeordnet, mit ihnen die Führung für die neuen Betreuer zu machen. Um die Ecke war das Baseballspiel, und Rob hatte gedacht: *So schlimm wird es wohl nicht werden,* denn aus der Entfernung hatte das Spiel auf dem grünen Feld in der strahlenden Sonne, die seither angedauert zu haben schien, fast normal ausgesehen.

Das Merkwürdige daran war die Stille. Jungen in dem Alter müssten eigentlich schreien, das gehörte zum Spiel; aber hier wurden die Spiele mit ruhiger Konzentration gespielt. Es waren fast alles Kinder, die gehen konnten, mit Hilfe von Schienen oder Krücken; einige konnten sogar rennen. Aber ein paar Spieler waren Doppelgespanne: Ein Junge im Rollstuhl wurde jeweils von einem anderen auf dem Feld herumgeschoben. Rob wusste von den Spielen, bei denen er selbst mitgespielt hatte, dass sie mit einer Höflichkeit und Umsicht durchgeführt wurden, die er unheimlich fand. Während der Baseballspiele verhielten sich diese Kinder so, wie Erwachsene immer Kindern sagen, dass sie sich benehmen sollen. Der einzig Laute war im Augenblick Bert, der Schiedsrichter, der mit den Armen fuchtelte und anfeuernd brüllte, während Dave Snider, der durch Polio von der Hüfte abwärts gelähmt war, den Ball weit über das zweite Mal hinausschlug. Zwei Außenfeldspieler auf Krücken humpelten hinter ihm her, während Dave zum Startmal sauste.

Rob wusste, dass er sich eigentlich öfter zum Sport und zum Aufsichtführen melden müsste, aber er wollte mit Jordan zusammen sein. Außerdem hasste er Baseball. Es war zu Hause das Familienspiel, das Spiel, in dem von ihm ganz selbstverständlich hervorragende Leistungen erwartet wurden, genauso, wie man erwartete, dass er Arzt würde. Sein Vater war derjenige, der auf den Spielen bestand, vielleicht zogen ihm echohaft die goldenen Kennedys durch den Sinn, die *Life* vor kurzem beim Touchfootball gezeigt hatte. Joseph Kennedy und seine drei prachtvollen Söhne. Sein Vater trug ein T-Shirt mit der Aufschrift CHAMPION, das ihm seine Mutter geschenkt hatte. Seine beiden älteren Brüder waren gute Spieler, genau wie die Miller-Jungen. Dr. Miller war auch Chirurg wie sein Vater; ihnen gehörte das Haus nebenan. Sein Vater war Herzchirurg, Dr. Miller Hirnchirurg, und auch die beiden Miller-Jungen sollten Ärzte werden.

Sie spielten am Strand, und für Rob verband sich das Gefühl der Hoffnungslosigkeit und des Misserfolgs, das diesen Spielen anhaftete, mit dem blauen Himmel, der strahlenden Sonne und den Wellen, die sich auf dem Sand brachen. Diese Dinge, die für andere Leute sorglose Ferien bedeuteten, bedeuteten für ihn einen fast unerträglichen Druck. Sich zu weigern, zu spielen, wäre undenkbar gewesen. Wenn er ein besserer Spieler gewesen wäre, hätte er sagen können, er habe keine Lust zum Spielen, so aber wären die Vorwürfe »Spielverderber« und »schlechter Verlierer« nur zu wahr gewesen. Keiner nahm es ihm übel, dass er so ein schlechter Spieler war, dass er den Ball kaum traf, vielleicht wegen seiner schlechten Augen, weil die Sonne ihm vom Rand seiner Brille in die Augen blinkte, so dass er den Ball nicht sah, wenn er wie die Bombe eines Attentäters aus dem glühenden blauen Himmel auf ihn zusauste und seine Finger betäubte, wenn er die Hände hob, um ihn abzuwehren, ihn am Kopf oder am Hals traf oder, noch demütigender, ihn so vollständig ignorierte, dass er ihm hinterherlaufen, ihm den Strand entlang oder in den See nachjagen musste. Seine Familie behandelte ihn sogar wie eine Witzfigur, vor allem seine Mutter. »Was hast du dir denn heute wehgetan?«, pflegte sie ihn zu fragen, wenn sie danach auf dem Sitzplatz über dem Bootshaus einen Imbiss austeilte, belegte Brote und Cola für die Jungen, Bier für die Männer. In der Stadt trank sein Vater Whisky, aber im Ferienhaus, das er seine Sommerresidenz nannte, trank er Bier. Die anderen erzählten dann komische Geschichten von Robs Tollpatschigkeit, seinen verzweifelten Duellen mit dem teuflischen weißen Ball, und er grinste dazu. Das Grinsen war Pflicht, Beweis dafür, dass er Spaß verstand und nichts übel nahm. »Man muss etwas aushalten können«, sagte sein Vater gern, ohne allzu genau darauf einzugehen, was »etwas« war. Er sagte auch, fast nach jedem Spiel, dass Wettkampfsport gut sei, weil man dabei lerne, mit Misserfolg umzugehen. Rob wusste, dass sein Vater nur versuchte, ihn aufzumuntern, trotzdem hätte er am liebsten geantwortet, dass er darin schon genug Übung hätte und er ganz gern einmal lernen würde, wie man mit Erfolg umgeht.

Er musste allerdings vorsichtig mit solchen Aussprüchen sein. »Er ist der Sensible«, sagte seine Mutter schon gewohnheitsmäßig zu ihren Freundinnen, halb stolz, halb klagend. Ihr Lieblingsfoto von ihm war das, auf dem er sein Chorhemd trug, aufgenommen im Jahr, bevor er in den Stimmbruch kam. Sein ältester Bruder galt als der Hübsche, sein mittlerer Bruder war der Kluge, Rob war der Sensible. Aus diesem Grund war es, wie er wusste, notwendig, so unsensibel wie möglich zu erscheinen. In letzter Zeit war ihm das zunehmend geglückt, und jetzt beklagte sich seine Mutter darüber, dass er überhaupt nicht mehr mit ihr sprach. Er empfand sogar ihre Augenblicke bemühten Interesses als quälend.

Den anderen traute sie zu, dass sie ihren Weg machen würden, aber ihm traute sie nicht, und insgeheim stimmte Rob ihrer Einschätzung zu. Er wusste, dass er niemals Arzt werden könnte, obwohl er es im Grunde genommen wollte. Er wollte auch gern gut Baseball spielen und konnte es doch nicht, und alles, was er im Medizinstudium auf sich zukommen sah, war eine einzige Katastrophe. Wie hätte er zugeben können, dass schon die Zeichnungen in den medizinischen Büchern seines Vaters, jene Innenansichten von Körpern, abstrakt wie Gipsmodelle, ihm Übelkeit verursachten; dass er tatsächlich in Ohnmacht gefallen war – obwohl das keiner merkte, weil er ohnehin gelegen hatte –, als er dieses Jahr in der Klinik Blut gespendet hatte und zum ersten Mal den heißen purpurnen Wurm seines eigenen Blutes durch den durchsichtigen Schlauch über seinen entblößten Arm hatte kriechen sehen? Sein Vater meinte, es sei ein aufregendes Erlebnis für seine Söhne, im Krankenhaus in die Beobachtungskuppel zu dürfen, während er am offenen Herzen operierte, und Rob war unfähig, das Angebot auszuschlagen oder seinen Ekel zuzugeben. *(Rotes Gummi, es ist nur rotes Gummi,* wiederholte er sich wieder und wieder und schloss die Augen, wenn seine Brüder nicht hinsahen.) Er kam aus diesen Martyrien mit weichen Knien heraus und mit Handflächen, in die sich die Abdrücke seiner gezackten, abgebissenen Nägel eingekerbt hatten. Er konnte es nicht, er würde es nie können.

James, der Hübsche, war schon Assistenzarzt, und die Familie machte am Sonntagmittagstisch Witze über attraktive Krankenschwestern. Adrian sahnte schon im dritten Jahr überall die besten Noten ab. Beide passten so mühelos in die Definitionen, die für sie bereitgestellt worden waren. Und wer sollte er werden, was war für ihn übrig geblieben, als die Rollen verteilt wurden? Der täppische dritte Sohn aus dem Märchen, ohne Prinzessin und ohne Glück. Aber herzensgut und freigebig, freundlich zu alten Frauen und Zwergen im Wald. Er verachtete seine eigene Freigebigkeit, die er in erster Linie für Feigheit hielt.

Rob sollte im Herbst mit den vorklinischen Semestern anfangen und pflichtgetreu würde er das auch tun. Aber früher oder später würde er gezwungen sein, auszusteigen, und was dann? Er sah sich selbst auf dem Dach eines Güterwagens, wie ein Landstreicher aus den dreißiger Jahren, ohne einen Pfennig Geld, die Enttäuschung seiner Familie fliehend, auf dem Weg zu einer Form des Vergessens, die ihm so fremd war, dass er sie sich nicht einmal vorstellen konnte. Aber es gab niemanden, mit dem er über dieses Wissen um das drohende Verhängnis reden konnte. Vor einem Jahr hatte sein Vater ihn zu dem Gespräch von Mann zu Mann beiseite genommen, das er zweifellos auch mit den beiden anderen geführt hatte. Medizin sei nicht einfach nur ein Job, erklärte er Rob. Es sei ein Beruf, eine Berufung. Etwas vom Edelsten, was ein Mensch tun könne, sei, sein Leben selbstlos der Rettung anderer Leben zu widmen. Die Augen seines Vaters glommen fromm: ob Rob wohl dessen würdig war? (Motorboot, dachte Rob, Sommerhaus in der Bucht, zwei Autos, Haus in Forest Hills.) »Dein Großvater war Arzt«, sagte sein Vater, als sei dies ein Trumpf. Sein Großvater war in der Tat Arzt gewesen, aber er war Landarzt gewesen, war mit dem Pferdeschlitten durch Schneestürme gefahren, um Kinder zu entbinden. Sie hatten diese heroischen Geschichten oft gehört. »Er verstand sich nicht so gut darauf, seine Rechnungen einzutreiben«, pflegte Robs Vater zu sagen, wobei er den Kopf in einer Mischung von Bewunderung und nachsichtiger Verachtung schüttelte. Dies war keine *seiner* Schwächen. »Während der Wirtschaftskrise lebten wir von Hühnern; die Bauern gaben sie uns anstelle von Geld. Ich hatte nur ein Paar Schuhe.« Rob dachte an die Schuhleiste, die die volle Länge des dreitürigen Kleiderschranks seines Vaters einnahm, auf der die blitzenden Schuhe aufgereiht waren wie Führungszeugnisse.

Er würde unfähig sein, die Szene zu ertragen, wenn sie es herausfanden, er würde einfach verschwinden. Die endgültige Katastrophe stellte er sich in einem Unterrichtsraum vor. Sie würden gerade eine Leiche sezieren, und er würde plötzlich anfangen zu schreien. Er würde aus dem Zimmer und den Gang entlang rennen, nach Formaldehyd riechend, er würde seinen Mantel vergessen und die Überschuhe, die ein Fetisch seiner Mutter waren, und es würde schneien. Am nächsten Morgen würde er in einem grünlichgrauen Hotelzimmer aufwachen, ohne Erinnerung daran, was er getan hatte.

Auch diesen Job, dieses Ferienlager, hatte seine Familie ausgesucht. Sie fanden, es sei eine gute Vorübung für ihn, den Sommer mit behinderten Kindern zu verbringen; es würde Teil von dem Etwas sein, das auszuhalten er lernen musste. Sein Vater kannte den Leiter, und alles wurde vereinbart, bevor Rob etwas davon erfuhr. Sein Vater und seine Mutter waren so begeistert gewesen, so erfüllt von dem Gefühl, welch wundervolle Möglichkeit sie ihm da verschafft hatten, wie hätte er sich weigern können? »Setz deine Beobachtungsgabe ein«, hatte sein Vater am Bahnhof zu ihm gesagt. »Ich wollte, ich hätte so eine Gelegenheit gehabt, als ich so alt war wie du.«

Die erste Woche lang hatte Rob Albträume gehabt. Die Träume handelten von Körpern, Stücken von Körpern, Armen und Beinen und Torsen, losgelöst und in der Luft schwebend; oder er hatte das Gefühl, dass er sich nicht bewegen konnte, nicht atmen konnte, und dann wachte er auf, völlig durchnässt von der Anstrengung. Er empfand den Anblick der Kinder, besonders der jüngeren, als unerträglich schmerzlich, und er konnte nicht verstehen, wie die anderen Mitglieder des Betreuungsstabs den ganzen Tag mit einem Ausdruck solch gutmütig professioneller Munterkeit herumlaufen konnten. Er selbst tat es allerdings auch. Wenn auch anscheinend mit weniger Erfolg, als er dachte, denn nach dem Orientierungstreffen am zweiten Tag war Pam, die Krankengymnastin, im Betreuerzimmer herübergekommen und hatte sich neben ihn gesetzt. Sie hatte stumpfes blondes Haar, das mit einem farblich zum Blau ihrer Bermudashorts passenden Samtband zurückgenommen war. Sie war hübsch, aber Rob hatte den Eindruck, dass sie zu viele Zähne hatte. Zu viele und zu massive. »Es ist hart, mit solchen Kindern zu arbeiten«, sagte sie, »aber es ist so lohnend.« Rob nickte pflichtschuldig: Was meinte sie mit lohnend? Ihm war immer noch übel. Er hatte an diesem Abend beim Essen Dienst gehabt, und er konnte die von den gebogenen Plastikschläuchen tropfende Milch, die mit Essen bekleckerten Rollstuhltabletts (»Lasst sie so viel selbst machen, wie sie können«), das Schlürfen und die Sauggeräusche kaum ertragen. Pam zündete sich eine Zigarette an, und Rob beobachtete die roten Fingernägel an ihren starken, kompetenten Händen. »Es nützt ihnen überhaupt nichts, wenn du deprimiert bist«, sagte sie. »Sie werden es gegen dich ausspielen. Viele kennen den Unterschied gar nicht. Sie sind nie anders gewesen.« Sie würde dies später beruflich tun, sie würde dies den Rest ihres Lebens tun! »Du wirst dich dran gewöhnen«, sagte sie und tätschelte seinen Arm auf eine Art, die Rob beleidigend fand. *Sie meint es doch nur nett,* korrigierte er sich schnell.

»Ich kenne deinen Bruder James«, sagte sie und lächelte wieder mit ihren massiven Zähnen. »Ich hab ihn bei einer Doppelverabredung kennen gelernt. Der ist schwer in Ordnung.«

Rob entschuldigte sich und stand auf. Sie war ohnehin älter als er, sie war wahrscheinlich schon zwanzig.

Aber sie hatte Recht gehabt, er gewöhnte sich wirklich daran. Die Albträume waren verschwunden, wenn auch erst, nachdem er das Interesse der Jungen in seiner Hütte erregt hatte. Sie gaben ihm den Spitznamen »der Stöhner«. Sie hatten für jeden im Lager einen Spitznamen.

»He, haste heut Nacht den Stöhner gehört?«

»Jaja, aaah, aah. Der hat sich ganz schön einen runtergeheizt.«

»Hat's Spaß gemacht, Stöhner?«

Rob murmelte errötend: »Ich hab schlecht geträumt«, aber sie brüllten vor Lachen.

»Ja, wirklich. Wir haben dich gehört. Ich wollte, ich würde auch so schlecht träumen.« Es war die Hütte für die ältesten Jungen, die vierzehn- bis sechzehnjährigen, und er hatte von Anfang an Schwierigkeiten mit ihnen gehabt. Sie waren nicht wie die jüngeren Kinder, höflich, bereit, vergnügt zu sein, wo es nur ging, dankbar für Hilfe. Vielmehr waren sie voller bissiger Verachtung für das Lager, den Leiter, für Bert (den sie »Bert, das Kamuffel« nannten), für sich selbst und ihr Leben. Sie tranken Bier, wenn sie welches kriegen konnten; sie rauchten heimliche Zigaretten. Sie hatten Nackedeiheftchen unter ihren Matratzen versteckt, und sie erzählten üble Witze. Sie teilten die Welt in zwei Lager, die »Krüppis« und die »Normis«, und in der Regel akzeptierten sie nur die Krüppis. Die Normis betrachteten sie als ihre Unterdrücker, als die Doofköppe, die nie etwas verstehen würden, die es nie recht machen würden und die zu bekriegen und auszubeuten ihre Pflicht war. Es bereitete ihnen ein bitteres Vergnügen, das Feingefühl der Normis zu beleidigen, wann immer das möglich war, und sie hatten in Rob ein einfaches Ziel gefunden.

»He, Pete«, fing Dave Snider zum Beispiel an. Er saß in seinem Rollstuhl und hatte eins jener T-Shirts mit abgeschnittenen Ärmeln an, die seinen überentwickelten Bizeps vorteilhaft zur Schau stellten. Er hatte, wie Rob wusste, einen Heimtrainer zu Hause und abonnierte Bodybuildingmagazine.

»Ja, Dave?«, antwortete Pete. Beide trugen klassische Entenschwänze, die vor Pomade trieften. Sie fanden Robs Privatschulhaarschnitt im englischen Stil lächerlich. Pete war vom Hals abwärts gelähmt, aber irgendwie hatte er in der Hüttenhackordnung den zweiten Platz ergattert. Dave kämmte ihm seinen Entenbürzel.

»Was ist schwarz und krabbelt und fängt Fliegen?«

»Roy Campanella!«

Raues Gelächter, in das der Rest der Hütte einstimmte, während Rob rot wurde. »Ich finde das nicht sehr nett«, hatte er das erste Mal gesagt.

»Er findet das nicht sehr nett«, äffte Dave ihn nach. »Was wiegt zweitausend Pfund und zuckt?«

»Moby Spasti.«

Sie nannten diese Witze »Spasti-Witze«. Am meisten daran störte Rob, dass sie ihn an die Witze erinnerten, die seine Brüder und ihre Medizinerfreunde erzählten, wenn sie zur Entspannung nach dem Unterricht im Hobbyraum seines Vaters Billard spielten. (»Bringt nur eure Freunde mit, Jungs, jederzeit. Du auch, Rob.«) Nur waren ihre Witze angeblich wahre Geschichten. Sie spielten sich gegenseitig endlose Streiche, bei denen meistens Teile von Leichen eine Rolle spielten, die sie in den Sezierkursen absäbelten: Augäpfel in der Teetasse, Hände in der Manteltasche.

»He, wir haben doch diesen alten Kerl seziert, und ich hab gedacht, *ach, zum Teufel,* und hab ihm sein Ding abgeschnitten, ganz braun und verschrumpelt ist das, wie die so werden, und ich hab's in meine Mappe gesteckt. Ich geh also runter ins *Babloor* und trink ein paar Bier, und ich geh auf den Lokus und mach den Schlitz auf, aber ich steck den Pimmel von dem alten Kerl statt meinen eigenen raus. Ich steh also da, wie wenn ich pisse, und wart, bis ein andrer Kerl reinkommt, und da schüttel ich ihn, und er fällt ab und mir in die Hand. Ich werf ihn auf den Boden und sag: ›Verdammtes Ding, hat sowieso nie richtig funktioniert.‹ Ihr hättet sein Gesicht sehen sollen!«

Sie erzählten Gerüchte aus der Notfallambulanz der Klinik, wobei die meisten von Frauen zu handeln schienen, die abgebrochene Colaflaschen in sich stecken hatten, oder von Männern, die mit dem Warmwasserhahn masturbiert hatten. »Ich musste einen Installateur holen, um ihn freizusägen. Der kam rein mit dem Wasserhahn noch dran und einem halben Meter Rohr.« »Ich hab von einem gehört mit einem Buntstift. Der blieb in der Blase stecken. Er kam, weil er blau pisste und nicht rauskriegte, warum.«

»Ich hab von einem gehört mit einer Schlange.«

»Warum erzählt ihr die Geschichten?«, fragte Rob eines Nachts, als er sich mutig fühlte.

»Warum hörst du sie dir an?«, grinste James.

»Wirst du auch tun«, erklärte Adrian ihm. »Wart's nur ab.« Dann, nachdem die anderen nach Hause gegangen waren, sagte er ernster: »Man muss die einfach erzählen. Ich weiß, dass du das ziemlich roh findest, aber du weißt nicht, wie das ist. Das ist wirklich das Leben da draußen. Entweder du lachst oder du wirst verrückt.« Rob versuchte, es von sich zu schieben, aber es verfolgte ihn. Das wirkliche Leben würde ihn überfordern, er würde nicht fähig sein, es zu ertragen. Er würde nicht fähig sein zu lachen. Er würde verrückt werden. Er würde hinaus in den Schnee laufen, ohne Überschuhe, er würde spurlos verschwinden, er würde auf ewig verloren sein.

»Was wiegt zweitausend Pfund und hat einen Kopf, der explodiert?«

»Moby Wasserkopf!«

»Das reicht!«, sagte Rob in einem Versuch, seine Autorität geltend zu machen.

»Schau mal, Stöhner«, sagte Dave. »Du bist hier, um dafür zu sorgen, dass wir es schön haben, stimmt's? Also, wir haben es schön! «

»Ähä«, sagte Pete. »Wenn's dir nicht passt, kannste mich ja versohlen.«

»Klar, nur zu«, sagte Dave. »Tu deine gute Pfadfindertat für diese Woche. Bring einen Krüppel um.« Er piesackte ihn mit seinen eigenen Schuldgefühlen.

Es half auch nicht viel, dass der andere Betreuer, Gordon Holmes, sie noch ermutigte. Er schmuggelte Bier und Zigaretten für sie in die Hütte, beäugte ihre Nackedeiheftchen und erzählte ihnen, welche der Betreuerinnen leicht zu kriegen wären.

»Na, haste's geschafft gestern Abend?«, fragte Dave ihn morgens.

»Nicht übel, nicht übel.«

»Hat sie die Beine breit gemacht für dich?«

Gordons geheimnistuerisches Lächeln. Klatscht sich Kölnisch Wasser auf den Nacken.

»Wer war's denn, Pamme, die Stramme?«

»Wenn die mir den Rücken durchwalkt, krieg ich jedes Mal einen Knochenharten.«

»He, war es Jo-Anne?«

»Nää, die ist doch ein Krüppi. Gord geht doch nicht mit Krüppis aus, oder Gord?«

»Du musst mit denen mitmachen«, sagte Gordon zu Rob. »Sie 'n bisschen anpflaumen. Sie sind frustriert, sie haben normale Gefühle wie du und ich.« Er boxte Rob in den Rücken. »Lass es einfach laufen, Mann, du denkst zu viel.«

Gordon ging auf eine staatliche High School in East York. Seine Mutter und sein Vater waren geschieden, und er wohnte bei seiner Mutter, die er »die alte Dame« nannte. Er hatte den Job im Lager über die »Großen Brüder« bekommen. Er war kein jugendlicher Straffälliger, und Rob fielen viele gute Seiten an ihm ein, aber er konnte es nicht ertragen, zu lange mit ihm zusammen zu sein. Es nützte Rob auch nichts, wenn er sich sagte, dass Gord wahrscheinlich als Automechaniker enden würde und dass die Mädchen, über die er so frei redete, das waren, was seine Mutter »billig« nennen würde, dass er eine von ihnen schwängern und sie heiraten müssen würde und in einer schmuddeligen, engen Wohnung enden und vor dem Fernseher Bier trinken, während seine Frau ihm wegen der Wäsche die Ohren voll jammerte. Trotzdem beneidete er ihn, hörte sich trotzdem die Geschichten von Autorücksitzen und verbotenen scharfen Sachen im Drive-in-Restaurant an, von Knutschereien, von Vorstößen waghalsiger Finger in Unterkleider, von Triumphen über feindliche Elastikträger, Eroberungen von Busen. Er grollte seiner eigenen billigen Freiheit, obwohl er wusste, dass es ihm keinen Spaß machen würde, dass er nicht wissen würde, was er sagen, wo er seine Hände hintun sollte.

Er selbst war noch nie mit jemandem ausgegangen, außer mit den Töchtern der Freundinnen seiner Mutter, farblosen kleinen Mädchen, die einen Partner für ihre Privatschul-Tanzfeste brauchten und nicht wussten, wen sie sonst einladen sollten. Er kaufte Ansteckstäußchen für sie und steuerte sie in ihren Kleidern, die wie Schichten von pastellfarbenem Klopapier aussahen, hurtig und korrekt über das Parkett, wobei ihre kleinen verdrahteten Busen sich leicht gegen seine Brust drückten; seine Hände hatte er an ihren Rücken gelegt, wo sie die Hakenreihen fühlten, die sich möglicherweise öffnen ließen, aber nein, das wäre zu peinlich. Obwohl er manchmal spürte, wie sich sein Geschlecht während der freudlosen Foxtrotts spannte (er verweigerte die wenigen keuschen Rocknummern, an denen sich die gemietete Band versuchte), hatte er keines dieser Mädchen gemocht, obwohl er versuchte, dafür zu sorgen, dass es ihnen Spaß machte. Einer hatte er sogar einen Gutenachtkuss gegeben, weil er das Gefühl hatte, dass sie es erwartete. Es war vor drei Jahren, als er noch Zahnspangen trug. Das Mädchen ebenfalls, und als er sie härter als beabsichtigt küsste, hatten sich ihre Zähne schmerzhaft ineinander verfangen, vor ihrer Haustür, voll sichtbar für die ganze Straße. Jeder Beobachter hätte gedacht, es sei eine leidenschaftliche Umarmung, aber er erinnerte sich noch immer an die Panik in ihren Augen, obwohl er ihren Namen verdrängt hatte.

Rob schob Jordan nach rechts, auf den Naturpfad, der in einem mäandernden Oval durch das kleine Wäldchen hinter den Jungenhütten verlief. Er war gepflastert, wie alle anderen Wege. Die Bäume waren mit Schildchen versehen, und am hinteren Ende des Ovals stand eine kleine Glasvitrine, in der Bert, das Kamuffel, der ein Naturfan war, jeden Tag etwas Neues ausstellte. Er hatte Jordan schon mehrere Male auf dem Naturpfad spazieren gefahren, hatte angehalten, um die Schildchen an den Bäumen zu lesen, sie auf Streifenhörnchen und einmal eine streunende Katze aufmerksam gemacht.

Kaum jemand sonst schien dorthin zu gehen. Er schob sie gern zwischen den Bäumen dahin, pfeifend oder ihr Lieder vorsingend. Er schämte sich seiner Stimme nicht, wenn keiner außer ihr dabei war, er sang sogar Lieder aus Berts Repertoire, die ihm im Hals stecken blieben, wenn die versammelten Kinder sie sangen, geführt von dem rotgesichtigen Bert, seinem Zeremonienmeisterlächeln und seinem energiegeladenen Akkordeon.

Jordan River is chilly and cold,
Halleluja,
Chills the body but not the soul,
Halleluja.

»Dein Name ist der Name eines berühmten Flusses«, sagte er zu ihr. Er hoffte, dass sie sich darüber freuen würde. Er fragte sich, ob ihre Eltern etwas gewusst hatten, wie sie sein würde, als sie ihr den Namen gaben, und ob sie später das Gefühl hatten, dass der teuer klingende Name vergeudet sei, weil sie ihm nie ebenbürtig sein könnte, niemals auf Terrassen Cocktails nippen oder wie Grace Kelly aus kühlem Lippenstift lächeln würde. Aber sie mussten es gewusst haben. In ihrer Akte stand, dass es ein Geburtsfehler war. Sie hatte einen Bruder und eine Schwester, beide normal, und ihr Vater war irgendetwas in einer Bank.

Manchmal, wenn er sich die Katastrophe ausmalte, die vor ihm lag, sein Scheitern und seine Flucht, dachte er daran, sie mitzunehmen. Sie war es, die sich an seinen Hals klammerte, wenn er auf den Güterwagen kletterte (aber sie konnte sich nicht klammern!), sie war bei ihm in dem Hotelzimmer, wenn er aufwachte, saß in ihrem Stuhl (wie hatte er sie hierhergebracht?), sah ihm in die Augen mit ihren eigenen eisig blauen, und ihr Gesicht war wunderbar still. Dann würde sie den Mund öffnen, und Worte würden hervorkommen, sie würde aufstehen, er würde sie irgendwie geheilt haben … Manchmal, sehr kurz (und er verdrängte es sofort), sah er sie beide von der Spitze eines Gebäudes stürzen. *Ein Unfall, ein Unfall,* sagte er sich. Ich meine es nicht so.

Jordan River is chilly and wide,
Halleluja …,

summte Rob. Er steuerte auf eine Bank zu, weiter vorn gab es eine, wo er sich hinsetzen und sie ihr Damespiel spielen konnten.

»He, sieh dir das an.« Es war Berts Glasvitrine. »*Zunderschwamm*«, las er von der maschinengeschriebenen Karte ab. »*Es gibt mehrere Spezies von Zunderschwämmen. Der Zunderschwamm ist ein Saprophyt, der sich von zerfallenden Pflanzensubstanzen ernährt und den man oft auf abgestorbenen Bäumen findet.* Man kann mit einem Stock seinen Namen draufschreiben«, sagt er. Er hatte das früher oft bei ihrem Ferienhaus gemacht, ohne den Pilz vom Baum zu entfernen, und es bereitete ihm Vergnügen, daran zu denken, wie sein Name im Geheimen wuchs, jedes Jahr ein wenig größer wurde. Es war schwer zu erkennen, ob es sie interessierte oder nicht.

Er fand die Bank, drehte Jordan so, dass sie ihm gegenübersaß, und klappte das Brett auf. »Ich hatte das letzte Mal Rot«, sagte er, »also kriegst du es diesmal, ja?« Ein Stein fehlte auf ihrer Seite. »Wir nehmen etwas anderes«, sagte er. Er sah sich nach einem flachen Stein um, aber es gab keinen. Schließlich riss er einen Knopf von seinem Hemdärmel ab. »Ist der recht?«, fragte er.

Jordans Hand bewegte sich, ja. Er begann mit dem mühsamen Prozess, durch Ausprobieren herauszufinden, wie sie ziehen wollte. Er deutete auf jeden einzelnen Stein, bis sie ein Zeichen gab. Dann zeigte er auf jedes mögliche Quadrat. Sie kamen jetzt, wo er sich an diese Art zu spielen gewöhnt hatte, schon viel schneller durch ein Spiel. Ihr Gesicht legte sich in Falten und glättete sich wieder, verzerrte sich, zuckte, Bewegungen, die er bei den anderen hirngeschädigten Kindern immer noch quälend fand, aber bei ihr nicht. Wenn sie sich konzentrierte, war es schlimmer.

Sie hatten kaum die Eröffnungszüge hinter sich, als vom Hauptgebäude die Glocke erklang. Das bedeutete, dass die Spielstunde vorbei und es Zeit für die nachmittäglichen Gruppenaktivitäten war. Jordan, wusste er, hatte mit den anderen aus ihrer Hütte Schwimmen. Sie konnte nicht schwimmen, aber jemand hielt sie im Wasser, wo ihre Bewegungen, hieß es, kontrollierter seien als auf dem Land. Er selbst sollte bei der Beschäftigungstherapie helfen. »Sandkuchen« nannten das die Jungen in seinem Haus. Sie machten mit Vorliebe obszöne Statuen aus Ton, um Wilda, die BT Lehrerin, zu schocken, die sich doch so sehr wünschte, sie für ihre Kreativität loben zu können.

Rob steckte seinen Hemdknopf in die Tasche. Er nahm das Heft, das sie immer benutzten, und notierte ihre jeweiligen Positionen. »Wir spielen morgen zu Ende«, sagte er zu Jordan. Er rollte sie auf dem Pfad in derselben Richtung weiter, in die sie vorher gegangen waren, was sie schneller zurückbringen würde, weil sie schon drei viertel des Wegs um das Oval herum waren.

An der Nordseite des Betonpfads war eine Lichtung, eine Grasfläche, und gegenüber das Silber von Wasser: der Bach, der immer dort floss, gewöhnlich ein träges Rinnsal, jetzt aber vom Regen der letzten Nacht angeschwollen. Rob dachte: Wahrscheinlich hat sie noch nie Gras gespürt, wahrscheinlich hat sie noch nie die Hand in einen richtigen Bach gehalten. Plötzlich wollte er ihr etwas schenken, das keiner ihr je geschenkt hatte, woran keiner sonst je denken würde.

»Ich nehme dich jetzt raus«, sagte er. »Ich setz dich aufs Gras, damit du es anfassen kannst. Ja?«

Sie zögerte, bevor sie das Zeichen Ja gab. Sie sah ihm ins Gesicht; vielleicht verstand sie ihn nicht. »Es macht Spaß«, sagte er, »es fühlt sich schön an«, und dachte an die vielen Male, wo er sich vor acht oder zehn Jahren auf dem Rasen hinterm Haus ausgestreckt hatte, an den weißen weichen Spitzen von Grashalmen gekaut und die fast verbotenen Captain-Marvel-Comic-Heftchen gelesen hatte.

Er schnallte die Gurte auf, die sie festhielten, und hob ihren dünnen Körper hoch. Sie war so leicht, noch leichter, als sie aussah, ein Geschöpf aus Balsaholz und Papier. Aber zäh, sagte er sich. Sie hielt etwas aus, das sah man in ihren Augen. Er legte sie auf die Seite ins Gras, so dass sie den fließenden Bach sehen konnte.

»Da«, sagte er. Er kniete neben ihr, nahm ihre linke Hand und hielt sie in den kalten Bach. »Das ist richtiges Wasser, nicht wie im Schwimmbad.« Er lächelte, fühlte sich großzügig, ein Geber, ein Heiler; aber sie hatte die Augen geschlossen, und von irgendwoher kam ein komisches Geräusch, ein Winseln, ein Knurren ... Ihr Körper war schlaff, ihr Arm zuckte; plötzlich schoss ihr Bein nach vorn, und ihr Fuß in seinem stahlüberzogenen Stiefel trat ihn gegen das Schienbein.

»Jordan«, sagte er. »Geht's dir gut?« Weiteres Knurren, war es Freude oder Schrecken? Er wusste es nicht, und er bekam Angst. Vielleicht war es zu viel für sie, zu aufregend. Er schlang die Arme um sie, zog sie hoch, um sie wieder in den Rollstuhl zu setzen. Das Gras war feuchter gewesen, als er gedacht hatte, und über die rechte Seite ihres Gesichts zogen sich Schmutzstreifen.

»Was zum Teufel machst du mit dem Kind?« Pams Stimme hinter ihm. Rob drehte sich um, noch immer Jordan haltend, die mit den Armen drosch wie ein verrückt gewordener Propeller. Pam stand auf dem Betonweg, Hände auf den Hüften, in der Haltung einer vorwurfsvollen Mutter, die ihre Kinder beim Doktorspielen in den Büschen überrascht. Ihr Gesicht war rot, ihr Haar zerzaust, als sei sie gerannt. Ein Zweig hing über ihrem Ohr.

»Nichts«, sagte Rob, »ich hab nur. ..« *Sie denkt, dass ich irgend so ein Perverser bin,* sah er und spürte, wie er rot wurde.

»Ich dachte, sie würde vielleicht gern mal sehen, wie Gras sich anfühlt«, sagte er.

»Du weißt, dass das gefährlich ist«, sagte Pam. »Du weißt, dass man sie nicht herausnehmen darf. Sie könnte sich den Kopf anschlagen, sich verletzen …«

»Ich hab sie die ganze Zeit im Auge behalten«, sagte Rob. Wer war sie denn, ihn so herunterzumachen?

»Ich finde, du verbringst viel zu viel Zeit mit diesem Kind«, sagte Pam, jetzt weniger böse, aber eindeutig nicht überzeugt von seinen Erklärungen. »Du solltest mehr Zeit mit anderen verbringen. Es ist nicht gut für sie, weißt du, wenn sie Bindungen … eingehen … die unmöglich aufrechterhalten werden können, nach dem Lager.« Jordans Augen waren jetzt offen; sie sah Rob an.

»Wovon zum Teufel redest du?«, sagte, schrie Rob fast. »Wie willst du denn wissen, du weißt überhaupt nicht …« Sie beschuldigte ihn schon im Voraus, dass er Jordan verraten, sie im Stich lassen würde.

»Jetzt hab dich doch nicht gleich so«, sagte Pam. »Aber ich denke, du solltest mal mit Bert sprechen, heute Abend nach dem Betreuertreffen. Ich habe schon über dieses Problem mit ihm diskutiert.«

Sie drehte sich um und ging schnell auf das Hauptgebäude zu. Auf der Rückseite ihrer Bermudashorts war ein kleiner feuchter Lehmfleck.

Rob schnallte Jordan wieder in den Rollstuhl. *Dieses Problem.* Warum war es ein Problem? Es war nicht mehr viel Zeit, er würde für andere Kinder eingeteilt werden, davon abgehalten, sie zu sehen, und sie würde denken … Was konnte er ihr sagen, wie sie überzeugen? Er kniete sich vor sie, legte seine Arme auf das Rollstuhltablett und nahm ihre linke Hand in seine.

»Es tut mir Leid, wenn dich das erschreckt hat, da auf der Erde«, sagte er. »Hat es das?« Ihre Hand bewegte sich nicht. »Kümmer dich einfach nicht um das, was Pam eben gesagt hat. Ich werde dir Briefe schreiben, wenn das Lager vorbei ist, viele Briefe.« Würde er das? »Und jemand bei dir zu Hause kann sie dir vorlesen!« Aber natürlich könnten sie es vergessen oder die Briefe verlieren. Würde er im Studium, wenn er Leichen sezierte, Zeit haben, an sie zu denken? Ihre Augen beobachteten sein Gesicht. Sie konnte durch ihn hindurchsehen.

»Ich werde dir etwas ganz Besonderes geben«, sagte er und suchte verzweifelt nach etwas, was er ihr schenken könnte. Er durchsuchte mit seiner freien Hand seine Tasche. »Das ist mein Knopf, und er ist verzaubert. Ich hab ihn an meiner Manschette gehabt, um ihn zu tarnen.« Er legte ihn ihr in die Hand und faltete ihre Finger darum. »Ich schenke ihn dir, und immer wenn du ihn siehst ...« Nein, das ging nicht; irgendjemand würde ihn in ihrer Tasche finden und ihn wegwerfen, und sie würde keine Möglichkeit haben, es zu erklären. »Du brauchst ihn nicht einmal zu sehen, denn manchmal ist er unsichtbar. Du brauchst nur an ihn zu denken. Und jedes Mal, wenn du an ihn denkst, wirst du wissen, dass ich ganz besonders an dich denke. Ja?« Er versuchte, es so überzeugend wie möglich zu machen, aber sie war vermutlich zu alt und zu klug, sie wusste wahrscheinlich, dass er nur versuchte, sie zu beruhigen. Trotzdem bewegte sie ihre Hand, *ja*. Ob es echter Glaube war oder verlegene Freundlichkeit, würde er nie erfahren können.

Nach der Beschäftigungstherapie ging Rob zurück in seine Hütte, um bei dem vorabendlichen Umziehen in saubere Kleider zu helfen, das Bert günstig für die Moral hielt. Die Jungen waren ungewöhnlich ausgelassen, aber wahrscheinlich war es nur seine eigene Beklemmung und sein Bedürfnis nach Ruhe, die sie so erscheinen ließen. Oder vielleicht war es die Show, die heute Abend von einigen der Älteren vorgeführt werden sollte. Alle diese Jungen waren beteiligt, sogar Pete, der, ein Mikrofon dicht beim Mund an die Schulter geschnallt, der Conférencier sein würde. Keiner der normalen Betreuer war beteiligt; sie und die kleineren Kinder sollten das Publikum bilden, während Scott und Martina – er das Theater, sie den Tanz – die Vorführung leiteten. Rob wusste, dass die Jungen mindestens zwei Wochen geprobt hatten, aber es hatte ihn nicht so interessiert, dass er gefragt hätte, worum es in der Vorführung ging.

»Leih mir mal deine Zitcreme.«

»Nützt bei dir ja doch nichts, du Eiterfratze.«

»Jaah, der hat Pickel auf den Pickeln.«

»Du Spasti!« Ein Handgemenge.

»Hör auf damit, du Stachelgesicht.«

Rob überlegte, ob er in eine andere Hütte verlegt werden würde. Er half Dave Snider in sein sauberes Hemd, rosa mit anthrazitgrauen Streifen (»Billig«, sagte die Stimme seiner Mutter), als Gordon verspätet in die Hütte schlenderte. Rob hatte den Verdacht, dass er auf ein kurzes Bier in die Kneipe in der Stadt getrampt war, wo man es mit dem Alter nicht so genau nahm. Er war in letzter Zeit mehrere Male zu spät gekommen und hatte es Rob überlassen, zu versuchen, allein in der Hütte die Oberhand zu behalten. Er sah sehr selbstgefällig aus; er antwortete nicht auf die bewundernden spöttischen Bravorufe, die seine Auftritte immer begleiteten, sondern kramte tief in seiner Tasche und drapierte sehr beiläufig, sehr kühl etwas über seinen Bettpfosten. Ein schwarzes Unterhöschen mit roten Spitzenrändern.

»He! Hui! He, Gord, wem gehört denn das?«

Heraus mit dem Kamm, die blonde Pompadourfrisur in Form gebracht. »Ich weiß es jedenfalls, und ihr könnt's ja rausfinden.«

»He, los, Gord, hm, Gord?«

»He, das ist nicht fair, Gord! Du hast sie aus der Wäsche geklaut!«

»Guck sie dir an, du Schlaukopf. Die kommt aus keiner Wäsche.«

Dave rollte hinüber und grapschte das Höschen. Er setzte

es sich auf den Kopf und drehte sich auf dem Hüttenboden im Kreis. »Mickymaus, Mickymaus«, sang er. »Auf ewig lasst uns halten unsre Bumser raus … He, Stöhner, willste es mal anprobieren? Wetten, es passt, du hast so einen großen Kopf.«

Andere Hände schnappten nach dem Höschen. Rob verließ das Zimmer und ging den Flur entlang in den Waschraum. Sie mussten im Wald gewesen sein, in seiner Nähe, in Jordans Nähe. Ihre Wut, wie sie ihm so die Leviten gelesen hatte, noch mit den Zweigen im Haar, was gab ihr das Recht dazu? Dreck auf dem Hinterteil.

Sein Gesicht, sein nettes Gesicht, fad und sommersprossig, von ordentlich geschnittenem strohblondem Haar umrahmt, sah ihn aus dem Spiegel an. Er hätte lieber eine Narbe gehabt, eine Klappe über einem Auge, sonnenverbrannte Falten, einen Reißzahn. Wie unberührt er aussah, wie das Fett an rohem Schinken: keines Menschen Fingerabdrücke auf ihm, kein Schmutz, und er verachtete diese Reinheit. Und doch könnte er niemals wie die anderen sein, sich weiden an der nach Moschus riechenden Unterhose irgendeiner Frau. *Vielleicht bin ich nicht normal,* dachte er mit düsterem Stolz.

Nachdem das Chaos und die Unordnung des Abendessens durchgestanden waren, ging Rob mit den anderen zum Versammlungsraum. Auf der Bühne, die wie eine Schulbühne aussah, mit Ausnahme der Rampen an beiden Seiten, waren die roten Vorhänge geschlossen. Es gab keine Stühle. Die in Rollstühlen brauchten keine, und die anderen saßen auf dem Boden, wo sie gerade Lust hatten. Rob machte Jordan ausfindig und rückte näher zu ihr hin. Er bereitete sich darauf vor, Beifall zu spenden, pflichtschuldigst, was ihm auch vorgesetzt werden würde.

Die Lichter im Saal verdunkelten sich, hinter dem Vorhang war ein Gefummel, und Pete wurde von mehreren Händepaaren in seinem Rollstuhl herausgeschoben. Das Publikum klatschte, einige riefen Bravo. Pete war recht beliebt.

»Schubs mich nicht über den Rand, du Spasti«, sagte er ins

Mikrofon, was ihm Lacher von einigen der älteren Jungen eintrug. Er hatte einen flachen Varieté-Strohhut mit einem roten Krepppapierband, und jemand hatte ihm einen falschen Schnurrbart schief über die Oberlippe geklebt.

»Meine Damen und Herren«, sagte er. Er ließ seinen Schnurrbart auf der einen Seite wackeln, dann auf der anderen, und die jüngeren Kinder kicherten. In diesem Augenblick hatte Rob ihn fast gern. »Dies ist die Revue Fair Eden, und wer das nicht glaubt, hat selber schuld, jedenfalls haben wir beim Üben schon mächtig die Beine geworfen!«

Seine Stimme wurde ernst. »Wir haben alle hart gearbeitet, damit dies eine gute Show wird, und ich möchte, dass ihr der ersten Nummer einen großen Applaus spendet, es ist – ein Square-Dance von den Fair-Eden-Tollen-Rollern! Danke schön.«

Pete wurde nach hinten gezogen, verwickelte sich kurz im Vorhang und verschwand. Nach einer Pause teilte sich der Vorhang zögernd. Vor einem braunen Packpapierhintergrund mit einem aufgemalten Apfelbaum und einer Kuh standen vier Jungen und vier Mädchen einander gegenüber in der Ausgangsstellung für einen Square-Dance. Sie saßen alle in Rollstühlen ohne Tabletts.

Die Mädchen waren zwei Polio-Fälle und zwei Querschnittsgelähmte. Sie hatten geschminkte Lippen und rote Papierschleifen um die Kragen ihrer weißen Blusen; ihre ausgezehrten Beine und die Schienen waren von langen bedruckten Baumwollröcken verdeckt, und eine von ihnen, die ohne Brille, war erstaunlich hübsch. Dave Snider war der Junge an der vorderen Ecke. Wie die anderen hatte er eine schnurartige Westernkrawatte an und einen Cowboyhut aus Pappe. Die Tänzer sahen befangen, aber stolz aus. Keiner lächelte.

Martina saß mit dem primitiven Plattenspieler an der Seite. »Jetzt«, rief sie, und die kratzige Fidelmusik begann. Sie klatschte im Takt in die Hände. »Grüßt eure Partner«, rief sie, und die beiden Reihen verbeugten sich von der Taille aus voreinander. »Grüßt eure Nachbarn.« Da schossen die beiden gegenüberliegenden Ecktänzer nach vorne, trafen einander in der Mitte des Quadrats, fuhren aneinander vorbei und vollführten durch schnelles Drehen ihrer Räder mit der Hand ein perfektes Dos-à-dos.

Herrgott, dachte Rob, *die müssen das stundenlang geübt haben.* Er sah die Konzentration in Dave Sniders Gesicht und dachte eine kurze Sekunde lang: *Es ist ihm wichtig.* Und triumphierend: *Jetzt hab ich was, wo ich ihn treffen kann.* Sofort schämte er sich über sich selbst. Die Tänzer schwirrten wieder aus, verschränkten Räder und Arme und drehten sich, gefährlich schwankend. Sie schienen die Zuschauer vergessen zu haben: Ihre Aufmerksamkeit war vollkommen von dem Rhythmus und den komplizierten Manipulationen der Räder, die auf so engem Raum notwendig waren, gefangen.

Rob sah zu Jordan hinüber. Sie saß fast still, nur ihre Arme bewegten sich leicht, ziellos unter den Lederriemen. Er wollte, dass sie hersehen sollte, damit er sie anlächeln konnte, aber sie starrte nach vorn auf die Tänzer, und in ihren Augen glänzten, wie er mit einem Zucken seines Herzens sah, Tränen. Sie hatte noch nie geweint: Er hatte nicht gewusst, dass sie es konnte, er hatte sie immer als kleinen Wechselbalg, als nicht ganz menschlich betrachtet. Was fehlte ihr? Er versuchte, es zu sehen, wie sie es sah, und natürlich, was sie wollte, war etwas, was er ihr nicht geben konnte. Sie wollte etwas, was sie sich vorstellen konnte, etwas, was fast erreichbar für sie war, sie wollte das hier: im Rollstuhl einen Volkstanz tanzen. Sie sehnte sich danach, nur ebenso viel zu können, genau diesen Tanz, das wäre wunderbar. Und es war wunderbar. Er hatte sich vergeudet, seinen Körper, warum hatte er sich nicht mit solcher Hingabe, solcher Freude an der Präzision bewegen können während jener langwierigen Tanzveranstaltungen, bei denen seine Beine steif wie Holz wurden, seine Füße sich in den polierten Schuhen zu unbeholfenen Klötzen zusammenpressten.

Aber es war grotesk, das sah er auch, konnte er nicht umhin zu sehen. Es war der blanke Hohn, an ihnen selbst und an dem Tanz; wer hatte ihnen nur die Erlaubnis dazu gegeben? All ihr Bemühen, sogar ihre Perfektion lief darauf hinaus: Sie waren lächerlich in ihren schwerfälligen Apparaten. Sie tanzten wie komische Roboter. Sie tanzten wie er.

Rob fühlte etwas in sich heraufkommen, ausbrechen. Er beugte sich nach vorn, die Hände auf den Mund gepresst. Er lachte. Er versuchte, das Gelächter zurückzuhalten, es zu ersticken, es in Husten zu verwandeln, aber es half nichts. Er war rot vor Scham, und er zitterte am ganzen Leibe; er konnte nicht aufhören. Er ging gebeugt zur Tür, die Hände vor dem Gesicht, stolperte hinaus und brach auf dem Gras des Baseballfelds zusammen. Er hoffte, sie würden denken, dass ihm übel sei. Das würde er ihnen nachher erzählen. Wir konnte er, wie konnte er nur so unglaublich gefühllos und rüde sein? Aber er musste noch immer so heftig lachen, dass ihm der Magen wehtat. Und sie hatte ihn gesehen, sie hatte ihre nassen Augen hergewandt und ihn gesehen, gerade als es passierte, sie würde denken, dass er sie verraten hatte.

Rob nahm seine Brille ab und wischte sich die Augen. Dann drückte er seine Stirn ins Gras, das feucht und kühl von Tau war. Aus den offenen Fenstern des Versammlungsraums leierte die blecherne Musik weiter, zum Rumpeln der Räder. *Ich muss weg, ich kann es nicht erklären, ich werde ihnen nie gegenübertreten können.* Aber dann wurde ihm klar, *dass es eigentlich keiner gesehen hatte, außer ihr, und sie konnte nichts erzählen.* Er war in Sicherheit. Und wer war das, in dem hellen Raum, hinten in seinem Kopf, der Mann in der grünen Kleidung und der Maske, unter der Glasblase, der das Messer hob?

Dichterleben

Liege auf dem Badezimmerboden dieses anonymen Hotelzimmers, die Füße hoch, auf dem Rand der Badewanne, und einen kalten nassen Waschlappen unter den Nacken gestopft. Beschissenes Nasenbluten. Ein schlechtes Adjektiv, es haut nicht hin, wie die Studenten in jenen Schreibkursen sagen, die manchmal mit dazugehören. Farblich unpassend. Habe noch nie Nasenbluten gehabt, was tut man dagegen? Ein Eiswürfel wäre gut. Vor dem inneren Auge der Cola-und Eis-Automat am Ende des Flurs, ich dorthin flitzend, ein weißes Handtuch über dem Kopf, durch das der Blutfleck sich ausbreitet. Ein Hotelgast öffnet seine Zimmertür. O Schreck, ein Unglück. Aufgeschlitzte Nase. Will nichts damit zu tun haben, die Zimmertür schließt sich, mein Vierteldollar verstopft den Automaten. Ich werde bei meinem Waschlappen bleiben.

Die Luft ist zu trocken, das muss es sein, hat nichts mit mir oder den Protesten des wasserhaltigen Körpers zu tun. Osmose. Blut nach draußen, weil nicht genügend Luftfeuchtigkeit vorhanden ist; sie lassen die Heizkörper auf vollen Touren laufen, und nirgends ein Knopf, um sie auszudrehen. Diese Knauser, warum kann ich nicht im Holiday Inn wohnen? Stattdessen muss es dieses sein, pseudoelisabethanische Motive in einen von Mäusen angeknabberten Rahmen geheftet, verzweifelter Versuch von irgendjemandem, aus diesem hinterwäldlerischen Winkel etwas zu machen. Die Vororte von Sudbury, der bedeutendsten nickelverhüttenden Stadt der

Welt. Dürfen wir Ihnen die Stadt zeigen, haben sie gesagt. Ich möchte die Schlackehalden sehen und die Stellen, wo die ganze Vegetation abgesengt ist. Ohaha, haben sie gesagt. Es wächst schon wieder, man hat die Schornsteine aufgestockt. Es wird so langsam, na ja, richtig zivilisiert. Mir hat das gefallen, habe ich gesagt, es sah aus wie auf dem Mond. Eine Stelle, an der absolut nichts wächst, hat etwas für sich. Kahl. Tot. Sauber wie ein Knochen. Verstehen Sie? Verstohlene Blicke hin und her, junge bärtige Gesichter, ein Pfeifenraucher, sie schreiben Fußnoten, auf dem Weg nach oben, warum bleibt die Betreuung der Gastautoren immer an uns hängen? Der Letzte hat die Fußmatte im Auto vollgekotzt. Warte nur, bis wir unsere Anstellung auf Lebenszeit haben.

Julia bewegte den Kopf. Das Blut sickerte langsam hinten im Hals hinunter, dick und purpurn schmeckend. Sie hatte dort vor dem Telefon gesessen und hatte versucht, die Anweisungen für hotelvermittelte Ferngespräche zu verstehen, als sie niesen musste und die Seite vor ihr plötzlich mit Blut bespritzt war. Völlig grundlos. Und Bernie würde zu Hause herumsitzen und darauf warten, dass sie anrief. In zwei Stunden musste sie die Lesung halten. Eine wohlwollende Einführung, sie würde aufstehen und zum Mikrofon gehen, lächelnd, sie würde den Mund aufmachen, und Blut würde aus ihrer Nase zu tropfen beginnen. Würden sie klatschen? Würden sie vorgeben, nichts zu bemerken? Würden sie glauben, es sei Teil des Gedichts? Sie würde in ihrer Tasche nach einem Papiertaschentuch kramen müssen, oder, noch besser, sie würde ohnmächtig werden, und jemand anders würde damit fertig werden müssen. (Aber alle würden denken, sie sei betrunken.) Wie peinlich für das Komitee. Würden sie ihr trotzdem das Honorar zahlen? Sie konnte sie sich vorstellen, wie sie darüber diskutierten.

Sie hob den Kopf ein wenig, um zu sehen, ob es aufgehört hatte. Etwas, was sich wie eine warme Schnecke anfühlte, kroch nach unten auf ihre Oberlippe zu. Sie leckte, schmeckte Salz. Wie würde sie zum Telefon kommen? Auf dem Rücken, rücklings über den Boden kriechend, die Ellbogen einsetzend und mit den Füßen nachschiebend, eine Schwimmbewegung wie ein riesiges Wasserinsekt? Sie sollte nicht Bernie anrufen, sie sollte lieber einen Arzt anrufen. Aber dazu war es nicht ernst genug. So etwas passierte immer, wenn sie eine Lesung halten musste, etwas Schmerzhaftes, aber zu unerheblich für einen Arzt. Außerdem war es immer in fremden Städten, wo sie keine Ärzte kannte. Einmal war es eine schwere Erkältung; ihre Stimme hatte geklungen, als käme sie durch eine Schlammschicht. Einmal waren ihre Hände und Fußknöchel angeschwollen. Kopfweh war üblich: Zu Hause hatte sie nie Kopfweh. Es war, als ob etwas gegen diese Lesungen wäre und versuchte, sie davon abzuhalten. Sie wartete darauf, dass es eine drastischere Form annehmen würde, Lähmung der Kiefermuskulatur, vorübergehende Blindheit, Anfälle. Daran dachte sie jedes Mal bei den einführenden Worten: sie selbst auf einer Bahre, der wartende Rettungswagen, dann das Erwachen, heil und in Sicherheit, Bernie neben dem Bett sitzend. Er würde sie anlächeln, er würde sie auf die Stirn küssen, er würde ihr erzählen – was? Irgendein Wunder. Sie hätten im Wintario-Lotto gewonnen. Ihm sei eine Menge Geld vermacht worden. Die Galerie mache Gewinn. Etwas, was bedeuten würde, dass sie dies nicht mehr tun müsste.

Das war das Problem: Sie brauchten das Geld. Sie hatten das Geld immer gebraucht, die ganzen vier Jahre lang, die sie zusammenlebten, und sie brauchten es immer noch. Zuerst hatte es nicht so wichtig geschienen. Bernie hatte damals ein Stipendium, um zu malen, und bekam dann noch eine Verlängerung. Sie hatte einen Teilzeitjob, katalogisierte in einer Bibliothek. Dann wurde ein Buch von ihr veröffentlicht, von einem der mittelgroßen Verlage, und sie bekam selbst ein Stipendium. Natürlich gab sie ihren Job auf, um die Zeit möglichst gut zu nutzen. Aber Bernie ging das Geld aus, und er hatte Schwierigkeiten, Bilder zu verkaufen. Und wenn er eins verkaufte, verdiente der Galerist am meisten daran. Das Galeriesystem sei falsch, erklärte er ihr, und er und zwei andere Maler eröffneten eine kooperative Künstlergalerie, die sie nach vielem Reden *Nachrichten aus dem Untergrund* zu nennen beschlossen. Einer der anderen Maler hatte Geld, aber sie wollten ihn nicht ausnützen; sie wollten genau dritteln. Bernie erklärte ihr das alles, und er war so begeistert, dass es ganz natürlich geschienen hatte, ihm die Hälfte ihres Stipendiumgelds zu leihen, um die Sache in Schwung zu bringen. Sobald sie Gewinn verbuchen würden, sagte er, würde er es ihr zurückzahlen. Er gab ihr sogar zwei Anteile an der Galerie. Sie hatten allerdings noch keinen Gewinn zu verbuchen, und wie Bernie darlegte, brauchte sie das Geld im Augenblick noch gar nicht zurück. Sie konnte ja noch mehr verdienen. Sie hatte jetzt einen Namen; einen unbedeutenden zwar, aber immerhin, sie konnte leichter und schneller Geld verdienen als er, indem sie herumreiste und an Universitäten Lesungen veranstaltete. Sie war »vielversprechend«, was bedeutete, dass sie billiger war als die, die mehr als vielversprechend waren. Sie bekam genügend Einladungen, um sie über Wasser zu halten, und obwohl sie das Für und Wider einer jeden mit Bernie durchdiskutierte, in der Hoffnung, dass er Einspruch erheben würde, hatte er ihr bisher noch nie geraten, eine auszuschlagen. Aber zugegebenermaßen hatte sie ihm nie erzählt, wie sehr sie es hasste, das Starren der Augen, ihre eigene Stimme, losgelöst und dahintreibend, die eine destruktive Frage, die todsicher zwischen all den öden anderen lauerte. *Also, glauben Sie wirklich, dass Sie etwas zu sagen haben?*

Tief im Februar, tief im Schnee, blutend auf den Kacheln dieses Badezimmerfußbodens. Wenn sie den Kopf drehte, konnte sie sie sehen, weiße Sechsecke, wie zu einer Bienenwabe verbunden, mit einer einzelnen schwarzen Kachel in regelmäßigen Abständen.

Für miese hundertfünfundzwanzig Dollar – aber das ist die halbe Miete, musst du bedenken – und fünfundzwanzig pro Tag für Spesen. Musste das Vormittagsflugzeug nehmen, keine Plätze mehr am Nachmittag, wer zum Teufel fliegt im Februar nach Sudbury? Ein Haufen Ingenieure. Praktische Mitbürger, die das Erz herausgraben, eine schöne Stange Geld verdienen, zwei Autos und ein Swimmingpool. Jedenfalls wohnen sie nicht hier. Der Speisesaal um die Mittagszeit fast leer. Nur ich und ein sehr alter Mann, der laut mit sich selbst redete. Was ist mit ihm los?, fragte ich die Bedienung. Ist er verrückt? Flüsternd fragte ich das. Ist schon gut, er ist taub, sagte sie. Nein, er ist nur einsam, er ist wahnsinnig einsam, seit seine Frau gestorben ist. Er wohnt hier. Ich nehme an, das ist besser als im Altersheim, wissen Sie. Im Sommer sind hier mehr Leute. Und wir haben eine Menge Männer, die sich grade von ihrer Frau trennen. Die erkennt man immer daran, was sie bestellen.

Habe das nicht weiterverfolgt. Hätte ich tun sollen, jetzt werde ich es nie erfahren. Was sie bestellen. Habe wie üblich nach dem billigsten Gericht auf der Karte gesucht. Wir brauchen die ganzen hundertfünfundzwanzig, warum sie für Essen verschwenden? Solches Essen. Die Speisekarte ein verquerer Versuch, sich elisabethanisch zu geben, alles mit einem *e* am Ende geschrieben. Nahm Anne-Boleyn-Spezial, einen Hamburger ohne Brötchen, mit einem Würfel rotem Wackelpudding garniert, gefolgt von einem »Glas entrahmte Milch«. Wissen sie, dass Anne Boleyn der Kopf abgeschlagen wurde? Hat deshalb der Hamburger kein Brötchen? Was geht in den Köpfen von Leuten vor? Jedermann denkt, Schriftsteller müssten mehr über das Innere des menschlichen Kopfes wissen, aber das stimmt nicht. Sie wissen weniger, deshalb schreiben sie. Versuchen herauszufinden, was alle anderen als gegeben hinnehmen. Die Symbolik der Speisekarte, du meine Güte, warum denke ich überhaupt darüber nach? Die Speisekarte hat keine Symbolik, sie ist einfach nur der Versuch eines schlechtinformierten Dummkopfs, witzig zu sein. Oder nicht?

Du bist zu kompliziert, hat Bernie immer zu ihr gesagt, als sie einander noch die Seelen streichelten und zwackten. Du solltest lässiger sein. Leg dich zurück. Iss eine Orange, lackier dir die Fußnägel.

Er hatte gut reden.

Vielleicht war er noch nicht einmal auf. Er pflegte nachmittags zu schlafen, dann lag er da unter dem Haufen Decken ihrer Wohnung in Queen Street West (über dem Geschäft, das einst Eisenwaren verkauft hatte, aber jetzt eine Boutique für Gewebtes war, die Miete kletterte in die Höhe), Gesicht nach unten, die Arme nach beiden Seiten geworfen, seine Socken lagen auf dem Fußboden, wo er sie ausgezogen hatte, eine hinter der anderen wie zusammengeschrumpfte Füße oder steif gewordene blaue Fußspuren, die zum Bett führten. Auch morgens wachte er nur langsam auf und tastete sich in die Küche zum Kaffee vor, den sie schon gemacht hatte. Das war eines ihrer wenigen Luxusgüter, echter Bohnenkaffee. Sie war dann schon Stunden auf, hatte am Küchentisch gehockt, sich über einem Stück Papier geplagt, Wörter genagt, Sprache geschnitzelt. Er legte seinen Mund, noch voller Schlaf, auf ihren und zog sie vielleicht zurück ins Schlafzimmer und mit sich hinunter aufs Bett in jenen flüssigen Teich von Fleisch, sein Mund glitt über sie, pelziges Vergnügen, die Decken schlossen sich über ihnen, während sie in Schwerelosigkeit versanken. Aber das hatte er schon seit einiger Zeit nicht mehr getan. Er war immer früher aufgewacht; sie dagegen hatte Schwierigkeiten gehabt, aus dem Bett zu kommen. Ihr ging jeder Drang verloren, jene Freude, das, was sie in die kalte Morgenluft herausgezwungen, sie dazu getrieben hatte, all diese Hefte zu füllen, all die gedruckten Seiten. Stattdessen rollte sie sich jetzt in die Decken ein, nachdem Bernie aufgestanden war, steckte alle Zipfel um sich fest, mummelte sich in Wolle. Sie hatte angefangen, das Gefühl zu haben, dass jenseits der Bettkante nichts auf sie wartete. Nicht Leere, sondern Nichts, die Null mit Beinchen aus dem Rechenbuch.

»Ich gehe«, sagte er dann zu ihrem erschöpften, zugedeckten Rücken. Sie war wach genug, um das zu hören; dann sank sie zurück in einen feuchten Schlaf. Seine Abwesenheit war ein weiterer Grund, nicht aufzustehen. Er ging zu den *Nachrichten aus dem Untergrund,* wo er jetzt den größten Teil seiner Zeit zu verbringen schien. Er war zufrieden damit, wie alles lief, sie hatten mehrere Interviews in Zeitungen gehabt, und es war einfach für sie zu verstehen, dass etwas als bedingter Erfolg gelten konnte, ohne dass es Geld einbrachte, da mit ihrem Buch dasselbe geschehen war. Es beunruhigte sie allerdings ein wenig, dass er nicht mehr viel malte. Sein letztes Bild war ein Versuch mit dem Magischen Realismus gewesen. Es stellte sie dar, am Küchentisch sitzend, in die karierte Decke vom Fußende ihres Betts gewickelt, das Haar zu einem dünnen Nackenknoten aufgesteckt und ein wenig wie das Opfer einer Hungersnot wirkend. Dummerweise war die Küche gelb; das ließ ihre Haut grün erscheinen. Er hatte es allerdings nicht zu Ende gemalt. Schreibkram, sagte er immer. Damit verbrachte er seine Vormittage in der Galerie, damit und mit Telefonaten. Die drei sollten sich eigentlich abwechseln, und er hätte um zwölf freihaben müssen, aber gewöhnlich endete er auch noch nachmittags dort. Die Galerie hatte ein paar junge Maler angezogen, die herumsaßen und Nescafé aus Plastikbechern und Bier aus Dosen tranken und sich darüber stritten, ob jedem, der einen Galerieanteil kaufte, auch erlaubt sein sollte, dort auszustellen, und ob die Galerie Bilder in Kommission übernehmen sollte und falls nicht, wie sie überleben würde. Sie hatten verschiedene Pläne, und sie hatten vor kurzem ein Mädchen eingestellt, das sich um die Öffentlichkeitsarbeit, Plakate und Post kümmern und die Medien auf Trab halten sollte. Sie war freischaffend und machte das für zwei weitere kleine Galerien und einen Berufsfotografen. Sie hatte erst angefangen, sagte Bernie. Sie sprach davon, sie aufzubauen. Sie hieß Marika; Julia hatte sie in der Galerie kennen gelernt, damals, als sie noch die Angewohnheit hatte, nachmittags hereinzuschauen. Das schien lange zurückzuliegen.

Marika war eine pfirsichwangige Blondine, etwa zwei-, dreiundzwanzig, jedenfalls nicht mehr als fünf oder sechs Jahre jünger als Julia. Obwohl ihr Name Exotik suggerierte, ungarische Herkunft vielleicht, hatte sie einen waschechten Ontario-Akzent, und ihr Nachname war Hunt. Entweder eine fantasievolle Mutter oder ein namenwechselnder Vater, oder vielleicht hatte Marika diesen Namen selbst angenommen. Sie war sehr freundlich zu Julia gewesen. »Ich habe Ihr Buch gelesen«, sagte sie. »Ich habe keine Zeit, viel zu lesen, aber ich habe Ihres aus der Bibliothek ausgeliehen, wegen Bernie. Ich dachte nicht, dass es mir gefallen würde, aber es ist wirklich recht gut.« Julia war Leuten, die sagten, ihnen gefiele ihr Buch, oder die es sogar gelesen hatten, immer dankbar, zu dankbar, sagte Bernie. Trotzdem hatte sie in ihrem Kopf eine Stimme sagen hören*: Verpiss dich bloß*. Es war die Art, in der Marika ihr Kompliment anbot: wie einem Hund einen Keks, teils Belohnung, teils Bestechung und von oben herab.

Seit damals hatten sie mehrere Male zusammen Kaffee getrunken. Es war immer Marika, die vorbeikam, mit irgendeinem Auftrag von Bernie. Sie saßen in der Küche und redeten, aber es wurden keine echten Verbindungen geknüpft. Sie waren wie zwei Mütter bei einer Geburtstagseinladung, die am Rand sitzen, während ihre Kinder toben und futtern: Sie waren höflich zueinander, aber das wahre Zentrum ihrer Aufmerksamkeit war woanders. Einmal hatte Marika gesagt: »Ich denke immer, ich würde selbst auch gern schreiben«, und Julia hatte eine kleine rote Explosion im Nacken gespürt und hätte fast ihre Kaffeetasse nach Marika geworfen, bis sie merkte, dass Marika es nicht so meinte, sie versuchte nur, interessiert zu erscheinen. »Haben Sie nicht Angst, dass Ihnen der Stoff ausgeht?« »Nicht der Stoff, die Energie«, hatte sie gesagt, es nach einem Witz klingen lassen; aber es hatte gestimmt, das war ihre Furcht. War beides nicht dasselbe? »Laut Einstein«, sagte sie, und Marika, die den Zusammenhang nicht begriffen hatte, warf ihr einen komischen Blick zu und brachte das Gespräch auf Filme.

Das letzte Mal, als Marika vorbeikam, war Julia noch nicht einmal aufgestanden. Sie hatte keine Entschuldigung, keine Erklärung. Sie hätte sie fast weggeschickt, aber Bernie brauchte sein schwarzes Notizbuch, das mit den Telefonnummern, deshalb musste sie sie hereinlassen. Marika lehnte an der Tür zum Schlafzimmer, tipptopp in ihrem Schichtenlook, das handgewebte Täschchen schlenkernd, während Julia, das ungewaschene Haar über den Schultern ihres Nachthemds zottelnd, moosig im Mund und verschwommen im Kopf, auf dem Boden kniete und Bernies abgelegte Taschen durchsuchte. Zum ersten Mal in ihrem gemeinsamen Leben wünschte sie, er würde verdammt noch mal seine Kleider aufheben. Sie fühlte sich dadurch bloßgestellt, obwohl das unnötig war, es waren nicht ihre Kleider, sie hatte sie nicht fallen lassen. Marika strahlte Überraschung, Verlegenheit und eine gewisse Schadenfreude aus, als seien Bernies schmutzige Socken und niedergetrampelte Jeans Julias weicher Unterleib, den sie schon immer gern zu sehen bekommen hätte.

»Ich weiß nicht, wo er es hingesteckt hat«, sagte Julia gereizt. »Er sollte das eigentlich selbst aufheben«, und sie fügte hinzu, viel zu defensiv, wie sie wusste: »Wir teilen uns alles.«

»Natürlich, bei Ihrer Arbeit und allem«, sagte Marika. Sie musterte das Zimmer, das angegraute Bett, Julias auf den Eckstuhl hingeworfenen Pullover, den Avocadobaum mit den braungeränderten Blättern auf dem Fenstersims, ihre einzige Topfpflanze, sie hatten sie aus dem Kern einer Festessen-Avocado gezogen – an den Grund des Feierns konnte sie sich nicht mehr erinnern –, aber etwas stimmte nicht mit ihr. Teeblätter, es hieß, man sollte Teeblätter drantun, oder war es Holzkohle?

Das Notizbuch war schließlich unter dem Bett. Julia zog es hervor; eine Staubflocke hing daran. Sie sah im Geiste eine kleine Tafel, wie die an historischen Häusern: STAUBFLOCKE. *Einstmals Eigentum der Dichterin Julia Morse.* Mit ein paar gelangweilten Schulkindern, die sie durch das Glas einer Vitrine betrachteten. Das war die Zukunft, falls es eine Zukunft gab, falls sie weiterschrieb, falls sie zumindest in Grenzen bedeutend wurde, eine obligatorische Fußnote in irgendeiner Doktorarbeit. Fragmente, übrig geblieben nach dem allgemeinen Zerfall, klassifiziert, Staubfänger, wie die Skelette der Dinosaurier. Blutleer.

Sie reichte ihr das Notizbuch. »Möchten Sie einen Kaffee?«, fragte sie in einem Ton, der abschrecken sollte.

»Ich möchte Ihnen keine Umstände machen«, sagte Marika, trank dann aber doch welchen und plauderte fröhlich über ihre Pläne für eine Gemeinschaftsausstellung, die »Herauf von Unten« heißen sollte. Ihre Augen wanderten in der Küche umher, nahmen den tropfenden Wasserhahn wahr, den darüber drapierten riechenden Wischlappen, den uralten Toaster mit den Krümeln rings um die Unterseite wie Schutt von einem winzigen Erdrutsch. »Ich bin wirklich froh, dass wir befreundet sein können«, sagte sie kurz vor dem Gehen. »Bernie sagt, wir haben keine Gemeinsamkeiten, aber ich finde, wir kommen richtig nett miteinander aus. Die meisten da unten sind Männer.« Dies hätte eine Ersatzspielart von Emanzentum sein können, dachte Julia, aber das war es nicht. Marikas Stimme stank nach Kaffeekränzchen. »Richtig nett.« Wie unpassend, bei diesen sechs Zentimeter dicken Plateausohlen, diesem modischen Po. Marikas Besuche vermittelten ihr das Gefühl, ein Fürsorgefall zu sein. Sie überlegte, wie sie sie dazu bringen könnte, mit diesen Besuchen aufzuhören, ohne zu unhöflich zu sein. Ihr tat es auch Leid um die Zeit, sie könnte sie zum Arbeiten nutzen. Obwohl es zunehmend keine Arbeit mehr gab.

Bernie schien nicht zu merken, dass sie nahezu nichts tat. Er fragte nicht mehr, ob er lesen dürfte, was sie während des Tages geschrieben hatte. Wenn er zum Abendessen nach Hause kam, redete er wie besessen über die Galerie, wobei er einen Teller Spagetti nach dem anderen und, wie ihr schien, ganze Brotlaibe aß. Sein Appetit hatte zugenommen, und seit kurzem hatten sie begonnen, sich über die Lebensmittelrechnungen zu streiten und darüber, wer das Kochen und Einkaufen übernehmen sollte. Am Anfang hatten sie sich alles geteilt, so war es abgemacht. Julia hätte gern darauf hingewiesen, dass er jetzt, wo er doppelt so viel wie sie aß, eigentlich einen größeren Teil der Einkäufe machen und mehr als die Hälfte zahlen müsste, aber sie hatte das Gefühl, es wäre kleinlich von ihr, das zu sagen. Besonders, wo er jedes Mal, wenn sie über Geld sprachen, sagte: »Nur keine Angst, du wirst schon ausgezahlt«, als ob sie ihm den Galeriekredit missgönnte. Was sie vermutlich tat.

Wie spät ist es? Handgelenk heben: halb sieben. Das Blut scheint langsamer zu fließen, aber es ist immer noch da, eine Verdickung wie eine Schnecke hinten im Hals. Eine Lehrerin, die einmal in der Public School mit blutumrandeten Zähnen ins Klassenzimmer gekommen war. Sie musste beim Zahnarzt gewesen sein und danach nicht in den Spiegel gesehen haben, aber wir hatten alle solche Angst vor ihr, dass keiner von uns etwas sagte und wir den Nachmittag damit verbrachten, unter der Aufsicht jenes blutrünstigen Lächelns drei Tulpen in einer Vase zu zeichnen. Muss daran denken, die Zähne zu putzen und mir sorgfältig das Gesicht zu waschen, ein Tropfen Blut am Kinn könnte störend auf das Publikum wirken. Blut, die elementare Flüssigkeit, der Saft des Lebens, Nebenprodukt der Geburt, Vorspiel zum Tod. Das Blutmal. Die Fahne des Volkes. Vielleicht könnte ich mir Geld damit verdienen, politische Reden zu schreiben, falls alles andere fehlschlägt. Aber wenn es dir aus der Nase fließt, ist es nichts Magisches oder auch nur Symbolhaftes, einfach nur lächerlich. Durch die

Nase an das geometrische Netz dieses Badezimmerbodens geheftet. Sei nicht total blöde, fang endlich an. Steh vorsichtig auf: Falls das Blut weiterfließt, sag die Lesung ab und steig ins Flugzeug (eine Spur geronnenen Bluts hinterlassend?). Ich könnte heute Nacht zu Hause sein. Bernie ist jetzt da und wartet darauf, dass ich anrufe, es ist schon über die Zeit.

Sie zog sich hoch, langsam, hielt sich am Waschbecken fest und ging mit unsicher zurückgelegtem Kopf ins Schlafzimmer. Sie tastete nach dem Telefon und hob ab. Sie wählte die Null und ließ vom Amt die Verbindung herstellen. Sie horchte auf die Weltraumgeräusche, die das Telefon machte, in Erwartung von Bernies Stimme, sie spürte seine Zunge schon im Innern ihres Mundes. Sie würden ins Bett gehen, und danach würden sie ein spätes Abendessen zu sich nehmen, sie beide in der Küche, den Gasbackofen eingeschaltet und offen, um sich warm zu halten, so wie früher. (Ihre Vorstellung überging die Einzelheiten, was sie essen würden. Sie wusste, dass nichts im Kühlschrank gewesen war, als sie wegfuhr, außer einem Paar alternder Wiener Würstchen. Nicht einmal Brötchen dazu.) Alles würde besser werden, die Zeit würde rückwärts laufen, sie würden reden, sie würde ihm sagen, wie sehr sie ihn vermisst hatte (denn sie war doch gewiss länger als einen einzigen Tag fortgewesen), Stille würde sich öffnen, Sprache würde wieder fließen.

Die Nummer war besetzt.

Sie wollte nicht über ihre Enttäuschung nachdenken. Sie würde später anrufen. Es kam kein Blut mehr, doch sie konnte es verkrustet in ihrem Kopf fühlen. Sie würde also bleiben, sie würde die Lesung abhalten, sie würde das Honorar entgegennehmen und es dazu verwenden, die Miete zu bezahlen. Was sonst war möglich?

Es war Essenszeit, und sie war hungrig, aber sie konnte sich keine zweite Mahlzeit leisten. Manchmal luden sie den Dichter zum Essen ein, manchmal gaben sie danach eine Party, wo sie sich an Crackers und Käse satt essen konnte. Hier gab es gar nichts. Sie holten sie am Flughafen ab, das war alles. Sie hatte es im Gefühl, dass es keine Plakate, keine werbenden Hinweise gegeben hatte. Eine kleine Gruppe von Zuhörern, unsicher, weil sie da waren und sonst keiner, dabei ertappt, der falschen Lesung beizuwohnen. Und sie sah nicht einmal wie eine Dichterin aus, sie trug einen ordentlichen marineblauen Hosenanzug, praktisch für Treppen und Autos. Vielleicht würde ein Gewand helfen, etwas Fließendes und Ätherisches. Armreifen, ein Tuch?

Sie saß auf der Kante eines Stuhls mit gerader Lehne, einem Bild mit zwei toten Enten und einem Irischen Setter gegenüber. Zeit musste ausgefüllt werden. Kein Fernseher. In der Gideonbibel lesen? Nein, nichts zu Anstrengendes, sie wollte nicht wieder anfangen zu bluten. In einer halben Stunde würden sie kommen und sie abholen. Dann die Augen, die höflichen Hände, die starren Lächeln. Danach würden dann alle raunen. »Fühlen Sie sich dort oben nicht exponiert?«, hatte ein junges Mädchen sie einmal gefragt. »Nein«, hatte sie gesagt, und sie tat es auch nicht, das war nicht sie, sie las nur ihre beruhigendsten Gedichte, sie wollte niemanden aufschrecken. Und trotzdem misstrauten sie ihr. Zumindest betrank sie sich nie vorher, wie viele der anderen es taten. Sie wollte nett sein, und jeder hieß das gut.

Mit Ausnahme der wenigen Hungrigen, die, die das Geheimnis erfahren wollten, die glaubten, es gäbe ein Geheimnis. Sie würden sich danach näher drücken, das wusste sie, an den Rändern hängen, hinter den murmelnden Komiteemitgliedern, kleine Päckchen mit Gedichten umklammern, sie ihr behutsam hinstrecken, als seien die Seiten rohes Fleisch, an dem sie keine Berührung ertragen könnten. Sie konnte sich daran erinnern, als sie selbst sich so gefühlt hatte. Die meisten Gedichte würden entsetzlich sein, aber hier und da würde eines sein, das etwas hatte, die Energie, das Etwas, das sich nicht beschreiben ließ. *Tut es nicht,* hätte sie ihnen gerne gesagt, *macht nicht den Fehler, den ich gemacht habe.* Aber welches war ihr Fehler? Zu glauben, sie könne ihre Seele retten, ohne Zweifel. Durch das Wort allein.

Habe ich das wirklich geglaubt? Habe ich wirklich geglaubt, dass die Sprache mich beim Haar packen und mich schnurstracks nach oben ziehen könne, hinaus in die freie Luft? Aber wenn du aufhörst zu glauben, kannst du es nicht mehr, kannst du nicht fliegen. Deshalb sitze ich hier fest, auf diesem Stuhl. *Ein sechzigjähriger lächelnder öffentlicher Mann.* Krise des Glaubens? Glaube woran? Die Auferstehung, sie wird gebraucht. Herauf von unten. Diese Geister, diese Fiktionen loswerden, *er hat gesagt, sie hat gesagt,* Punkte und Klagen aufrechnen; die Dialoge von Schatten. Sonst wird nichts übrig bleiben als der Rest meines Lebens. Etwas ist gefroren.

Bernie, rette mich.

Er war so lieb heute Morgen, bevor sie abreiste. Wieder das Telefon, die Stimme fliegt durch die Dunkelheit des Raumes. Hohles Klingeln, ein Klicken.

»Hallo.« Eine Frauenstimme, Marika, sie wusste, wer das sein musste.

»Könnte ich bitte mit Bernie sprechen?« Dumm, so zu tun, als erkenne sie die Stimme nicht.

»Hallo Julia«, sagte Marika, »Bernie ist im Augenblick nicht hier. Musste ein paar Tage wegfahren, aber er wusste, dass Sie heute Abend anrufen, deshalb hat er mich gebeten, rüberzukommen. Damit Sie sich keine Sorgen machen. Er hat gesagt, viel Glück bei der Lesung und dass Sie nicht vergessen sollen, die Pflanze zu gießen, wenn Sie zurückkommen.«

»Oh, danke, Marika«, sagte sie. Als sei sie seine Sekretärin, der er eine Nachricht für seine idiotische Ehefrau hinterließ, während er … Sie konnte nicht fragen, wo er hingefahren war. Sie selbst fuhr fort, warum sollte er das nicht auch? Wenn er wollte, dass sie es wusste, würde er es ihr sagen. Sie sagte auf

Wiedersehen. Während sie auflegte, war ihr, als hörte sie etwas. Eine Stimme, ein Lachen?

Er ist nirgends hingefahren. Er ist da, in der Wohnung, ich sehe es, es muss schon wochenlang, monatelang gegangen sein, unten in der Galerie. *Ich habe Ihr Buch gelesen,* um die Konkurrenz zu prüfen. Ich muss schwachsinnig sein, alle wussten es, außer mir. Rüberschlendern, um bei mir Kaffee zu trinken, um die Lage zu peilen. Hoffe, sie haben den Anstand, die Bettwäsche zu wechseln. Hatte nicht den Mumm, selbst mit mir zu sprechen, die Pflanze gießen, meine Scheiße, die ist sowieso kaputt. Melodrama auf einem Parkplatz, lange Strecken von Asphalt und hier und da ein Klecks von einem überfahrenen Tier, ist das aus meinem Leben geworden?

Am tiefsten Punkt in diesem Zimmer zwischen Schutthalden, im Weltraum, auf dem toten Mond, mit zwei geschlachteten Enten und einem ausgestopften Hund, warum musstest du es auf diese Weise tun, wenn ich hier draußen bin, du weißt, wie sie mich lähmen, diese Nervenproben, durch die Augen durchgehen, hättest du nicht warten können? Du hast es prächtig angezettelt, ich werde zurückkommen und schreien und brüllen, und du wirst alles abstreiten: Du wirst sagen: *Wovon redest du denn?* Und wovon werde ich reden, vielleicht habe ich Unrecht, ich werde es nie wissen. Herrlich.

Es ist fast Zeit.

Sie werden kommen, die beiden jungen Männer, die höflich sind und noch keine Lebensstellung haben. Sie wird sich auf den Vordersitz ihres Volvo setzen, und den ganzen Weg zur Lesung, während sie durch die fast bis zur Mitte der Telefonmasten aufgetürmten Schneeverwehungen fahren, werden die beiden jungen Männer die Vorzüge dieses Autos diskutieren und die relativen Vorzüge des Autos, das dem anderen gehört, der nicht fährt, sondern hinten sitzt, mit angewinkelten Beinen wie ein Grashüpfer.

Sie wird nicht fähig sein, überhaupt etwas zu sagen. Sie wird den Schnee beobachten, wie er auf die Windschutzscheibe fällt und von den Scheibenwischern weggewischt wird, und er wird rot sein, er wird rot sein wie eine feste rote Mauer. Ein Wortbruch, sie hasst so etwas, sie hatten sich versprochen, nie zu lügen.

Den Magen voller Blut, den Kopf voller Blut, brennend rot, endlich kann sie sie spüren, diese Wut, die schon so lange andauert, Energie, Worte, die hinter ihren Augen schwärmen wie Frühlingsbienen. Etwas ist hungrig, etwas windet sich. Ein langer Gesang ballt sich zusammen und windet sich auseinander, direkt vor der Windschutzscheibe, wo der rote Schnee fällt, alles zum Leben bringt. Sie parken das vorzügliche Auto, und sie wird von den beiden jungen Männern in den Hörsaal geführt, grauer Sichtbeton, wo eine Versammlung höflicher Gesichter darauf wartet, das Wort zu hören. Hände werden klatschen, Dinge werden über sie gesagt werden, nichts Erstaunliches, sie wird ihnen angeblich gut tun, sie müssen nur den Mund öffnen und sie einnehmen wie Vitamine, wie milde Medizin. Nein. Keine süße Identität, sie wird sich gegen sie stemmen. Sie wird über die Bühne treten, die Worte geballt, sie wird den Mund öffnen, und der Raum wird in Blut explodieren.

Tänzerinnen

Das erste Anzeichen des neuen Mannes war das Klopfen an der Tür. Es war die Hauswirtin, die klopfte, nicht an Anns Tür, wie sie zuerst gedacht hatte, sondern an die andere Tür, die östlich des Badezimmers. Klopf, klopf, klopf; dann eine Pause, weiche Schritte, das Geräusch des Aufschließens. Ann, die ein Buch über Kanäle gelesen hatte, legte es hin und zündete sich eine Zigarette an. Nicht, dass sie versuchte zu lauschen: In diesem Haus konnte man einfach nicht anders.

»Guten Tag!« Mrs. Nolans Stimme laut, überfreundlich. »Ich hab nur gedacht, meine Kinder würden so gern Ihre Nationaltracht sehen. Ob Sie die vielleicht anziehen könnten und runterkommen würden?«

Eine leise Stimme, unverständlich.

»Oh, ist das schön. Da würden wir uns freuen!«

Türschließen und Abschließen, Mrs. Nolan in ihren, wie Ann wusste, malvenfarbenen Plüschpantoffeln und dem geblümten Morgenrock den Flur entlangschlappend, die Treppen hinunter, ihre beiden Jungen anbrüllend: »Auf der Stelle macht ihr, dass ihr ins Zimmer kommt!« Ihre Stimme drang durch Anns Warmluftschacht herauf, als sei das Gitter eine Lautsprecherbox. *Nicht diese Kinder wollen ihn sehen,* dachte Ann, *sie will es.* Sie drückte die Zigarette aus, um sich die andere Hälfte für später aufzusparen, und schlug ihr Buch wieder auf. Was für eine Tracht? Welches Land war es diesmal?

Aufschließen, Öffnen, weiche Schritte den Flur entlang. Sie klangen barfuß. Ann machte das Buch zu und öffnete ihre Tür. Ein weißes Gewand, die Rückseite eines braunen Kopfes, die sich mit einer gewissen Verstohlenheit oder Vorsicht auf die Treppe zubewegten. Ann ging ins Badezimmer und knipste das Licht an. Sie würden es miteinander teilen; der Mieter jenes Zimmers teilte immer das Bad mit ihr. Sie hoffte, dass er angenehmer sein würde als der Mann davor, der immer seinen Rasierapparat zu vergessen schien und dann an die Tür klopfte, während Ann badete. Man brauchte in diesem Haus allerdings keine Angst zu haben, vergewaltigt zu werden oder sonst was, das war der Vorteil. Mrs. Nolan war besser als jede Alarmanlage, und sie war immer da.

Der andere war aus Frankreich gewesen und hatte Filmkunst studiert. Vor ihm war es ein Mädchen gewesen, aus der Türkei, die vergleichende Literaturwissenschaft studierte. Lelah, oder so sprach man es wenigstens aus. Ann hatte regelmäßig ihre schönen langen kastanienbraunen Haare im Waschbecken gefunden; sie war neidisch mit Daumen und Zeigefinger daran entlanggefahren, bevor sie sie wegwarf. Sie musste ihr eigenes Haar auf Ohrlänge abgeschnitten tragen, da es spröde war und leicht brach. Lelah hatte auch einen Goldzahn, ganz vorne außen, wo man ihn sah, wenn sie lächelte. Komischerweise war Ann auch neidisch auf diesen Zahn. Er und das Haar und die türkisbesetzten Ohrringe, die Lelah trug, gaben ihr ein zigeunerhaftes Aussehen, ein weises Aussehen, das Ann mit ihren hellen Augenbrauen und ihrem zierlichen Mund niemals erwerben könnte, das wusste sie, gleichgültig, wie weise sie werden würde. Sie selbst war auf »klassisch« eingeschworen, Schneiderröcke und Shetlandpullover; es war der einzige Stil, den sie sich erlauben konnte. Aber sie und Lelah waren befreundet gewesen, hatten beieinander auf dem Zimmer Zigaretten geraucht, hatten sich gegenseitig wegen der Schwierigkeiten in ihrem Studium und der Lautstärke von Mrs. Nolans Stimme bedauert. Deshalb kannte Ann dieses Zimmer, sie wusste, wie es innen aussah und wie viel es kostete. Es war keine Luxus-Suite, gewiss nicht, und sie war über den häufigen Mieterwechsel nicht überrascht. Es hatte eine noch direktere Verbindung zu den Geräuschen der Familie Nolan als ihres. Lelah war ausgezogen, weil sie den Lärm nicht ertragen konnte.

Das Zimmer war kleiner und billiger als ihr Zimmer, jedoch in demselben deprimierenden Grün gestrichen. Im Gegensatz zu ihrem hatte es keinen eigenen Minikühlschrank, Spülstein und Herd; man musste die nach vorne gelegene Küche benutzen, die schon lange vorher von einer kleinen Mathematikerenklave, zwei Männern und einer Frau aus Hongkong, mit Beschlag belegt worden war. Wer dieses Zimmer mietete, musste entweder immer auswärts essen oder den vollen Umfang ihrer Unterhaltung in Kauf nehmen, die, auch wenn nicht auf Chinesisch geführt, bis zur Unverständlichkeit vergeistigt war. Und man fand nie Platz im Kühlschrank, er war immer voller Pilze. Laut Lelah; Ann selbst hatte nie mit ihnen zu tun, weil sie in ihrem Zimmer kochen konnte. Sie konnte sie allerdings sehen, wenn sie kam und ging. Zu den Essenszeiten saßen sie in der Regel friedlich an ihrem Küchentisch und diskutierten vermutlich über imaginäre Zahlen. Ann hatte den Verdacht, dass Lelah ihnen in Wirklichkeit nicht die Pilze übel genommen hatte: Sie war sich vor ihnen einfach dumm vorgekommen.

Jeden Morgen, bevor sie zu ihren Veranstaltungen ging, untersuchte Ann das Badezimmer nach Spuren des neuen Mannes – Haare, Kosmetika –, aber es war nichts da. Sie hörte ihn kaum einmal; manchmal war das weiche barfüßige Schreiten, das Klicken seines Schlosses zu hören, aber es gab keine Radiogeräusche, kein Husten, keine Unterhaltungen. Die ersten paar Wochen sah sie ihn nicht einmal, abgesehen von jenem einen kurzen Blick auf die hohe wogende Gestalt. Er schien die Küche nicht zu benutzen, in der die Mathematiker ungestört ihre Geheimlehre weiterbetrieben, oder falls er es tat, dann kochte er, während sonst keiner da war. Ann hätte ihn völlig vergessen, wenn Mrs. Nolan nicht gewesen wäre.

»Er ist richtig nett, nicht wie manche, die man kriegt«, sagte sie in ihrem durchdringenden Flüstern zu Ann. Obwohl sie ihren Mann, wenn er zu Hause war, und besonders ihre Kinder anschrie, flüsterte sie immer, wenn sie mit Ann sprach, ein heiseres, leidenschaftliches Flüstern, als teilten sie anrüchige Geheimnisse. Ann stand vor ihrer Tür, den Zimmerschlüssel in der Hand, dem üblichen Standort während dieser Vertraulichkeiten. Mrs. Nolan kannte Anns Tageslauf. Es war nicht weiter schwierig für sie, zu tun, als putze sie das Badezimmer, Ajax und Putzlappen in der Hand, und dann herauszuschießen und Ann abzufangen, wenn sie ihr dringend etwas erzählen musste. Sie war eine kleine tonnenförmige Frau: Ihr Kopf reichte Ann nur bis zur Nase, deshalb musste sie zu Ann hinaufschauen, was sie in diesen Momenten merkwürdig kindlich erscheinen ließ.

»Er kommt aus einem von diesen arabischen Ländern. Obwohl ich gedacht habe, dass sie Turbane tragen, oder nicht Turbane, diese weißen Dinger eben. Er hat nur diesen komischen Hut, wie so einen Topf. So richtig wie ein Araber sieht der mir gar nicht aus. Er hat solche Tätowierungen im Gesicht ... Aber er ist richtig nett.«

Ann stand da, mit tropfendem Schirm, und wartete, bis Mrs. Nolan fertig war. Sie selbst hatte nie viel zu sagen; das wurde auch nicht erwartet. »Denken Sie, dass Sie mir die Miete am Mittwoch geben können?«, fragte Mrs. Nolan. Drei Tage früher; wahrscheinlich der wahre Grund der Unterhaltung. Nun ja, wie Mrs. Nolan damals im September gesagt hatte, sie hatte eben niemanden, mit dem sie sich richtig unterhalten konnte. Ihr Mann war meistens weg, und ihre Kinder flohen nach draußen, wenn sie nur konnten. Sie selbst ging nie weg, außer zum Einkaufen und sonntags zur Messe.

»Ich bin froh, dass Sie das Zimmer genommen haben«, hatte sie zu Ann gesagt. »Mit Ihnen kann man doch reden. Sie sind keine solche Ausländerin. Nicht wie die ganzen andern. Das war seine Idee, dass man das große Haus kauft, zum Vermieten. Er braucht ja die Arbeit nicht zu machen und sich mit denen rumzuschlagen. Kann man nie wissen, zu was die fähig sind.«

Ann hätte ihr gerne klargemacht, dass sie durchaus eine Ausländerin war, genau wie all die anderen, aber sie wusste, dass Mrs. Nolan das nicht verstehen würde. Es würde wie jenes Fiasko im Oktober sein. *Kommen Sie in Ihrer Nationaltracht.* Sie war der Einladung aus Pflichtgefühl, aber ebenso aus einem Sinn für Ironie gefolgt. Wart nur, wenn die meine Nationaltracht vorgesetzt kriegen, hatte sie gedacht und Schneeschuhe und Anorak in Erwägung gezogen, aber tatsächlich dann ihr gutes blaues Wollkostüm angezogen. Es gab nur eins, woran *Nationaltracht* sie erinnerte, an das Titelbild auf dem Missions-Sonntagsschulblatt, das sie früher verteilt hatten, es zeigte Kinder aus allen Ländern der Welt, die in einem Kreis um einen lächelnden, in ein Laken gehüllten Jesus mit weißem Gesicht herumtanzten. Das und das Gedicht in ihrem Lesebuch:

O kleiner Indianer, Cree oder Sioux,
Wärst nicht gern an meiner Stelle du?

Das Schreckliche daran war, wie sie Lelah später erzählte, dass außer ihr keiner hingegangen war. »Sie hatte all das Essen vorbereitet, und nicht eine weitere Menschenseele war da. Sie war ganz fassungslos, und mir war es so peinlich für sie. Es war irgend so eine Sache von den Freunden Ausländischer Studenten, nur für Frauen, Studentinnen und Ehefrauen von Studenten. Sie hielt mich offensichtlich nicht für ausländisch genug, und sie konnte sich nicht erklären, warum sonst keiner kam.« Das konnte Ann auch nicht, sie war viel zu lange geblieben und hatte ganze Teller voller Käsehäppchen gegessen, auf die sie gar keine Lust hatte, nur um den frustrierten Gastgebersinn der Veranstalterin zu besänftigen. Die Dame, die geschmackvoll gesträhntes aschblondes Haar und ein mit polierten und satinglänzenden Oberflächen angefülltes Wohnzimmer hatte, hatte sie abwechselnd zu essen genötigt und auf die Tür gestarrt, als erwarte sie, dass sich ein ganzer Zug von Ausländern in Nationaltracht dankbar hereindrängen würde.

Lelah lächelte, zeigte ihren weisen Zahn. »Haben die wirklich so wenig Ahnung, dass sie so etwas abends veranstalten?«, sagte sie. »Diese Männer werden ihre Frauen doch abends nicht alleine ausgehen lassen. Und die Unverheirateten haben Angst, allein auf die Straße zu gehen, ich jedenfalls bestimmt.«

»Ich nicht«, sagte Ann, »solange man auf den Hauptstraßen bleibt, wo es beleuchtet ist.«

»Dann bist du dumm«, sagte Lelah. »Weißt du nicht, dass drei Straßen von hier ein Mädchen ermordet worden ist? Hat ihr Badezimmerfenster offen gelassen. Ein Mann ist durch das Fenster gestiegen und hat ihr die Kehle durchgeschnitten.«

»Ich nehme immer meinen Schirm mit«, sagte Ann. Natürlich gab es bestimmte Gegenden, wo man eben nicht hinging. Auf den Scollay Square, zum Beispiel, wo die Prostituierten herumstanden und wo einem vielleicht jemand nachging oder Schlimmeres. Sie versuchte, Lelah zu erklären, dass sie daran nicht gewöhnt war, an nichts dergleichen, dass man in Toronto in der ganzen Stadt herumspazieren konnte, na ja, fast überall, und nie in Schwierigkeiten kam. Sie setzte noch hinzu, dass keiner hier zu verstehen schien, dass sie nicht wie sie war, dass sie aus einem anderen Land kam, dass es nicht dasselbe war; aber Lelah war schnell gelangweilt. Sie müsse zurück an den Tolstoi, sagte sie, indem sie ihre Zigarette in ihrer noch nicht ausgetrunkenen Tasse Nescafé ausdrückte. (War ihr wahrscheinlich nicht stark genug, dachte Ann.)

»Du brauchst dir doch keine Gedanken zu machen«, sagte sie. »Dir geht es doch gut. Zumindest wirst du nicht halb von deiner Familie verstoßen, nur weil du tust, was du tun möchtest.« Lelahs Vater schrieb ihr unaufhörlich Briefe, drängte sie, in die Türkei zurückzukehren, wo die Familie den idealen Ehemann für sie ausgesucht hatte. Lelah hatte sie ein Jahr lang hingehalten, und vielleicht konnte sie sie noch ein weiteres hinhalten, aber das würde das Äußerste sein. Sie würde auf keinen Fall innerhalb dieses Zeitraums ihre Dissertation fertig schreiben können.

Ann hatte sie nicht mehr oft gesehen, seit sie ausgezogen war. Man verlor Leute hier in der sich ständig verändernden Bevölkerung hoffnungsvoller und verzweifelnder Durchreisender schnell aus den Augen.

Ihr schrieb keiner Briefe und drängte sie, nach Hause zu kommen, keiner hatte den perfekten Ehemann für sie ausgesucht. Im Gegenteil, sie konnte sich den niedergeschlagenen Blick ihrer Mutter vorstellen, das Grauwerden und Einsinken ihres Gesichts, falls sie plötzlich verkünden würde, dass sie die Universität verlassen, ihren Ehrgeiz gegen die Stimme des Schicksals eintauschen und heiraten würde. Nicht einmal ihrem Vater würde das gefallen. *Beende, was du angefangen hast,* würde er sagen, *ich hab es nicht getan, und sieh, wie es mir ergangen ist.* Das einstöckige Häuschen oben an der Avenue Road, neben der Tankstelle, mit dem unaufhörlichen Dröhnen von der Schnellstraße her, immer gegenwärtig, wie das Meer, und mit den Auspuffgasen, die die Hecke aus chinesischen Ulmen kaputtmachten, die ihre Mutter gepflanzt hatte, um die Zapfsäulen zu verdecken. Ihre beiden Brüder waren von der High School abgegangen, sie waren nicht so gute Schüler wie Ann. Der eine arbeitete jetzt in einer Druckerei und war verheiratet, den anderen hatte es nach Vancouver verschlagen, und keiner wusste, was er tat. Sie dachte an ihren ersten richtigen Freund, den bulligen, leichtlebigen Bill Decker mit dem zweifarbigen Auto, bei dem der Auspufftopf immer abfiel. Sie hatten stundenlang in Nebenstraßen geparkt und sich durch all ihre Kleiderschichten aneinander gerieben. Aber schon in jenem sinnlichen Dunst, dem Kokon aus Atem und Haut, den sie umeinander gesponnen hatten, während jener Telefongespräche, deren Existenz eine Art Berührung war, hatte sie gewusst, dass dies nichts war, worauf sie sich zu intensiv einlassen wollte. Inzwischen war er wahrscheinlich schlaff und sesshaft geworden. Sie hatte seit damals noch andere Beziehungen mit Männern gehabt, aber sie hatte sie in derselben Art behandelt. *Umsichtig.*

Nicht, dass Mrs. Nolans Hinterzimmer ein Aufstieg gewesen wäre. Aus dem einen Fenster blickte man auf das Bestattungsinstitut nebenan; aus dem anderen auf den Hof, in dem die Nolankinder alles Gras abgescharrt hatten und der jetzt ein Morast halb gefrorenen Schlamms war. Ihr Hund, ein Schäferhundmischling, wurde dort an der Kette gehalten und von den Kindern abwechselnd umarmt und gequält. (»Jimmy! Donny! Lasst ihr jetzt den Hund in Ruhe! Wollt ihr das wohl lassen, er ist schmutzig! Wie ihr wieder ausseht!« Ann mit zugehaltenen Ohren bei ihrer Lektüre über unterirdische Einkaufsstraßen.) Sie hatte versucht, das Zimmer zu verschönern, sie hatte eine Madrasdecke als Vorhang vor die Kochnische gehängt, sie hatte mehrere Drucke aufgehängt, Stillleben von Braque, mit Gitarren und beruhigenden kubistischen Früchten, und sie zog Kräuter auf dem Fenstersims; sie brauchte eine Umgebung, die sich zumindest bemühte, nicht hässlich zu sein. Aber nichts davon nützte viel. Nachts nahm sie Ohropax. Sie hatte nichts von der Zimmerknappheit gewusst, sich keine Vorstellung davon gemacht, dass die ganze Gegend ein Studentenslum war, dass die Mieten so hoch, die verfügbaren Zimmer so trostlos sein würden. Nächstes Jahr würde es anders werden; sie würde früher herkommen und die große Auswahl haben. Mrs. Nolans Zimmer war eindeutig ein Überbleibsel. Man konnte für dasselbe Geld etwas Besseres bekommen, man konnte dafür sogar eine ganze Wohnung mieten, wenn man willens war, in der richtigen Slumgegend zu wohnen, die sich mit engen Straßen voller einfacher dreistöckiger Häuser in verblassendem Senfgelb und Rußgrau näher am Fluss erstreckte. Obwohl Ann sich nicht denken konnte, dass sie dem gewachsen sein würde. Eins der guten alten Häuser in einer ruhigen, abgelegenen Straße, mit Buntglasfenstern vielleicht, wäre schon eher etwas. Ihre Freundin Jetske hatte so eine Wohnung.

Aber sie studierte das, was sie studieren wollte, daran bestand kein Zweifel. Als sie zur Schule ging, hatte sie vorgehabt, Architektin zu werden, aber während sie die Grundkurse an der Universität abschloss, hatte sie gemerkt, dass die Gebäude, die sie entwerfen wollte, entweder unmöglich waren – wer konnte sie sich leisten? – oder zwecklos. Sie würden verloren sein, erdrückt, ruiniert durch all die anderen unharmonisch um sie herumgezwängten Gebäude. Deshalb hatte sie beschlossen, Städtebau zu studieren, und sie war hierher gekommen, weil dies die beste Universität dafür war. Oder als die beste galt. Sie hatte vor, nach dem Abschluss ihres Studiums so gut ausgebildet, so mit Qualifikationen gewappnet zu sein, dass man es zu Hause nicht wagen würde, ihr die Aufgabe zu verweigern, die sie sich erträumte. Sie wollte Toronto neu planen. Toronto würde für den Anfang reichen.

Über die Einzelheiten war sie sich noch nicht ganz im Klaren. Bisher sah sie nur weite Flächen vor sich, wunderschöne grüne Flächen, mit Wasser, das hindurchfloss, und Bäumen. Aber keinen großen Golfplatzrasen; eher etwas Gewundenes, etwas mit plötzlichen Biegungen, ungestörten Nischen, überraschenden Ausblicken. Und keine konventionellen Blumenbeete. Die Häuser, oder was immer es sein würde, unauffällig zwischen die Bäume gesetzt, die Autos … ja, wohin mit ihnen? Und wo würden die Leute einkaufen, und wer würde in diesen Bauten wohnen wollen? Das war das Problem: Sie konnte die Ausblicke, die Bäume und die Bäche oder Kanäle vor sich sehen, ganz deutlich, aber sie konnte sich nie die Menschen vorstellen. Ihre Grünflächen waren immer leer.

Sie sah ihren Zimmernachbarn erst im Februar wieder. Sie kam gerade von dem kleinen Supermarkt in der Nähe zurück, wo sie die Lebensmittel für ihre billigen, sorgfältig ausgewogenen Mahlzeiten kaufte. Er stand an dem Durchgang zu dem, was sie zu Hause als Vestibül bezeichnet hätte, gelehnt, rauchte eine Zigarette und starrte durch die Glasscheiben an der Seite der Haustür hinaus in den Regen. Er hätte eigentlich ein bisschen rücken müssen, um Ann Platz zu lassen, ihren Regenschirm abzustellen, aber er tat es nicht. Er sah sie nicht einmal an. Sie drückte sich herein, schüttelte ihren zugeklappten Schirm und sah in ihren Briefkasten, zu dem es keine Schlüssel gab. Gewöhnlich lagen keine Briefe darin, und der heutige Tag war keine Ausnahme. Er trug ein weißes Hemd, das ihm zu groß war, und eine grünliche Hose. Er war nicht barfuß, er trug sogar ein Paar prosaische braune Schuhe. Doch hatte er wirklich Tätowierungsmale oder vielmehr Narben, mehrere nebeneinander, quer über beide Backen. Sie sah ihn zum ersten Mal von vorne. Er schien ein wenig kleiner als damals, als sie ihn zur Treppe hatte gehen sehen, aber vielleicht kam das daher, weil er keine Kopfbedeckung aufhatte. Er stand so energielos gekrümmt an den Türrahmen gelehnt, dass es fast war, als hätte er keine Knochen.

Durch Mrs. Nolans Haustür gab es nichts zu sehen, außer dem Verkehr, der vorbeizischte wie jeden Tag. Er war gedrückter Stimmung, das war es wohl. Dieses Wetter musste einen auch niederdrücken. Ann konnte ihm seine Einsamkeit nachfühlen, aber sie wollte nicht davon behelligt, in Mitleidenschaft gezogen werden. Sie hatte schon Mühe genug, mit ihrer eigenen fertig zu werden. Sie lächelte ihn an, obwohl das Lächeln, da er sie nicht ansah, vergeblich war. Sie ging an ihm vorbei und die Treppen hinauf.

Während sie in ihrer Tasche nach dem Schlüssel kramte, kam Mrs. Nolan aus dem Badezimmer getappt. »Ham Sie ihn gesehn?«, flüsterte sie.

»Wen?«, fragte Ann.

»*Ihn.*« Mrs. Nolan ruckte mit dem Daumen. »Wie er da unten an der Tür steht. Das tut er oft. Der macht mich kribbelig. So gute Nerven hab ich auch nicht.«

»Er tut doch gar nichts«, sagte Ann.

»Das mein ich ja«, flüsterte Mrs. Nolan Unheil drohend. »Er tut überhaupt nie was. So weit ich das seh, geht er auch nie weg. Das Einzige ist, dass er sich meinen Staubsauger borgt.«

»Ihren Staubsauger?« Ann reagierte aus Überraschung.

»Ich sag es doch.« Mrs. Nolan hielt eine Gummipumpe in der Hand und fingerte daran herum. »Und es gibt noch mehr von deren. Neulich abends kommen die rein, rauf in sein Zimmer. Zwei, mit den gleichen Zeichen im Gesicht und alles. Es ist so eine Art, na, Religion oder was. Und den Staubsauger hat er erst am nächsten Tag zurückgebracht.«

»Zahlt er die Miete?«, sagte Ann, bemüht, die Unterhaltung auf praktische Dinge zu lenken. Mrs. Nolan ließ ihre Einbildungskraft ins Kraut schießen.

»Regelmäßig«, sagte Mrs. Nolan. »Nur, ich mag's nicht, wie er runterkommt, so leise und so. Stracks in meine Wohnung. Wo Fred so viel weg ist.«

»Ich würde mir keine Sorgen machen«, sagte Ann mit, wie sie hoffte, beruhigender Stimme. »Er macht so einen netten Eindruck.«

»Die Sorte ist es immer«, sagte Mrs. Nolan.

Ann machte sich ihr Abendessen zurecht, eine Hähnchenbrust, ein paar Erbsen, einen Vollkornkeks. Dann wusch sie sich im Badezimmer das Haar und drehte es auf Lockenwickler. Sie musste das tun, um ihm Fülle zu geben. Den Kopf in die Plastikhaube ihres tragbaren Haartrockners gehüllt, saß sie an ihrem Tisch, trank Nescafé, rauchte ihre übliche halbe Zigarette und versuchte, ein Buch über römische Aquädukte zu lesen, aus dem sie hoffte, einige neue Ideen für ihre gegenwärtige Planungsaufgabe zu bekommen. (Ein Aquädukt, das mitten durch das obligatorische Einkaufszentrum verlief?

Würde irgendjemand darauf achten?) Doch ihre Gedanken wanderten immer wieder zum Problem des Mannes nebenan. Ann versuchte, sich nicht oft vorzustellen, wie es wäre, ein Mann zu sein. Aber dieser Mann ... Wer war er, und was war mit ihm? Er musste Student sein, hier waren alle Studenten. Und er musste intelligent sein, ganz außer Zweifel. Wahrscheinlich hatte er ein Stipendium. Alle hier in der *Graduate School* hatten Stipendien, außer den echten Amerikanern, die manchmal keins hatten. Oder vielmehr, die Frauen bekamen Stipendien, aber einige der jungen Männer versuchten immer noch, durch ein Studium der Einberufung zu entgehen, obwohl Präsident Johnson angekündigt hatte, dass er damit aufräumen würde. Sie selbst hätte es ohne Stipendien nie so weit gebracht; ihre Eltern hätten das Geld nicht aufbringen können.

Also war er wohl über ein Stipendium hier, studierte zweifellos ein praktisches Fach, Kernphysik oder Staudammbau, und wie von ihr und den anderen Ausländern erwartete man auch von ihm, dass er fortginge, sobald er gelernt hätte, wozu er gekommen war. Aber er ging nie aus dem Haus; er stand an der Haustür und sah dem hirnlosen Fließen der Autos zu, dem Winterregen, während zu Hause in seinem Land die, die ihn hergeschickt hatten, zuversichtlich darauf warteten, dass er eines Tages zurückkäme, mit Wissen angefüllt, bereit, ihre Lebensprobleme zu lösen ... *Er hat den Mut verloren,* dachte Ann. *Er wird durchfallen. Es* war zu spät im Studienjahr, um aufzuholen. Solches Scheitern, solche Lähmungen waren hier ziemlich normal, besonders unter den Ausländern. Er war weit weg von zu Hause, von der Sprache, der er angehörte, den Trägern seiner Nationaltracht; er war im Exil, er war am Ertrinken. Was tat er nur abends so allein in seinem Zimmer?

Ann schaltete ihre Trockenhaube auf KÜHL und zwang ihre Gedanken zurück zu den Aquädukten. Sie sah, dass er am Ertrinken war, aber es gab nichts, was sie hätte tun können. Man sollte es lieber gar nicht versuchen, wenn man es nicht gut machte, das zu wissen, war sie klug genug. Das Einzige, was man für die Ertrinkenden tun konnte, war, dafür zu sorgen, dass man nicht einer von ihnen war.

Also, das Aquädukt. Es würde aus Naturziegeln gebaut sein, in einem erdigen Rot; es würde flache Bögen haben, in deren Schatten Farne und vielleicht ein wenig Lerchensporn in verschiedenen Blauschattierungen wachsen würden. Sie musste noch mehr über Pflanzen lernen. Bevor es in den Ladenkomplex mündete (typisch für ihn, ein Einkaufszentrum als Aufgabe zu stellen; davor hatte er eine Siedlung für den sozialen Wohnungsbau verlangt), würde sich das Aquädukt durch die Grünfläche winden, auf der, jetzt konnte sie sie sehen, Menschen umhergingen. Kinder. *Aber keine Kinder wie die von Mrs. Nolan.* Sie würden ihr Gras in Matsch verwandeln, sie würden Dinge an ihre Bäume nageln, ihre räudigen Hunde würden auf ihre Farne scheißen, sie würden Flaschen und Limo-Dosen in ihr Aquädukt werfen ... Und Mrs. Nolan selbst und ihre Arche Noah von schäbigen, intelligenten Ausländern, wo würde sie die hinstecken? Denn die Häuser aller Mrs. Nolans dieser Welt würden verschwinden müssen; das war eines der Axiome im Städtebau. Sie könnte sie in kleine Büros oder Etagenwohnungen umwandeln, ein paar Gehölze und Hängepflanzen, und ein neuer Anstrich würden Wunder wirken. Aber sie wusste, dass dies nur Ausflüchte waren. Um ihre Grünfläche, das sah sie jetzt, gab es einen hohen Maschendrahtzaun. Drinnen waren Bäume, Blumen und Gras, draußen der schmutzige Schnee, der endlose Regen, die brummenden Autos und der halb gefrorene Matsch aus Mrs. Nolans trostlosem Hinterhof. Das war es, was *exklusiv* bedeutete, es bedeutete, dass manche Menschen ausgeschlossen waren. Ihre Eltern standen im Regen außerhalb des Zauns, sahen mit trübseligem Stolz zu, wie sie im ewigen Sonnenschein umherspazierte. Ihr einziger Erfolg.

Hör auf, befahl sie sich. *Sie wollen, dass ich dies tue.* Sie löste ihr Haar aus den Wicklern und bürstete es durch. In drei

Stunden würde es, wie sie wusste, wegen der Feuchtigkeit so schlaff sein wie eh und je.

Am nächsten Tag versuchte sie, ihr neues theoretisches Problem bei ihrer Freundin Jetske zur Sprache zu bringen. Jetske studierte auch Städtebau. Sie kam aus Holland und konnte sich daran erinnern, wie sie als Kind durch die zerstörten Straßen gelaufen war und um Geld bettelte, zuerst bei den Deutschen, später bei den amerikanischen Soldaten, die immer gut für ein oder zwei Riegel Schokolade waren.

»Man lernt, für sich selbst verantwortlich zu sein«, hatte sie gesagt. »Es schien damals nicht schlimm, aber wenn man ein Kind ist, kommt einem nichts so schlimm vor. Es ging uns allen gleich, keiner hatte etwas.« Wegen dieser Vergangenheit, die fremder und grausamer war als alles, was Ann selbst erlebt hatte (was war eine Benzinzapfsäule verglichen mit den Nazis?), achtete Ann ihre Meinung. Sie mochte sie auch gern, weil sie der einzige Mensch in ihrer Bekanntschaft war, der zu wissen schien, wo Kanada lag. Viele kanadische Soldaten waren in Holland begraben. Dies verschaffte Ann die, wenn auch schattenhafte Identität, deren sie so sehr bedurfte. Besaß sie schon keine Nationaltracht, so gab es doch immerhin einige heldische Leichen, mit denen sie in Verbindung gebracht wurde, wie entfernt auch immer.

»Die Schwierigkeit bei dem, was wir tun …«, sagte sie zu Jetske, während sie unter Anns Schirm zur Bibliothek gingen. »Ich meine, man kann einen Teil erneuern, aber was macht man mit dem Rest?«

»Der Stadt?«, fragte Jetske.

»Nein«, sagte Ann langsam. »Ich glaube, ich meine, der Welt.«

Jetske lachte. Sie hatte Zähne, die Ann jetzt typisch holländisch erschienen, ebenmäßig und weiß und mit ziemlich viel sichtbarem Zahnfleisch unter der Oberlippe. »Ich wusste gar nicht, dass du eine Sozialistin bist«, sagte sie. Ihre Backen waren rot und gesund, wie auf einer Käsereklame.

»Das bin ich auch nicht«, sagte Ann. »Aber ich dachte, wir sollten in universalen Mustern denken.«

Jetske lachte wieder. »Hast du gewusst«, sagte sie, »dass man in manchen Ländern eine offizielle Erlaubnis braucht, um von einer Stadt in eine andere zu ziehen?«

Diese Vorstellung gefiel Ann überhaupt nicht. »Das hält die Mobilität in Schranken«, sagte Jetske. »Ohne das ist Stadtplanung eigentlich gar nicht möglich.«

»Ich finde das schrecklich«, sagte Ann.

»Natürlich findest du das«, sagte Jetske so dicht an der Bitterkeit, als ihr überhaupt möglich war. »Du hast das nie gemusst. Ihr hier drüben habt einen weichen Bauch, ihr glaubt, ihr könnt jederzeit alles haben. Ihr glaubt, es gibt eine Freiheit der Wahl. Die ganze Welt wird noch darauf kommen. Du wirst schon sehen.« Dann fing sie an, Ann wieder einmal wegen ihres Plastikkopftuchs zu necken. Jetske hatte nie etwas auf dem Kopf.

Ann entwarf ihr Einkaufszentrum, setzte ein Oberlicht und Bankbeete mit Zimmerpflanzen hinein und ließ das Aquädukt weg. Sie bekam »sehr gut« dafür.

In der dritten Märzwoche ging Ann mit Jetske und ein paar anderen zu einem Vortrag von Buckminster Fuller. Danach gingen sie alle auf ein paar Bier in die Kneipe an der Ecke des Platzes. Etwa um elf Uhr brach Ann mit Jetske zusammen auf und ging ein paar Straßen weit mit ihr, bevor Jetske zu ihrem schönen Altbau mit den Buntglasfenstern abbog. Ann ging allein weiter, wachsam, sich an die beleuchteten Straßen haltend. Sie trug ihre Handtasche unter dem Arm und hielt ihren zusammengerollten Schirm einsatzbereit. Ausnahmsweise regnete es nicht.

Als sie zu ihrem Haus kam und anfing, die Treppe hinaufzusteigen, fiel ihr auf, dass etwas anders war. Oben wusste sie, was. Ja, ganz richtig, etwas stimmte nicht. Eine merkwürdige Musik kam aus dem Zimmer nebenan, eine hohe Flöte, die Trommeln, plumpsende Geräusche und Stimmenlärm übertönte. Der Mann nebenan veranstaltete anscheinend ein Fest. *Gut für ihn,* dachte Ann. Dann tut er wenigstens etwas. Sie richtete sich darauf ein, noch eine Stunde zu lesen.

Aber der Lärm wurde lauter. Aus dem Badezimmer kamen würgende Geräusche. Das würde nicht gut gehen. Ann vergewisserte sich, dass ihre Tür abgeschlossen war, nahm die Sherryflasche heraus, die sie in dem Schrank neben dem Herd aufbewahrte, und goss sich ein Glas ein. Dann knipste sie das Licht aus und setzte sich mit dem Rücken gegen die Tür und trank ihren Sherry in dem leicht blauen Schein des Bestattungsinstituts nebenan. Es hatte keinen Sinn, ins Bett zu gehen: Auch mit Ohropax war an Schlaf nicht zu denken.

Die Musik und das Dröhnen wurden lauter. Nach einer Weile wurde gegen den Boden geklopft, dann etwas gebrüllt, was ganz deutlich durch Anns Warmluftschacht nach oben kam: »Ich ruf die Polizei! Hören Sie? Ich ruf die Polizei! Schaffen Sie sie raus, und machen Sie selbst, dass Sie rauskommen!« Die Musik wurde abgestellt, die Tür öffnete sich, und man hörte ein Geklapper die Treppe hinunter. Dann noch mehr Schritte – Ann konnte nicht erkennen, ob sie hinauf- oder hinuntergingen – und noch mehr Geschrei. Die Haustür schlug, und das Geschrei setzte sich auf der Straße fort. Ann zog sich aus und ihr Nachthemd an, immer noch ohne das Licht anzuschalten, und schlich ins Badezimmer. Die Badewanne war voll mit Erbrochenem.

Dieses Mal wartete Mrs. Nolan nicht einmal, bis Ann vom Unterricht zurückkam. Sie lauerte ihr morgens auf, als sie aus ihrem Zimmer kam. Mrs. Nolan hielt eine Dose Abflussfrei in der Hand und hatte dunkle Ringe unter den Augen. Irgendwie ließ sie das jünger aussehen. Wahrscheinlich ist sie nicht viel älter als ich, dachte Ann. Bisher hatte sie sie für mittleren Alters gehalten.

»Ich nehme an, Sie haben die Sauerei da drin gesehen«, flüsterte sie.

»Ja«, sagte Ann.

»Ich nehme an, Sie haben heut Nacht alles gehört.« Sie hielt inne.

»Was war los?«, fragte Ann. Sie wollte es wirklich wissen.

»Er hat Tänzerinnen da drin gehabt! Drei Tänzerinnen und zwei andere Männer, in dem kleinen Zimmer! Ich hab gedacht, die Decke bricht uns über den Köpfen ein!«

»Ich hab so etwas wie Tanzen gehört«, sagte Ann.

»Tanzen! Gehopst sind die, das hat geklungen, wie wenn sie vom Bett auf den Boden springen. Der Putz ist abgeblättert. Fred war nicht zu Hause. Er ist immer noch nicht zu Hause. Ich hab Angst gehabt wegen den Kindern. Na, mit den Tätowierungen, wer weiß denn, in was die sich da reinsteigern?« Ihre zischende Stimme deutete Ritualmorde an, der kleine Jimmy und der rotznasige Danny einem obskuren Gott als Opfer dargebracht.

»Und was haben Sie gemacht?«, fragte Ann.

»Ich hab die Polizei gerufen. Na, die Tanzmädchen, wie die gehört haben, dass ich die Polizei hol, sind sie rausgewitscht, das kann ich Ihnen sagen. Haben ihre Mäntel angezogen und waren die Treppen runter in Null Komma nix. Da können Sie Gift drauf nehmen, dass die nichts mit der Polizei zu tun haben wollten. Aber die andern nicht, die scheinen nicht zu wissen, was Polizei überhaupt heißt.«

Sie hielt wieder inne, und Ann fragte: »Ist sie gekommen?«

»Wer?«

»Die Polizei.«

»Ach, wissen Sie, hier in der Gegend dauert es immer eine Weile, bis die Polizei da ist, wenn nicht einer grade vor der Tür steht. Ich weiß das, es ist nicht das erste Mal, dass ich sie rufen musste. Wer weiß denn, was die in der Zwischenzeit noch gemacht hätten! Ich hab gehört, wie die runterkamen, da hab ich den Besen gepackt und sie rausgejagt. Die ganze Straße runter hab ich die gejagt.«

Ann sah, dass sie der Meinung war, etwas sehr Tapferes getan zu haben, und das bedeutete, dass es in der Tat sehr tapfer war. Sie hatte wirklich geglaubt, dass der Mann nebenan und seine Freunde gefährlich, dass sie eine Bedrohung für ihre Kinder seien. Sie hatte sie ganz allein davongejagt und vor Angst und Trotz geschrien. Und er hatte doch nur ein bisschen gefeiert.

»Meine Güte«, sagte sie schwach.

»Das können Sie laut sagen«, sagte Mrs. Nolan. »Ich bin heute früh da reingegangen, um seine Sachen zu holen und sie rauszustellen, dass er sie abholen kann, ohne dass ich ihn sehen muss. Ich hab nicht so gute Nerven. Ich hab überhaupt nicht geschlafen, auch als sie weg waren. Fred muss eben aufhören mit dem Nachtsfahren. Ich halt das nicht aus. Aber wissen Sie, was? Er hatte überhaupt keine Sachen drin. Nicht ein Stück. Bloß einen leeren Koffer!«

»Und seine Nationaltracht?«, sagte Ann.

»Hatte er an«, sagte Mrs. Nolan. »Der ist damit die Straße runtergelaufen, wie so ein Verrückter. Und wissen Sie, was ich noch da drin gefunden hab? In einer Ecke war eine Batterie von leeren Flaschen. Alkohol. Er muss getrunken haben wie ein Fisch, Monate, und hat nie die Flaschen weggebracht. Und in einer andern Ecke war ein Häufchen abgebrannte Streichhölzer. Er hätte ja das Haus niederbrennen können, sie einfach so auf den Boden zu schmeißen. Aber das Schlimmste war, Sie wissen doch, dass er die ganze Zeit meinen Staubsauger geborgt hat?«

»Ja«, sagte Ann.

»Also, er hat den Dreck nie weggeschmissen. Der ganze Dreck lag da, in der anderen Zimmerecke. Er muss ihn ausgeleert und einfach liegen gelassen haben. Ich begreif's nicht.« Mrs. Nolan war jetzt eher ratlos als ärgerlich.

»Ja«, sagte Ann. »Das ist wirklich seltsam.«

»Seltsam!«, sagte Mrs. Nolan. »Ich kann Ihnen versichern, dass das seltsam ist. Allerdings hat er immer die Miete bezahlt, ganz pünktlich. Nie einen Tag zu spät. Warum hat er bloß den Dreck so in die Ecke geschmissen, wo er ihn doch in einer Tüte hätte wegschmeißen können, wie jeder vernünftige Mensch? Es ist ja nicht so, dass er es nicht gewusst hätte. Ich hab ihm ganz genau gesagt, wann die Mülltage sind, als er eingezogen ist.«

Ann sagte, sie würde zu spät kommen, wenn sie sich nicht beeilte. An der Haustür schob sie ihr Haar unter das Plastikkopftuch. Heute war es nur ein Nieseln, nicht heftig genug für den Schirm. Sie machte sich auf den Weg, ging schnell neben dem doppelspurig fließenden Verkehr her.

Sie fragte sich, wohin er wohl gegangen war, nachdem er von Mrs. Nolan in ihren Puschen und dem geblümten Hausmantel mit Schreien und erhobenem Besen die Straße hinuntergejagt worden war. Sie musste für ihn ein mindestens ebenso erschreckender Anblick gewesen sein wie er für sie und genauso unerklärlich. Was brachte diese Frau, diese fette, verrückte Frau, nur dazu, polternd und tobend in eine Szene harmloser Gastfreundschaft einzubrechen? Er und seine Freunde hätten sie leicht überwältigen können, aber sie wären nicht einmal auf die Idee gekommen, das zu tun. Sie hätten viel zu viel Angst gehabt. Welches unausgesprochene Tabu hatten sie verletzt? Was würden diese kalten, verrückten Leute als Nächstes tun?

Jedenfalls hatte er aber Freunde. Sie würden sich um ihn kümmern, zumindest vorläufig. Was doch ein Trost war, wie sie annahm. Doch in Wirklichkeit empfand sie ein kindliches Bedauern darüber, dass sie die Tänzerinnen nicht gesehen hatte. Wenn sie gewusst hätte, dass sie da waren, hätte sie vielleicht sogar riskiert, ihre Tür zu öffnen. Sie wusste, dass es keine richtigen Tänzerinnen waren, wahrscheinlich waren es einfach ein paar Nutten vom Scollay-Platz. Mrs. Nolan hatte sie euphemistisch so bezeichnet oder vielleicht aus einer unbewussten Assoziation mit dem Wort *arabisch,* dem schemenhaft arabischen Land. Sie hatte nie herausgefunden, welches es war. Trotzdem wünschte sie sich, sie hätte sie gesehen. Jetske würde all das sehr amüsant finden, besonders die Vorstellung, wie sie mit dem Rücken gegen die Tür in der Dunkelheit Sherry getrunken hatte. Es wäre besser gewesen, wenn sie den Mut gehabt hätte, hinauszuschauen.

Sie begann, über ihre Grünfläche nachzudenken, wie sie es oft unterwegs tat. Die grüne, perfekte Fläche der Zukunft. Sie wusste inzwischen, dass sie von vornherein abgeschrieben war, dass sie nie entstehen würde, dass es schon zu spät war. Wenn sie erst ihr Examen hätte, würde sie dazu übergehen, geschmackvolle Mischungen aus Wohneinheiten und Einkaufszentren zu planen, mit vielen unterirdischen Einkaufsstraßen und Arkaden, um die Leute vor dem Schnee zu schützen. Aber sie konnte es sich gestatten, ihre grüne Fläche ein letztes Mal zu sehen.

Der Zaun war jetzt fort, und das Grün erstreckte sich ins Endlose; Felder und Bäume und fließende Gewässer, so weit sie sehen konnte. In der Ferne, unter den Bögen des Aquädukts graste eine Herde von Tieren, Wild oder so etwas. (Sie muss noch mehr über Tiere lernen.) Gruppen von Menschen wandelten glücklich unter den Bäumen, hielten einander an den Händen, nicht nur zu zweit, sondern zu dritt, zu viert, zu fünft. Der Mann von nebenan war dabei, in seiner Nationaltracht, und die Mathematiker, alle trugen ihre Nationaltracht. Neben dem Fluss spielte ein Mann Flöte; und um ihn herum tanzten gelassen, in langen geblümten Gewändern und malvenfarbenen Puschen, mit rotbraunem Haar, das um ihre gesunden roten Gesichter wehte, ihr holländisches Lächeln lächelnd, die Tänzerinnen.

Das Leben schenken

Aber wer schenkt es? Und wem wird es geschenkt? Es fühlt sich jedenfalls nicht wie ein Schenken an, was auf ein Fließen hindeutet, ein sanftes Übergeben, keinen Zwang. Doch hier ist nur dürftige Sanftheit, es ist zu anstrengend, der Bauch wie eine geballte Faust, das Pressen, das schwere, schleppende Arbeiten des Herzens, jeder Muskel im Körper gespannt und in Bewegung wie in der Zeitlupenaufnahme eines Hochsprungs, in der der gesichtslose Körper nach oben segelt, sich dreht, einen Moment in der Luft hängt, und dann – zurück zur normalen Geschwindigkeit – der Sturz, der Drang nach unten, das Ergebnis. Vielleicht ist der Ausdruck von jemandem erdacht, der nur das Ergebnis sah: in diesem Fall die aufgereihten Säuglinge, denen die Geburt zugestoßen ist, die wie säuberliche Pakete in ihren perfekt gewickelten Tüchern liegen, rosa oder hellblau, deren Namensschildchen an ihren durchsichtigen Plastikbettchen kleben, hinter dem Spiegelglasfenster.

Niemand sagt je: *den Tod schenken,* obwohl beides, Geborenwerden und Sterben, in mancher Hinsicht ähnlich ist, beides Ereignisse, keine Gegenstände. Und entbinden, diese Handlung, die der Arzt nach allgemeiner Vorstellung durchführt: Wer entbindet wen? Ist es die Mutter, die entbunden wird, wie ein Gefangener, der freigelassen wird? Sicher nicht; noch wird das Kind von der Mutter entbunden wie von einer lästigen Pflicht. Wie kann man Geber und Nehmer des Lebens zugleich sein? War jemand gefangen, wird jemand befreit? So die Sprache, die in archaischen Zungen etwas raunt, ein weiterer Sachverhalt, der neu benannt zu werden verdient.

Allerdings nicht von mir. Dies sind die einzigen Worte, die ich habe, ich sitze damit fest, sitze in ihnen fest. (Jenes Bild von den Teerschichten, das alte Gemälde im Royal Ontario Museum, im zweiten Stock, Nordflügel, wie es haftet. Werde ich ausbrechen, oder werde ich hineingesogen, versteinert werden, ein Säbelzahntiger oder ein schwerfälliger Brontosaurus, der sich zu weit vorgewagt hat? Worte kräuseln sich zu meinen Füßen, schwarz, träge, tödlich. Lasst es mich noch einmal versuchen, bevor die Sonne mich erreicht, bevor ich verhungere oder ertrinke, solange ich kann. Es ist schließlich nur ein Gemälde, es ist nur eine Metapher. Seht, ich kann sprechen, ich sitze nicht in der Falle, und ihr für euren Teil könnt verstehen. So werden wir denn fortfahren, als gäbe es keine Probleme mit der Sprache.)

Diese Geschichte über das Lebenschenken handelt nicht von mir. Um Sie davon zu überzeugen, sollte ich Ihnen vielleicht erzählen, was ich heute früh getan habe, bevor ich mich an diesen Schreibtisch setzte – eine Tür auf zwei Aktenschränken, Radio links, Kalender rechts, diese Geräte, mit deren Hilfe ich mich in der Zeit orte. Ich bin um zwanzig vor sieben aufgestanden und bin auf halbem Weg die Treppe hinunter meiner Tochter begegnet, die heraufkam, selbstständig, wie sie glaubte, tatsächlich aber in den Armen ihres Vaters. Wir begrüßten einander mit Umarmungen und Lächeln; dann spielten wir mit dem Wecker und der Wärmflasche, ein Ritual, das wir nur an den Tagen durchexerzieren, an denen ihr Vater das Haus früh verlassen muss, um in die Stadt zu fahren. Dieses Ritual dient dazu, mir die Illusion zu geben, dass ich ausschlafen kann. Als sie endlich beschloss, dass es Zeit für mich zum Aufstehen sei, fing sie an, mich an den Haaren zu zerren. Ich zog mich an, während sie die Badezimmerwaage erkundete und den mysteriösen weißen Altar der Toilette. Ich ging mit ihr nach unten, und wir kämpften den üblichen Kampf um ihre Kleider. Sie trägt schon winzige Jeans, winzige T-Shirts. Danach aß sie allein: Orange, Banane, Brötchen, Haferbrei.

Dann gingen wir hinaus auf die Sonnenveranda, wo wir den Hund, die Katzen und die Vögel, Blauhäher und Goldzeisige um diese Jahreszeit, nämlich Winter, von neuem und an ihren Namen erkannten. Sie legt die Finger auf meine Lippen, während ich diese Worte ausspreche; sie hat noch nicht das Geheimnis gelernt, sie selbst zu formen. Ich warte auf ihr erstes Wort: Bestimmt wird es erstaunlich sein, etwas, was noch nie gesagt worden ist. Aber wenn dem so ist, hat sie es vielleicht schon gesagt, und ich habe es in meinem Eingefangensein, meiner Sucht nach dem Gewohnten, nicht gehört.

In ihrem Ställchen machte ich den ersten erschreckenden Fund des Tages. Es war eine kleine nackte Frau, aus jenem weichen Plastikmaterial, aus dem auch wippende Spinnen und Eidechsen und die anderen Dinge hergestellt sind, die man sich ins Autofenster hängt. Meine Tochter hatte sie von einer Bekannten bekommen, einer Frau, die Requisiten für Filme herstellt, sie sollte ursprünglich als Requisit dienen, wurde dann aber doch nicht benutzt. Das Baby liebte sie und krabbelte auf dem Boden und hielt sie dabei im Mund wie ein Hund, der einen Knochen herumträgt, wobei der Kopf auf der einen Seite, die Füße auf der anderen heraussahen. Sie schien kaubar und harmlos, aber neulich sah ich, dass das Baby mit seinen neuen Zähnen einen Spalt in ihren Körper gebissen hatte. Ich warf die Frau in den Pappkarton, in dem ich Spielzeug aufbewahre.

Aber heute Morgen war sie wieder im Ställchen, und die Füße fehlten. Das Kind muss sie verschluckt haben, und ich machte mir Sorgen, ob das Plastik sich im Magen auflöst oder nicht und ob es giftig ist. Früher oder später, so wusste ich, würde ich im Inhalt ihrer Windel, die ich mit dem üblichen Ausmaß an mütterlicher Grübelei untersuche, zwei kleine rosa Plastikfüße finden. Ich nahm die Puppe weg, und später, während das Kind immer noch dem Hund vor dem Fenster zusang, warf ich sie in den Abfall. Mir steht der Sinn nicht danach, in den Wegwerfwindeln meiner Tochter auch noch winzige weibliche Arme, Brüste, einen Kopf zu finden, teilweise von unverdauten Karotten und Rosinenschalen bedeckt, wie Relikte eines grausigen und wahnwitzigen Mordes.

Jetzt macht sie ihr Schläfchen, und ich schreibe diese Geschichte. Aus dem, was ich gesagt habe, können Sie entnehmen, dass mein Leben (trotz jener gelegentlichen Überraschungen, Erinnerungen an eine andere Welt) ruhig und ordentlich ist, durchflutet von jenem warmen, rötlichen Licht, jenen wohlgesetzten blauen Glanzlichtern und reflektierenden Oberflächen (Spiegeln, Tellern, rechteckigen Fensterscheiben), die man sich der holländischen Genremalerei zugehörig vorstellt; und wie jene ist es realistisch im Detail und eine Spur sentimental. Oder zumindest hat es eine Aura von Sentimentalität. (Schon erlebe ich Augenblicke stummen Grams über jene Babykleidungsstücke meiner Tochter, die ihr zu klein geworden sind. Ich werde eine Bewahrerin von Haaren sein, ich werde Dinge in Koffern sammeln, ich werde über Fotos weinen.) Doch vor allem ist es stabil, alles hier hat Stabilität. Nichts mehr von jenen Lichtlachen, jenen Schichten, nebelnden Wirkungen von Wolken, Turnerschen Sonnenuntergängen, unbestimmten Ängsten, den Ungreifbarkeiten, mit denen Jeanie sich zu befassen pflegte.

Ich nenne diese Frau Jeanie, nach dem Lied. Ich kann mich sonst an nichts von dem Lied erinnern, nur an den Titel. Der springende Punkt (in der Sprache gibt es nämlich immer diese »Punkte«, diese Reflexionen; sie sind es, die die Sprache so fett und klebrig machen, sie sind der Grund, warum so viele unter ihrer dunklen und glänzenden Oberfläche verschwunden sind, warum man niemals versuchen sollte, sein eigenes Spiegelbild darin zu sehen; du wirst dich zu weit vorbeugen, eine Strähne deines Haares wird hineinfallen und vergoldet herauskommen, und im Glauben, dass das Gold bis ganz nach unten reicht, wirst du selbst nachfolgen, in jene ausgestreckten Arme gleiten, auf den Mund zu, von dem du glaubst, dass er sich öffnet, um deinen Namen auszusprechen, aber stattdessen, eben bevor sich deine Ohren mit dem reinen Klang füllen, wird er ein Wort bilden, das du nie zuvor gehört hast …).

Der springende Punkt für mich ist das Haar. Mein Haar ist nicht hellbraun, aber Jeanies Haar war es. Das ist der eine Unterschied zwischen uns. Der andere Punkt ist das Träumen, denn Jeanie ist nicht wirklich in der gleichen Weise, wie ich wirklich bin. Aber in der Zwischenzeit, und damit meine ich Ihre Zeit, haben wir beide das gleiche Maß an Realität, sind wir gleich: Geister, Echos, Nachhall in Ihrem Gehirn. Im Augenblick jedoch ist Jeanie für mich, wie ich eines Tages für Sie sein werde. Sie ist also wirklich genug.

Jeanie ist auf dem Weg zur Klinik, um Leben zu schenken, um entbunden zu werden. Sie betreibt keine Haarspaltereien über diese Ausdrücke. Sie sitzt auf dem Rücksitz des Autos, mit geschlossenen Augen, den Mantel wie eine Decke über sich gebreitet. Sie macht ihre Atemübungen und misst ihre Wehen mit einer Stoppuhr. Sie ist seit halb drei Uhr morgens auf, hat um diese Zeit ein Bad genommen und etwas Limonengrütze gegessen, und jetzt ist es beinah zehn. Sie hat gelernt, zwischen den langsamen Atemzügen zu zählen (von eins bis zehn, während sie einatmet, von zehn bis eins, während sie ausatmet), Zahlen, die sie tatsächlich vor sich sieht, während sie sie stumm artikuliert. Jede Zahl hat eine andere Farbe und, wenn sie sich sehr stark konzentriert, einen anderen Schrifttyp. Die Zahlen reichen von einfachen römischen bis zu verzierten Zirkuszahlen, rot mit goldenem Filigran und Punkten. Dies ist eine Raffinesse, die in keinem der zahlreichen Bücher, die sie zum Thema gelesen hat, erwähnt wurde. Jeanie ist eine begeisterte Handbuchanhängerin. Sie besitzt mindestens zwei Regale voller Bücher, die alles vom Bau von Küchenschränken über Autoreparaturen bis zum Selbsträuchern von Schinken abhandeln. Sie tut nicht viele dieser Dinge, aber einige tut sie, und in ihrem Koffer befindet sich neben einem Waschlappen, einer Packung Zitronendrops, einer Brille, einer Wärmflasche, etwas Talkumpuder und einer Papiertüte eben das Buch, das all diese Dinge mitzunehmen empfahl.

(Inzwischen denken Sie vielleicht, ich hätte Jeanie erfunden, um selbst von diesen Erlebnissen Abstand zu bekommen. Nichts könnte weiter von der Wahrheit entfernt sein. Ich versuche vielmehr, mich selbst näher an etwas heranzubringen, was die Zeit schon entfernt hat. Was Jeanie angeht, so ist meine Absicht einfach: Ich bringe sie zurück ins Leben.)

Zwei weitere Menschen sitzen mit Jeanie im Auto. Der eine ist ein Mann, den ich einfachheitshalber A. nennen will. A. fährt. Wenn Jeanie am Ende jeder Wehe die Augen öffnet, sieht sie die Rückseite seines leicht kahl werdenden Kopfes und seine beruhigenden Schultern. A. fährt gut und nicht zu schnell. Von Zeit zu Zeit fragt er sie, wie es ihr geht, und sie sagt ihm, wie lange die Wehen dauern und wie lange Zeit dazwischenliegt. Als sie anhalten, um zu tanken, holt er für beide einen Styroporbecher mit Kaffee. Monatelang hat er ihr bei den Atemübungen geholfen, die Hand auf ihr Knie gedrückt, wie von dem Buch empfohlen, und er wird bei der Entbindung dabei sein. (Vielleicht wird ihm das Leben gegeben werden, im selben Sinne, wie eine Vorstellung gegeben wird.) Gemeinsam haben sie die Wochenstation besichtigt, in Gesellschaft einer kleinen Gruppe anderer Paare wie sie: je eine dünne, fürsorgliche Person und eine langsame, knollige. Man hat ihnen die Zimmer gezeigt, Mehrbettzimmer und Privatzimmer, die Sitzbäder, den Kreißsaal, der den Eindruck machte, weiß zu sein. Die Schwester hatte hellbraune Haut und geschmeidige Hüften und Ellbogen; sie lachte viel, während sie Fragen beantwortete.

»Zuerst bekommen Sie einen Einlauf. Sie wissen doch, was das ist? Da wird ein Wasserschlauch genommen und Ihnen ins Hinterteil gesteckt. So, die Herren müssen das hier anziehen – und die hier, über Ihre Schuhe. Und diese Mützen, diese hier für die Langhaarigen und diese für Leute mit kurzem Haar.«

»Und was ist mit denen ohne Haar?«, fragt A.

Die Schwester schaut zu seinem Kopf auf und lacht. »Ach, Sie haben ja noch welches«, sagte sie. »Wenn Sie noch etwas wissen wollen, fragen Sie nur.«

Sie haben auch einen Film angesehen, der in der Klinik gedreht worden ist, einen Farbfilm darüber, wie eine Frau einem – kann das ein Kind sein? – das Leben schenkt. »Nicht alle Babys sind bei der Geburt so groß«, sagt die australische Schwester, die den Film vorführt. Trotzdem sieht das Publikum, dessen eine Hälfte schwanger ist, nicht sehr entspannt aus, als die Lichter angehen. (»Wenn du die Bilder nicht magst«, hat eine Freundin von Jeanie zu ihr gesagt, »kannst du ja immer noch die Augen zumachen.«) Es ist nicht so sehr das Blut als vielmehr das bräunlichrote Desinfektionsmittel, das ihr zu schaffen macht. »Ich habe beschlossen, die ganze Sache abzublasen«, sagt sie zu A. und lächelt, um zu zeigen, dass es ein Witz ist. Er umarmt sie und sagt: »Es wird schon alles gut werden.«

Und das weiß sie auch. Alles wird gut werden. Aber noch eine andere Frau sitzt im Auto. Sie sitzt auf dem Vordersitz, und sie hat sich weder umgedreht noch in sonst irgendeiner Weise Jeanie zur Kenntnis genommen. Wie Jeanie fährt auch sie in die Klinik. Auch sie ist schwanger. Sie fährt jedoch nicht in die Klinik, um Leben zu schenken, weil das Wort, die Wörter, ihrer Erfahrung zu fremd sind, der Erfahrung, die sie machen wird, um überhaupt dafür benutzt werden zu können. Sie trägt einen Stoffmantel mit rotbraunen und dunkelbraunen Karos, und sie hat ein Tuch um die Haare gebunden. Jeanie hat sie schon früher gesehen, aber sie weiß wenig von ihr, außer dass sie eine Frau ist, die nicht schwanger werden wollte, die nicht beschlossen hat, sich selbst so zu teilen, die sich für keine dieser Nervenproben, dieser Initiationen entschlossen hat. Es würde nichts nützen, ihr zu sagen, dass alles gut werden wird. Das Wort für ungewollten Geschlechtsverkehr ist Vergewaltigung, aber es gibt kein Wort in der Sprache für das, was dieser Frau zustoßen wird.

Jeanie hat diese Frau von Zeit zu Zeit während ihrer ganzen Schwangerschaft gesehen, immer in demselben Mantel, immer mit demselben Kopftuch. Natürlicherweise hat die Tatsache, dass sie selbst schwanger war, sie aufmerksamer für andere schwangere Frauen gemacht, und sie hat sie beobachtet, sie heimlich gemustert. Aber nicht jede andere schwangere Frau ist diese Frau. Sie hat beispielsweise nicht an Jeanies geburtsvorbereitenden Kursen in der Klinik teilgenommen, wo die Frauen alle jung waren, jünger als Jeanie.

»Wie viele wollen stillen?«, fragt die australische Schwester mit den kräftigen Schultern.

Alle Hände außer einer schießen hoch. Eine moderne Gruppe, die neue Generation, und die eine einsame Flaschennährerin, die möglicherweise (wer weiß?) etwas an der Brust hat, schämt sich. Die anderen sehen höflich weg. Am liebsten scheinen sie über die Unterschiede zwischen der einen und der anderen Art von Wegwerfwindel diskutieren zu wollen. Manchmal liegen sie auf Matten und drücken einander die Hände, Wehen simulierend und die Atemzüge zählend. Alles ist voller Hoffnung. Die australische Schwester empfiehlt ihnen, nicht allein in die Badewanne und wieder hinauszusteigen. Am Ende einer Stunde bekommt jede ein Glas Apfelsaft.

Nur eine Frau ist in dem Kurs, die schon geboren hat. Sie ist hier, sagt sie, um dafür zu sorgen, dass sie diesmal eine Spritze bekommt. Das letzte Mal ist es vertrödelt worden, und sie hat Höllenqualen ausgestanden. Die anderen sehen sie mit milder Missbilligung an. *Sie* jammern nicht nach Spritzen, sie beabsichtigen nicht, Höllenqualen auszustehen. Die Höllenqualen kommen von der falschen Einstellung, meinen sie. Die Bücher sprechen von *Unbehagen.*

»Das ist kein Unbehagen, Kindchen, das sind Schmerzen!«, sagt die Frau.

Die anderen lächeln beklommen, und die Unterhaltung gleitet wieder zu den Wegwerfwindeln ab.

Die vitamingestärkte, gewissenhafte, belesene Jeanie, der es gelungen ist, Morgenerbrechen, Krampfadern, Schwangerschaftsstreifen, Blutvergiftung und Depressionen zu vermeiden, die keine Gelüste gehabt hat, kein Verschwimmen vor den Augen – warum wird sie denn von dieser anderen verfolgt? Zuerst war es nur ein kurzer Blick hier und da, in der Kinderkleidungsabteilung im Untergeschoss von Simpson's, in der Supermarktschlange, an Straßenecken, an denen sie in A.s Auto vorbeiglitt: das verhärmte Gesicht, der aufgeblähte Leib, das Kopftuch, das das zu spärliche Haar nach hinten hielt. Jedenfalls war es Jeanie, die sie sah, nicht umgekehrt. Falls sie wusste, dass sie Jeanie verfolgte, gab sie es durch kein Zeichen zu verstehen.

Während Jeanie diesem Tag immer näher gekommen ist, dem unbekannten Tag, an dem sie gebären wird, während die Zeit um sie herum sich verdichtet hat, so dass sie zu etwas wurde, wodurch man sich hindurcharbeiten muss, eine Art Matsch, nasse Erde unter dem Fuß, hat sie diese Frau immer öfter gesehen, wenn auch immer aus einiger Entfernung. Je nach Licht ist sie abwechselnd als junges Mädchen von vielleicht zwanzig und dann als ältere Frau von vierzig oder fünfundvierzig erschienen, aber für Jeanie gab es niemals einen Zweifel darüber, dass es dieselbe Frau war. Es fiel ihr nicht einmal ein, dass diese Frau nicht im üblichen Sinne wirklich war (vielleicht war sie es ursprünglich beim ersten oder zweiten Anblick, wie die Stimme, die ein Echo hervorruft, wirklich ist), bis A. auf der Fahrt zur Klinik an einer roten Ampel anhielt und die Frau, die mit einer braunen Papiertüte im Arm an der Ecke gestanden hatte, einfach die Beifahrertür des Autos öffnete und einstieg. A. reagierte nicht und Jeanie hütete sich, etwas zu sagen. Sie ist sich darüber im Klaren, dass die Frau nicht wirklich da ist, Jeanie ist nicht verrückt. Sie könnte die Frau sogar verschwinden lassen, wenn sie die Augen weiter aufrisse, hinstarrte, aber nur die Gestalt würde verschwinden, nicht das Gefühl. Jeanie hat nicht direkt Angst vor dieser Frau. Sie hat Angst um sie.

Als sie die Klinik erreichen, steigt die Frau aus dem Auto und ist schon durch den Eingang, bis A. herumgekommen ist, um Jeanie aus dem Rücksitz zu helfen. In der Eingangshalle ist sie nirgends zu sehen. Jeanie durchläuft die üblichen Aufnahmeformalitäten, unbeschattet.

Während der Nacht hat es eine Epidemie von Neugeborenen gegeben, und die Wochenstation ist überfüllt. Jeanie wartet hinter einem Wandschirm auf ihr Zimmer. In der Nähe schreit jemand, schreit und murmelt zwischen den Schreien in einer, wie es sich anhört, fremden Sprache. Portugiesisch, denkt Jeanie. Sie sagt sich, dass es bei ihnen anders ist, sie müssen schreien, sie werden für komisch gehalten, wenn sie nicht schreien, es ist ein notwendiger Teil des Gebärens. Trotzdem weiß sie, dass die schreiende Frau die andere Frau ist und dass sie vor Schmerz schreit. Jeanie horcht auf die andere Stimme, auch die einer Frau, tröstend, beruhigend: ihre Mutter? Eine Krankenschwester?

A. kommt, und sie sitzen unbehaglich da und hören die Schreie. Schließlich wird nach Jeanie geschickt, und sie geht zur Vorbereitung. Prüfungsvorbereitung, denkt sie. Sie zieht ihre Kleider aus – wann wird sie sie wiedersehen? – und zieht das Kliniknachthemd an. Sie wird untersucht, bekommt ein Namensschild ums Handgelenk und einen Einlauf. Sie sagt der Krankenschwester, dass sie kein Demerol bekommen darf, weil sie allergisch darauf ist, und die Schwester schreibt es auf. Jeanie weiß nicht, ob das stimmt oder nicht, aber sie möchte kein Demerol, sie hat ihre Bücher gut gelesen. Sie beabsichtigt, um ihr Schamhaar zu kämpfen – bestimmt wird sie ihre Kraft verlieren, wenn es ganz abrasiert wird –, aber es stellt sich heraus, dass die Schwester gar kein Prinzip daraus macht. Man sagt ihr, dass ihre Wehen noch nicht weit genug sind, um ernst genommen zu werden, sie kann sogar noch Mittag essen. Sie zieht ihren Morgenmantel an und kehrt zu A. in das eben freigemachte Zimmer zurück, isst etwas Tomatensuppe und ein Kalbskotelett und beschließt, ein bisschen zu schlafen, während A. Einkäufe machen geht.

Jeanie wacht auf, als A. zurückkommt. Er hat eine Zeitung mitgebracht, ein paar Krimis für Jeanie und eine Flasche Whisky für sich. A. liest Zeitung und trinkt Whisky, und Jeanie liest *Poirots frühe Fälle.* Es gibt keinen Zusammenhang zwischen Poirot und ihren Wehen, die jetzt stärker werden, außer vielleicht der Eierform von Poirots Kopf und den Kürbissen, die er bekanntlich an nassen Wollsträngen (Plazenten, Nabelschnüren?) zieht. Sie ist froh, dass die Geschichten kurz sind; sie geht jetzt zwischen den Wehen im Zimmer herum. Mittag zu essen war eindeutig ein Fehler.

»Ich glaube, ich habe Kreuzwehen«, sagt sie zu A. Sie holen das Handbuch heraus und lesen die Anweisungen dafür. Jeanie kniet sich aufs Bett und legt die Stirn auf die Arme, während A. ihr den Rücken reibt. A. gießt sich noch einen Whisky ein, in das Klinikglas. Die Schwester, in Rosa, kommt, schaut, fragt nach den Zeiten und geht wieder fort. Jeanie fängt an zu schwitzen. Sie schafft nur etwa eine halbe Seite Poirot, dann muss sie wieder ins Bett steigen und anfangen zu atmen und die farbigen Zahlen zu durchlaufen.

Als die Schwester zurückkommt, bringt sie einen Rollstuhl mit. Es ist Zeit, nach unten ins Wehenzimmer zu gehen, sagt sie. Jeanie kommt sich im Rollstuhl dumm vor. Sie hält sich die Bauersfrauen vor, die auf dem Feld Kinder bekommen, Inderinnen, die sie beim Lastenschleppen bekommen, ohne viel Aufhebens. Sie fühlt sich ausgepumpt. Die Klinik will jedenfalls, dass sie gefahren wird, und angesichts der Tatsache, dass die Schwester winzig ist, ist es vielleicht ganz gut so. Was ist, wenn Jeanie doch zusammenklappt? Trotz all ihrer couragierten Reden? Ein Bild der winzigen rosa Krankenschwester, ameisenhaft, die große Jeanie durch die Korridore wälzend, sie dahinrollend wie einen schweren Strandball.

Als sie am Anmeldeschalter vorbeikommen, wird eine mit einem Tuch zugedeckte Frau auf einem Operationstisch vorbeigerollt. Ihre Augen sind geschlossen, und aus einer Flasche tropft etwas durch einen Schlauch in ihren Arm. Etwas ist nicht in Ordnung. Jeanie sieht sich um – sie glaubt, dass es die andere Frau war –, aber der zugedeckte Tisch wird jetzt von dem Schalter verdeckt.

In dem dämmrigen Wehenzimmer zieht Jeanie ihren Morgenmantel aus, und die Schwester hilft ihr auf das Bett. A. bringt ihren Koffer, der eigentlich kein Koffer ist, sondern ein kleiner Bordcase; die Bedeutung dieser Tatsache ist Jeanie nicht entgangen, und in der Tat hat sie jetzt ähnlich beklommene Gefühle wie die, die sie mit Flugzeugen verbindet, die Furcht vor einem Absturz eingeschlossen. Sie packt ihre Zitronendrops, ihre Brille, ihren Waschlappen und die anderen Dinge aus, von denen sie glaubt, dass sie sie brauchen wird. Sie nimmt die Kontaktlinsen heraus und legt sie in ihr Döschen und erinnert A. daran, dass sie nicht verloren gehen dürfen. Jetzt ist sie fast blind.

Etwas ist noch in ihrer Tasche, was sie nicht herausnimmt. Es ist ein Talisman, den sie vor mehreren Jahren als Souvenir von einer vielreisenden Freundin bekommen hat. Es ist ein abgerundetes Rechteck aus undurchsichtigem blauen Glas mit vier gelbweißen augenähnlichen Formen darauf. In der Türkei, hat ihre Freundin ihr erzählt, hängt man sie den Maultieren um, als Schutz gegen den bösen Blick. Jeanie weiß, dass dieser Talisman bei ihr wahrscheinlich nicht wirken wird, sie ist weder eine Türkin noch ein Maultier, aber es gibt ihr ein sichereres Gefühl, ihn bei sich im Zimmer zu haben. Sie hatte vorgehabt, ihn während der schwersten Phase der Geburt in der Hand zu halten, aber irgendwie ist keine Zeit mehr, Pläne wie diesen auszuführen.

Eine alte Frau, eine dicke alte Frau, ganz grün angezogen, kommt ins Zimmer und setzt sich neben Jeanie. Sie sagt zu A., der an Jeanies anderer Seite sitzt: »Das ist eine gute Uhr. Uhren wie die werden gar nicht mehr hergestellt.« Sie meint seine goldene Taschenuhr, eine seiner wenigen Extravaganzen, die auf dem Nachttisch liegt. Dann legt sie ihre Hand auf Jeanies Bauch, um die Wehen zu fühlen. »Das ist gut«, sagt sie; sie hat einen schwedischen oder deutschen Akzent. »Das nenne ich eine Wehe. Vorher war es ja gar nichts.« Jeanie kann sich nicht erinnern, sie vorher schon einmal gesehen zu haben. »Gut. Gut.«

»Wann wird es kommen?«, fragt Jeanie, als sie wieder sprechen kann, als sie nicht mehr zählt.

Die alte Frau lacht. Zweifellos hat dieses Lachen, haben diese Stammeshände schon über Tausende von Betten, Tausende von Küchentischen den Vorsitz geführt … »Noch lange nicht«, sagt sie. »Acht, zehn Stunden.«

»Aber ich *mach* das doch schon zwölf Stunden«, sagt Jeanie.

»Keine starken Wehen«, sagt die Frau. »Nicht gut, wie diese.«

Jeanie richtet sich innerlich auf das lange Warten ein. Im Augenblick weiß sie nicht mehr, warum sie überhaupt ein Kind bekommen wollte. Diese Entscheidung wurde von jemand anderem getroffen, dessen Motive jetzt unklar sind. Sie erinnert sich an die Art, wie Frauen, die schon Kinder bekommen hatten, einander anzulächeln pflegten, geheimnisvoll, als wüssten sie etwas, was sie nicht wusste, die Art, wie sie sie beiläufig aus ihrem Bezugsrahmen ausschlossen. Worin bestand das Wissen, das Geheimnis, oder war ein Kind zu bekommen wirklich nicht unerklärlicher, als einen Autounfall oder einen Orgasmus zu haben? (Doch auch diese waren unbeschreiblich, Ereignisse des Körpers, sie alle; warum sollte der Geist sich quälen, mit dem Versuch, eine Sprache dafür zu finden?) Sie hat sich geschworen, sie wird das niemals einer Frau ohne Kinder antun, sich an diesen Parolen und diesem Ausschließen zu beteiligen. Sie ist alt genug, sie hat genügend Jahre davon erlebt, um es ermüdend und grausam zu finden.

Aber – und dies ist der Teil von Jeanie, der zu dem in ihrer Tasche versteckten Talisman passt, nicht zu dem Teil, der Küchenschränke schreinern und Schinken räuchern möchte – heimlich hofft sie auf etwas Geheimnisvolles. Etwas, was mehr ist als dies, etwas anderes, eine Vision. Schließlich riskiert sie ihr Leben, obwohl es nicht sehr wahrscheinlich ist, dass sie sterben wird. Immerhin, einige Frauen tun es. Innere Blutungen, Schock, Herzversagen, ein Verschulden anderer, einer Krankenschwester, eines Arztes. Sie verdient eine Vision, sie verdient, etwas mit zurückbringen zu dürfen von diesem finsteren Ort, zu dem sie sich jetzt so schnell hinunterbewegt.

Einen Augenblick lang denkt sie an die andere Frau. Auch deren Motive sind unklar. Warum will sie kein Kind bekommen? Ist sie vergewaltigt worden, hat sie schon zehn andere Kinder, ist sie am Verhungern? Warum hat sie nicht abgetrieben? Jeanie weiß es nicht, und eigentlich spielt es auch keine Rolle mehr, warum. Lass das Daumenhalten, denkt Jeanie an sie gerichtet. Ihr Gesicht, von Schmerz entstellt, schwimmt kurz hinter Jeanies Augen, bevor auch es weggleitet.

Jeanie versucht, hinunter zu dem Kind zu dringen, wie sie es schon oft zuvor getan hat, Wellen von Liebe, Farbe, Musik auszustrahlen, hinunter, durch ihre Arterien zu ihm, aber sie stellt fest, dass sie es nicht mehr kann. Sie kann das Kind nicht mehr als Kind fühlen, mit stoßenden, tretenden, sich drehenden Armen und Beinen. Es hat sich gesammelt, es ist eine harte Kugel, es hat jetzt keine Zeit, ihr zuzuhören. Sie ist dankbar dafür, denn sie ist ohnehin nicht sicher, wie gut die Botschaft sein würde. Sie hat auch keine Kontrolle mehr über die Zahlen, sie kann sie nicht mehr sehen, obwohl sie mechanisch zu zählen fortfährt. Sie merkt, dass sie für das Falsche geübt hat. A., der gegen ihr Knie presste, war gar nichts, sie hätte hierfür üben sollen, was immer dies ist.

»Mach langsamer«, sagt A. Sie liegt jetzt auf der Seite, er hält ihre Hand. »Mach ganz langsam.«

»Ich kann nicht, ich kann es nicht, ich kann das nicht.«

»Doch, du kannst es.«

»Wird das bei mir auch so klingen?«

»Wie?«, fragt A. Vielleicht hat er es nicht gehört; es ist die andere Frau, im Zimmer nebenan oder im übernächsten Zimmer. Sie schreit und weint, schreit und weint. Während sie weint, sagt sie immer, immer wieder: »Es tut weh. Es tut weh.«

»Nein, das wird es nicht«, sagt er. Also ist da doch jemand.

Eine Ärztin kommt herein, nicht ihre Ärztin. Sie wollen, dass sie sich auf den Rücken umdreht.

»Ich kann nicht«, sagt sie. »Ich mag es so nicht.« Die Geräusche sind zurückgegangen, sie hat Schwierigkeiten, sie zu verstehen. Sie dreht sich um, und die Ärztin tastet mit der Hand. Etwas Nasses, Heißes fließt über ihre Schenkel.

»Sie war gerade im Begriff zu platzen«, sagt die Ärztin. »Ich brauchte sie nur noch zu berühren. Vier Zentimeter«, sagt sie zu A.

»Nur vier?«, sagt Jeanie. Sie fühlt sich betrogen, sie können nicht Recht haben. Die Ärztin sagt, ihre Ärztin wird rechtzeitig gerufen werden. Jeanie ist empört über sie. Sie haben nicht verstanden, aber es ist zu spät, es zu sagen, und sie schlüpft zurück an den dunklen Ort, der nicht die Hölle ist, der eher wie ein Drinsein ist, ein Versuch herauszukommen. *Raus,* sagt sie oder denkt es. Dann schwebt sie, die Zahlen sind fort, wenn jemand sie heißen würde aufzustehen, aus dem Zimmer zu gehen, einen Kopfstand zu machen, würde sie es tun. Jede Minute kommt sie wieder hoch, ringt nach Luft.

»Du atmest zu schnell«, sagt A. »Mach langsamer.« Er reibt ihr jetzt den Rücken, fest, und sie nimmt seine Hand und schiebt sie böse weiter nach unten, an die richtige Stelle, die nicht mehr die richtige Stelle ist, sobald seine Hand da ist. Sie erinnert sich an eine Geschichte, die sie einmal gelesen hat, von den Nazis, die jüdischen Frauen während der Wehen die Beine zusammengebunden haben. Sie hat früher nie richtig verstanden, wie das einen umbringen kann.

Eine Schwester kommt mit einer Spritze. »Ich will das nicht«, sagt Jeanie.

»Seien Sie nicht so streng mit sich«, sagt die Schwester. »Solche Schmerzen brauchen Sie nicht auszuhalten.« *Welche Schmerzen?* denkt Jeanie. Wenn kein Schmerz da ist, spürt sie nichts, wenn Schmerz da ist, spürt sie nichts, weil es kein *sie* gibt. Dies ist endlich das Verschwinden der Sprache. *Man weiß nachher nichts mehr davon,* haben ihr fast alle gesagt.

Jeanie kommt aus einer Wehe, tastet nach Kontrolle. »Wird das dem Kind schaden?«, fragt sie.

»Es ist ein mildes Schmerzmittel«, sagt die Ärztin. »Wir lassen nichts zu, was dem Kind schaden könnte.« Jeanie glaubt es nicht. Trotzdem wird sie gespritzt, und die Ärztin hat Recht, es ist sehr mild, es scheint Jeanie nämlich überhaupt nichts zu nützen, obwohl A. ihr später erzählt, dass sie zwischen den Wehen kurz geschlafen hat.

Plötzlich setzt sie sich kerzengerade auf. Sie ist hellwach und klar. »Du musst jetzt sofort klingeln«, sagt sie. »Das Kind kommt!«

A. glaubt ihr offenbar nicht. »Ich spür es, ich spüre den Kopf«, sagt sie. A. drückt den Knopf der Bereitschaftsklingel. Eine Schwester kommt und untersucht sie, und jetzt passiert alles zu schnell, keiner ist bereit. Sie machen sich auf den Weg, den Flur entlang, die Schwester rollt das Bett. Jeanie fühlt sich gut. Sie beobachtet die Korridore, alle Ränder sind schattenhaft, weil sie ihre Brille nicht aufhat. Sie hofft, A. wird daran denken, sie mitzubringen. Sie kommen an einer anderen Ärztin vorbei.

»Werde ich gebraucht?«, fragt sie.

»Nein, nein«, antwortet die Schwester munter. »Natürliche Geburt.«

Jeanie wird klar, dass diese Frau die Anästhesistin gewesen sein muss. »Was?«, sagt sie, aber jetzt ist es zu spät, sie sind in dem Saal selbst, all diese glänzenden Flächen, röhrenförmige, seltsame Apparaturen, wie in einem Science-fiction-Film, und die Schwester weist sie an, auf den Entbindungstisch zu steigen. Keiner sonst ist im Zimmer.

»Sie sind wohl verrückt«, sagt Jeanie.

»Nicht pressen«, sagt die Schwester.

»Was soll das denn?«, sagt Jeanie. Es ist absurd. Warum soll sie warten, warum soll das Baby auf sie warten, nur weil sie zu spät dran sind?

»Atmen sie durch den Mund«, sagt die Schwester. »Hecheln«, und endlich erinnert sich Jeanie daran, wie es geht. Als die Wehe vorbei ist, benutzt sie den Arm der Schwester als Hebel und schiebt sich hinüber auf den Tisch.

Von irgendwoher taucht ihre Ärztin auf, die schon ihren Arztkittel anhat und noch mehr wie Mary Poppins aussieht als gewöhnlich, und Jeanie sagt: »Ich wette, Sie haben mich nicht so früh erwartet!« Das Baby wird jetzt geboren, zu dem Zeitpunkt, den Jeanie vorausgesagt hat, obwohl die Ärztin vor drei Tagen gesagt hat, es würde mindestens noch eine Woche dauern, und das gibt Jeanie ein triumphierendes Gefühl. Dabei hat sie es nicht gewusst, sie hatte der Ärztin geglaubt.

Sie wird mit einem grünen Tischtuch zugedeckt, sie brauchen viel zu lang, sie hat das Gefühl, sie muss das Kind jetzt herauspressen, noch bevor sie bereit sind. A. ist da, in der Nähe ihres Kopfes, in Gewänder, Mützen, Masken gehüllt. Er hat ihre Brille vergessen. »Jetzt pressen!«, sagt die Ärztin. Jeanie klammert mit den Händen, beißt die Zähne zusammen, das Gesicht, den ganzen Körper, ein Zähnefletschen, ein grimmiges Lächeln, das Kind ist riesig, ein Stein, ein Brocken, ihre Knochen schließen sich auf, und einmal, zweimal, beim drittenmal öffnet sie sich wie ein Vogelkäfig, der langsam sein Inneres nach außen kehrt.

Eine Pause; ein nasses Kätzchen rutscht zwischen ihre Beine. »Warum schauen Sie nicht her?«, sagt die Ärztin, aber Jeanie hat noch immer die Augen geschlossen. Keine Brille, sie hätte sowieso nichts sehen können. »Warum schauen Sie nicht her?«, sagt die Ärztin noch einmal.

Jeanie öffnet die Augen. Sie sieht das Baby, das neben sie gefahren worden ist und dessen erschreckendes Geburtsrot schon verblasst. *Ein gutes Baby,* denkt sie und meint es, wie die alte Frau es gemeint hat: *eine gute Uhr,* gut gearbeitet, solide. Das Baby schreit nicht; es blinzelt in das neue Licht. Das Leben ist nichts, was ihm geschenkt worden ist, noch hat es das Leben entgegengenommen. Es war nur etwas, was geschehen ist, damit sie einander so begrüßen können. Die Schwester fädelt Buchstabenperlen für den Namen auf. Als das Baby gewickelt und neben Jeanie gelegt worden ist, schläft es ein.

Und die Vision? Es hat keine gegeben. Jeanie ist sich keines besonderen Wissens bewusst; schon vergisst sie, wie es gewesen ist. Sie ist müde, und ihr ist sehr kalt; sie zittert und bittet um eine weitere Decke. A. kommt mit ihr zurück ins Zimmer; ihre Kleider sind noch da. Alles ist still, die andere Frau schreit nicht mehr. Etwas ist ihr zugestoßen, das weiß Jeanie, ist sie tot? Ist das Kind tot? Vielleicht ist sie einer jener Fälle (und wie kann Jeanie selbst sicher sein, dass sie nicht auch dazugehören wird), die in eine Nachgeburtsdepression verfallen und nie mehr davon loskommen. »Siehst du, es war kein Grund zur Angst«, sagt A., bevor er geht. Aber er hat nicht Recht gehabt.

Am nächsten Morgen wacht Jeanie auf, als es hell ist. Man hat sie gewarnt, nicht ohne Hilfe einer Schwester zum ersten Mal aufzustehen, aber sie beschließt, es trotzdem zu tun (Bäuerin auf dem Feld! Inderin beim Lastentragen!). Sie steht noch unter der Wirkung des Adrenalins; sie ist auch schwächer, als sie gedacht hat, aber sie möchte so gern aus dem Fenster sehen. Sie hat das Gefühl, zu lange drinnen gewesen zu sein, sie möchte die Sonne aufgehen sehen. Wenn sie so früh wach ist, fühlt sie sich immer ein wenig unwirklich, ein wenig immateriell, als sei sie teilweise durchsichtig, teilweise tot.

(So ist doch schließlich mir das Leben geschenkt worden,

Jeanie hat es mir geschenkt, ich bin das Ergebnis. Wie würde sie sie finden? Würde sie sich freuen?)

Das Fenster besteht aus zwei Scheiben mit einer Jalousie dazwischen; sie dreht sich mit Hilfe eines Knopfes an der Seite. Jeanie hat noch nie ein solches Fenster gesehen. Sie schließt und öffnet die Jalousie mehrere Male. Dann lässt sie sie offen und schaut hinaus.

Das Einzige, was sie von dem Fenster aus sieht, ist ein Gebäude. Es ist ein altes Steingebäude, schwer und viktorianisch, mit einem grün oxydierten Kupferdach. Es ist fest, hart, von Ruß geschwärzt, streng, bleiern. Aber während sie dieses so alte und anscheinend unveränderbare Gebäude betrachtet, sieht sie, dass es aus Wasser ist. Wasser und einer dünnen, geleeartigen Substanz. Licht fließt von hinten hindurch (die Sonne geht auf), das Gebäude ist so dünn, so zerbrechlich, dass es im leichten Frühwind zittert. Jeanie begreift: Wenn das Gebäude so ist (eine Berührung könnte es zerstören, ein Kräuseln der Erde, warum hat es keiner bemerkt, es gegen Unfälle geschützt?), dann muss der Rest der Welt auch so sein, die ganze Erde, die Felsen, Menschen, Bäume, alles muss geschützt werden, umsorgt, gepflegt. Die Riesigkeit dieser Aufgabe überwältigt sie; sie wird dem niemals gewachsen sein, und was wird dann geschehen?

Jeanie hört Schritte im Gang vor ihrer Tür. Sie denkt, es muss die andere Frau sein, in ihrem braun und kastanienbraun karierten Mantel, mit ihrer Papiertüte in der Hand, die die Klinik verlässt, jetzt, wo ihre Arbeit getan ist. Sie hat Jeanie wohlbehalten durchgebracht, sie muss jetzt gehen, um die Straßen der Stadt nach ihrem nächsten Fall abzusuchen. Aber die Tür geht auf, es ist nur eine Schwester, die gerade recht kommt, um Jeanie aufzufangen, als sie zu Boden sinkt, sich noch an der Kante der Klimaanlage festhält. Die Schwester schimpft mit ihr, dass sie so früh aufgestanden ist.

Danach wird das kleine Mädchen hereingebracht, fest, solide, zusammengepackt wie ein Apfel. Jeanie untersucht sie, sie ist vollständig, und in den Tagen, die folgen, wird Jeanie selbst mit neuen Worten überspült, ihr Haar wird langsam dunkel, sie hört auf zu sein, was sie war, und wird allmählich durch jemand anderen ersetzt.

Der Sündenesser

Das ist Joseph, in rotbraunen Lederpantoffeln, die an den Fersen heruntergetreten, an den Zehen abgestoßen sind, dazu trägt er eine schmuddelige Strickjacke in Schlammgelb, die nach Ausverkaufsetagen riecht, er zieht an seiner Pfeife, sein Haar wird langsam grau und dünn, und seine Aussprache ist so schön und präzise und britisch wie eh und je.

»In Wales«, sagt er, »vor allem in den ländlichen Gegenden, gab es ein Wesen, das als Sündenesser bekannt war. Wenn jemand im Sterben lag, schickte man nach dem Sündenesser. Die Angehörigen kochten ein Essen und stellten es auf den Sargdeckel. Natürlich hatten sie den Sarg schon fertig; wenn sie sich einmal darauf eingestellt hatten, dass man im Begriff war, das Zeitliche zu segnen, hatte man in dieser Sache kaum mehr eine Wahl. Anderen Versionen zufolge wurde die Mahlzeit auf den Körper des Verstorbenen gestellt, was vermutlich zu eher schludrigen Essmanieren geführt haben dürfte. Wie auch immer, der Sündenesser verzehrte jedenfalls sein Mahl und bekam noch einen Geldbetrag dazu. Man glaubte, dass alle Sünden, die der Sterbende zu Lebzeiten angehäuft hatte, von ihm genommen und auf den Sündenesser übertragen wurden. Auf diese Weise wurde der Sündenesser von den Sünden anderer Leute ganz aufgebläht. Er häufte eine so schwere Sündenlast auf sich, dass keiner etwas mit ihm oder vielmehr ihr zu tun haben wollte; eine Art Syphilitiker der Seele, könnte man sagen. Man vermied es sogar, sie anzusprechen, außer natürlich, wenn es Zeit war, sie zu der nächsten Mahlzeit zu rufen.«

»Sie?«, sage ich.

Joseph lächelt, dieses schiefe Lächeln, bei dem die Zähne in der einen Mundhälfte sichtbar werden, der Hälfte, die nicht mit der Pfeife beschäftigt ist. Ein ironisches Grinsen, wölfisch, was greift es auf? Was habe ich diesmal preisgegeben?

»Ich stelle sie mir als alte Frauen vor«, sagt er, »obwohl es wahrscheinlich keinen Grund gibt, warum es nicht Männer gewesen sein sollten. Sie konnten sein, was sie wollten, solange sie nur willens waren, die Sünden zu essen. Not leidende alte Wesen, die sonst keine Möglichkeit sahen, Leib und Seele zusammenzuhalten, meinen Sie nicht? Eine Art altersbedingte geistige Hurerei.«

Er blickt mich an und grinst weiter, und ich erinnere mich an bestimmte Geschichten, die ich über ihn gehört habe, über ihn und Frauen. Er hat drei Frauen gehabt, damit geht's schon los. Mit mir hat er allerdings nie etwas gehabt, obwohl er immer sehr ausgedehnt versucht, mir in den Mantel zu helfen. Aber warum sollte ich mir Gedanken machen? Ich bin kein bisschen anfällig für so was. Außerdem ist er mindestens sechzig, und die Strickjacke schreit echt zum Himmel, wie meine Söhne sagen würden.

»Es brachte allerdings Unglück, eine von ihnen zu töten«, sagt er, »und es muss noch andere Einschränkungen gegeben haben. Im Grunde genommen denke ich, dass das Sündenessen viel für sich hat.«

Joseph ist nicht einer von der Sorte, die in einfühlsamem, nachsichtigem Schweigen warten, wenn man plötzlich verstummt oder nichts mehr zu sagen weiß. Wenn du ihm nichts erzählen willst, dann erzählt er eben, verdammt noch mal, dir was, und zwar meistens das Langweiligste, was ihm gerade einfällt. Ich habe schon alle Einzelheiten über seine Blumenbeete und seine drei Frauen erfahren und darüber, wie man im Keller Callas züchtet; auch über den Keller habe ich schon alles erfahren, Führungen könnte ich durch den machen. Er sagt, er findet, dass es gesund für seine Patienten ist – er bezeichnet sie nicht als »Klienten«, bei Joseph wird nicht um den heißen Brei geschlichen –, wenn sie erfahren, dass auch er ein menschliches Wesen ist, und wir erfahren es, weiß Gott. Er quasselt und quasselt, bis dir endlich dämmert, dass du ihn nicht dafür bezahlst, dass er über seine Topfpflanzen redet und du zuhörst, sondern dass du ihn dafür bezahlst, dass du über deine redest und er zuhört.

Gelegentlich allerdings teilt er einem wirklich etwas mit. Ich hebe meine Kaffeetasse hoch und überlege, ob dies wohl eine solche Gelegenheit ist.

»Na gut«, sage ich, »ich beiße an. Warum?«

»Das liegt auf der Hand«, sagt er und zündet dabei, Rauchwolken speiend, seine Pfeife wieder an. »Erstens müssen die Patienten warten, bis sie sterben. Eine echte Lebenskrise, keine Verstellung und keine Erfindungen. Erst dann dürfen sie einen belästigen, erst wenn sie beweisen können, dass es ihnen ernst ist, sozusagen. Zweitens springt noch eine ordentliche Mahlzeit für jemand dabei raus.« Er lacht gepresst. Wir wissen beide, dass die Hälfte seiner Patienten sich nicht die Mühe macht, ihm sein Honorar zu zahlen, nicht einmal das Geld, das die Regierung ihnen dafür zahlt. Joseph hat die Angewohnheit, Leute zu übernehmen, die keiner sonst auch nur mit einer Kneifzange anfassen würde, nicht weil sie zu krank, sondern weil sie zu arm sind. Mütter, die von der Sozialhilfe leben, und so weiter; üble Kreditrisiken, wie Joseph selbst. Er ist einmal, als er in einer Klapsmühle arbeitete, gefeuert worden, weil er einen Betriebsrat organisieren wollte.

»Und denken Sie an die Zeitersparnis«, fährt er fort. »Ein paar Stunden pro Patient, alles in allem im Gegensatz zu zweimal wöchentlich über Jahre und Jahre – und beides mit dem gleichen Endergebnis.«

»Das ist reichlich zynisch«, sage ich missbilligend. Normalerweise bin ich die Zynische, aber vielleicht überrundet er mich, um mich zu zwingen, aus dieser Ecke hervorzukommen. Zynismus ist, laut Joseph, eine Abwehrstrategie.

»Man brauchte ihnen nicht einmal zuzuhören«, sagt er. »Nicht ein einziges Wort brauchte man sich anzuhören. Die Sünden werden ja auf das Essen übertragen.«

Plötzlich sieht er traurig und müde aus.

»Wollen Sie damit sagen, dass ich Ihre Zeit vergeude?«, sage ich.

»Nicht *meine* Zeit, meine Beste«, sagt er. »Ich habe endlos Zeit!«

Ich interpretiere es als Herablassung, genau das, was ich am allerwenigsten ertragen kann. Trotzdem werfe ich nicht die Kaffeetasse nach ihm. Ich bin nicht so zornig, wie ich es früher einmal gewesen wäre.

Wir haben viel Zeit darauf verwendet, auf diesen Zorn. Er rührte nur daher, dass ich die Wirklichkeit so unbefriedigend fand. Das war mein Problem. So unfertig, so schlampig, so sinnlos, so endlos. Ich wollte, dass alles einen Sinn hat.

Ich dachte, Joseph würde versuchen, mich davon zu überzeugen, dass die Realität in Wirklichkeit doch wunderbar und bestens sei, und dann versuchen, mich der Realität anzupassen, aber das tat er nicht. Stattdessen stimmte er mir zu, fröhlich und auf der Stelle. Das Leben sei in fast jeder Hinsicht ein Riesenhaufen Scheiße, sagte er. Das war axiomatisch. »Stellen Sie es sich vor als eine verlassene Insel«, sagte er. »Sie sitzen dort fest, und jetzt müssen Sie entscheiden, wie sie am besten damit fertig werden.«

»Bis ich gerettet werde?«, sagte ich.

»An Rettung brauchen Sie gar nicht zu denken«, sagte er.

»Das kann ich nicht«, sagte ich.

Diese Unterhaltung findet in Josephs Büro statt, das genauso schäbig ist wie er selbst, und nach unausgeleerten Aschenbechern, Füßen, seelischer Not und zweimal geatmeter Luft riecht. Aber sie findet auch in meinem Schlafzimmer statt, am

Tag der Beerdigung. Der Beerdigung von Joseph, der doch nicht endlos Zeit hatte.

»Er ist von einem Baum gefallen«, sagte Karen, als sie es mir mitteilte. Sie war dazu persönlich hergekommen, statt das Telefon zu benützen. Joseph traute Telefonen nicht. Der größte Teil einer Botschaft bei jedem Kommunikationsakt werde nonverbal mitgeteilt, sagte er.

Karen stand auf meiner Türschwelle und vergoss Tränen. Sie war auch eine der Seinen, eine von uns; über sie hatte ich ihn gefunden. Inzwischen bilden wir ein ganzes Netzwerk, es ist, wie wenn man einen Friseur weiterempfiehlt, wir haben ihn von Hand zu Hand weitergereicht, wie das sprichwörtliche Auge um Auge. Intelligente Frauen mit abtrennbaren Ehegatten oder überbegabten Kindern mit nervösen Ticks, intelligente Frauen in zerrütteten Lebensumständen und alle überglücklich, jemanden zu finden, der uns nicht vorerzählte, dass wir einfach viel zu intelligent seien und uns einer Gehirnoperation unterziehen sollten. Intelligenz sei ein Plus, behauptete Joseph. Wir sollten erst einmal sehen, wie es den Dummen erginge.

»Von einem *Baum?«,* fragte ich, schrie es fast.

»Zwanzig Meter, auf den Kopf«, sagte Karen. Sie fing wieder an zu weinen. Ich hätte sie am liebsten geschüttelt.

»Was zum Kuckuck hatte er denn auf einem zwanzig Meter hohen *Baum* zu suchen?«, fragte ich.

»Er hat ihn ausgelichtet«, sagte Karen. »Es war in seinem Garten. Der Baum hat seinen Blumenbeeten das Licht genommen.«

»Dieses alte Arschloch«, sagte ich. Ich war bitterböse auf ihn. Das war Fahnenflucht. Wie konnte er nur glauben, er sei berechtigt, auf einen zwanzig Meter hohen Baum zu steigen und damit unser aller Leben aufs Spiel zu setzen? Bedeuteten seine Blumenbeete ihm mehr als wir?

»Was sollen wir nur tun?«, sagte Karen.

Was soll ich nur tun? ist die eine Frage. Sie kann immer durch *Was soll ich nur anziehen?* ersetzt werden. Für manche Leute ist das dasselbe. Ich wühle mich durch den Schrank auf der Suche nach den schwärzesten Sachen, die ich finden kann. Was ich anziehe, wird der nonverbale Teil der Kommunikation sein. Joseph wird es vermerken. Ich habe das grässliche Gefühl, dass ich in dem Bestattungsinstitut aufkreuzen werde und feststellen muss, dass sie ihn in seiner scheußlichen gelben Strickjacke und diesen ordinären rotbraunen Lederpantoffeln aufgebahrt haben.

Ich hätte mich gar nicht so anzustrengen brauchen mit dem Schwarz. Es ist nicht mehr erforderlich. Die drei Ehefrauen tragen Pastelltöne, die erste Blau, die zweite Flieder, die dritte, augenblickliche, Beige. Ich weiß eine Menge über die drei Ehefrauen, aus jenen schlechten Tagen, wenn mir nicht nach Reden zu Mute war.

Karen ist auch da, in einem Kleid mit indischem Muster, sie schnieft leise vor sich hin. Ich beneide sie. Ich möchte gerne Schmerz empfinden, aber ich kann gar nicht richtig glauben, dass Joseph tot ist. Es kommt mir vor wie ein Streich, den er uns spielt, wie eine Anekdote, aus der wir etwas lernen sollen. Verstellung und Erfindungen. *Schon gut, Joseph,* würde ich gern rufen, *wir haben die Antwort, du kannst rauskommen!* Aber nichts passiert, der verschlossene Sarg bleibt verschlossen, keine Rauchwölkchen steigen daraus hervor, um anzuzeigen, dass Leben darin ist.

Der verschlossene Sarg ist die Idee der dritten Ehefrau gewesen. Sie findet es würdiger, wird gemunkelt, und wahrscheinlich ist es das auch. Der Sarg ist aus dunklem Holz, geschmackvoll, ohne protziges Zierwerk. Niemand hat ein Essen gekocht und es auf den Sarg gestellt, niemand hat davon gegessen. Kein Not leidendes altes Wesen, das die Rüben und den Kartoffelbrei verschlingt und mit ihnen die dunklen Geheimnisse aus Josephs Leben. Ich habe keine Ahnung, was Joseph wohl auf dem Gewissen gehabt hat. Trotzdem empfinde ich dies als eine Unterlassung: Was ist dann wohl aus Josephs Sünden geworden? Sie schweben um uns, in der Luft, über den gebeugten Köpfen, während ein männlicher Verwandter von Joseph, der mir unbekannt ist, uns allen erzählt, was für ein guter Mensch er war.

Nach der Beerdigung gehen wir zurück zu Josephs Haus, zum Haus der dritten Ehefrau, zu dem, was man früher den Leichenschmaus nannte. Doch jetzt nicht mehr: Heutzutage ist es Kaffee und ein Imbiss.

Die Blumenbeete sind gepflegt, um diese Jahreszeit wachsen Gladiolen darauf, sie verblassen schon und sind ein wenig zerzaust. Der Ast, derjenige, der abgebrochen ist, liegt noch auf dem Rasen.

»Ich habe die ganze Zeit das Gefühl gehabt, dass er in Wirklichkeit gar nicht da war«, sagt Karen, als wir den Gartenweg hinaufgehen.

»Nicht wo war?«, frage ich.

»Da«, sagt Karen, »im Sarg.«

»Um Gottes willen«, sage ich, »fang bloß nicht damit an.« Diese Art von sentimentalem Kitsch kann ich bei mir selbst noch ertragen, gerade eben, solange ich ihn nicht laut äußere. »Tot ist tot, das würde er sagen. Man muss sich mit dem Hier und Jetzt befassen, erinnerst du dich?«

Karen, die einmal einen Selbstmordversuch unternommen hat, nickt und fängt wieder an zu weinen. Joseph ist Experte für Leute, die Selbstmordversuche unternehmen. Er hat noch keinen von ihnen verloren.

»Wie macht er das bloß?«, habe ich Karen einmal gefragt. Selbstmord gehört nicht zu meinen Süchten, deshalb wusste ich es nicht.

»Er lässt es nach etwas ungeheuer *Langweiligem* klingen«, hatte sie gesagt.

»Das kann nicht alles sein«, sagte ich.

»Er bringt einen dazu, sich vorzustellen«, sagt sie, »wie es ist, wenn man tot ist.«

Leute bewegen sich leise umher, im Wohnzimmer und im Esszimmer, wo der Tisch steht, von der dritten Frau mit einer silbernen Teemaschine und einer Vase mit rosa und gelben Chrysanthemen gedeckt. Nichts zu sehr nach Beerdigung Aussehendes, kann man ihre Überlegungen förmlich hören. Auf der weißen Tischdecke stehen Tassen, Teller, Plätzchen, Kaffee, Kuchen. Ich weiß nicht, warum man davon ausgeht, dass Beerdigungen hungrig machen, aber es ist wirklich so. Wenn man noch kauen kann, weiß man, dass man am Leben ist.

Karen steht neben mir und stopft sich ein Stück Schokoladenkuchen in den Mund. Auf der anderen Seite steht die erste Frau.

»Ich hoffe, Sie sind nicht eine von den Verrückten«, sagt sie unvermittelt. Wir kennen uns eigentlich gar nicht. Sie wurde mir nur bei der Beerdigung von Karen gezeigt. Sie wischt sich die Finger an einer Papierserviette ab. An ihrem lichtblauen Revers steckt eine goldene Brosche in der Form eines Vogelnests mitsamt den Eiern. Sie erinnert mich an die High School, Filzröcke mit applizierten Katzen und Telefonen, eine Welt der Nachbildungen.

Ich überlege mir meine Antwort. Meint sie *Klientin,* oder will sie wissen, ob ich vielleicht wirklich nicht ganz bei Trost bin?

»Nein«, sage ich.

»Dachte ich mir«, sagt die erste Frau. »Sie sehen nicht danach aus. Aber von denen haben viele so ausgesehen, es hat ja nur so gewimmelt davon. Ich hatte Angst, dass es zu einem *Zwischenfall* kommt. Als ich noch mit Joseph zusammenlebte, hat es immer solche *Zwischenfälle* gegeben, Anrufe um zwei Uhr früh, immer brachten sie sich um, warfen sich auf ihn, man glaubt es nicht, was sich da abspielte. Einige waren ihm förmlich hörig. Wenn er ihnen befohlen hätte, den Papst zu erschießen oder so was, dann hätten sie es getan, ohne mit der Wimper zu zucken.«

»Er wurde sehr geschätzt«, sage ich vorsichtig.

»Wem sagen Sie das«, sagt die erste Frau. »Die hatten die Vorstellung, er wäre Gott persönlich, ein paar von denen. Und ihn hat das noch nicht mal gestört.«

Die Papierserviette reicht nicht aus, sie leckt ihre Finger ab. »Zu süß und fett«, sagt sie. »Von *der.*« Sie ruckt mit dem Kopf in Richtung der zweiten Frau, die schmächtiger als die erste ist und eine Spur ziellos an uns vorbeigeht in Richtung Wohnzimmer. »Mach doch, was du willst, hab ich schließlich zu ihm gesagt. Ich will doch nur mein bisschen Ruhe und Frieden, bevor ich ins Gras beißen muss.« Obwohl er zu süß und fett ist, nimmt sie noch ein Stück Schokoladenkuchen. »Von ihr stammt diese spinnige Idee, ein paar von denen sollten aufstehen und ein bisschen was über ihn erzählen, direkt bei der Trauerfeier. Bist du denn total übergeschnappt? hab ich zu ihr gesagt. Es ist zwar deine Beerdigung, aber wenn ich du wäre, würde ich mir doch mal klarmachen, dass ein paar von den Leuten vielleicht nicht so normal sind wie andere. Zum Glück hat sie auf mich gehört.«

»Ja«, sage ich. An ihrer Backe klebt Schokoladenguss. Ich überlege, ob ich es ihr sagen soll.

»Ich hab getan, was ich konnte«, sagt sie, »wenn's auch nicht viel war. Ich hab ihn irgendwie gemocht. Man kann zehn Jahre nicht einfach aus seinem Leben ausradieren. Ich habe die Plätzchen mitgebracht«, fügt sie ziemlich selbstgefällig hinzu. »Das Mindeste, was ich tun konnte.«

Ich senke den Blick auf die Plätzchen. Sie sind weiß, ausgestochene Sterne und Monde, die mit farbigem Zuckerguss und Silberkügelchen verziert sind. Sie erinnern mich an Weihnachten, an Feste und Feierlichkeiten. Es sind Plätzchen, wie man sie backt, um jemandem eine Freude zu machen, um einem Kind eine Freude zu machen.

Ich habe mich lange genug hier aufgehalten. Ich sehe mich nach der dritten Frau um, die hier die Verantwortung für alles trägt, um mich zu verabschieden. Schließlich sehe ich sie, sie steht in einer offenen Tür. Sie weint, was sie bei der Beerdigung nicht getan hat. Die erste Frau steht neben ihr und hält ihre Hand.

»Ich lasse es so, wie es ist«, sagt die erste Frau, an niemand Bestimmten gerichtet. Über ihre Schulter kann ich in das Zimmer sehen, offenbar Josephs Arbeitszimmer. Es dürfte einiges an Energie kosten, diesen Ramschladen unangetastet, unaufgeräumt zu lassen. Ganz zu schweigen von den Begonien, die auf dem Fenstersims dahinwelken. Doch es wird sie überhaupt keine Energie kosten, weil Joseph in diesem Zimmer ist, unvollendet, eine riesige Kiste voller Krimskrams. Er sperrt sich dagegen, sich zusammenpacken und wegschaffen zu lassen.

»Wen hassen Sie am meisten?«, fragt Joseph. Und dies mitten in einem Vortrag, den er mir über die richtige Auswahl eines Vogelbads für den Garten gehalten hat. Natürlich weiß er, dass ich keinen Garten habe.

»Ich habe absolut keine Ahnung«, sage ich.

»Dann sollten Sie es herausfinden«, sagt Joseph. »Ich für mein Teil hege einen unerbittlichen Hass gegen den Jungen, der neben uns wohnte, als ich acht war.«

»Und warum?«, frage ich, erleichtert darüber, aus der Zange gelassen zu werden.

»Er hat meine Sonnenblume abgepflückt«, sagt er. »Ich bin im Slum aufgewachsen, wissen Sie. Wir hatten so eine Art Hof vor dem Haus, aber der war aus massiver Schlacke. Trotzdem habe ich es geschafft, dort diese eine kümmerliche Sonnenblume zu ziehen, Gott weiß, wie. Ich stand jeden Morgen ganz früh auf, nur um sie anzusehen. Und der kleine Scheißkerl pflückt die einfach ab. Aus reiner gemeiner Bosheit. Eine Menge späterer Missetaten habe ich vergessen und vergeben, aber wenn mir dieser kleine Saukerl morgen über den Weg liefe, würde ich ihm ein Messer zwischen die Rippen jagen.«

Ich bin schockiert, wie Joseph es beabsichtigt hat. »Er war doch nur ein Kind«, sage ich.

»Das war ich auch«, sagt er. »Die frühen Verletzungen sind am schwersten zu vergeben. Kinder kennen keine Barmherzigkeit; die muss man erst lernen.«

Will Joseph hier wieder einmal beweisen, dass er ein menschliches Wesen ist, oder ist die Absicht, dass ich etwas über mich selbst erfahren soll? Vielleicht, vielleicht auch nicht. Manchmal sind Josephs Geschichten Parabeln, aber manchmal sind sie auch nur reines Gesabber.

In der Diele lauert mir die zweite Frau auf, die mit den fliederfarbenen Strähnen. »Er ist nicht gefallen«, flüstert sie.

»Wie bitte?«, sage ich.

Die drei Frauen haben eine Familienähnlichkeit – sie sind alle blond und ziemlich nichts sagend –, aber an dieser ist noch etwas anderes, ein Glitzern in den Augen. Vielleicht ist es Gram; oder vielleicht hat Joseph nicht immer einen ganz strikten Trennungsstrich zwischen seinem persönlichen und seinem Berufsleben gezogen. Die zweite Frau hat einen schwachen Geruch von Klientin an sich.

»Er war nicht glücklich«, sagt sie. »Ich habe das gemerkt. Wir haben uns immer noch sehr gut verstanden, wissen Sie.«

Ich soll daraus schließen, dass er gesprungen ist, das will sie. »Mir schien er ganz in Ordnung«, sage ich.

»Er konnte gut den Schein wahren«, sagt sie. Sie schöpft Atem, sie ist im Begriff, mir etwas anzuvertrauen, aber was das auch für Offenbarungen sein mögen, ich will sie nicht hören. Ich will, dass Joseph so bleibt, wie er schien: stabil, fähig, weise und normal. Ich brauche seine Dunkelheit nicht.

Ich gehe zurück in meine Wohnung. Meine Söhne sind das Wochenende über fort. Ich überlege, ob ich mir die Mühe machen soll, für mich allein etwas zu kochen. Es lohnt sich kaum. Ich gehe in dem zu kleinen Wohnzimmer herum und hebe Sachen auf. Nicht mehr die von meinem Ehemann: Wie es sich für Halbgeschiedene schickt, wohnt er woanders.

Einer meiner Söhne hat gerade die Dusch-und-Rasier-Phase erreicht, der andere noch nicht, aber beide hinterlassen jedes Mal, wenn sie durch ein Zimmer gehen, ein ganzes Warenlager von Gegenständen – Socken, Taschenbücher, die in der Mitte aufgeschlagen und mit der Schrift nach unten liegen gelassen worden sind, Brote, von denen ein Stück herausgebissen ist, und seit kurzem Zigarettenkippen.

Unter einem schmutzigen T-Shirt finde ich die Hare-Krishna-Broschüre, die mein jüngerer Sohn vor einer Woche mit nach Hause gebracht hat. Ich hatte schon Sorgen, dass dies ein Schub jugendlichen religiösen Wahns sei, aber nein, er hatte ihnen nur einen Vierteldollar gegeben, weil sie ihm Leid taten. Er war schon als Kind einer, der tote Rotkehlchen begrub. Ich nehme das Heft mit in die Küche, um es in den Müll zu werfen. Auf dem Titelblatt ist ein Bild von einem flötespielenden Krishna, umringt von bewundernden Jungfrauen. Sein Gesicht ist leuchtend blau, was mich an Leichen denken lässt: Manche Dinge haben nicht in allen Kulturen dieselbe Bedeutung. Wenn ich weiterlesen würde, könnte ich herausfinden, warum Fleisch und Sex schlecht für den Menschen sind. Gar nicht so übel, wenn man es recht bedenkt: keine zu Tode erschrockenen Kühe mehr, keine Scheidungen mehr. Ein Leben der Abstinenz und des Gebets. Ich stelle mir vor, wie ich an einer Straßenecke stehe, in fließende Gewänder gehüllt, und eine Glocke läute. Selbstlos und entrückt, frei von Sünde. Sünde, das ist diese Welt, sagt Krishna. Diese Welt ist das Einzige, was wir haben, sagt Joseph. Sie ist das Einzige, was Ihnen zur Verfügung steht. Das geht nicht über Ihre Kräfte. Sie werden nicht gerettet werden.

Ich könnte mir an der Ecke einen Hamburger holen oder ich könnte mir eine Pizza schicken lassen. Ich entscheide mich für die Pizza.

»Mögen Sie mich?«, sagt Joseph aus seinem Sessel.

»Was soll das heißen, ob ich Sie *mag*?«, sage ich. Es ist ziemlich am Anfang; ich habe mir noch gar keine Gedanken darüber gemacht, ob ich Joseph mag oder nicht.

»Na, sagen Sie schon«, sagt er.

»Hören Sie mal«, sage ich. Ich spreche ganz ruhig, aber in Wirklichkeit bin ich empört. Dies ist ein Anspruch, und Joseph hat keine Ansprüche an mich zu stellen. An mich werden schon viel zu viele Ansprüche gestellt. Deshalb bin ich doch hier, oder? Weil die Ansprüche meine Reserven überschreiten. »Sie sind für mich wie mein Zahnarzt«, sage ich. »Ich mache mir keine Gedanken darüber, ob ich meinen Zahnarzt mag oder nicht. Ich *brauche* ihn nicht zu mögen. Ich bezahle ihn dafür, dass er mir die Zähne in Ordnung bringt. Sie und mein Zahnarzt sind die einzigen Leute auf der Welt, die ich *nicht* zu mögen brauche.«

»Aber wenn Sie mir unter anderen Umständen begegnen würden«, beharrt Joseph, »würden Sie mich dann mögen?«

»Ich habe keine Ahnung«, sage ich. »Ich kann mir keine anderen Umstände vorstellen.«

Dies ist ein Zimmer bei Nacht, einer Nacht, die leer ist außer mir. Ich schaue zur Decke, über die sich langsam das Licht eines draußen vorbeifahrenden Autos bewegt. Meine Wohnung ist im Erdgeschoss, ich mag keine Höhen. Vorher habe ich immer in einem Einfamilienhaus gewohnt.

Ich habe eben von Joseph geträumt. Joseph hat sich nie sehr für Träume interessiert. Anfangs habe ich sie für ihn gesammelt und ihm erzählt, jedenfalls die, die ich für interessant hielt, aber er hat sich immer geweigert, mir zu sagen, was sie bedeuteten. Stattdessen ließ er es mich selbst sagen. Wachsein war laut Joseph wichtiger als Schlafen. Er wollte, dass ich es vorziehen sollte.

Trotzdem kam Joseph in meinem Traum vor. Es ist das erste Mal, dass er dort aufgetreten ist. Ich denke, es wird ihn freuen, dass er es geschafft hat, jetzt endlich, nach all den anderen Träumen über Vorbereitungen für Abendeinladungen, bei denen immer ein Teller fehlte. Aber dann fällt mir ein, dass er ja nicht mehr da ist und man ihm nichts mehr erzählen kann. Hier ist sie endlich, die Form meines Verlusts: Joseph ist nicht mehr da, und man kann ihm nichts mehr erzählen. Jetzt gibt es in meinem Leben keinen mehr, der dazu da ist, dass man ihm etwas erzählt.

Ich befinde mich in einem Flughafengebäude. Das Flugzeug hat Verspätung, alle Flugzeuge haben Verspätung, vielleicht wird gestreikt, und die Leute sitzen dicht gedrängt und wimmeln herum. Einige sind ganz außer sich, Kinder schreien, auch einige Frauen weinen, sie haben jemanden verloren, sie drängen sich durch die Menge und rufen Namen, aber an anderen Stellen sitzen Trauben von Männern und Frauen, die lachen und singen, sie haben Kisten mit Bier zum Flughafen mitgebracht und lassen die Flaschen kreisen. Ich versuche, eine Auskunft zu bekommen, aber an keinem der Schalter ist jemand. Dann merke ich, dass ich meinen Pass vergessen habe. Ich beschließe, ein Taxi zu nehmen, um ihn zu Hause zu holen, und bis ich zurück bin, werden sie alles geregelt haben.

Ich schiebe mich zum Ausgang, aber jemand winkt mir über die Köpfe der Menge zu. Es ist Joseph. Ich bin gar nicht überrascht, ihn zu sehen, wundere mich aber über den Wintermantel, den er anhat, weil immer noch Sommer ist. Er hat auch einen gelben Schal um den Hals und einen Hut auf. Ich habe ihn noch nie in diesen Kleidern gesehen. Natürlich, denke ich, ihm ist kalt, aber jetzt hat er sich durch die Menschen hindurchgeschoben, er ist neben mir. Er hat dicke Lederhandschuhe an und zieht den rechten aus, um mir die Hand zu schütteln. Seine Hand ist leuchtend blau, ein banales Wasserfarbenblau, ein Bilderbuchblau. Ich zögere, dann schüttle ich die Hand, aber er lässt nicht los, er hält meine Hände zutraulich fest wie ein Kind und lächelt mich an, als hätten wir uns lange Zeit nicht gesehen.

»Ich freue mich, dass Sie die Einladung bekommen haben«, sagt er.

Jetzt führt er mich zu einer Tür. Die Leute sind weniger geworden. Auf der einen Seite ist ein Stand, an dem Orangensaft verkauft wird. Josephs drei Frauen stehen hinter dem Ladentisch, alle in der gleichen Tracht, mit weißen Mützen und gerüschten Schürzen wie Kellnerinnen in den vierziger Jahren. Wir gehen durch die Tür; drinnen sitzen Leute an kleinen runden Tischen, aber nichts steht auf den Tischen vor ihnen, sie scheinen zu warten.

Ich setze mich an einen der Tische, und Joseph setzt sich mir gegenüber. Er nimmt den Hut nicht ab und zieht auch den Mantel nicht aus, aber seine Hände liegen jetzt ohne Handschuhe auf dem Tisch und haben wieder ihre normale Farbe. Neben uns steht ein Mann und versucht, unsere Aufmerksamkeit auf sich zu lenken. Er hält uns eine kleine weiße Karte hin, die mit Symbolen, Händen und Fingern, bedeckt ist. Ein Taubstummer, schließe ich, und tatsächlich, als ich seinen Mund ansehe, ist der zugenäht. Jetzt zupft er Joseph am Ärmel, er hält ihm etwas anderes hin, eine große gelbe Blume. Joseph sieht ihn nicht.

»Schauen Sie doch«, sage ich zu Joseph, aber der Mann ist schon weg, und eine der Bedienungen ist an seine Stelle getreten. Ich ärgere mich über die Unterbrechung, ich habe Joseph so viel zu erzählen, und es ist so wenig Zeit, das Flugzeug wird in einer Minute losfliegen, im Nebenraum höre ich schon das Knacken der Ansage, aber die Frau drängt sich zwischen uns und lächelt aufdringlich. Es ist die erste Ehefrau; hinter ihr stehen die anderen beiden Ehefrauen bereit. Sie stellt einen großen Teller vor uns auf den Tisch.

»Möchten Sie sonst noch etwas?«, fragt sie, bevor sie sich zurückzieht.

Der Teller ist voller Plätzchen, Kindergeburtstagsplätzchen, weiße ausgestochene Sterne und Monde, mit Silberkügelchen und farbigem Zuckerguss verziert. Sie sehen zu süß und fett aus.

»Meine Sünden«, sagt Joseph. Seine Stimme klingt wehmütig, aber als ich zu ihm aufsehe, lächelt er mich an. Macht er einen Witz?

Ich schaue wieder hinunter auf den Teller. Einen Moment überkommt mich Panik: Das habe ich doch nicht bestellt, es ist viel zu viel für mich, mir könnte schlecht werden. Vielleicht kann ich es zurückgehen lassen; aber ich weiß, dass das nicht möglich ist.

Jetzt fällt mir wieder ein, dass Joseph tot ist. Der Teller schwebt zu mir herauf, kein Tisch ist mehr da, um uns ist dunkler Raum. Tausende von Sternen sind zu sehen und Tausende von Monden, und als ich die Hand nach einem ausstrecke, beginnen sie zu glänzen.

Inhalt

Der Krieg im Badezimmer 5

Der Mann vom Mars 18

Betty 45

Polaritäten 70

Unter Glas 101

Das Grab des berühmten Dichters 116

Vergewaltigungsfantasien 132

Haar-Andenken 145

Wenn es passiert 168

Reiseartikel 182

Der Pracht-Quetzal 199

Training 218

Dichterleben 246

Tänzerinnen 262

Das Leben schenken 282

Der Sündenesser 302